문신공방(文身孔方) 하나

현대 한국 소설과 비평 그리고 문학판 읽기 1988~2005

문신공방(文身孔方) 하나

문신공방(文身孔方) 하나

현대 한국 소설과 비평 그리고 문학판 읽기 1988~2005

정 과 리

도서출판 역락

책을 내면서

이 책은 1988년 이후에 씌어진 글들 중 소설과 비평, 문학적 환경, 철학서 등에 관한 단평들을 모은 것이다. 대상이 된 텍스트들은 1960년대 4·19 세대의 작품들부터지만 대부분은 80년대 이후의 텍스트들이다. 또한 단평 모음이라고 했는데 짧게는 6매에서 길게는 50매까지 다양한 길이의 글들로 이루어져 있으니, 이 책에서 그것은 형태상의 특징이라기보다는 존재론적 특성이다.

단평은 두 가지 특징에 의해서 다른 글들과 구별될 것이다. 하나는 씌어질 당시의 정황이 촉발하는 직관적 파악이 두드러진다는 것이다. 그것은 현장감을 생생하게 전하는 장점이 있는 반면 시일이 지나면 유효성을 상실할 진술들이 증가한다는 약점이 있다. 이 책의 글들도 그 올무에 걸려 있다. 감히 시간의 한계를 벗어나려 하면 몸통이 잘려나갈 것이다. 그러나 나는 이 글들에 '기록'의 의미를 주고자 하였다. 이 사람들이 이때 여기에서 살았음을, 이때 여기에서 이 작품들이 꿈틀거리고 있었음을 상기시키는 자리로 이 책을 삼았다는 것이다. 다시 말해, 나는 이 글들을, 1988년 이후 오늘까지 진행되어 온 '역사의 궤주'라는 역사적 과정에 대한 반박의 자료로 남기고자 한다. 단평의 또 다른 특성은 직관적 파악에 지배되고 있기 때문에 얄팍한 인상화로 흐를 위험이 있다는 것이다. 나는 비록 단평이지만 긴 글만치 품을 들여, 이 글들이, 황동규 시인의 표현을 빌리자면, "졸

아든” 생각이 되기를 바랐다. 물론 그 결과에 대한 평가는 내 몫이 아니다.

제1부에서는 소설들을, 제2부에서는 비평서들을 대상으로 한 글들을 모았다. 제3부는 한국문학의 상황에 대한 나의 생각들이다. 제4부는 번역서에 대한 서평이 주를 이루고 있다. 글 말미에는 본래 발표된 때와 장소, 그리고 필요한 경우, 발표 당시의 제목을 붙였다.

책 제목의 첫 두 글자는 떼어서 축자적으로 읽어주길 바란다. 떼어놓고 조몰락대다가 어느 순간 찰기가 생겨 달라붙는 걸 느끼고 급기야는 살에 깊이 박히는 체험을 하고 싶다는 건 글 쓸 때의 희망사항이고 그 다음에는 독자의 마음먹기에 달렸다. 반면 마지막 두 글자는 덩어리째로 발음해 주었으면 싶다. 순차적으로 읽으면 ‘엽전’이 된다. 이 단어는 내가 가장 좋아하는 말 중의 하나인데, 나는 늘 孔方의 工房이기를 꿈꾸었다. 역시 희망사항이다. 그 가운데 空房이 놓여 있고 그 안에서 혼자 취해 攻防한 지 참 오래되었다. 이건 실제상황이다. 제목 다음에 붙은 ‘하나’는 이 책이 이어질 것을 가리킨다. 시에 관한 단평 모음을 조만간 낼 예정이다.

또다시 역락의 신세를 진다. 조강석 군이 교정 보느라 고생이 심했다. 두루 감사를 표한다.

2005. 12.

차 례

제1부 소설을 펼치고

우리가 욕망을 벗어날 수 없다면, 욕망을 살되, 그것을 파국으로 달리게 해서는 안 된다. 욕망의 되풀이를 당하되 그것을 오래 되풀이시켜 욕망의 '오감도'를 그려야 한다. '욕망을 비껴 가기'는 소의 반추와 누에의 분비가 하나로 붙은 특이한 욕망과의 싸움 형식이다. 끊임없는 욕망의 되새김으로 욕망의 실을 자아내 욕망의 형태를 짜는 것, 그리하여, 그것을 겪으면서 그것을 깨닫고 그것에 반하게 하는 것. 그 길은 결코 끝나지 않는, 한없이 긴 욕망의 행로다.

광장에서 다시 시작하기

1960년 10월 『새벽』지에 『광장』을 처음 발표하면서 최인훈은 "구 정권하에서라면 이런 소재가 아무리 구미에 당기더라도 감히 다루지 못하리라는 걸 생각하면서 빛나는 4월이 가져온 새 공화국에 사는 작가의 보람을 느낀다"고 소회를 밝힌다. 이 진술은 그저 이 작품이 체제 비판적인 불온한 내용으로 가득 차 있다는 것만을 가리키는 것이 아니다. 더 나아가 우리가 잘 알다시피 바깥으로부터 들어 온 두 개의 이데올로기에 대한 회의와 반성을 보여준 최초의 작품이라는 것만을 뜻하지도 않는다. 『광장』과 새 공화국의 관계는 그 이상이다. 왜냐하면, 그 안에는 4·19세대의 인식과 정서 그리고 동경이 통째로 녹아들어 있기 때문이다. 그리고 그것은 무엇보다도 문학적으로 그렇다.

문학적으로 뭐가 그렇다는 말인가? 그것이 처음으로 공동체에 소속되지 않는 순수한 '개인'을, 다시 말해 자신만의 뚜렷한 성격과 의지 그리고 행동으로 세계와 맞선 '문제적 주인공'을 형상화한 소설사적 사건이었기 때문이다. 소설이 자아와 세계의 대결을 기본 구조로 가지고 있다는 고전적인 명제는 소설 이론에서 상투적으로 되풀이되어 온 확인 사항이었다. 그러나 그것이 문자 그대로의 의미로 텍스트에서 구현된 것은 생각보다 오래된 일이 아니다. 소설 속에 개인이 주인공으로 등장한 적은 이미 오래되었으나 그 개인은 대체로 어떤 공동체나 추상적 이념의 대표자의 지위를 가지고 있었다.

서양 소설의 경우 근대 소설의 두 개의 시원으로 흔히『로빈슨 크루소』와『돈키호테』가 거론되는데, 그것은 이 소설들이 공동체와 대립되는 존재로서의 개인을 뚜렷이 부각시켰기 때문이다. 그러나『돈키호테』의 경우 그 개인은 '착란적인' 형태로 나타났고,『로빈슨…』의 경우 주인공은 '부르주아 개인주의 사회'의 이념을 집약하는 응축물로서 나타났다. 로빈슨은 철저한 개인이면서 동시에 한 사회 이념의 실험적 가능성의 최대치 즉 대수학적 논리 연산의 결과이었다. 세계에 대해 착란적이지 않은 형태, 즉 세계의 중심에 자리잡으면서 동시에 세계를 내부로부터 반역하는 자로서의 이탈적인 개인은 19세기 초엽 스탕달의 '쥘리엥 소렐'과 발자크의 '뤼시엥 드 뤼방프레' 혹은 '드 라스티냑'에 와서 그 모습을 드러내기 시작하였다.

한국 소설의 경우, 개인의 출현은 더욱 더딜 수밖에 없었다. 소설(근대적인 의미에서의)이라는 이 괴상망측한 문학 형식이 한국에 도입된 게 서양 문화의 침공 이후였기 때문만이 아니라 한국 근대문학은 그 출발부터 빼앗긴 민족의 이름을 되찾아야 한다는 공동체의 책무를 떠안을 수밖에 없었기 때문이다. 그러한 역사적 책무로부터 형식적인 수준에서나마 작가가 해방된 것은 정치적 해방이 실제로 왔을 때였다. 아니 그 해방이 바깥으로부터 주어진 것이라는 점에서 실제로 그것은 한국인 스스로에 의해서 저 해방이 자신의 생활의 틀로 내면화되었을 때야 가능한 일이었다. 그 내면화를 가능케 한 사건이 바로 이승만 독재 정권을 붕괴시킨 4·19였고 그때 비로소 정치적인 차원에서 의회민주주의에 기초한 시민국가가 정착되고, 문화적 차원에서는 자국어가 시민들의 실질적인 문화 표현의 도구가 될 수 있었다. 그 이전 세대와 달리 4·19세대는, 김현의 유명한 진술을 빌자면, "한국어로 사유하고 한국어로 글을 쓴" 세대였고, 그들의 한국어는 "토속적 한국어와 사변적 한국어를 변증법적으로 극복한 한국어"(「60년대 문학의 배경과 성과」), 간단하게 부기하자면 생활어로서의 한국어였다.

『광장』의 이명준이 보여준 모험은 이 4·19세대의 역사적 조건 위에서 태어난 것이었다. 독재 정권을 자력으로 무너뜨린 역사를 몸으로 체험한 사람들에게서 나올 수 있는 자기에 대한 확신의 표상이 이명준이었다. 그 점에서 『광장』은 개인주의 사회 이념에 대한 정확한 문학적 상관물을 이룬다. 그렇다는 것은 이명준의 모험이 내용상으로 남쪽의 자본주의와 북쪽의 공산주의라는 바깥으로부터 주어진 두 이데올로기를 비판하고 있다는 것이 그렇게 중요한 의미를 가지지 않는다는 것을 뜻한다. 이데올로기 비판으로 말할 것 같으면 『광장』의 적들은 둘이 아니라, 적어도 셋이다. 왜냐하면 외래의 두 종(種)뿐만 아니라 한국인의 내부에 잠복하고 있는 완강하고도 죽은 유교 이데올로기, 작가가 때로는 "아시아적 전제"라는 무시무시한 개념어로 지칭하고 때로는 낡은 솜틀집 기계 돌아가는 소리에 비유한, 습속화된 관념 체계 또한 적나라한 고발의 법정에 서 있기 때문이다. 중요한 것은 이명준이 이 모든 공동체의 이념들을 뚫고서 오직 자신의 행동에만 근거하여 삶의 의미를 찾아가는 '문제적 개인'의 모험을 벌였다는 데에 있다. 그러나 동시에 그 모험은 헛된 몸부림으로 끝마치고 만다. 이명준이 좌절한 것은 좌우 이데올로기에 대해서가 아니라 바로 그 자신이 확신을 찾아, 그리고 확신에 추동되어 벌인 모험에 대한 것이었다. 르네 지라르의 표현을 빌자면 "낭만적 거짓"의 충만한 체험 끝에 마침내 "소설적 진실"의 자리, 즉 '모든 것이 헛되다'는 아이러니에 도달하게 된 것이다. 요컨대 이명준은 세계의 이념을 끝끝내 실천하는 행동 그 자체로써 세계로부터 이탈하는 자가 된 것이다.

되풀이해 말하지만 『광장』을 이데올로기 비판으로 읽는 것은 순진한 짓이다. 그뿐만이 아니다. 그러한 독법은 또한 수상쩍은 것이다. 왜냐하면 그것은 개인의 삶의 책임을 다른 데에 떠넘기는 것이기 때문이다. 그것이 이데올로기든, 역사적 수난이든, 이 떠넘기기에 한국 지식인들이 일사불란하게, 조직적으로 참여해왔다는 것은 썩 아쉬운 일이며 그것이 오늘날 한국 사회의 특이한 집단적 불행의 실마리를 제공하였다는 점에서는 그 또한 불행한 일이다. 왜냐하면, 그 집단적 불행이란 모두가 개인의 권리와 자유를 요구하면서 모두가 또한 그 책임을 조직이거나 권력 집단이거나 지역감정이거나, 있을 수 있는 모든 가상의 큰 타자들에게로 떠넘기는 사태 속에서 우리가 살고 있다는 것을 가리키기 때문이다. 우리가 4·19의 승리와 좌절을 볼 것이 아니라 그것의 진실과 거짓을, 그리고 그것의 가능성과 한계를 함께 세밀히 따져나가면서 말 그대로 세계 내적 존재로서의 인간의 삶의 의미를 조명하고 그것을 사회적 실행 체계들로 제도화하며, 역사를 쌓아 나갔더라면, 어쩌면 우리는 아주 다른 시간 줄기를 살고 있을지도 모른다. 지금 우리가 『광장』을 다시 읽어야 한다면, 바로 그 다른 시간 줄기에 대한 가능성을 운산할 수 있는 시발점으로 그 작품이 놓일 수 있기 때문일 것이다.

☎ 2001. 11. 21. 포항공대신문

4·19세대의 고뇌와 이상

　는적거린다. 여름산처럼 솟아오르던 정열은 간 곳 없고, 좌절한 한 세대의 온몸에 종양이 돋고 고름이 흐른다. 오로지 열정, 이승만 정권을 무너뜨린 후 깨진 블록이 흩어져 있는 가로를 청소하며 나라의 장래를 정치가들에게 넘긴 학생들의 순수 이상은 서구식 민주주의의 학습이 유일한 뿌리였다. 그것은 삶의 뿌리가 없었다. 그러니까 그들은 정권을 거저 얻은 낡은 정치가들의 혁명 왜곡을 방관할 수밖에 없었고 군사 쿠데타의 무력 앞에 무력했다. 그것이 통념이다. 작가도 그 시각에서 크게 벗어나지 않는다. 그렇다면 4·19 주역들의 뒷 삶, 사회인으로서의 세상살이가 주동맥인 이 소설이 왜 필요했을까. 아마 작가에게는 그 통념을 십분 수긍하면서도 여전히 동곳을 빼지 못하는 무엇이 있었다. 5·16 직후부터 74년의 '자유 언론 실천 선언'까지를 다루고 있는 이 소설은 그 긴 시간 내내 하나의 계절에만 머물러 있다. 지루한 장마의 계절. 그 시간대에서 4·19의 주역들은 오래 방황하고 쉽게 변신한다. 혹은 언론과 대학에 적을 두고, 혹은 귀향한다. 혹은 수배되고, 혹은 말끝마다 '각하'를 입에 올리는 자리로 옮겨 앉는다. 변절하고 타협하며 침묵하고 제거된다. 그 앞에 무소불능의 무력이 있었다. 타협하지 않을 수 있겠는가. 그 무력이 그 안에 동료를 고발하는 풍조를 심어주고 있었다. 침묵하지 않을 수 있겠는가. 남는 건 탄식이다. 작품의 그 다변은 끝없이 꼬리를 무는 탄식의 음조로 늘어진다. 때때로 그 탄식마저도 자기합리화의 제스처에 불과할 수 있다. 하지만 그것은 또한 여전히 고뇌가 존재하고 있다는 것을 증거한다. 작가는 "안에서부터 무너져 가는" 이 숨막히는 정황 속에 "안으로 깊이 침잠하면서 기층을 넓혀 나가는" "대항 의지"가 퇴적층을 이루고 있었음을 본다. 싸움은 아직 끝나지 않는다. 그 싸움은 우선, 도덕성 / 실리의 싸움으로 드러난다. 타협한 자들의 실리주의와 고뇌하는 자의 도덕주의. 작가는, 하지만, 거기서 그치지 않는다. 그는 그 실리주의의 뒤에 자기 몸을 위해서는 모든 구실을 동원해 무슨 일이든지 벌이는 반지성주의가 또아리를 틀고 있음을 폭로하고, 그 도덕성 앞에 상호 존중의 합리주의가 새 삶에 대한 비전으로 놓여 있음을 밝힌다.

그 비전 위에서 자유 언론 실천 선언이 준비되고 실행된다. 『숨통』은 4·19세대의 좌절과 고뇌와 자기 극복을 그 세대의 입장에서 있는 그대로 드러낸 작품이다. 우리는 거기에서 4·19세대의 훌륭한 변호론을 읽을 수 있고 4·19의 역사적 의의를 새삼 느껴 볼 수 있다. 그러나, 그것은 이른바 4·19적 정신, 즉 순수 이상으로의 복귀 이상의 것이 아니다. 작가가 공들여 길어낸 '상호존중의 합리주의'는 윤리적 비전이지, 역사·사회적인 프로그램이 아니기 때문이다.

승재의 입에서 나온 한마디, 4·19를 단순한 열정으로가 아니라 신생 독립국의 자존의 몸부림으로 이해해야 한다는 말은 실제 깊이 있게 탐색되지 않는다. 작가는 거기까지 갔어야 했다. 그럴 때만이 한 시대의 고뇌와 꿈이 현재사 안에 당당히 자리잡을 수 있기 때문이다.

▥ 1989. 7. 26, 조선일보

감각의 탄생과 근대적 주체의 자기 환상

—김승옥의 『무진기행』

　김승옥은 4·19세대의 선두 주자에 속한다. 4·19세대는 독재정권을 무너뜨린 세대이다. 그 이전까지 한국인에게 삶은 바깥으로부터 난입한 재앙이었다. 45년간의 식민지의 역사, 2차 세계대전의 결과로 "도적처럼 닥친" 해방, 좌·우 이데올로기의 대립에 의한 분단과 전쟁, 그리고 독재로 이어진 20세기 전반기의 한국사에서 한국인의 삶은 '타인에 의해' 그리고 '타인을 위해' 저질러진 '타인의' 삶이었다. 한국인은 어느 때에도 어느 곳에서도 자신이 인간임을 확인할 수 없었다.

　한국인이 스스로의 힘으로 자신의 삶을 이루어나갈 수 있다는 믿음을 준 사건, 그것이 독재정권을 무너뜨린 4·19학생혁명이었다. 4·19와 더불어 한국인은 마침내 '사람'으로서, 다시 말해, '창조적 주관(creative subjectivity)'으로서 살기 시작하였다. 문학에 있어서 이러한 '자기의 회복'은 언어의 완전히 다른 사용을 통해 나타났다. 김현에 의하면 4·19세대는 "한국어로 배우고 한국어로 사유하고 한국어로 글을 쓴" 세대이다. 자기 말을 가지고서 그것을 생활의 발견이자 인식의 지렛대며 문화의 표현으로서 사용하게 된 것이었다. 이때 언어는 단순히 뜻을 나르는 수레로서의 도구의 역할만을 하는 것은 아니다. 언어 자체가 한국인의 인식과 동경이 표출되는 떨림판이 된다.

서양의 유럽문학사가 '개인주의 사회'의 도래를 느끼기 위해 마리보(Marivaux)를 필요로 했듯이 한국문학사 역시 자주적 인간을 느끼기 위해 김승옥을 필요로 했다. 조르쥬 풀레(Georges Poulet)가 마리보에게 붙여준 표현 그대로 김승옥의 소설도 한국어에서의 "감각의 탄생"을 선포하는 것이었다. "가을 햇살이 내 에나멜 구두 콧등에서 오물거리고 있었다"(「생명연습」)라든가 "언젠가 여름밤, 멀고 가까운 논에서 들려오는 개구리들의 울음소리를, 마치 수많은 비단조개 껍질을 한꺼번에 맞비빌 때 나는 듯한 소리를 듣고 있을 때, 나는 그 개구리 울음소리들이 나의 감각 속에서 반짝이고 있는, 수없이 많은 별들로 바뀌어져 있는 것을 느끼곤 했었다"(「무진기행」)와 같은 묘사는 한국문학에서 처음 등장하는 것이었다. 4·19 학생혁명이 민주주의의 혁명이었다면 김승옥의 소설은 "감수성의 혁명"(유종호)이었다.

이 감각적 언어의 탄생 속에서 김승옥의 소설은 한국인의 자주성을 몸의 차원에서 확인하는 작업을 행한다. 그것을 작가는 '자기 세계'라고 언명한 바 있는데, 가령, 「서울 1964년 겨울」에서 "서대문 근처에서 서울역 쪽으로 전차의 도로리가 내 시야 속에서 꼭 다섯 번 파란 불꽃을 튀기는 것을 보았습니다. 그건 오늘 밤 일곱 시 이십 오분에 거길 지나가는 전차였습니다"와 같은 목격담이 오직 '그만의 소유'가 되는 것, 그것이 '자기 세계'라고 할 수 있는 것이었다. 「무진기행」은 이 '자기 세계'의 추구가 하나의 헛되고도 헛된 환상임을 파고

들어간 작품이다.

‘무진’의 뜻은 ‘안개 포구’다. 무진의 ‘명산물’이라고 지칭되고 있는 ‘안개’는 작품 전체를 감싸고 있는 분위기로서, 세상에서 버림받은 자들에게서 새어나오는 절망감과 자기염오(厭惡) 그리고 세상의 중심부로 진입하고자 하는 집요한 욕망과 끈덕진 모의(謀議), 그리고 욕망과 음모의 실패가 낳은 가중되는 절망과 원한이 복합적으로 엉켜 있는 끈적끈적하고 칙칙하며 악착같으면서도 처연한 그런 기분을 가리킨다. 그 안개 속에 작품의 화자 ‘나’가 옛날에 있었다. ‘나’는 용케 그곳을 탈출하여 서울로 진입하고 제약회사 회장 딸인 ‘과부’와 결혼하였고 부인의 후광 아래 회사의 고급간부로 출세한다. 그러나 그는 “서울에서의 실패로부터 도망해야 할 때거나 하여튼 무언가 새 출발이 필요할 때,” ‘무진’에 몇 차례 다녀왔었다. 이번에도 ‘나’는 ‘전무’로 승진하기 전에 “긴장을 풀고 오라”는 아내와 장인의 권유로 ‘무진’으로 향했고 그곳에서 고등고시에 합격해 무진의 세무서장이 된 고향 친구 ‘조’와 서울에서 부임해 온 ‘하인숙 선생’과 하 선생을 짝사랑하는 고향 후배인 ‘박 선생’을 만난다.

이 세 명의 인물은 각기 ‘무진’에 대한 ‘나’의 감정을 비추는 거울들이다. ‘조’는 ‘무진’을 서울의 복사본으로 이해하는 인물이다. 그는 무진에서 공부했고 무진에서 출세했으며 서울에서 출세한 사람과 똑같은 방식으로 무진에서 거들먹거리며 산다. 반면 ‘하인숙’은 무진이 세상에서 버림받은 자들이 마지막으로 내몰린 곳임을 극명하게 대변하는 인물이다. 그녀는 서울에서 무진으로 내쫓겼고 무진을 서울의 대용물로 삼기 위해 ‘조’와 결혼하려 하며, ‘나’를 만난 이후에는 서울로 돌아가기 위해 '나'를 유혹한다. '박 선생'은 무진의 무기력을 그대로 반영하는 인물이다. 그는 무진에서 태어나 교원자격고시에 합격해 교사가 되었으나 학교에서는 "사범대학 출신들"의 위세에 눌려 기를 펴지 못하고, 그리고 바깥에서는 출세한 선배인 '조'에게 눌려 '하 선생'에게 사랑을 고백하지 못한다.

그러니까 '조'와 '박 선생'은 '나'의 외곽을 형성하여 '나'가 무진을 탈출할 수밖에 없었던 이유를 제공하면서 동시에 그 탈출의 허위성을 암시한다. '조'는 무진이 서울의 조악한 복제본에 불과하다는 것을, 그리고 '박 선생'은 서울과 무진 사이에 놓인 근본적인 간극을 확인시킨다. 그러나 동시에 '조'와 '박 선생'처럼 살지 않으려면 '속물'이 되어야 하며, 동시에 '조'와 '박 선생'처럼 사는 것은 "타인은 모두 속물들"이라고 흉보는 '속물'이 되고 만다는 것을 환기시킨다. 한편 '하인숙'은 옛날의 '나'를 그대로 빼닮은 분신이다. '하 선생'은 무진으로부터 탈출하기 위해서는 무슨 짓이라도 하면서도 무진으로부터 탈출하는 것이 불가능하다는 것을 알고 있다. 그녀는 그녀를 "서울로 데려다주겠다"고 약속하는 '나'와 하룻밤을 같이 잔 후에 "자기 자신이 싫어져서" "서울에 가고 싶지 않다"고 말한다. '나'는 '하 선생'에게 '사랑한다'는 편지를 쓰지만 그것을 찢어버리고 서울로 다시 떠난다.

바깥에서 보면 우스꽝스럽고 안에서는 절박하기 짝이 없는 이 인물들의 안쓰런 관계와 행태를 통해 이 작품이 독자에게 생각게 하는 것은, 소외당한 사람들의 슬픈 사연이라기보다는, 1960년대 한국인 일반 혹은 더 나아가 근대인 일반의 인간적 상황과 삶의 형식일 것이다. 독자는 그것을 다음과 같은 질문을 통해 그에 대한 대답을 궁리해 볼 수 있으리라.

'나'는 서울에서 힘들 때마다 왜 무진으로 가는가? 그토록 빠져나오려 애썼으며 마침내 탈출에 성공했으니, 다시는 돌이켜 볼 까닭이 없는 그곳을. 아내와 장인에게 그것이 휴식을 뜻하는 것이라면, 그것은 서울 역시 실은 '무진'과 다를 바 없는 공간임을 암시한다. 반면 '나'에게는 그것은 복합적이다. '나'가 무진에 와서 다시 보고 느끼는 것은 탈출에의 욕망이다. '나'는 그것을 무진에 와서 재경험한다. '나'에게 무진은 결코 휴식의 터전이 될 수 없는 것이다. 그렇다면 왜 그곳에 오는가? 탈출에의 욕망을 다시 불태우기 위해서가 아니라면 올 리가 없을 것이다. 아내와 장인에 의해 슬그머니 암시된 것이 여기에 와서 비교적 분명한 윤곽을 얻는다. 서울 또한 무자비한 경쟁과 집요한 음모와 투쟁의 장소라는 것. 그리고 무진은 서울로부터 동떨어진 채로 동시에 서울의 압축판이라는 것. 그래서 무진에 와서 서울의 욕망을 단순화되고 압축화된 형태로 재경험함으로써 서울에서의 투쟁을 준비한다는 것이다. 전염병을 이기기 위해 백신을 맞듯이 말이다.

그러나 동시에 '나'는 다른 인물들과의 관계를 통해 그 욕망과 음모가 허망한 것임을 암시한다. 서울 또한 무진과 마찬가지로 탈출의 장소라면, 서울에서 탈출해 어디로 갈 것인가? 물론 서울로부터의 탈출이란 곧 서울 안에서의 신분적 상승을 가리킬 것이다. 그러나 그 신분적 상승의 높이는 도대체 어디까지인가? 제약회사 회장까지? 아니면 그보다 더 높은 무엇? 작품이 인물들을 통해 암시하는 것은, 탈출하는 자는 언제나 탈출하는 행위만 할 뿐이라는 것이다. 그는 '도달'하지 못한다. 다시 말해 어떤 지위에 오르더라도 그는 다시 '더 높이’의 욕망 속에서 끝없는 투쟁 속에 빠져들 뿐이다.

　이것은 처음으로 자기 자신의 존재를 확인한 1960년대 한국인의 대표적 경험이면서 동시에 근대인 일반의 보편적 경험이기도 하다. 「무진기행」은 그것을 감각이 곧 사유가 되는 언어로써, 다시 말해, 가장 구체적인 삶의 결을 느끼게 하는 문체로서 그러한 근대인의 보편적 조건을 생각게 한다.

☰ 2004. 3. KOREANA

막간 인생을 돌이켜 보면

—이문구의 『장한몽』

『장한몽』은 현대의 한국 사회가 심층에 깔고 있는 다양한 문제들의 모형을 보여주는 작품이다. 모형이란 어사는 의미심장하다. 그것은 그 문제들이 제가끔 팽창되고 분화되기 이전의 원자적인 덩어리의 형태로 존재하면서, 동시에 그것들이 서로 동등한 비율과 무게를 지니고 있다는 것을 의미한다. 70년대 이후의 한국 사회가 조직적 자본주의의 길로 들어서면서 자본／노동이라는 기본 모순의 문제를 중핵으로 하여, 다른 것들이 그 주위를 휘도는 통일적 질서를 수립했다면, 장한몽의 세계에서 분단, 노사 갈등, 성적 차별, 관료주의 등등의 모든 문제들은 다양하되, 미분화된 상태로 엉키고 뭉쳐 있다. 그리고 작품은 그 덩어리─문제를 인간의, 아니 차라리 생명의 기본적 생존의 문제에 수렴시킨다.

『장한몽』은 그 생존의 끝에 간신히 매달려 있는 인물들의 삶을 통해 전개된다. 그 삶은 크게 두 부분으로 나뉘어져 있다. 하나는 현재의 삶으로서, 인물들은 오로지 생계를 위하여 무덤을 파고 유골을 추리며, 시신에서 나온 금니, 은십자가를 빼돌리고 머리카락을 자른다.

다른 하나는 과거의 삶으로서, 인물들 각각은, 양상은 다르지만, 저마다 절박한 기본적 욕구를 위협받거나 박탈당한 삶을 살아 왔다. 그 현재와 과거의 삶은 연속적으로 이어져 있어, 과거는 현재적 삶의 거대한 지반이며 암초로 잠복해 있다. 이 과거-현재의 생존 조건의 결핍과 누적이 사람들을 설움과 한의 늪에 빠뜨린다.

하지만, 『장한몽』의 중요한 부분은 그러한 설움과 한의 깊이 모를 침몰에 있지 않고 그들이, 자신의 한을 온 몸으로 감당하면서 어떻게든 살기 위해서 펼치는 끈질긴 현실갱신의 실천과정에 있다. 그들은 '자신의 실제와 실리에 주추를 대려는' 노력을 포기하지 않고 끊임없이 자기 삶을 되짚어 보면서 성찰하고 수정하여 다른 삶을 향해 깨쳐 나아간다. 그럼으로써 그들은 자신들 나름의 독자적 공간을 일구어낸다.

그러나 그들의 그 '용기'와 노력은 행복한 결말을 마련하지 못한다. 그들의 살아냄의 행위들은 서로서로 어긋나고 충돌하고 망가뜨리며, 그와 더불어 자신의 삶 역시 더욱 한과 회오의 수렁에 빠져든다. 왜 그럴까? 암시적으로 환기되는 그 까닭의 하나는 자신의 척도로 타인을 재단하기 때문이며, 다른 하나는 현실이 강요한 한을 똑같은 논리에 의해 되갚기 때문이다. 전자의 경우는 타인을 '남의 인생을 대신 사는' '유령'으로 만들며, 후자의 경우는 스스로 아니고자 했음에도 불구하고 '유령'의 삶을 산 것에 지나지 않는다. 그럴 때 사람들의 한과 설움은 모으려 할수록 산지 사방으로 흩어지는 '마이너스로 휜 공간'이 된다.

그러나 문학작품은 그 흩어지는 것들을 모아 재구성할 수 있도록 또 하나의 공간을 겹으로 구축한다. 장한몽에서 그것을 지탱해주는 힘은 세밀한 의식의 되새김과 문체의 리듬이다. 그 되새김은 삶의 추악하고 비참하며 흉측한 편린들을 간종그리고 문체의 리듬은 그것에 집단적 생활감각, 그 굴곡의 기운을 부여한다. 이 되새김과 리듬의 힘이 말미에 '보통사람이 되기 위해서, 또한 보통사람들에게 뺏긴 자기를 도로 찾아내기 위해서, 보통사람들과 싸워야 한다'는 잠정적 결론을 맺게 하지만, 독자의 자리는, 그 결론에 있다기보다는, 겹으로 놓인 두 공간 사이에 있을 것이다.

1987. 8. 19, 중앙일보, 벼랑에 선 인생들의 한과 꿈

몸 전체로 말하기

―홍성원의 『달과 칼』

『달과 칼』(한양출판)의 작가는 몸 전체로 말한다. 이 말은 한갓 수사가 아니다. 몸으로 말한다 함은 삶의 구체성 속에서 언어가 솟아나온다는 것을 뜻한다. 작품의 시간적 무대는 '임진왜란'이다. 작가가 그리는 것은, 그러나, 장군들의 활약도, 외적을 물리친 조선 백성의 기개도 아니다. 모든 수난과 싸움과 승리가 어떠한 이념으로부터도 주조되지 않는다. 대신, 작가는 생활사를 재구성한다. 그는 수난을 말하되 나라의 수난이 아닌 제 각각의 수난을 살아낸 사람들의 삶을 이야기하고, 싸움을 그리되 적과의 싸움이 아니라 자신과의 싸움을 치러내는 고통 속으로 진입하며, 승리를 말하되 군사력의 승리가 아니라 생활 속에서 익힌 지식과 지혜가 어우러져 일구어낸 삶의 승리를 보여준다.

임진왜란이 민족의 수난이자 깨달음의 계기라는 작가의 전언은 바로 거기에서 근거를 구한다. 왜의 침략은 한반도 전체를 문드려뜨렸으나, 그와 함께 적의 침략을 그렇게 방치한 썩은 정신, 헛된 관념들도 동시에 무너졌다는 것이다. 그리고 새로운 것이 태어났으니, 반상의 구분이 무너지고 평등의 정신이 태어났으며, 예학이 쓸모를 잃고 잡학이 태어났다는 것이다. 아니, 작가는 '태어났다'고 단언하지 않는다. 본래 몸의 길은 한없이 긴 것이어서, 작가는 그 길의 초입이 막 생겨나는 혼란스럽고 부산한 과정을 침착하게 그려보일 뿐이다.

작품은 거기에서 그치지 않는다. 몸 전체로 말한다 함은 문체를 두고 한 말이다. 홍성원 문체의 특징은 묵직하고 단단하다는 것이다. 디테일은 정확하나 자잘하지 않으며 인물들의 형상은 또렷하되 경계가 없다. 작가는 하나의 풍경, 하나의 인물을 묘사하지 않는다. 그가 묘사하는 것은 차라리 조선의 대지 자체이다. 아니, 묘사한다는 말은 부적절하다. 그의 언어는 진창 속의 수레를 어깨로 밀고 가는 역사(力士)처럼, 삶을 떠메고 간다. 그것은 사건과 자연과 사람을 한데 묶어 성큼성큼 발을 내딛는다. 그 속에서 자연은 풍경이 아니라 삶의 살아 있는 터전이고, 인물은 개인이 아니라 삶이 차돌처럼 여물은 때를 표상한다.

그로부터 『달과 칼』의 두 가지 미묘한 현상이 나타난다. 하나는 그 무수한 사건들 속에 간계와 배반이 없다는 것이다. 갈등이 있고 싸움이 있으나 소위 더티 플레이는 없다. 물론, 이순신이 받은 모략도 있고 의병을 가장한 도적 무리도 출몰한다. 그러나 그것들은 배면에 깔려 있을 뿐이다. 그 음침한 바탕과 대조되어 다부진 삶의 몸짓들이 더욱 도드라져 움직인다. 다른 하나는, 대화의 말씨에 방언이 없다는 것이다. 팔도의 모든 인물들이, 양반과 상민과 천민이 모두 하나의 말씨를 쓴다.

교과서적인 소설 작법의 관점에서 보자면 이 두 가지 현상은 결함으로 비칠 수도 있을 것이다. 그러나 『달과 칼』에서는 그것이 맞춤하다. 바로, 공간 전체를 끌고 가는 그의 문체 때문이다. 그 언어, 곧 대지가 움직이는 방향 저편에 둥글어가는 달이 떠 있다. 그 달은 기울면 찬다는 의미에서의 달이다. 달은 기울수록 속으로 차고, 칼은 빛날수록 밖으로 허망하다. 그것은 작가가 삶의 내재성을, 즉 사람과 세상의 일치를 근원적으로 신뢰하고 있다는 것을 보여준다. 그는 지극한 고전적 정신의 소유자다.

1993. 2. 24, 한국일보, 몸 전체로 말한 '壬亂'

쉴 때도 싸우는 소설가

─홍성원의 「남도기행」

「남도 기행」은 서울 낚시꾼의 "행복한 방면"으로부터 시작한다. '방면'은 물론 석방의 다른 말이다. 그는 Y시의 남녘 바다에 바다낚시를 감으로써, "대도시의 진구렁"에서 방면되곤 한다. 그러나 방면은 탈출과 다른 말이다. 탈출과 달리 방면의 주체는 내가 아니라 이 세상이다. 작가가 굳이 이 생경한 한자어를 쓴 까닭은, 서울 낚시꾼이 여전히 서울의 감시 하에 놓여 있다는 것을 암시하기 위해서일까? 과연 그는 바다에 와서도 '서울'의 표지를 떼어낼 수 없으며, 때가 되면 다시 서울로 돌아가야 한다. 그의 풀려남은 한시적이고 속박적인 것이다. 방면은, 따라서 해방이 아니라 해방에 대한 강박관념, 해방에 대한 열망과 절망이 뒤엉킨 감정의 덩어리를 지시한다.

그러나 서울 낚시꾼의 방면은 그가 준비하고 실행한 방면이다. 사전적인 의미로 방면의 주체는 이 세상이지만, 작품 안에서는 그가 주체라는 것이다. 방면은 그가 만든 공간이다. 과연 우리는 동음이의의 또 하나의 방면을 떠올리지 않을 수 없다. 'Y시 방면'이라고 말할 때의 방면은 모호한 넓이를 가진 지역을 가리킨다. 그 공간의 모호성은 미정형성과 동의어이다. 그것에 형태를 부여하는 것은 바로 서울 낚시꾼 그 자신이다. 그는 방면의 장소 즉 강박의 장소를 상상의 장소로 바꾸고 있는 것이다.

그 강박—상상의 장소에서 그는 무엇을 보여주는가? 그가 우선 본 것은 사람들의 탐욕과 이기로 훼손된 바다의 실상이다. 세상은 이미 이 난바다마저 점령하고 있는 것이다. 그가 다음으로 본 것은 실상을 은폐하고 가상을 선전하는 현대사회의 막강하고 무분별한 정보 그물이다. 세상은 폭력의 주체일 뿐 아니라 기만의 주체인 것이다. 그러나 그가 마지막으로 독자에게 보여주는 것은 이 "역겹고 끔찍한" 세상에 대해 그 나름의 저항을 하는 인물들이다. 그에게 뱃길을 안내하는 '김 씨'와 그가 그 행적을 답사하는 '이순신'이 그들이다. 그들의 행동은 "사람으로 살아갈 수 있는 최소한의 기본 틀조차 허용하지 않는 시대적 상황"과의 싸움인 탓에 자기 방기로 드러난다. 그것은 왜 불가피한 선택이 되지 않을 수 없는가? 그것의 의미는 무엇인가? 작품은 서울낚시꾼과 마찬가지로 방면의 강박관념에 시달리는 독자—우리를 그 고통스런 질문 속으로 몰아넣는다.

▛ 1994, 『'94 현장비평가가 뽑은 올해의 좋은 소설』, 현대문학사

마지막 화해

―이청준의 『잔인한 도시』

처음과 끝에 두 개의 길이 있다. 교도소 길목을 빠져나와 신작로 길로 내려간다. 그 사이에 공원이 있다. 도시도 있지만, 도시는 나타나지 않는다. 거기가 실은 도시이기 때문이다. 거기가 어딘가? 교도소가 도시다. 보라. 공원은 도시의 서북쪽에 위치해 있다. 교도소는 공원 아래쪽에 있는데, 저녁 때 해는 공원입구로부터 교도소 길목 쪽으로 비춘다. 그러니까 교도소는 공원 입구의 동쪽에 있다. 그 방향은, 만일 "공원 숲의 아래쪽"이라는 정보를 단면도상에서 읽는다면, 공원 숲의 동남쪽이다. 따라서 교도소는 도시와 같은 방향에 있다. 상징적 차원에서 교도소는 도시와 같은 장소성을 갖는다. 실제의 무대가 공원인 소설의 제목이 '잔인한 도시'인 것은 그 때문이다. 우리의 삶이 감옥, "교도소 교도관들의 출퇴근 행사는 어김없이 계속이 되어 오고 있었고, 밤이면 높다란 감시탑들의 탐조등 불빛들도 그 확고부동한 기능을 발휘하는" 곳이라는 것을 그 제목은 암시한다. 교도소의 장소학은 "깊은 세상 사람들의 망각 속에서도" 도시-교도소의 존재와 기능이 "여전히 현존하고 있다는 가차없는" 지시이다.

교도소 길목을 빠져나와 신작로 길로 내려간다. 정확히 말하면 공원을 거쳐 신작로 길로 내려간다. 신작로 길은 "도시를 빠져나가" 남쪽으로 향해 난 길이다. 남쪽이라 했지만, 동남쪽이 더 정확한 방향이다. "가을날 저녁 햇살 속"에서 그 길을 가는 사내는 등줄기에 한줄기 햇볕을 받기 때문이다. 제도화된 의식의 방향학에 비추어 볼 때, 서북쪽에서 동남쪽으로 가는 길은 비스듬히 가로질러 가는 길이다. 반듯이 가지 않고 비스듬히 가로지르기, 그것은 사실상 관통하기와 동의어이다. 왜냐면, 공원에서 나와 신작로길을 접어들려면, 도시를 뚫고 지나가지 않을 수 없었을 것이기 때문이다. '신작로길'이라는 명명은 그것을 보충하는 정보단위이다. 신작로는 도시로 향해 난 길이다. 사람들은 그곳을 향해 올라오고 있다. 그 길을 사내는 거꾸로 뚫고 내려가고 있는 것이다. 남쪽으로 가는 길은 도시 밖으로 나가는 길이 아니라, 도시를 거꾸로 관통하는 길이다.

작품 속에서 그 관통의 과정은 곧 공원을 거쳐가는 길이다. 왜냐면 공원에서의 사건이 그 과정을 이루기 때문이다. 다시 장소학의 언어로 말하자. 공원 숲은 "도시의 서북쪽 일각"에 자리잡고 있다. 일각이라는 점에서 공원은 도시에 포함되면서, 숲이라는 점에서 그것은 도시 밖에 있다. 공원은 도시가 특이한 모습으로 변형된 장소이다. 무질서한 인공림인 그곳은, 그러니까, 거꾸로 조성된 도시이다. 그곳의 사건은 도시의 기이한, 다시 말해, 망각을 깨우는, 사건이다.

'거꾸로'란 무엇을 말하는가? 단번에 말하면, 공원은 교도소-도시의 그림자이다. 사내가 그곳으로부터 걸어나왔을 때, "사내의 좀 구부정한 걸음걸이는 마치 사내 자신이 아니라 그 그림자를 방금 교도소로부터 끌어내어 어깨에 짊어지고 그 길을 무겁게 걸어나오고 있는 것처럼 보였"던 것이다. 공원은 도시의 유령이 그 무겁고 길쭉한 모습을 드러내는 장소이다. 그 유령의 이름이 무엇인가? 소망이다. 교도소 안에서 수감자들이 끊임없이 말로 만들어내는 소망. 그 소망이 모습을 드러내어 변형되는 과정이 공원의 삶을 이룬다.

이 소망의 전개는 두 개의 의미망의 대립으로 구성되어 있다. 공원 입구에서 방생의 집을 운영하는 젊은이와 교도소에서 나온 사내가 각각 소망에 대해 갖는 의미의 대립이 그것이다. 그 대립은 기본적으로 교도소와 도시의 대립이다. 아니, 우선은, 지향성을 가진(개인화된) 두 공간의 대립이며, 결국은 한 공간(교도소-도시)의 두 벡터의 대립이다. 그 대립은 언어로부터 나타난다. 한쪽에서 교도소라고 말하는 곳을 다른 쪽은 가막소라고 말한다. 한쪽이 '새를 산다'라고 말하는 것을 다른 쪽은 '날개를 산다'라고 말한다. 후자의 말은 전자의 말의 옛말·제유어이다. 그것은, 그러니까, 그것의 변이·대립인데, 그 변이·대립의 의미는 정황으로부터 단절되고 외연만 가진 언어와 과거와 연결되고 내포를 가진 언어의 대립이다. 간단히 말하면, 절단과 연속의 대립이다. 그 대립의 연장선상에 젊은이의 자유와 사내의 자유의 변이·대립이 있다. 젊은이의 자유가 일회적 되풀이라면, 사내의 자유는 해후(끊어진 가족과의 만남)를 포함하는 연속성으로서의 자유이다. 그 대립의 반대편에는 젊은이의 새 파는 행위와 사내의 행위 사이의 대립이 있다. 젊은이의 행위는 대가를 전제로 하는(새로 자유를 보상받고, 동전 스무닢으로 새를 날리며, 반 년의 노역으로 새를 산다) 행위인 데 비해, 사내의 행위는 결과를 생각하지 않는(아들 기다리기, 자기

고향과 가족들에 대한 자랑) 행위이다. 전자가 사용가치를 목표한다면, 후자는 행위가 곧 가치이다. 젊은이의 행위는 소망이 실제의 삶을 목표로 가진 데 비해, 사내의 행위는 소망이 그 자체로 삶이다. 그 대립의 연장선상에 젊은이의 획득으로서의 자유와 사내의 부자유한 공간의 숙명적 수락이 있다(사내가 공원을 떠나지 않는 것은 그 때문이다). 그러나 대립의 이 두 측면을 함께 묶으면 힘의 균형이 무너진다. 젊은이에게는 끊임없이 축적(소비)되는 일회성의 자유가 있고, 사내에게는 자유-해후의 연속되는 무소득, 영원히 이루어지지 않고 커지기만 하는 소망이 있다. 바로 거기에 행위 곧 가치가 사용가치에 흡수되는 불가피한 까닭이 생겨난다.

축적된 일회성이란 거대화된 획일성이란 말에 다름 아니다. 다시 말해, 일체의 다른 가능성을 제거하면서 자유의 영원한 되풀이를 강요하는 것이니, 자유가 그 자체로서 거대한 구속의 세계를 이루게 된다. 실로, 젊은이의 자유는 새의 속날개를 잘라버림으로써 공원을 결코 떠나지 못하게 하는 조작을 뒷무대에 감추고 있으니, 사내가 공원을 떠나지 않고 새를 되풀이해 사는 숙명의 수락은 그 조작의 함정에 자발적으로 걸려든 셈이 되고 마는 것이다. 자유-도시가 교도소-도시가 되는 사연이 이로서 그 엄청난 실상을 드러내는 것이다.

사내의 도시 떠남은 바로 부자유한 공간 속에 사는 숙명을 떨치는 행위이며, 바로 그 점에서 그것은 부자유한 공간에 대해 사내가 지속적으로 추구했던 화해를 전면적으로 거부한다는 의미를 띤다. 그러나 그것이 어떻게 가능했었는가? 바로, 속날개 잘린 새와 몸을 부비는 인연을 맺음으로써 가능했던 것이다. 다시 말해, 이 교도소-도시의 공간과 마침내 화해함으로써 일어났던 것이다. 그러니 화해의 거부는 바로 마지막 화해였던 것이다. 그것이 마지막 화해였기 때문에, 도시를 떠나는 사내는 가슴속에 품은 새에게 "답답해도 조금만 참"으로고 말하는 것이다. 구속의 수락과 자유의 행동이 하나가 되는 것이다. 사내의 도시 떠남은, 그러니, 도시 밖으로 나가는 행위가 아니라 차라리 도시의 저 깊은 곳으로 뚫고 들어가는 행위이다. 도시를 거쳐야 도시를 떠난다는 앞에서의 진술의 속뜻이 바로 여기에 있다 하지 않을 수 없다. 그것은 도시를 벗어나는 행위로써 도시 속으로 몰입하는 것이다. 처음과 끝의 두 길이 실은 한 길인 것이다. 그러나 바뀌어진 지평선 속에. 그 바뀌어진 지평선 앞에 무엇이 펼쳐져 있을 것인가? 그것을 "생각처럼 그렇게 쉽게 찾기는 어려운" 일이다. 그러나 그 어려운 행위를 「잔인한 도시」는 한 줄기 햇빛을 등줄기에 받으며 걸어가는 사내를 통해 아름답게 형상화하고 있다. 풀기를 잃어가는 햇빛과 사내의 등 구부정한 걸음이 하나의 줄기로 만나는 것, 그것이 "영혼의 빛줄기"가 되어 "좁은 신작로 길[을] 그토록 따뜻하고 맑게 빛나"게 하는 것이다. 그 빛이야말로 문학이론가들이 아우라라고 말하는 것에 다름 아니다. 그것은 새를 품은 사내의 몸으로부터 나온다. 구속을 품은 자유의 몸은 프리즘이다. 이 잔인한 도시가 갑자기 희한하게 변신을 한다. 이 획일성의 도시가 다채색의 풍경으로 술렁이기 시작한다.

📺 1994, 이청준, 『문학상 수상 작품집』, 훈민정음

일탈과 우회의 문체

―서정인의 「광상」

　　서정인의 문체 실험은 주목을 요하는 소설사적 사건이다. 그의 문체 실험은 『철쭉제』에서 시작되어 『달궁』에서 본격화되었고, 요즈음 발표되고 있는 일련의 작품들에서 지속적으로 추구되고 있다. 그 문체, 아니 차라리 서정인적 '문체학'의 주 장치는 대화체에서 가장 두드러지게 드러나지만 보통 지문에서도 폭넓게 작동하고 있는 특이한 이음법이다. '말꼬리 잇기'라고 이름붙일 수 있을 법한 그 특이한 이음법은, 한 사실 혹은 단언을 제시하고는 그것을 뒤집는 사실 혹은 단언을 뒤잇게 하는 기본 형식을 연속적인 사슬로 구성하는 것으로 이루어진다. 그때 이 단언들의 사슬은 간단히 서로 다른 두 견해의 대립의 개진으로 나타나는 것이 아니다. 아마 그랬더라면, 그의 소설은 계몽주의 시대에 유행한 일종의 '철학 꽁트'의 형태를 취했을 것이다. 그의 단언들은 그렇게 되지 않고, 때로는 앞의 의견에 대한 정면 반박으로 나타나기도 하지만 때로는 앞 단언의 한 일부에 대한 비틀기가 되기도 하며, 가지치기로 나타나기도 한다. 그 말잇기가 담론 단위로 이루어지는 것이 아니라 문장 단위로 이루어진다는 것도 같은 맥락에 놓이는 이야기이다. 언어학적 관점에서는 문장은 최후의 언어 집합체이지만, 서술학의 관점에서는 문장은 최초의 요소일 뿐이며, 따라서 언제나 불확정성의 상태에 놓여 있는, 무한히 다양한 이야기 나무들을 자라게 할 수 있는 조그만 씨앗이다. 그 최초의 씨앗 자체가 지속적으로 배반되고 비틀리고 가지를 쳐서 엉뚱한 또 다른 씨앗으로 변형되어 버린다. 그러니, 이야기는 오리무중으로 빠져들고, 피상적인 독서는 그 말꼬리 잇기를 일종의 장난 혹은 요설로 이해하기가 쉽다. 그러나 실제로 그 말꼬리 잇기는 어떤 일관된 하나의 주제에 의해 섬세하게 맥락을 이루어 이야기의 한 단락을 직조해내면서, 다른 단락과 은유적이거나 환유적인 연관을 맺어서 더 큰 주제의 맥락을 이룬다. 그렇다면, 비교적 일관된 주제를 모호하게 휘저어버리는 말꼬리 잇기의 효과란 도대체 무엇이겠는가? 그것이 직접적으로 겨냥하고 있는 것은 한 가지 편협한 것에 매여서 모든 것을 그것에 의해 해석하고 재단하는 인간의 미망이며, 그 한국적 양상으로서의 중심 신화이다. 말꼬리 잇기는 범주들의 변이를 통해 우리의 삶 구석구석에 얼마나 그 중심 신화가 깊이 침투해 있는가를 보여주는 한편으로 항목들의 다양성을 제시해 중심(이라고 착각되는 것) 외에 얼마나 다른 삶의 양태들이 풍요롭게 살아 있는가를 보여준다. 그것은 중심을 비틀어 주변으로 일탈하고 주변들의 우회를 거쳐 다시 중심을 공격하는 양상으로 드러나면서, 사실상 주변이란 존재하지 않으며(당연히 중심도), 모든 서로 이질적인 것들의 상호 관련 속에 삶이 놓여 있다는 것을 환기시키고 있다. 모든 것들은 서로 다르게, 그러나 하나로 유장하게 이어져 있다는 것. 바로 그것이 그의 문체학의 또 하나의 특성인 판소리체의 광범위한 활용과 맞닿고 있다. 그 판소리체는 환경학적으로는 칸칸이 재단되고 구획된 도시에 대해 첩첩이 이어진 산을 보여주는 것이며, 윤리학적으로는 부황한 세태 좇기에 대항해 주변머리 있는 올곧은 태도를 견지하는 것이고, 심리학적으로는 의식의 비좁은 세계에 대해 집단 무의식의 거대한 광상을 제시하는 것과 같은 궤도에 놓인다. 그러니, 그의 야심에 놀라지 않을 수 없다. 그는 문화의 대안을 꿈꾸고 있는 것이다. 그러나, 그 대안 꿈꾸기는 그것에 대한 애정이 지나쳐서 현안과의 긴장을 상실해 버릴 때, 역설적이게도 주변중심주의라고 이름 붙일 수 있는 것으로 떨어질지도 모른다. 작가는 그것까지도 섬세하게 고려하고 있다. 그는 그 함정에 빠지지 않기 위해 부단히 대안의 세계 자체를 객관성의 공간으로 옮겨 놓는다. 그의 문체학의 세 번째 특징이 되는 인칭의 독특한 사용은 바로 그 자기 객관화의 움직임과 맞닿아 있다. 그의 문체 실험은 실로 소설사적 사건이라고 할 만하다.

▼ 1993, 『'93 현장비평가가 뽑은 올해의 좋은 소설』, 현대문학사

불을 머금은 투명한 물의 세계

―오정희의 『불꽃놀이』

거기에 물이 흐르고 그 물 속엔 불꽃이 어려 있다. 거기란 오정희의 『불꽃놀이』를 말한다. 불꽃놀이는 물론 놀이이지 장소가 아니다. 그런데도 그것을 거기라 부른다면, 그곳이 물이 휘도는 장소이기 때문이다. 그곳에 부딪치며 격앙된 물의 휘돎, 그것이 불꽃놀이가 가리키는 것이다.

오정희의 물의 표면은 인생이 비추이는 투명한 거울이다. 그 거울은 어찌나 투명한지, 그곳에서 인생은 문자 그대로 물 흐르듯 흘러간다. 모든 것은 "변함없이 되풀이되었고 새롭게 시작"된다. 그러나, 그런데도 이 "깊게 상처받은 느낌"은 어찌된 일인가? 그 평온의 물 밑엔 상처입은 물, 꽉 막힌 물, 부패하는 물, 아편에 쩔은 물들이 난류(亂流)한다. 그렇게 어지럽게 흐르다가 문득 솟구쳐 오르고 추한 거품을 흘리면서 스러져간다.

그러니까, 그 물은 그냥 투명한 물이 아니다. 그 물은 붉은 투명성의 물, 불을 머금은 물이다. 불꽃놀이는 신명난 놀이가 아니라 치욕과 절망과 파괴의 반복 연습이다. 작가의 붓 끝에서 피어오르는 것은 일상의 평온 속에 갇힌 재앙들, 인간의 이름으로 이루어진 모든 것들 속에 은폐된 악마성에 대한 전율이다. 인간의 얼굴을 한 야만은 어떤 특정한 이데올로기에 있는 것이 아니다. 그것은 '인간'이라는 이름 그 자체 안에 있다. 인간답게 살고자 모든 욕망들이 실은 그 짐승을 낳는 것이다.

작가는 어떠한 희망도 암시하지 않는다. "희망은 올 때처럼 갑작스럽게, 속임수처럼 사라졌"음을 그가 오래, 깊이 느꼈기 때문이다. 그로부터의 피난 중에 태기를 느낀다고 해서 희망이 샘솟을 것인가? 그 아이 또한 참혹한 야만 속을 살아갈 것이다. 다만, 그 모든 희망과 부패의 끈질긴 교섭을 더듬어 반추하는 것만이 작가에게 남아 있을 뿐이다. 작가는 "흐린 기억을 더듬어 옛 주인을 찾아오는 도둑고양이" 같다. 그곳에 옛 집이 있을 것인가? 어느 곳에도 시원은 없다. 그것은 "시야 밖으로 사라진 아득한 소실점"일 뿐이다.

그러나, 그 꽉 막힌 부재 속에 외침이, 이야기가 있다. 옛 우물 속에 금빛 잉어는 없었다. 그곳에 있는 것은 그것이 아니라 그곳에 금빛 잉어가 살았다는 할머니의 이야기이다. 그 이야기가 없으면, 거짓 평온 속을 흐르는 우리는 기껏 그림자 없는 혼백일 뿐이다. 그러니, 작가는 독자에게 호소하고 있는 것이다. 평안과 참혹의 음모에 대하여. 그에 대해 용쓰는 우리의 헛된 망각에 대하여.

📺 1995. 10. 15, 중앙일보, 치욕의 불꽃을 머금은 투명한 물의 세계

산문 읽기, 산문 듣기

—최인호의 「산문(山門)」

모든 문은 다른 세상으로 통한다. 그리고 모든 지리적 경계는 언어의 경계이다. 문을 건너는 것은 곧 의미의 문턱을 넘어서 가는 것이다. 「산문」은 그 문의 본질에 육박한 소설이다. 그것이 단순히 구도의 소설이기 때문만이 아니다. 무엇보다도 '산문(散文)'을 거쳐 '산문(山門)'으로 들어가기 때문이다. 산문이란 지리멸렬한 것인데('이 산문적인 세상'하고 푸념하는 소리를 들어보라), 그런데 산문이란 비의가 열리는 통로인 것이다. 그러니, 이 소설, 「산문」의 산문은 상징적 기호로 충만해 있다. 그침 없이 내리는 비가 이 작품의 단순한 배경이 아니고 깊은 무늬이듯이, 지네와 제비와 반디와 버섯과 승검초 등의 동식물들은 사건의 양념이 아니고, 주지 무이와 공양주 할멈과 부목 김씨도 두루 주인공 '법운'과 여인의 보조역들이 아니다. 법운과 여인을 포함해 그들은 모두 그런 들쭉날쭉한 '인물'들이 아니라, 의미의 영역을 공평히 나누어 갖고 있는 상징 기호들이다.

그 이야기가 직접 보여주듯이 법운이란 법명 자체가 번뇌 다스림을 암시한다면, 주지 무이 스님은 법운의 근원을 암시한다. 무이(無二)

란 곧 번뇌와 깨침이 둘이 아니라 하나임을 가리키고 있으니 말이다. 그런가 하면, "6·25 전쟁통에 손 하나를 잃고 있고, 허벅지에는 총탄을 맞아 관통상의 흔적이 남아 있는 상이 군인"이며 절의 온갖 "살림을 도맡아 하고 있"는 부목 김씨는 저 무이 스님의 이편 대척에서 이미 깨침과 번뇌가 하나로 뭉친 몸, 육화한 번뇌로 우뚝 서 있다. "머리만 깎았다면 절 살림을 도맡아 하는 원주 스님이라고 해서 법운은 가끔 농삼아 부목 김씨를 원주 스님이라고 부르곤 했"다는 것은 김씨가 주지 스님과 상징적 동위소를 이루고 있음을 보여주는 대목이다. 무이 스님이 말씀이자 뜻이라면, 김씨는 살아 있는 말씀, 살된 뜻이다.

하지만, 무이 스님도 부목 김씨도 산문은 아니다. 그들은 문의 저편 혹은 이편에 한껏 치우쳐 있다. 그들의 뜻과 몸은 이미 이루어져 있는 것이다. 그들은 문밖이거나 문안이지만 문은 아닌 것이다. 문이란 과정이고 생산(노동)이기 때문이다. 그들이 법운과 여인의 사건으로부터 어느만치 떨어져 있는 것은 그 때문이다. 무이 스님은 여행 중이고, 부목 김씨는 머리를 깎지 않았으며, 폭우는 산문에 빨리 이르게 할, 김씨가 자동차가 드나들 수 있도록 애써 닦아 놓은 다리를 끊어 놓았다. 법운과 여인의 안식은 그렇게 쉽게 얻어질 성질의 것이 아니다. 그들이 치러야 할 업은 그들 스스로의 몫으로 고스란히 남아 있는 것이다.

산문의 의미론적 가치를 체현하는 것은 그들이 아니라 공양주 할멈이다. "영원히 웃고 있는 탈바가지를 뒤집어쓰고 덧뵈기 탈놀이를 하고 있는 남사당패 같아 보"이는 그녀야말로 법운을 산문으로 당기는 숨은 힘이다. "찬밥에 물을 말아 부뚜막에 앉아서 손가락으로 소금에 절인 오이지를 찢어서 먹는" "반토막의 새우"같은 몸인데, "법운이 온 뒤로 부쩍 공양에 뜸을 들"여 누룽지며 호박전, 콩국수를 만들어 먹이고, "하회탈같은 얼굴로 하얗게 웃"으면서 법운의 목욕 광경을 "한참을 쳐다보면서", 법운이 민망해서 쫓는 데도 법운의 흰 속살을 칭송하는 할멈은 무이 스님과 부목 김씨와 정반대로 생산적 징표들로 가득 찬 기호이다. 그녀에 대한 이야기 다음에 곧 "발정기를 맞은" "장대한 반딧불들의 군무"가 나오고, 그리고 그 무렵에 "법운이 제비집에 꼼짝없이 들어앉아서 알을 품고 있는 어미새에 관심을 갖게" 되는 것은 그러한 징후의 연속성 위에서는 아주 자연스러운 것이다. 단순히 나열되기만 하는 듯이 보이는 그 삽화들이 실은 그렇게 정교하게 짜여져 있는 것이다.

하지만 그이도 법운과 여인을 대신하지는 않는다. 다만 그 둘이 함께 통과해야 할 문을 아득히 가리킬 뿐이다. 그 사정을 암시하는 암유적 단위가 비구니가 된 딸을 두고 있다는 것, 그리고 반귀머거리라는 것이다. 비구니가 아니라는 것이 아니라 비구니가 된 딸을 두고 있다는 것은 그녀의 행동적 지평이 실천의 차원에 있는 것이 아니라 영향의 차원에 있다는 것을 뜻하며, 그녀가 반귀머거리라는 것은 그녀가 뜻을 전할 수는 있으나, 상대방의 뜻을 들어 줄 몫은 맡지 않는다는 것을 뜻한다. 법운·여인의 소망을 대신해서 살 일은 없는 것이다.

그러니, 법운과 여인에게 후반부의 사건이 집중될 수밖에 없는 것이다. 암시된 의미의 문턱을 그들이 제 몸으로 건너야하는 것이다. 그런데, 그 몸의 실행이 전반부에 암시된 뜻의 육체적 전개에 불과하다면 그들이 그것을 겪는다는 게 무슨 소용에 닿을 것인가. 선험적 관념의 되풀이는 언제 어디서고 누구나 하는 것이니 말이다. 실은, 그 몸의 겪음 속에서 암시된 뜻 자체가 근본적인 변화를 얻게 되니, '산문'의 참 모습이 거기에 있다 할 수 있다. 폭우를 뚫고 법운과 여인이 벌이는 천도제의 전 과정은 번뇌와 깨침이 그냥 무이(하나)인 것도, 뜻 모를 탈(할멈)인 것도 아니라, 번뇌의 철저한 되살기를, 아니 좀더 정확히 말하면 바꿔 살기를 겪고 나서야만 깨침이 얻어질 수 있다는 것을 그 자체의 모습으로 구현해 보여주고 있다. 법운의 버림받았던 과거에 대한 저주는 여인의 애버림에 대한 회오를 처음부터 끝까지 되살림으로써만 비로소 해원된다. 불상에 불을 지르고 달아났었던 법운은 이제 여인이 "이미 흘릴 눈물은 모두 흘려 버려 더 이상 나올 눈물마저 다 말라붙어 버렸"을 때, 창의(唱衣), 즉 불의 정화를 할 수 있게 되는 것이다. 바로 거기에서 「산문」의 전 길이를 수놓고 있는 물의 천변만화가 그 속뜻을 펼쳐 드러낸다. 크게 나누어, 는적는적한 습기로부터 장마비로 그리고 떠도는 운무(안개와 이슬)로 바뀌는 그 수분의 변신 과정 끝에 법운은 송이버섯을 따고 승검초를 "꽃삽으로"(정화한 불의 이미지) 캐낸 '약 캐는 나그네'가 마침내 되는 것이다. 아름다운 독버섯이 암시하듯이 불은 그냥 타면 단지 유독한 연기와 저주의 단말마만을 남기지만, 온갖 물의 삶을 겪어 썩고 썩어서 풍화되면 그것은 약을 남긴다. 달리 말해, 습기를 한껏 머금은 불만이 "향기로운 방향"으로 퍼질 수 있다. 그러니, 불과 물이 무이이지만 그러나 실은 한없이 달라 상극할 때 비로소 그렇게 하나가 될 수 있는 것이다.

산문(散文)이 산문(山門)으로 드는 길이 되는 내력도 여기에 있다. 깊

은 산중의 흔한 이야기 하나가, 그 이야기의 온갖 물상을 상징적 기
호로, 다시 말해 가장 비천한 것으로써 가장 드높은 것을 암유하는
매질로 치환시키는 사람의 손/눈 안에 넘쳐 흘러 문득 속세의 사건
도 아니고 부동의 상징도 아닌, 제 몸을 통해 제 뜻 자체를 변모시키
는 세속의 아주 희귀한 알음알이로 변신하는 것이다.

T 1994, 최인호, 『문학상 수상 작품집』, 훈민정음

유예된 카타르시스의 시학

이 늪 속에 빠진 사유, 참말(眞言)과 깨달음을 구하고자 하는 저 희원은 한국문학에서 낯선 것은 아니다. 자기 동일성의 주변을 하염없이 맴도는 사유의 똬리는 특히 여성작가들에게서 두드러졌던 한국적 문체의 한 표본이며, 삶의 정화(精華) 혹은 일상으로부터의 해탈을 꿈꾸는 희원 또한 한국문학의 일상적 주제 중의 하나이다. 그럼에도 불구하고, 어딘지 낯설다. 『흰 소가 끄는 수레』에는 무언가 전혀 새로운 것이 나타나 4년 만에 집필을 재개한 작가의 변모가 그 자체로서 한국문학의 변화를 자극하는 사건인 것 같은 놀라움을 준다.

그 '무언가'는 문체의 흐름, 사유의 운행을 휘몰아치는 속도로부터 비롯된다. 여기에서 수레를 끄는 흰 소의 느릿느릿한 움직임은 찾을 수 없다. 정반대로 '낭만적 격정'이라고 이름 붙일 수 있는 정념의 회오리가 '흰 소'의 입간판을 우당탕탕 날리면서 텍스트를 숨가쁨의 극치로 끝없이 몰아넣고 있다. 그로 인하여 늪의 문체는 자맥질의 문체가 되고 참말의 기다림은 헛말들의 폭포로 바뀐다.

이 속도는 강도(强度)가 결코 아니다. 단순히 자아의 방황에 신열을 씌우고 방황의 동인이 된 죄의식을 더욱 채찍질하는 그런 강세형이 아니다. 오히려 그것은 완전히 질적인 새로움의 원천이다. 그것으로 인해 작가의 방황, 인간의 죄의식은 "타락한 방식으로 진정성을 찾아 헤매는 문제적 개인"의 상투적 모형을 벗어난다. '개인'은 결코 이 소설들의 주인공이 아니다. 소설의 주인은 거꾸로 정념 그 자체다. 그것은 개인의 내면에 살지 않고 바깥에서 무자비하게 증식하면서, 강도(強盜)처럼 주체에게로 쳐들어와 그의 자율 신경망을 난도질한다.

그렇게 해서 남는 것은 결코 멈추지 않을 정념의 회오리이다. 이 소설들에는 발단과 전개와 대단원이 없다. 여기에는 오직 클라이맥스만이 있다. 감정의 극단들의 연속만이 있다. 이것을 작가는 분명 대중소설로부터 가져왔다. 『죽음보다 깊은 잠』이래 그에게 붙은 '대중소설가'라는 딱지는 작가에게 상처를 준 게 분명하지만, 그러나 상처는 마음을 쬘수록 딱지지기만 할 뿐이다. 『풀잎처럼 눕다』, 그리고 빼어난 문학적 성취를 거둔 『불의 나라』, 『물의 나라』는 두루 대중소설들이었다. 그리고 작가는 특히 후자의 작품들을 통해 대중소설이 어떻게 통속으로 빠지지 않고 삶의 건강성을 씩씩하게 환기시킬 수 있는가 하는 모범을 보여주었었다. 오늘의 소설에도 그 흔적은 여전히 남아 있다. 문학인으로서의 우월감, 주인공의 마음의 과장된 현시, 가족에 대한 미화, 비유들의 극단성(가미카제, 나비떼) 등은 대중소설의 성향과 기법이 그의 체질 속에 녹아 있음을 입증한다.

헐리우드 영화가 이원성의 대위법(들뢰즈)으로 이루어지듯이, 가장 천박한 대중소설은 클라이맥스와 대단원을 되풀이하는 것으로 독자를 성적 흥분의 상태로 휘몰고 간다. 『흰 소…』의 정서적 극단성은 바로 그것을 절묘하게 도입하고 있다.

그러나, 나는 이 소설의 근본 기법이 대중소설로부터 왔다고 했을 뿐이다. 이 소설은 결코 대중소설이 아니다. 오히려, 결정적인 단절, 마치 단호한 의지의 기합(氣合)과도 같은 통속과의 결별이 대중적인 것과의 입맞춤 속에, 만해의 입맞춤에서처럼, 날카롭게 표명되고 있다. 여기에는 절정은 있는데, 대단원이 없는 것이다. 그럼으로써, 소설은 결코 독자에게 사정(射精)을 허락하지 않는다. 오직 절정들만이 있음으로써, 카타르시스는, 정화(淨化)는 끝끝내 유예된다.

그렇게 소설은 독자를 고뇌의 절정 속에 정지시킨다. 어떤 아득한 침묵, 입이 새까맣게 타버리는 정지가 이 숨가쁜 속도의 파노라마 위에 반월처럼 걸린다. 그 저주같은 달은 소설의 안과 밖을 두루 되새기게끔, 다시 말해 반성케 한다. 독자는 주인공의 고뇌에 이입되지도, 통속소설의 독자처럼 흥분을 발산하지도 못하리라. 그럼에도 그 달과 더불어 그가 할 수 있는 일은 너무 많을 것이다.

▼ 1997. 12. 16, 시사저널, 숨가쁘게 몰아치는 정념의 회오리

상처를 산다는 것의 의미

―이인성의 「낯선 시간 속으로」

상처를 받는다는 것은 삶과 죽음을 하나로 만드는 넋굿이라고나 할까

구문과 주제의 복잡성으로 인하여 일반 독자들보다 오히려 전문 독자들이 접근하기를 두려워 한 「낯선 시간 속으로」는 그러나, 바로 그 복잡성에 의해서 한국소설사에 중요한 획을 그은 작품으로서 기억될 것이다. 소설집 『낯선 시간 속으로』는 적어도 세 가지 층위에서 한국 문학에 아주 새로운 지평을 열어 보여준다. 그 첫 번째 층위에는 주제가, 두 번째 층위에는 정치학이 그리고 세 번째 층위에는 문체가 놓여 있다.

우선, 주제에 대해 「낯선 시간 속으로」는 세상과 화해하지 못하고 죽음의 충동에 시달리면서 방황하는 젊은이가 그 방황을 극복하고 세상의 인정과 수락을 통해서 성숙해 가는 과정을 그린 성장 소설적 유형에 속한다. 그러나 그 과정이 전개되는 방식은 전통적인 성장 소설의 그것과 사뭇 다르다. 화자이자 주인공인 '나'의 방황은 불가피하게 죽음의 충동을 동반한다. 그러나 그의 성숙은 죽음의 충동을 극복하

고 삶에의 의지를 획득하는 과정으로 이뤄지지 않는다. 왜냐하면, '나'의 방황은 나에게 죽음의 충동을 유발한 상처가 결코 지워지지 않는다는 것을 가르쳐주기 때문이다. 세상의 수락과 삶에 대한 의지는 사실상 방황과 죽음 충동을 이겨낸 데서 오는 것이 아니라 그것을 억압하고 은폐한 결과가 아닐까? 그 점에서 「낯선 시간 속으로」는 일반적 성장 소설과 정반대의 방향으로 나아간다. '나'의 성숙은 죽음의 충동을 극복하는 데서 오는 것이 아니라 거꾸로 죽음의 충동을 수락하고 그 죽음과 적극적으로 대화하는 데서 오는 것이다.

이러한 사실은 「낯선 시간 속으로」가 '나'를 작품의 중심에 놓고 있음에도 불구하고 결코 한 주인공의 행동 혹은 사유의 궤적을 좇는 작품이 아님을 암시한다. 왜냐하면 그러한 방향의 흐름 속에 몸을 던지게 되면 인물은 독립된 개체이자 행동적 주체로서 부각될 수가 없으며 사물과 자연과 세상 속으로 흩어지고 녹아 흘러 혼돈스런 분화와 변신을 겪지 않을 수 없기 때문이다. 실로 '나'의 행동과 사유의 추이는 적대적인 '하나의' 세상에 대한 반응으로 나타나는 것이 아니라 한편으로는 세상의 다면성의 간계와의 복합적 만남으로, 다른 한편으로는 세상과 '나'의 동시적이고 전면적인 성찰로 나타난다.

세상의 다면성의 간계란 세상이 아주 적대적인 입장들로 대립되어 있으면서 동시에 공모를 하고 있다는 것을 뜻한다. 이를테면 '나'는 군대 생활의 억압으로부터 벗어나기 위해 끊임없이 편지를 쓴다. 그것은 제도화된 세계의 획일성으로부터 벗어나 자유로운 세상과 통화하고자 하는 열망을 표현한다. 그러나 "우체통 그것은 함정이었다." 그 자유의 세상으로부터 '나'는 실연의 통고를 받는가 하면 또한 체제에 대한 저항 운동 그 자신이 제도화된 세상과 똑같은 방식으로 하나의 대본, 하나의 구호를 미리 준비하고 강요하고 있다는 것을 본다. 세상살이는, 그 표면적 목표가 반 세상적인 것이라 할지라도 실은 이렇게 미리 짜여진 연극 놀이, "그러나 무슨 형벌처럼 참여당하고야 마는 고통스런 놀이"였던 것이다. '나'는 체제와 반-체제, 그리고 탈-체제(축제)의 모든 상호 대립적이고 적대적인 양태들 속에서 그것들을 똑같은 획일성이 지배하고 있음을 보고 깨닫는다.

바로 여기에서 「낯선 시간 속으로」는 한국 지식인의 삶에 대한 전면적 반성이라는 정치학을 밑으로 깔아놓는다. 근대 이후 계속된 수난에 시달리면서 각박한 생존의 몸부림을 쳐 온 한국의 지식인들을 사로잡고 있는 근본적인 사유 체계는 크게 두 가지로 대별된다. 하나는 '아와 비아의 끝없는 투쟁'이라는 진화론적 역사 의식이며, 다른 하나는 세상의 질곡으로부터 해탈하고자 하는 마음이 낳은 태고적 세계에 대한 침잠이다. 전자는 일본 제국주의든, 독재 정권이든 적이 분명하게 설정되어 있었기 때문에 두드러진 것이었는데, 그러나 그것은 동시에 수난의 책임을 몽땅 바깥에 전가하고 자신의 순수성을 고집스럽게 확인하고 싶어하는 열망이 낳은 것이기도 하였다. 다른 한편으로 후자는 수난을 극복하려는 의지가 좌절되면서 그 수난 자체를 신비화시키려는 굴절된 욕망으로부터 생겨난 것이었다. 그러나 그것들은 두루 '자신'의 순수성을 하염없이 성화시키는 방향에 공히 협력하였다. 그것들은 사실 그렇게 다른 것이 아니었던 것이다. 그리고 그것은 동시에 '한국인의 자존'을 되찾겠다고 역설한 정권의 논리와 공분모를 이루는 것이었다(그리고, 불행하게도 그러한 생각은 오늘날 엄청난 속도로 대중적으로 확산되어 왔다).

그러나 그러한 사실을 확인하는 것으로 '나'의 삶이 어떤 다른 하늘을 맞이할 수 있을 것인가? 대문자 '그'로 암시되는 그 다른 하늘 속의 '나'는 결코 실재할 수가 없다. '나'가 확인하는 것은 '그들' 속의 소문자 '그'가 될 뿐이라는 것이다. '나'의 방황은 "나만의 대본"을 꿈꾸려하면 할수록 더욱 세상의 대본을 흉내내는 데 지나지 않는다는 것을 깨달음으로써 더욱 깊어진다. 그렇다고 해서 이 획일화된 세상을 그저 견디기만 할 것인가? '나'는 그것이 "아무것도 그의 그 삶을 정당화시켜 줄 수 없다는 자각"에 고통한다.

'나'의 방황이 상처를, 다시 말해, 죽음의 충동을 수락하는 것은 그 깨달음이 깊어진 끝에서이다. 그것은 상처를 치유하는 데서가 아니라 오히려 상처를 나의 완강한 독립성이 허물어지고 타자를 받아들일 수 있는 열린 자리로 이해하는 데에서 삶의 가능성이 시작된다는 것을 뜻한다 : "제 살에 가려 보이지 않을 때에 추상일 수밖에 없었던 피와 뼈가 살을 열고 솟구쳐 현실이 됨으로써 감각의 고통이 오듯이. 그 다른 하늘은 말하자면 의식의 피와 뼈일테니까. 그러면, 벌어진 의식의 살―장막―과 아픔을 시간이 다듬어 준다 할지라도, 칼길의 흔적에는 언제나 그 다른 하늘빛이 어른거릴 것이다."

상처를 열림으로 받아들인다는 것은 무엇인가? 그것은 주제적 차원에서 세상과 나의 동시적이고 전면적인 성찰로 이어지며, 형태적 차원에서 풍경과의 끝없는 대화를 모색하면서 더듬거리듯이 나아가고, 또한 그럼으로써 침묵하는 풍경이 감추고 있는 풍요롭고 환한 이미지들의 다채로운 환기를 끝없이 펼쳐내는 문체의 복합성으로 반향한다. 세상과 나의 동시적·전면적 성찰은 세상에 대한 부정이 그것으로 그치지 않고 나의 부정을 동반해야 한다는 것을 말한다. 그래야만 나의 순수성으로 세상의 타락을 대체하려는 '아와 피아'의 악순환적 대립을 넘어설 수 있기 때문이다. '나', '너', '그'의 상상적 살해들은 바로 그러한 주체의 허물음과 상관적 존재들로의 재탄생을 의미한다. 그리고 그렇게 태어나는 상관적 존재들은 결코 확정된 독립적 개체가 아니라 열림으로써만 받아들일 자리를 마련하는 결여의 존재들이 되지 않을 수 없으며, 바로 그것 때문에 그 존재들은 타자, 자연, 사물, 세상과의 끝없는 대화의 관계 속으로 들어가게 된다.

「낯선 시간 속으로」의 문체의 풍요로움과 복잡성은 바로 그로부터 솟아나온다. 그것은 세상을 풍경으로 치환시키면서 작품의 중심을 '나'로부터 '나와 풍경의 관계'로 이동시킨다. 풍경과 나는 완전히 구별되는 개체들도 아니며, 아주 하나가 되어버린 단일한 집합의 원소도 아니다. 그 둘은 서로 다르지만 대립적 관계에 놓이지 않고 화해의 가능성을 품은 두 존재자가 되며, 동시에 그 둘은 화해의 가능성을 품은 두 존재이긴 하지만 그렇다고 금세 하나의 무엇으로 일치·환원되는 것이 아니라 단박의 화합을 끝없이 유보하는 상호 결여이자 상호 충족의 존재로서만 상관적으로 움직인다. "그 점 속에서 풍경은 한 발자국 다가설 때마다 조금씩 아른거리는 모습을 드러내고 있었다. 풍경은 그 점 속에 무한히 숨어 있는 듯 싶었다"에서의 풍경은 속을 드러내보이지 않지만 그러나 무한한 발견의 가능성을 암시한다. 그것은 불-투명한 채로 끝없는 설렘을 자극한다. '나'가 다가가는 방식에 따라 풍경은 거부와 유보와 수락의 몸짓을 시시각각 변화시키며 펼쳐 보여줄 것이다. 그렇게 해서 나와 풍경은 저마다 다른 채로 서서히, 은밀히, 그러나 격렬함을 감추고서, 뒤섞여든다. 「낯선 시간 속으로」의 문체는 아주 관능적이다. 그 관능성은 주제론적 차원에서 보았던 상관적 존재의 윤리학을 바로 육체적으로 펼친 것이라고 할 수 있다.

덧붙이자면, 그 문체는 또한, 정확하지만 단조로운 정통 소설의 교과서적 문법과 현란하지만 오문 투성이인 젊은 작가들의 파행적 문체 어느 쪽에도 속하지 않는다. 독자는 한국 문장의 모범과 한국어의 최대치의 가능성을 동시에 이 작품을 통해서 맛볼 수 있을 것이다. 가장 정확한 문법으로 가장 복잡한 문장을 만들어낸 소중한 한 전범으로서도 이 작품은 기록될 것이다.

🔻 1995, 해방 대표 중·단편 소설 50

욕망을 비껴 가기

―이인성의 『미쳐버리고 싶은, 미쳐지지 않는』

욕망에는 욕망의 잡음들이 들끓고 욕망의 잡음은 욕망보다 더 크다. 욕망은 그냥 불타오르는 욕망이 아니다. 그것은 시끄러운 말의 불덩어리고 말의 급류이고 말의 천둥 번개이다. 말이 있는 한 욕망은 사라지지 않는다. 욕망으로부터의 해탈을 말하는 그 모든 말들도 해탈에의 욕망을 재촉한다. 불경의 말씀도 그것이 말인 한은 욕망과의 싸움이지 해탈이 아니다.

그러니 또한, 욕망과 잘 싸우기 위해서는 말을 통하지 않을 수 없다. 욕망과의 싸움은 욕망과의 대화다. 이인성의 「미쳐버리고 싶은, 미쳐지지 않는」에선 전화선이 그 싸움터다. 왜 전화인가? 아주 먼 통화, 따라서 욕망의 직접성으로부터 가장 멀리 비켜 있을 수 있기 때문일까? 하지만 그렇다고 해서 욕망이 어디로 가나? 오히려 전화선은 욕망의 조바심으로 뜨겁게 달아올라 수화기를 든 손을 시커멓게 태워버린다. 작가가 전화선을 택한 것은 욕망으로부터 떨어져 있기 위해서가 아니라 멀리 있을수록 더욱 욕망은 뜨겁게 타오름을 겪기 위해서다. 가장 우회하는 길이 가장 구체적으로 살아보는 길인 법이다. 그가 제시한 명제. 욕망을 '비껴 가기'는 바로 그것을 가리킨다.

그렇게 욕망의 조바심으로 타버린 한 인물이 있다. 작가는 그를 '너', '나', '그'로 한꺼번에 지칭한다. 모든 세상 존재의 총칭으로. 3개의 기본 지칭태로. 다시 말해 작가는 욕망의 전 통신망을, 즉 욕망의 인터넷을 문제삼는다. 욕망의 샘, 욕망의 순환로, 욕망의 종착지는 어디인가? 또한, 너는 의식된 나이고 나는 사는 나이며 그는 상상된 나이다. 너는 나의 과거이고 나는 나의 현재이며 그는 나의 미래이다. '너', '나', '그'는 3개의 기본 시간대다. 그것을 통해 작가는 욕망의 역사 그 자체를 문제삼는다. 욕망에는 변화가 있을 수 있는가?

너는 미친 여자의 전화에 시달린다. 미친 여자의 전화 때문에 직장까지 잃은 나는 첫사랑의 여자에게 전화질을 해댄다. 욕망은 항상 전염되고 항상 되풀이된다. 너는 나다. 그 욕망의 되풀이에서 벗어나고자 하는 그는 다른 길을 떠날 것이나, 그도 어느 곳에서 술집의 여자에게 전화를 할 것이다. 그도 전화망의 우리에 갇혀 있을 것이다.

욕망에는 변화가 없다. 욕망에는 심화만이 있을 뿐이다. 그러나, 심화의 끝은 폭발이고 파국이다. 욕망의 끝은 소돔과 고모라이다. 우리가 욕망을 벗어날 수 없다면, 욕망을 살되, 그것을 파국으로 달리게 해서는 안 된다. 욕망의 되풀이를 당하되 그것을 오래 되풀이시켜 욕망의 '오감도'를 그려야 한다. '욕망을 비껴 가기'는 소의 반추와 누에의 분비가 하나로 붙은 특이한 욕망과의 싸움 형식이다. 끊임없는 욕망의 되새김으로 욕망의 실을 자아내 욕망의 형태를 짜는 것, 그리하여, 그것을 겪으면서 그것을 깨닫고 그것에 반하게 하는 것. 그 길은 결코 끝나지 않는, 한없이 긴 욕망의 행로다.

▼ 1995. 12. 24, 중앙일보, 벗어날 수 없는 욕망과의 싸움

인간 욕망이라는 괴물을 좇아 스스로 욕망이 되어 버린 소설
―이인성의 『강어귀에 섬 하나』

　아무리 어렵더라도 반드시 읽어보아야 할 책들이 있다. 이인성의 연작 소설집, 『강어귀에 섬 하나』(문학과지성사, 1999)도 그 중 하나이다. 그의 소설이 어려운 까닭은, 간단히 말해, 세상이 복잡하기 때문이다. 문학 언어는 세상의 복잡함을 몇 개의 명료한 개념으로 축약하는 과학 언어도 아니고, 부정확한 어휘들로 번역하는 일상 언어도 아니다. 문학 언어는 스스로 세상을 통째로 살아보려고 한다. 문학이란 타인의 체험을 있는 그대로 되풀이해 보는 재체험의 장소이기 때문이다. 그런데 그것을 언어로써 해보려 하니까 본래 추상화의 도구인 언어가 구체화되어 생살이 돋고 피를 흘리며 뼈가 튀어나오는 기이한 모습으로 변형되는 것이다. 문학 언어는 세상 그 자체가 되려고 하며, 그로 인하여, 그것은 의사소통의 도구가 아니라 의사소통의 어려움을 절감케 하는 장소이자 사건이 된다.

　『강어귀에 섬 하나』가 그 복잡한 언어로 부각시키고자 하는 세상의 모습은 인간 욕망이라는 불가해한 괴물이 복잡다단하게 얽히는 꼴이다. 작가가 그 욕망에 대해 던지는 물음은, 욕망은 왜 이리도 끈질긴가? 왜 욕망은 항상 좌절하고 마는가? 왜 욕망은 그것을 억압하는 것과 피를 섞고 있어서 서로 구별되지 않는가? 왜 욕망은 끝없이 대상을 바꾸어 전전하는가… 라는 욕망의 발생과 진행과 진화의 고고학적 구도이다. 그것을 질문하는 작가는, 카프카의 주인공이 측량사였던 것처럼, 정밀한 언어의 측량사여서, 욕망이 발생하는 장소들의 성격에 맞추어 그리고 그것이 진행되는 계기들에 따라서, 시점과 문체와 이미지를 섬세하게 변형시키면서 욕망의 총체적인 모습을 천천히 빚어나간다. 그 한없이 더딘 속도를 음미할 줄 아는 독자는, 그러나, 작가가 사용하는 문장이 얼마나 정확하면서도 동시에 맛깔스러운지를, 그가 빚는 이미지들이 얼마나 징그럽게 풍요로운지를 느낄 수 있을 것이다. 그의 언어가 욕망이라는 괴물을 추적하면서 스스로 징그럽고 매혹적인 욕망으로 화(化)했기 때문이다. 그래서 이 욕망 언어의 미로 속에 어렵사리 발을 들여놓은 독자를 기꺼이 도취하게, 그리고 안타까이 헤매게 하기 때문이다.

이인성은 최근 『식물성의 저항』(열림원)이라는 수필집을 상재했다. 그것을 읽은 한 원로작가가 내게 묻는다. "그렇게 재미있는 수필을 쓰는 사람이 소설은 왜 그리도 어렵게 쓴대요?" 내가 드린 대답이 무엇이겠는가? "소설이 그의 천직이기 때문이죠."

☏ 2000. 8, 월간조선, 인간욕망에 대한 소설적인 탐구

혼돈의 열림
—이인성의 소설세계

어느 시대에나 어느 언어권에서나 작가들에 의해 교사(maître)로 추 앙받는 작가가 있게 마련이다. 또한 그 교사는 근접이 불가능하기 때 문에 흔히 은근한 배제(forclusion)의 대상이 되기 마련이다. 그를 교사로 만드는 자질이 또한 그가 교사가 되어서는 안 되는 까닭이 된다. 이 인성은 한국 문학의 장(champs littéraire)에 자신의 모습을 드러낸 원초적 무대에서부터 그러한 저주받은 교사의 운명에 사로잡힌다. 『낯선 시 간 속으로』는 한국의 소설사에 유례가 없었던 아주 낯선 소설로서 한 국의 독자 앞에 출현하였다. 그것은 평범한 독자들에게는 해독이 되 지 않는 개인어(idiolectes)들의 밀폐된 창고로 비쳤지만, 소수의 마니아 들에게는 어떤 막연한 소설적 이상(idéal du roman)으로 들어가는 입구로 서 애독되었다. 또한 작가의 사회적 책무를 지상명령으로 알고 있는 비평가들은 이 새로운 작가를 현실로부터 언어의 미로로 도피한, "충 분히 좌파적이지 못한" 존재로 외면하였다. 그에게 '거대한 언어의 제 련소에서의 순수한 소설의 실험'이라는 라벨을 붙여줌으로써 문학의 주류 저편에, 다시 말해, '소수의 문학(littérature mineure)'에 그를 배치함으로써 그의 소설이 한국문학의 심장을 건드리는 것을 방지하고자 하였다. 그럼으로써 그의 소설은 한국 문학의 요란한 논쟁의 장에서 ‘추방된’ 상태로 남게 된다. 그러나 또한 그것은 모든 사람들이 그의 소설에 대해 경외감을 갖게 한 원인이기도 하다. 그를 이해하려고 한 사람들은 자신이 이해한 바를 타인에게뿐만이 아니라 스스로에게도 납득시키기가 어려웠으며, 그를 이해하려고 하지 않은 사람들은 이해의 포기 덕분에 항상 그의 소설 앞에서 괴이한(unheimlich) 공포를 만나야 했다.

이 한국적 ‘이방인’의 현상학을 기술해보자. 첫째, 뚜렷한 ‘성격’의 제시라는 고전 소설의 문법을 간단히 무시하고 그저 ‘나’, ‘너’, ‘그’라는 세 개의 인칭대명사로 환원된 인물들은 카프카나 무질의 인물이 그러하듯 인간의 추락을 암시하기보다는 존재의 근본적인 불확정성을 가리킨다. 그것들은 인간의 존재론에 대한 안타까운 ‘물음’과 인물들 자신의 실존적 불안 사이의 긴장에서 태어난 개별적(singuliers) 대명사들(일반 대명사 on이나 집합 대명사 우리(nous)와 대립되는 의미에서의)이다. 다음, 언뜻 보아 갈피를 잡기 어려운 줄거리의 혼란은, 누보로망이 감행했다고 얘기되는 것처럼 근대 부르주아 사회의 단선적 역사관에 상응하는 ‘개인의 일대기’로서의 줄거리를 전복하겠다는 의도에 의해 인도되기보다는, 삶의 근본적 다면성 혹은 중층결정 (surdétermination)의 굴곡을 정밀히 추적한 작가의 관찰의 결과이다. 많은 진지한 사람들이, 이를테면 『파에드로스』에서의 플라톤이, 말했던 것처럼, 에움길이 있다면 그것이 불가피한 에움길이기 때문이니, 이 인성 소설의 중첩적 경로들은, 서양적인 것과 동양적인 것 그리고 한국적인 것의 혼잡, 전근대와 근대와 탈근대의 중첩을 통해 20세기를 겪어내야만 했던 한국인의 역사에 반향한다. 셋째, 이 중첩적이고 비선형적인 서사의 흐름은 쉼표의 빈번한 사용과 어조의 다양한 변화를 통해 끊어질 듯 끊임없이 이어지는 문체를 낳는다. '단절들로서의 끝없는 연속'이라고 정의할 수 있는 문체를 통해, 이인성의 소설은 잠재적으로는 종지부가 존재하지 않는 하나의 문장이 되며, 현전적으로는 사방으로 끊기며 흩어지는 더듬거림의 소리들이 된다. 현전하는 이질성의 소리의 파편들은 현대의 한국 사회에서 들끓는 온갖 이질적인 이념들의 혼재에 상응하며, 잠재하는 '종지부가 존재하지 않는 하나의 문장'은 그 이질적 이념들 중의 어느 하나를 선택하는 대신 그것 전체를 통째로 밀고 감으로써, 어느 것도 버리지 않는 새로운 전체적인 전망을 만들겠다는 작가의 의지에 상응한다. 넷째, 전체적인 새로운 세계의 창조에 대한 의지는 남녀 양성적이고 자웅동체적인 신화적 이미지들을 낳는다. '나', '너', '그'라는 육체 없는 인칭 대명사들의 움직임이, 그러한 새로운 세계의 창조에 대한 의지의 모험을 통해, 풍요로운 환상적 이미지들을 피어나게 하는 것이다. 그 의지의 가장 축소된 이미지는 단성생식의 달팽이이며, 가장 강렬한 이미지는 꼬리를 문 두 마리 뱀의 엉킴이다. 달팽이의 이미지는 존재의 근본적인 무근거성에 대한 의혹과 사유를 향해 집중되며, 꼬리를 문 두 마리 뱀의 이미지는 존재의 최대치의 가능성을 독자에게 열어 보인다.

이인성의 소설이 한국의 독자들에게 동시에 외면과 두려움과 마니아적 애호의 대상이 되었던 것은 방금 기술한 그의 소설적 특징이 내

포한 윤리적이고 정치적인 성격과 은밀히 연관되어 있다. 그 윤리적·정치적 성격은 '명료성'에 대한 거부를 외관으로 가지며, '혼돈의 열림'을 존재태로 갖는다. 그것의 정치적 의미를 이해하려면 두 개의 한국사의 모순에 대한 이해가 필요하다. 한편으로, 일제 강점기와 분단 그리고 개발 독재를 거친 한국 현대사는 폭력적 일방주의(unitarisme)의 연속이었다. 그 과정은 동시에 저항 세력의 정신적 형식 역시 독단적 일방주의로 굳어지게 하는 결과를 초래한다. 그럼으로써 '아와 비아의 투쟁'이라는 명제가 한국의 정치적 상상력에서, 지배권력과 저항세력의 경우를 막론하고, 지배적이고 강압적인 기준으로 작용해 왔다. 다른 한편, 그러나 한국에게는 '아'의 실체가 부재하였다. 이른바 '현대성'이 한국을 침공한 19세기말 이후 한국의 지식인들은 과거의 유산과의 적극적인 단절을 감행하였다. 그들은 바깥으로부터 들어온 새로운 문물에 비추어서 새로운 한국의 이상을 만들어 나갔다. 나중에 한국 고유의 것에 대한 각성이 일어났으나 이미 그것은 현실과의 긴장을 상실한 화석에 대한 편집증적 집착으로 나타난다. 한국이 오리엔탈리즘의 프리즘에 포착되지 않는 것은 그 때문이다. 어쨌든, 어느 평론가가 '새것 콤플렉스'라고 명명했던 '타자에게 있는 것'(타자가 '소유한' 것이 아니라)에 대한 일방적인 이끌림은 방금 말했던 '나'에 대한 강렬한 열망과 모순을 이룬다. 이 모순된 두 의지가 강제로 접합될 때, 모든 이념형들에 대한 무차별적인 상상적 전유가 일어난다. 세계의 모든 것이, 그러니까 앞에서 요약한 대로 근대적인 것, 전근대적인 것, 탈근대적인 것, 혹은, 한국적인 것, 동양적인 것, 서양적인 것들이, 추정된 가치의 정도에 따라, 마구잡이로 '진정한 것'의 이름

하에 한국인의 '실재'로 간주되는 도착이 일어난다. 한국사회는 속으로 갈수록 타오르는 이념들의 용광로가 되어 갔는데, 그러나, 그것은 언제나 하나의 선택을 통해서 봉합된다. 무한히 많은 것들이 들끓는데, 그것들은 항상 무수한 '하나'들이 된다.

이인성에 앞서서 최인훈이 이 무한히 들끓는 것들 속으로의 기사도적 편력을 감행하였다. 이인성의 소설은 그 연장선상에 있으나, 최인훈이 무의식의 심층 속으로 직접 진입한 것과 달리, 이인성은 '하나'로 봉합된 지점들에 칼을 대는 방법을 통해서 한국인의 무의식의 표층을 '째고' 들어간다. 다시 말해 무의식이 최종적으로 완성되며 의식의 가면을 쓰는 지점을 뚫고 들어간다. 그가 봉합이 실행되는 지점으로부터 접근하고 있다는 사실이, 앞에서 말한 한국 독자들의 기묘한 반응들의 원인이 된다. 이인성의 소설을 통해서 사람들은 직시에 대한 욕망과 외면하고자 하는 심리적 경사가 착종하는 자리에 서게 된다. 그 자리는 매혹과 두려움이 동시에 솟아나는 괴이한 자리이다.

어쨌든, 그가 명료성을 거부하는 것은 그 때문이다. 명료성은 '하나'를 통해 다수성(multitude)을 봉합하겠다는 도착적 집념의 표현이기 때문이다. 또한 그가 전체를 밀고 나가겠다는 의지를 '더듬거림'의 형식으로 실천하는 것도 그 때문이다. 한국인의 무의식의 심층에 들끓는 것들은 오직 혼재할 뿐 화응하지 않는다. 혼재의 언어적 형식은 강파르고 딱딱한 단어들의 와글거림이다. 더듬거림의 언어는 저 딱딱한 단어들을 동강낸다. 그러나 그 부러뜨림에 의해서 단어들의 안에 가두어져 있던 피와 숨결이 흘러나올 수 있게 된다. 서로 화응하고 서로 혼융하기 위하여. '혼돈의 열림'이라는 말은 바로 그 의지의 실

천을 가리킨다. 창조를 준비하는 혼돈을 창조하는 것, 그것이 이인성

소설이 '해야 할 일거리(affaire à faire)'로 취한 것이다.

2004, 미발표

삶의 의미라는 괴물이 출몰하는 그곳

―이창동의 『녹천에는 똥이 많다』

이 특이한, 특이하다기보다는 지저분하고, 지저분하지만 어쨌든 그것을 누지 않고는 살 수 없는, 그래서 독자를 무척 엉거주춤한 의식으로 몰아넣는 것이 소설의 제목에 등장했던 적은, 내 기억으로는, 예전에 유정룡이 「똥」이라는 제목으로 한국일보 신춘문예에 당선한 이래, 두 번째다. 작가는 그것을 그의 두 번째 작품집의 표제로 삼았는데, 거기엔 까닭이 없지 않아 보인다. 내가 그것을 먹으로 삼아 『녹천…』의 탁본을 떠 읽은 것이 있다면, 녹천의 '똥'은 풍자의 매개물이나 해학의 대상이 아니라, 상징적 사유의 표지라는 것이다.

겉으로 보아, 이창동의 소설은 사실주의적 계열에 속한다. 그는 우리 현실의 정치·사회적 문제에 휘말린 사람의 삶을 사건의 추이를 좇아 기술한다. 그러나, 핵심은 사건의 기록에도, 그 사건에 휘말린 사람들의 고난에도 있지 않다. 작가는 모든 사건들의 표면을 넘어서 그 뿌리에 놓여 있는 것으로 되풀이해 되돌아간다. 인물들의 의식은 그 뿌리, 즉 삶의 의미란 무엇인가라는 질문에 강박되어 있다.

물론 지구상의 어느 소설이든 삶의 의미를 추구하지 않는 것은 없다. 그러나, 『녹천…』에서 삶의 의미는 추구의 대상이 아니다. 인물들은 삶에서 의미를 발견하지도 않고 의미를 통해 삶을 이해하지도 않는다. 다만, 저기에 의미가 있다. 그리고, 이곳에서 삶은 저질러진다. 의미와 삶은 그렇게 멀리 있다. 그러나, 삶을 저지르고야 말게 만드는 것은 의미이다. 문득, 삶의 아득한 저편에 의미가 놓여 있다는 느낌에 사로잡히자마자, 인물들은 허무로 몸부림치고 곽란을 일으킨다. 그러니까, 『녹천…』에서 삶의 의미는 의미가 아니라 차라리 상징이다. 그것은 결코 잡히지 않는, 그러나, 눈앞에 생생해서 온 몸에 소름이 돋는, 불가해한 생물이다. 그것은 『산해경』에 나오는 짐승과도 같다. 그것이 나타나면, 그 고을에 미친 사람들이 부쩍 늘어난다.

그러나, 이 현대 소설 속의 상징은 신화세계의 그것처럼 빛나거나 현묘하지 않다. 그것은 끔찍하게 살아 있고 시커멓게 널려 있다. 그런데도 그것의 특징의 하나는 도피적이라는 것이다. ‘민주주의’거나 ‘민중의 자각’이거나 ‘독재 정권’이기도 하고, 또는 ‘등불’이거나 ‘쇠사슬’이거나 ‘똥’이라는 잡다한 이름을 가진 그 상징물은 쉬지 않고 도피한다. 겉으로야 인물들이 거기에서 도피하려고 용을 쓰지만, 실제 인물들은 달아나지 못한다. 일단 그것이 덮치면 인물들은 포충망에 잡힌 나비처럼 날개만 망가뜨릴 뿐이다. 정작 달아나는 것은 그것이다. 그것에 사로잡힌 인물들이 마침내 그것을 수락하려는 순간, 그것은 이미 저만큼 사라진다.

그것의 또 하나의 특징은 감염적이라는 것이다. 그것에 대한 강박관념은 아버지에서 아들로, 시동생에서 형수로, 인물에서 화자로 옮아 붙는다. 작품 안팎에 두루 미친 돌림병이 도는 것이다. 그러나 그 전염성 질병은 사람들을 하나로 만들지 않는다. 그것은 끊임없이 불화를 야기하니, 그것의 마지막 특징은 이간적이라는 것이다. 왜냐하면 그것에 들린 사람들은 자신을 제외한 모든 사람들이 '미쳤다고' 생각하기 때문이다.

이 희한한 돌림병이 5리쯤 북으로 퍼져나간 쪽에 이창동이 있다. 이창동은 물론 작가의 이름이다. 그러나, 소설의 작가는 개인이 아니라 장소이다. 실제로, 청량리-의정부 간 국철의 녹천 다음 역이자 지하철 4호선과 만나는 역의 이름이 창동이긴 하지만, 여기서 작가가 장소라는 것은 그것의 비유가 아니다. 굳이 말한다면, 거꾸로이다. 작가는 작품의 곪은 자리, 삶의 의미라는 괴물이 출몰하는 그곳, 녹천에서 엉거주춤하게 비켜서서 그곳과 다른 삶의 자리들 사이에 무수한 질문을 태어나게 하는 장소이다. 그 장소도 이미 절반은 감염되어 있다. 아니, 감염되지 않았으면 그곳은 창동이 아니다. 왜냐하면, 삶의 의미에 강박되지 않은 곳에 삶의 의미는 없기 때문이다.

그러니, 작가여, 혹은 『녹천…』을 읽고 덩달아 병들었을 독자여, 깨어날 생각말고 더욱 미치시라, 화해할 생각말고 계속 이간질하시라. 그곳에 이미 깨우침과 화해가 깃들어 있으니.

☎ 1993. 2. 3, 한국일보, 삶의 의미라는 괴물 출몰

기억의 윤리는 과거를 미래로 펼친다

―최윤의 「워싱턴 광장」

잊혀진 사실을 찾아가기는 최윤 소설의 특징적 주제이다. 등단작품인 「저기 소리없이 한 점 꽃잎이 지고」에서부터 「회색 눈사람」을 거쳐 오늘 소개되는 「워싱턴 광장」에 이르기까지 작가는 지속적으로, 그러나 언제나 첫 경험의 표정으로 무엇인가를 돌이켜보고 있다. 잊혀진 사실을 찾아간다고 했지만, 엄격하게 말하자면, 그는 찾아간다기보다는 되살려낸다. 왜냐면, 그에게 잊혀진 과거는 망각의 강을 건너지도 않았고, 역사의 시간대 저쪽에 요지부동으로 놓여 있는 고고학적 과거도 아니기 때문이다. 그가 돌이켜 떠올리는 그것은 명백하게 우리의 기억 속에 남아 있어서, 언제나 현재를 향해 엄습한다. 다만, 어찌된 일인지 그것들은 시커먼 안경을 쓴 것처럼 흐릿하게 지워져버려서, 결코 또렷한 모습을 보여주지 않는다. 혹은 거꾸로 말할 수도 있으리라. 현재는 그의 과거를 은밀히 불러오고는 동시에 그것을 외면한다. 추억하면서 동시에 잊는다. 왜?

기억해야 하지만 기억해서는 안될 일이 일어났기 때문이고 그럼에도 불구하고 기억되기 때문이다. 그때·그곳에서 무슨 일이 있었다.

그 일에 나는 알게 모르게 관련되어 있었지만 아무 일도 하지 않았다(못했다). 그것이 부끄러움과 두려움을 동시에 유발한다. 나의 기억은 그 두 감정의 복합체이다. 그 심리적 표리는 그러나 완강히 등을 돌리고 있어서 결코 화해하지 않는다. 부끄러움은 내가 진 부채를 갚아야 한다는 마음의 움직임을 낳지만, 그러나, "기억의 무서운 물살"에 빠져들기란 정말 두려운 일이다. 나는 과거를 불러 놓고 돌아선다. 그러나 불려온 과거가 왜 가만있겠는가? 현재에 대한 과거의 복수가 어느새 진행되어 돌아서는 그의 뒤를 잡아채는 것이다. 그 복수는 뭉클한 애정의 복수이다. "믿을 수 없게" 도래한 과거는 그에게 사건을 제시하면서 윽박지르는 것이 아니라, 사건을 에워싸고 흐르는 그때·그곳에서의 나의 삶을 들려주는 것이 아닌가? 그때·그곳에 무슨 일이 있었던 게 아니라, 무슨 이야기가 있었던 것이다. 순간의 사건이 아니라 덩굴 같은 삶의 내력이 있었던 것이다. 그 삶의 내력이 펼쳐질수록 그리움이라는 가장 오래된 것이 가장 새롭게 새록새록 피어나온다. 피어나면서 부끄러움과 두려움 둘레에 끈끈이처럼 엉겨붙는다. 화해할 수는 없더라도 결코 헤어지지 못하도록. 그는 지금·이곳에서 그때·그곳의 삶을 되살 수밖에 없다. 현재는 무한히 멀어지고 과거가 무한한 미래로 펼쳐진다.

최윤의 소설에서 문체가 중요한 것은 그것이 과거를 되살려내는, 혹은 과거가 되살아나는 과정 그 자체이기 때문이다. 문체 스스로가 부끄러움과 두려움과 그리움이 한데 엉긴 무엇이다. 그것은 과거를 향해 난 통로, 아니 거꾸로 돌려진 영사기처럼, 뒷걸음질치면서 사라지는 언어이다. 그러나, 언어가 지워지는 자리에는 백지가 있는 것이

아니라, 뒤엉킨 느낌이 있다. 부끄러움과 두려움과 그리움이 엉겨 칙
칙하고 풍요로운!

☗ 1993. 11, 『'93 현장비평가가 뽑은 올해의 좋은 소설』, 현대문학사

악을 드높이는 문학의 곡예
—정찬의『완전한 영혼』

지난해의 문학계에서 가장 두드러진 현상의 하나는 이른바 상업주의 소설이 당당히 제 권리를 주장하며 문화의 장에 뿌리를 내렸다는 것이다. 말을 바꾸면 소설이 완벽한 소비 상품이 되었다는 것이다. 그 상품은 알짜배기 상품이어서 즐거움만을 주는 것이 아니라 감동도 주고 긍지도 주며 지식도 주고 교훈도 준다. 아니, 준다고 주장되고 그렇게 받아들여진다. 다만, 그 소설이 주지 않는 것이 단 하나 있는데, 그것은 고통이다. 분명 그 소설들에도 난관과 시련은 있으나 그것은 훗날의 또는 마음의 영광을 보상하기 위한 중간 절차일 뿐이고, 그곳에 몽롱한 방황은 있으나 가슴을 찢고 머리를 빠개는 괴로움은 없다. 글쓰는 괴로움은 있는지 모르겠으나(원고지 메우기도 그리 쉬운 일은 아니다) 글쓰기에 대한 고뇌는 없으며, 책읽기의 지루함은 교양을 쌓는다는 데 대한 희망이 충분히 상쇄해줄 만하다.

좀더 세밀한 사회학적 분석을 해봐야 알겠지만, 상업 출판사들의 대대적인 광고 공세와 독서층의 확산(배운 주부들이 몰려오고 있다), 그리고 소비 사회 혹은 기호 교환 사회로의 본격적인 진입 등이 한데 어우러져서 만들어낸 것으로 보이는 그 놀라운 현상은 한편으론 역사의 무게가 점차 사람들의 몸으로부터 떠나고 있다는 것을 보여주면서, 다른 한편으로 문화의 중심이 문학으로부터 음향·영상 매체로 이미 이동해 있다는 짐작을 다시금 확인시켜준다(왜냐하면, 책읽기의 현상조차 후자에 의해서 결정되고 있기 때문이다). 그러나, 이러한 현상들의 배후 자체는 좋을 것도 나쁠 것도 없으며, 슬퍼하거나 노여워할 일도 아니다. 그것은 단지 불가피한 역사의 추이일 뿐이다. 그리고 역사에 대한 배반을 역사가 감행하고 있는 것이라면, 산 역사의 이름으로 그 것의 의미를 묻는 작업들도 언제나 있게 마련이다.

물론 묻는 방식들은 아주 다양하다. 지난해 거의 한국문학작품을 읽지 못한 내 기억 속에도 적지 않은 소설들이 여전히 미열을 발생시키며 남아 있다. 얼마 전에 우찬제도 지적한 바 있지만, 정보 산업 사회와 발맞추어 가면서 새로운 역사의 가능성을 야심차게 타진하고 있는 복거일의 『파란 달 아래』가 전자통신망 '하이텔'을 통해 연재되었고, 역사가 지나간 자리에도 삶이 '남아 있다'는 것을 아름답게 묘사한 최윤의 「회색 눈사람」과, 아마도 우리 문학사상 최초로 '모독'의 탄생을 보여준 최시한의 「손」이 있었다. 그리고 소설의 본령을 지켜내기로 작정한 듯이 보이는 김윤식 교수의 끈덕진 현장 비평 작업이 있었다.

그 가운데, 지난해 말에 출간된 정찬의 『완전한 영혼』은 역사의 추이에 대해 가장 거꾸로 가는 방향에 놓인다. 그의 소설의 정신적 지평은 고대 서사시와 맞닿아 있다. 그는 영혼과 육체가 수직으로 교통하는 시대를 꿈꾼다. 그의 소설은, 그러나, 그러한 꿈을 달게 꾸지 못한다. 작가는 그러한 시대가 이제 존재하지 않는다는 것을 쓰게 인정하는 데서 출발하여, 그로부터 거꾸로 그 시대를 향해 거슬러 올라간다. 물론 그 길은 불가능한 꿈의 길이고, 따라서 먹장구름 사이로 나타났다 사라지는 달을 향해 애타게 손짓만 하는 길이다. 그 불가능성에 대한 숙명적 깨달음이, 그러나, 그의 소설의 동력이다. 그는 '그것이 운명이라면'이라고 말한다. 그리고, 그것이 운명이라면, "평생의 삶을 짊어진 정신"으로 그 운명을 받아들이겠다고 말한다.

정찬의 소설이 관념적인 것은 그러한 운명을 깨달은 자가 택할 방법이 그것밖에 없기 때문이다. 몸의 혀는 하나지만, 마음의 혀는 무수히 많다. 그는 관념의 혀로 말한다. 그러나 그 혀는 육체를 핥고 쑤신다. 그 관념의 혀는 도덕가의 그것처럼 딱딱하지 않고 이론가의 그것처럼 차지도 않다. 그것은 뱀처럼 널름대고 갱엿처럼 끈적거리며 창처럼 찌른다. 그 다형다모의 혀를 가지고 작가는 그의 꿈을 되찾는 대신 그것을 동강낸 욕망과 권력의 밑자리와 계보를 세운다. 홍정선의 '해설' 제목을 빌자면, '권력과 인간에 대한 집요한 탐구'가 그의 소설 전체를 이룬다.

때때로 작가는 권력과 욕망의 세계에 저항하는 현실적인 대안을 발견하는 듯하다. 「완전한 영혼」에 의하면 그것은 모든 것을 수락함으로써 욕망을 정화하는 욕망이다. 그러나 나는 그가 답을 발견하는 곳에서보다 질문을 더욱 얽히게 만드는 곳에서 더욱 눈이 머문다. 「얼음의 집」은 그 질문이 가장 복잡하게 얽혀 풀릴 길 없는 분규를 일으키고 있는 작품이다. 수난당하는 영혼을 주인공으로 내세우지 않고 권력의 하수인을 주인공으로 내세움으로써 가능했던 것으로 보이는 그 질문의 착종과 확산은 우리에게 세 가지 중요한 전언을 들려준다.

그 하나는 탐욕과 권력에도 사상이 있다는 것이며, 그 둘은 권력과 원한은 꼬리를 물고 있다는 것이고, 그것을 풀기 위해서는 변신의 곡예가 필요하다는 것이 그 셋이다. 첫 번째 이야기는 선과 악의 이분법, 즉 권선징악의 수준을 넘어설 때 현실 탐구가 가능하다는 것을 보여주며, 두 번째 이야기는 권력의 욕망에 대해 분노하는 데에 해방의 길이 있지 않으며(왜? 권력에 분노하는 욕망이 권력을 수립하고자 하는 욕망이니까), 욕망을 끊는 데에 해탈의 길이 있지도 않다는 것을(왜? 그 또한 욕망의 이름으로 말해지니까) 보여주고, 세 번째 이야기는 그러니 문학은 욕망의 탈들을 거듭 쓰고 욕망을 평생 집요하게 물고늘어질 수밖에 없다고 말한다. 문학은 악의 드높임이고 위선이고 곡예이다. 그렇게 살 수밖에 없다. 그러니, 어찌할 건가? 그 물음이 책 읽는 자의 몸을 진저리치게 만든다.

▼ 1993. 1. 6, 한국일보, 권력과 인간에 대한 탐구

일상적인 것과 형이상학적인 것
—정찬의 『슬픔의 노래』

정찬의 「슬픔의 노래」(『현대문학』 5월호)는 두 가지 점에서 흥미를 끄는 소설이다. 하나는 권력과 언어의 관계에 대해 '집요하게' 탐구해온 이 작가의 붓이 어떤 방향으로 휘어지고 있는가를 엿볼 수 있게 해준다는 것이고, 다른 하나는 이 작품이 '80년 광주'를 다루고 있다는 점이다.

우선, 후자의 측면도 작가의 변화를 암시한다는 것을 지적해두기로 하자. 왜냐하면 정찬은 본래 광주에서 소재를 취한 작가가 아니었기 때문이다. 그런데 「완전한 영혼」 이래 일련의 작품을 통해 그는 광주에 접근하고 있다. 그것은 90년대 들어 급변한 사회적 분위기에 휘말리면서 광주가 서서히 실종되어 가고 있는 추세에 비추어보면(임철우를 비롯한 몇몇 작가만이 그것에 끈질기게 저항하고 있다) 더욱 특이한 일에 속한다. 그는 마치 열차를 갈아타기 위해서 플랫폼을 이동하는 군중들의 물결을 거꾸로 헤치고 가는 기이한 승객과도 같다. 그는 왜 거꾸로 가는 걸까? 그것을 본래 타지 않았던 이 승객이 멈춘 열차에서 찾아야 할 짐이 있었던 것일까?

이것이 단순히 소재의 변화만이 아님은 작품의 문체를 보면 알 수가 있다. 「말의 탑」, 「수리부엉이」로부터 시작해 작가는 줄곧 권력과 언어의 원형적 관계를 탐구해왔다. 무릇 모든 원형 탐구는 형이상학적 본질에 육박하는 시도이고, 그것은 제재, 어조에 두루 영향을 미쳐, 그의 언어는 그가 그것을 문제삼을 때조차 신의 어조를 닮아 있었고, 그의 제재는 대체로 고대 역사 혹은 그에 걸맞은 상상적 공간에서 길어올려졌다(고대란 원형에 가장 가까운 시대인 것이다). 그런데 「완전한 영혼」과 더불어 작가는 고대로부터 현재로 시선을 돌리기 시작한다. 더불어 그의 원형 탐구는 불가피하게 일상성의 지평으로 하강하기 시작한다. 그리고 그의 어조도 신(혹은 악마)의 어조로부터 인간의 범상한 어조로 급격히 추락하기 시작한다. 「완전한 영혼」에서 화자가 글을 못쓰는 선배와 나누는 대화를 회상해보라. 거기에는 절필의 권태가 그대로 투영된 듯한 나른하고 심란스러운 말들이 어색하게 부유하고 있었다.

이번 작품 「슬픔의 노래」 역시 이 평범한 일상적 장면을 중앙 무대로 삼는다. 폴란드라는 이국적인 소재와 그곳의 민요가 서두를 장식하면서 독자는 정찬 특유의 신비한 세계를 또다시 접하게 되리라는 기대를 갖는다. 그러나 곧 이어서 취재 기자와 마중나온 사람들 간의 만남에서부터 기대는 꺾이기 시작한다. 그 만남의 장면은 긴장이 풀어진 채로 평범한 일상적 정경을 산문적으로 드러낸다(게다가 이 취재 여행은 동구권 개방과 더불어 많은 작가들이 최근 들어 즐겨 취하는 제재이다. 지난달에 함께 발표된 오탁번의 「1억년 전의 새 발자국」, 윤대녕의 「피아노와 백합의 사막」(이상, 『문학사상』 5월호)도 비슷한 제재를 다루고 있다.

물론 그들이 다루는 방식은 저마다 다르다).

　정찬은 이제 신적인 것에 대한 문제의식을 버리려고 하는 것일까? 그러나, 그는 사실 원형에 대한 집요한 시선을 결코 놓은 적이 없었다. 그것은 이 평범하기 짝이 없는 일상적 정경으로부터 문득 튀쳐나오기 시작해서 인물들을 기이하고 광태스러운 분위기로 휘감아버린다. 작가는 아우슈비츠를 제시하고 또 그것을 광주로 연결시키면서 권력의 원형적 얼굴에 다시 육박한다. 그렇다면, 거꾸로 해석해야 할 것이다. 작가는 그의 탐구의 일상적 지점을 찾기 시작하였고 그 한 유적지로 광주를 발견하였다고. 그것은 그의 원형 탐구의 절정을 이루는 「얼음의 집」이 7,80년대 한국의 강압정치를 상징적으로 집약하는 '고문자'의 삶을 발견한 것과 같다.

　그러나, 「완전한 영혼」 이후 「슬픔의 노래」에까지 이르면서 나타나는 일상성은 「얼음의 집」에서 나타난 일상성과는 아주 다르다. 후자의 일상성은 그 자체로서라기보다는 권력의 얼굴에 접근하기 위한 일종의 상징적 매개자로 등장한다. 그것의 소재는 엄격하게 말해 '고문자'의 삶이 아니라 '고문'의 삶이다. 고문, 그것이 고문자를 지배하고 있었던 것이며, 따라서, 그곳의 등장인물은 생활인이라기보다는 관념의 권화로 나타난다. 그에 비한다면, 「완전한 영혼」이나 「슬픔의 노래」의 인물들은 구체적인 생활 표지들을 가지고 있는 생활인들이다. 그들은 직장에서 인정받기 위해 인터뷰보다 사진이 더 중요하다는 것을 알고 있고, 집시의 술집에서 밤새도록 술을 마시는 낭만적 감정을 가지고 있는 사람들이다(낭만성이야말로 생활인의 가장 두드러진 표지이다. 낭만이란 초월적 진실의 '퇴화'이며, 퇴화된 진실을 즐기는 사람은 생활에 충실한 사람들뿐이다).

그러니까 「슬픔의 노래」에서는 지극히 일상적인 것과 지극히 형이상학적인 것이 각각 온전한 제 모습을 한 채로 만나고 있는 것이다. 그것은 어색한 만남, 부조화한 만남을 연출하며, 이 부조화한 어울림으로부터 어떤 그로테스크 혹은 괴물성이 불현듯 솟아나는 것이다. 같은 잡지에 발표된 한동림의 「조난」과 비교해보면 그 괴물성이 어떠한지를 금세 느낄 수가 있다. 신진 작가의 패기로 존재의 진실에 정면으로 접근하고 있는 「조난」의 경우는, 그것이 정면 접근인 만큼 비장성을 동반하고 있다. 심각함이 어떠한 평범함(가령, 등산을 그만 두라는 부모의 성화)도 용납하지 않으면서 줄곧 유지되는 가운데 발생하는 긴장의 미학적 이름이 바로 그 비장성이다(지나가는 길에, 패기 있는 젊은 작가를 만난 반가움을 덧붙여둔다). 그에 비해, 「슬픔의 노래」를 지배하는 분위기는 비장함이 아니라, 그 비장함이 일상성과 만나 발생하는 기이한 어색함이다.

이 기이한 부조화를 두고 괴물성이라고 한다면, 그것이 실로 괴물을 잉태하고 있기 때문이다. 어떤 괴물을? 정찬의 변화의 핵심적인 의미가 여기에 놓여 있다. 그 괴물은 바로 권력의 행사 그 자체로부터 태어나는 숙명적인 생명의 얼굴을 말한다. 권력의 끝간 데가 결국 어디일까의 문제는 작가가 줄곧 제기해 온 문제였다. 「얼음의 집」에서 그것은 두 개의 절을 가진 하나의 문장으로 요약된다. 권력은 끝없이 변신하며, 그 변신의 끝은 삶에의 얽매임이다, 라는 것이 그것이다. 권력은 살아남기 위해 계속 자기 변화를 시도하는데, 그 과정은, 그러나 권력이 삶을 지배하는 것으로부터 삶에 의해, 즉 살아남음의 욕구에 의해 지배당하는 과정이라는 것이었다. 그것을 「얼음의 집」은 '종이학'이라는 이미지로 아주 선명하게 보여주었다. 권력의 차가운(냉혹한) 얼굴은 종이학의 차가운(얄팍하고 금세 구겨질) 허상적 이미지로 말라버린다. 그것은 권력에 대한 가장 큰 부정을 보여준다. 그 부정은 어떠한 긍정도 담고 있지 않은 부정 그 자체였다. 권력으로부터 권력으로 이어지는 길의 불가피한 자기 소멸을 보여주기 때문이다.

그 부정으로부터 어떤 긍정이 태어날 수는 없는가? 그 질문을 축으로 작가는 「완전한 영혼」에서부터 선회하는 것으로 보인다. 그 작품에서 작가는 순결한, 그러나, 미친, 아니 미칠 수밖에 없는 영혼을 보여준다. 파멸로서 완전한 영혼, 다시 말해, 완전한 무로서 존재하는 완전한 전체를 보여준 것이다. 그럼으로써 작가는 부정의 방식으로 드러나는 긍정에 접근한다. 「슬픔의 노래」는 다른 길을 보여준다. 이번에 보여주는 길은 부정성 그 자체로부터 솟아나는 긍정을 다룬다. 그러니, 솟아나는 것은 두 개의 얼굴을 가진, 아니 차라리 부정성의 포기 위에 전혀 상반된 고갱이가 고개를 내밀고 있는 그런 모양의 괴상한 괴물이다. 그 괴물이 말하는 바에 의하면 아우슈비츠를 방문해 그 영혼을 위로하는 우리의 행위도 결국 얄팍한 감상의 종이학에 지나지 않는다. 좀더 진실하려면 정말로 정면으로 접근해야 한다. 악에 분노하고, 선에 슬퍼하는 모든 것은 악의 영원한 존속을 낳을 뿐이다. 그러기보다 악의 뿌리로 접근해야 한다. 악의 뿌리 그 자체가 생명의 힘으로 전화하는 길을 찾아야 한다.

작가의 '광주' 탐구는 여기서 또 다른 의의를 얻는다. 지금까지 많

은 작가들이 광주를 다루어왔다. 때로는 혁명적(그러나 도식적인) 역사
의식의 관점에서(홍희담의 「깃발」), 때로는 전면적 가해성의 두려움과
반성의 차원에서(이순원의 「얼굴」), 혹은 광주가 낳은 광기의 사회학을
탐구하는 방향(임철우의 「사산하는 여름」)으로. 그리고 임철우가 지금
시도하고 있는 중인 역사적 규모의 총체적 드러냄으로. 그리고, 어느
날부터인가, 일반인들 속에서 광주는 잊혀져가고 있다. 정찬은 이 실
종 중의 광주에 또 하나의 해석을 추가한다. 생명의 분출이라는 차원
에서. 마치 실종으로부터 부활로 그것을 되돌리려는 듯이.

▼ 1995. 6, 현대문학

두 개의 전쟁
—이선의 「형의 사진첩을 들여다보며」

이선의 「형의 사진첩을 들여다보며」는 가족 문제와 전쟁을 특이하게 결합시키고 있는 소설이다. 어머니가 죽자 한 가정이 파산한다. 가난 때문에 모든 가족이 서로서로를 미워한다. 그 지옥을 벗어나기 위해 둘째 아들이 고생을 떠맡는다. 급기야는 월남전에 참전하고, 그곳에서 고엽제로 인한 병을 얻어 귀국한다. 그리고 그 병이 악화되어 죽는다.

그러니까, 이 소설은 두 개의 전쟁을 병치시키고 있다. 하나는 가족들 간의 전쟁이고, 다른 하나는 세계 전쟁이다. 작가가 주목하는 것은 이 두 전쟁이 각각 어떤 의미를 가지고 있는가가 아니다. 그는 어느 전쟁이든 똑같은 악덕에 뒷받침되어 있다는 것을 보여주기 위해 그 병치를 사용한다. 그 똑같은 악덕은 위선이다. 형이 벌어올 돈에 갈증난 동생은 전장의 형에게 "나라를 위해 머나먼 타국땅까지 싸우러 가신 형이 얼마나 자랑스러운지 몰라요. 형은 우리 집안의 기둥이에요"라고 편지쓰고, 그 형에게 몹쓸 병을 심어 준 고엽제는 "성능 좋은 모기약"으로 선전된다. 그 위선의 끝은 자멸이라고 작가는 선언적인 어조로 말한다. 자멸하지 않기 위해서는 "마음 속에 둔 상처가 있다면, 마음 속에 두지 [말고] 차라리 느끼는 고통보다 몇 배 더 부풀려 엄살을 부려야 한다. 그래야 다른 사람이 가슴속에 감추어진 상처를 볼 수가 있"기 때문이다. 위선을 벗어나는 길은 서로의 상처를 교환하는 것이다. 말을 바꾸면, 자신의 숨은 욕망을 솔직히 까발길 때에만 타인의 감추어진 욕망을 열 수 있고 그와 동등한 자격으로 만날 수 있다. 대화 형식은 그 상처드러내기-욕망열기의 언어적 실현이다. 두 개의 전쟁에 의해 희생된 아들의 아들과 그의 막내 외삼촌 사이의 대화. 그러니까, 그 대화는 상처가 토로되는 장소이자 동시에 고해의 자리이며, 또한 이해의 자리이다.

☒ 1993, 『'93 현장비평가가 뽑은 올해의 좋은 소설』, 현대문학사

괴로움과 더불어 사는 네 가지 방식

—김병언의 『개를 소재로 한 세 가지 슬픈 사건』

누구나 괴로움을 떠안고 산다. 망나니 동료거나 빨갱이 아버지거나 아니면 죽은 자식에 대한 기억이거나 부끄러운 과거의 행동이거나. 그것은 굳은 흉터가 아니다. 그것은 매일 가슴속에서 자라난다. 그것은 공포를, 절망을, 부끄러움을, 원한을 하염없이 키운다. 그것은 도려내면 오히려 온 몸에 퍼지는 암세포와도 같다. 괴로움은 버릴 수 있는 성질의 것이 아니다. 그것은 동서(同棲)할 수밖에 없는 적이다.

김병언의 『개를 소재로 한 세 가지 슬픈 사건』에 의하면, 그 암종과 함께 사는 네 가지 방식이 있다. 좀더 정확히 말하면, 세 번의 부인과 한 번의 수락이 있다. 우리는 괴로움의 베드로이다.

그 하나는 경찰의 방식이다. 괴로움을 가두고 구박하고 타기하는 것. 그럼으로써 우리는 그것을 부재시키려 한다. 그러나 그것이 사라질 수 있는 것이기나 한가? 그것은 결국 타인에게 괴로움을 떠맡기는 것일 수밖에 없다. 그럼으로써 그 스스로 타자의 괴로움의 원천이 된다.

그 둘은 사업가의 방식이다. 괴로움이 결코 버릴 수 없는 것이라면 그것을 써먹을 수 있지는 않을까? 괴로움에게 항변의 기회를 주자. 그것은 우리의 관용을 증거할 것이다. 이 괴로움을 과시하기로 하자. 누구든 이렇게 괴로움을 온 몸으로 떠안고 사는 나를 무시하지 못할 것이다. 괴로움은 그렇게 나의 행복의 자원이 된다.

그 셋은 봉급생활자의 방식이다. 그는 괴로움에 대해 큰소리치지도 입다물게 하지도 못한다. 경찰과 부장에게 떠밀려 그냥 그것을 껴안고 산다. 괴로움은 그의 평생의 속병이 된다. 어느 날 휴거가 일어나 그 짐을 덜게 될 꿈을 구걸하면서. 문득 괴로움이 온 몸에 퍼져 죽음에 이르게 될 악몽에 시달리면서. 괴로움은 그를 환상과 재앙으로 이끄는 통로이다.

아니다, 아니다. 괴로움을 그렇게 가둬서도 팔아서도 앓아서도 안 된다. 그 잔인하고 퇴폐스럽고 굴욕적인 삶을 살아서는 안 된다. 괴로움에 대한 이 세 번의 부인을 부인하기로 하자. 그 마음이 있을 수 있다면, 괴로움을 온 몸으로 수락하는 길이 또 하나 남는다. 스스로 괴로움의 내력 그 자체가 되는 것. 원수를 죽이기 위해 날마다 간 칼이 마침내 닳아져서 아무도 해칠 수 없게 되는 것. 그렇게 괴로움과 함께 살기란 정말 어려운 일이다. 그러나 때로는 그런 사람들이 있다. 그 사람들이 있는 한 괴로움은 결코 사라지지 않는다. 미화되지도 않는다. 그것은 평생의 생각거리가 된다. 그 원인과 치유를 향해 열린 창문이 된다.

▼ 1995. 12. 10, 중앙일보, 괴로움과 함께 사는 네 가지 방식

반걸음의 오차

— 이명행의 『노란 원숭이』

정치소설로 보아야 할까? 아니면 추리소설인가? 아니다. 이것은 무엇보다도 일종의 가상현실이다. 이명행의 『노란 원숭이』는 한국의 현재 위에 가상의 한국을 입힌다. 그리고 가상은 반-현실도 비-현실도 아니다. 피에르 레비가 적절히 말했듯이 가상적인 것(le virtuel)의 반대는 현실적인 것(le réel)이 아니라, 실제로 일어나고 있는 것(l'actuel)이다. 가상적인 것은 현실화되기 위해 준동하는 잠재태다. 작가가 입힌 또 하나의 한국은 실제의 한국과 결코 무관하지 않다. 오히려 그 둘은 너무나 닮았다. 실제 한국의 도처에 난 물집들을 슬쩍 건드리기만 하면, 잠복된 한국이 진물처럼 흘러나온다. 가상의 한국은 실제 한국보다 반 박자 빨리 걷는 실제 한국이다.

반걸음의 오차가 무엇을 뜻하는가? 그것은 무시해도 좋은 오차인가? 그렇다. 그러나, 아니기도 한다. 작가는 소설 속의 한국을, 다시 말해 허구의 한국을 실제의 한국인 듯이 말한다. 배경을 이루고 있는 정치적 환경은 오늘의 정치 상황을 그대로 옮겨 놓고 있다. 집권당의

인맥 구성이며 '구리하라 재단'이며 '북한 핵문제'며 모든 것이 우리
가 흔한 일간지를 통해 접했던 것들이다. 무엇보다도 첫 세트를 이루
는 서초구 우면동의 빌라단지는 지금 당장 그곳으로 가보면 확인할
수 있는 실제 동네이다. 그러니, 독자는 문득 실화를 듣고 있다는 착
각에 빠질 법도 하다.

그러나, 독자는 무엇보다도 소설 속에서 일어나고 있는 사건들이
허구임을 잘 알아차리고 있다. 표제가 끈덕지게 지시하고 있듯이, 이
작품은 무엇보다도 '장편소설'이기 때문이다. 이 책을 손에 든 독자의
기대의 지평선은 애초에 소설 쪽으로 향해 있다. 독자는 허구에 대한
약속을 통해 이 작품 속으로 들어간다. 그렇다면, 현실과 너무나 흡사
한 이 세계는 도대체 무엇이란 말인가? 그것은 한여름밤의 꿈인가?
악몽인가?

현실인 듯한 가상, 나는 그것을 '반걸음의 오차'로 정의했다. 그 오
차의 뜻을 밝히는 일이 남는다. 실로, 속도는 이 작품의 핵심 기능소
이다. 첫 문장을 보라. "새벽 4시 10분"이라는 오직 시간만을 가리키
는 간단한 명사구로 이루어져 있다. 첫 문장만 그런 것이 아니다. 대
부분의 시퀀스는 모두 그와 같은 방식으로 시작한다. 헌데, 4시나 4시
15분이 아니라, 왜 하필이면 4시 10분인가? 어쩌면 그것은 통행금지
가 있던 시절을 경험한 작가의 무의식을 분석해야 풀릴 문제일 수도
있다. 어쨌든 시간의 세목이 여기서 중요한 것은 아니다. 중요한 것은
시간의 기능이다. 새벽 4시 10분에 무슨 일이 벌어졌는가? 한 정보 회
사의 직원이 테러를 당하고 그로부터 6시간 후에 납치당했다. 그런데,
그 직원, 즉 "김용만은 시계추처럼 정확한 사람이었다." 다시 말해, 그

는 타인이 자신을 습격할 여유를 결코 주지 않을 사람이었다. 한데도 그가 당했다면, 그를 습격한 자들은 도대체 누구란 말인가? 김용만이 시계추처럼 정확한 사람이라면, 그를 덮친 사내들은 실제의 시간을 기준으로 해서는 파악되지 않는다. 이러한 포착 불가능성이 시계추처럼 정확한 김용만을 오류의 함정으로 밀어넣는다. "그가 보기에 두 사내의 행동은 어설펐다. 어쩌면 그들은 김용만 자신을 잘 모르는 애숭이들일 것이라고 생각했다. 만약 안다면 자신을 이런 식으로 대하지는 않을 것이었다." 그러나, 나중에 그는 이들의 어설픈 행동이 의도된 것임을 알게 된다. "이들의 이 세련되지 못한 껄렁한 태도는 무엇일까. 김용만이 이들의 그것이 의도된 것이었음을 안 것은 잠시 후였다."

이 첫 시퀀스에서 충분히 암시되고 있듯이, 이 소설은 시간 싸움을 그 동력으로 하고 있다. 황인배의 납치를 눈앞에서 방치할 수밖에 없었던 조관식 수사팀의 실패는 바로 시간 싸움에서 졌기 때문이다. 클라이맥스 또한 박승재-최소영과 지바-스티브 간의 치열한 시간 쪼개기 싸움으로 표현된다. 이 시간 싸움은, 헌데, 현존하는 여러 시간들의 싸움이 아니라, 현존하는 시간과 있을 수 없는 시간 사이의 싸움이다. 있을 수 없는 시간이라고? 왜냐하면, 인물들을 압박하고 당황케 하는 사건들은 항상 전자의 시간 의식을 넘어서버리기 때문이다. 김성수 국장은 오수석의 계산을 뛰어넘고, 지바 도이치는 김국장의 의지를 넘어서며, 구리하라 재단은 최소영의 공부에 대한 열정을 넘어선다. 인물들은 물건을 쥐었다고 생각했지만 실은 저마다 인형극의 끄나풀을 잡은 것이다.

　그러니까 두 개의 가상 현실이 있는 것이다. 하나는 모든 인물들이 기획하고 의지하는 미래이다. 다른 하나는 인물들을 당겼다 풀었다 하는 배후의 현실이다. 앞의 가상 현실은 말 그대로 현실화의 가능성으로 들끓는 잠재태지만, 뒤의 가상 현실은 미리 앞서서 현실화되어 있는 잠복태이다. 그리고 들끓는 것은 들끓기만 할 뿐이고 정말 준동하는 것은 '이미 현실화된 것', 절대로 자신의 존재태를 물릴 의사가 없는, 아니, 들끓는 희망을 이용해 더욱 제 힘을 키우는 진짜 현실이다.

　그러니, 어떤 놀라운 전도가 있다. 실제의 현실이 가상적인 것이고 가상의 현실이 진짜 현실이다. 김성수의 의지, 박승재의 성실성, 성찬경의 근면함, 최소영의 순정, 머피의 저돌성은 한갓 꿈일 따름이고, 지바의 간지, 스티브의 비굴함, 루이스의 냉정함만이 현실 효과를 갖는다. 반걸음의 오차는 바로 이 전도를 가리킨다. 반박자 빠른 현실은 우리가 실제라고 생각하고 있는 현실에 대해 아주 위협적이다. 그것은 전자랜드에 가서 잠시 환몽적으로 체험하는 유희적 시간이 아니다. 그것은 그것과 맞닥뜨린 존재들을, 최소한 감지하기만 한 독자들마저도, 무시무시한 불안 속으로 밀어넣는다.

　왜 작가는 이렇게 쓴 것일까? 그럴 수밖에 없었던 것일까? 이 문제에 대답하기 위해서는 아마도 간-텍스트적 참조가 유용해 보인다. 『무궁화 꽃이 피었습니다』로부터 『남벌』에 이르기까지, 90년대 이후 부쩍 늘어난 가상적 민족 현실을 다룬 문화 생산물들 속에 이 작품이 위치한다는 것. 만화, 노래, 소설, 장르를 불문하고 우후죽순처럼 솟아나고 있는 그 문화 생산물들이 한결같이 보내는 전언이란 민족주의는 제국주의로 전환되어야 한다는 일종의 명령이자 신조이다. 민족 분단과 동족 상잔의 참혹한 현장 한 복판에서 태어난 50년대의 문학을 우리는 흔히 수난의 문학이라고 정의한다. 지금의 민족주의는 정확히 그 대척지에 서 있다. 마치 그동안 쌓인 응어리를 한꺼번에 쏟아붓듯이 가상적 침략을 무차별하게, 무분별하게 전개한다. 문화 산업은 이러한 제국주의적 민족주의가 상품성이 있다는 것을 재빨리 알아차렸다. 그럴 만도 한 것이다. 그동안의 모든 고통과 설움을 딛고 한국은 선진 자본주의의 대열에 당당히 합류했던 것이다. 그러니, 남은 것은 해원이고 과시이다. 해원과 자부심은 하나로 맞물려 가해자와 피해자의 역할 바꾸기 게임을 부추긴다. 모든 모방이 그렇듯, 한결같은 형식의 변주를 통해.

그러나, 독자들이 혹은 문화 향수자들이 이 작품들을 실제의 현실로 착각하는 것은 결코 아니다. 무엇보다도 독자들이 몰리는 것은 그것이 결국은 가상의 드라마이기 때문이다. 독자들은, 혹은 한국인들은 작품 속의 사건이 실제 상황이라면, 그 결과가 어떠하든 얼마나 끔찍할 것인지 누구나 감지하고 있기 때문이다. 독자들이 몰리는 것은 그러한 불안감과 불편함을 작품이 주지 않기 때문이다. 모든 문화 상품 속의 상황은 남의 일처럼 긴박하고 내 일처럼 가슴 벅차다. 그리고, 그 방관적 참여 뒤에는 근원적인 패배주의, 돌이킬 수 없는 열패감이 숨어 있다. 도저히 따라갈 수 없는 경제 대국에 대해, 결코 넘보지 못할 정치 군주국에 대해. 이 한판의 놀이들은 결코 동일화되지 않는 큰 타자에 대한 '노란 원숭이'의 자학적 흉내짓에 지나지 않는 것이다.

이명행이 그것들과 유사한 제재를 취해, 그들과 다른 방식으로 그

것을 다루고 있다면, 그것은 무엇보다도 이러한 근원적 패배주의와의
대결이라는 양상을 띤다. 작가는 우선, 작품의 상황을 가상으로 여기
게끔 하는 어떤 표지도 지운다. 이 세트는 절대로 속임수가 없는 모
델 하우스다. "이것은 실제 상황이다. 당신은 바로 이 속에 있다"고
작가는 거듭해서 지적한다. 그러나 어쨌든 독자는 이 작품을 소설로
읽을 게 아닌가? 독자는 깨고 나면 잊혀질 악몽을 잠시 꿈꾸게 될 것
인가? 작가는, 그러나, 깨어난 독자를 결코 놓아주지 않을 장치를 한
다. 그는 민족의 문제와 민족주의를 섬세하게 구별한다. 그가 보기에
중요한 것은 실제이지, 이념이 아니다. 진정 그것이 어떠한가의 문제,
저 옛날 실증주의 역사가들의 모토였던 명제, 모든 역사적 사실들을
과거 한때에 살았다 죽어버린 화석들로 취급하는데 결정적인 출발선
이 되었던 그 명제가 여기에서는 그것이 보유하고 있는 가장 활동적
인 에너지를 분출하고 있다. 이 작품 안에서는 그것이 진정 어떠한가?
정책 결정자들과 정책 실무자들 사이의 대립이 그 장치의 기본 형식
이다. 정책 결정자들은 무지하거나 탐욕적이거나 뒷거래가 있다. 그
에 비해, 실무자들은 책임감이 강하고 한국의 현실에 바른 길을 내기
위한 의지와 열의로 충만해 있다. 현실적으로 검증되지 않은 이런 대
립 구도는 그러나 긴밀한 구성적 관여성을 띠고 있다. 그것은 바로,
문제는 사실이지 이념이 아니라는 근본 메시지에 상응하는 형식적 장
치이다.

실제가 중요하다는 것이 마침내 말하고자 하는 것은 무엇인가? 작
품에 관한 한, 그것은 작품이 끝났어도 상황은 끝나지 않는다는 것을

뜻한다. 이것은 한판의 놀이가 아니다. 이것은 끝날 수 없는, 끝나지 않은 진행형의 상황이다. 여기에서 『노란 원숭이』는 문화 산업의 우리 안에서 놀아나는 모든 노란 원숭이들의 작품들과 정면으로 대결한다. 아마도 결말은 그 대결 끝에 작가가 발견한 희귀한 결론일 것이다. 마침내 자기의 진실에 직면한 최소영에 의해서 비극적 진행이 정지하고 일종의 해피 엔딩에 이른다는 것. 이것을 우리는 음모에 대한 사랑의 승리로 읽어서는 안 된다. 작가는 그런 척한다. 아마도 대중과의 타협점을 찾고자 했을 것이다. 그러나 그것은 겉 주제일 뿐이다. 내심은 다른 것이다. 최소영과의 전화가 끊겼을 때, 박승재는 "한동안 어두운 방안에 누워 있었다. 머리 속이 뿌연 안개로 가득 차 있는 듯했다. 아무것도 확실한 것이 없었다." 그렇다. 그 이후에도 확실하게, 프로타고니스트들의 계산대로, 의기양양하게 해피 엔딩이 맺어진 것은 아니다. 그것은 여전히 우연성에 의해서 주인공들의 의지를 비켜가면서 진행된다. 다만, 최소영의 그 전화가 독자에게 전하는 메시지가 있다면, 그것은 우연과 모략과 폭력의 황사로 뒤덮인 현실 속에서 끊임없이 사실과 직면하는 계기를 찾아야 한다는 것이다. 반걸음의 오차를 일치시키는 순간, 그 순간은 항상 일회적이기만 할 뿐이다. 그럼에도 불구하고, 그것이 일회적이기 때문에, 그것은 그것을 느끼는 모든 사람에 의해 되풀이 시도될 수밖에 없는 것이다. 그것이야말로 독자가 책장을 덮는 순간, 그의 무의식을 관통하면서 지나가는 끈끈한 메시지다.

☖ 1996, 『노란 원숭이』, 해냄

명랑소설로 본격소설을 치다

―이석범의 『권두수 선생의 낙법』

이석범의 『권두수 선생의 낙법』은 얄개전 류의 청소년 명랑 소설에서 그 기본적인 구도를 빌어오고 있다. 불랑(불량)고등학교, 권두수(관두슈), 박문웅(무능), 김갑출(깝출), 고수선(어수선), 주윤봉(주윤발) 선생 등 희화화된 명명이 그렇고, 그 모자란 인물들이 벌이는 엉뚱한 행동들과 그들이 겪는 어처구니없는 사건들이 그러하며, 그럼에도 불구하고 삶에 대한 희망을 잃지 않은 채 저마다 한 건 할 생각을 궁리해내는 그들의 열심을 노글노글하게 묘사하는 문체가 그렇다. 이석범의 소설은 저 옛날 전기스탠드를 이불 속에 숨겨놓고 밤새 킬킬거리며 소설 읽던 시절을 문득 돌이키게 한다.

그때 그 시절, 그 소설들이 여드름 송송 돋아난 선머슴들의 눈을 붙잡고 놓아주지 않았던 것은 그곳에 유년과 성년을 가르는 울타리를 허무는 재미가 있었기 때문이었을 것이다. 그곳에선 상상의 우리들도 어른들도 모두 덤벙거리고 허둥대었는데, 그러나, 우리들의 엉뚱한 행동은 기성세대가 강요한 규칙과 금기를 깨뜨리는 '혁명적' 행위로 격상하였고, 어른들은 허점투성이의 고집과 허망한 욕심으로 한없이 낮추어졌던 것이다.

그러나, 『권두수 선생…』이 그 재미만으로 끝났다면 우리의 오늘의 시선을 자극하지는 못했을 것이다. 명랑 소설이 어디까지나 '명랑'의 한계를 벗어나지 못한다는 것은 궁극적으로 그것이 현실 속에 무사히 편입하고 싶어하는 욕구를 달래주는, 일종의 키재기 연습에 지나지 않기 때문이다. 지혜로운 선생님 또는 경험 많은 노인이 언제나 아이들의 뒤에 존재하고 있는 것은 그 때문이다.

『권두수 선생…』이 명랑소설 이상이라는 것은, 우선, 기본 구도를 거기서 빌어왔으되 소재를 거꾸로 취하고 있다는 것을 말한다. 주인공들은 사춘기 아이들이 아니라 교사들인데, 그러나 그들은 '선생님'의 미화된 형상처럼 지혜롭지도 순수하지도 못하며, 아이들처럼 여드름빛깔의 미래를 갖고 있지도 못하다. 그들의 삶이란 순응과 체념, 굴종과 잔수로 찌들어버린 못나고 허술한 인생에 불과하다. 작가는 그 닳아빠진 인생을 그냥 그렇게 말하고 있는 것이 아니라 잘 구성된 한 판의 이야기로 짜내는 데 성공한다. 황윤세 선생의 이야기가 작품의 앞뒤를 장식하고 있다는 것은 작가가 소설의 구성을 아주 의식적으로 이해했다는 것을 보여준다. 책은 황윤세가 시간강사로 발령받는 때에서 시작하여 정식 교사로 임명되는 것으로 끝나고 있는데, 그 과정은 밀고의 대가로 얻어진 그의 정식교사로서의 새 삶이란 것이 결국 추저분하고 낡아빠진 인생에 불과하다는 것을 무섭게 확인하고 마는 과정이다. 「에필로그」의 한 구절을 빌자면, 정식교사의 첫 순간은 "시작이었으되 이미 종말이었고, '충만'으로 위장된 '소진'의 증후"였던 것이다.

그것은 이 소설집이 명랑 소설의 그것과 달리 개인적 성장을 다루고 있는 것이 아니라 사회적 모순을 현재진행의 형식으로 다루고 있다는 것을 의미한다. 인물들의 엉뚱한 행동들은 그 미래를 제거당한 채 너절해지고, 그것으로 그의 모델이 제공했던 것과 같은 현실에 대한 낙관적 긍정은 형편없이 뒤집어지는 것이다.

그러나, 『권두수 선생…』이 명랑소설을 배반하고 있는 것만은 아니다. 그것은 후자에게서 구도를 빌어옴으로써 또한 오늘날의 진지하고 엄숙한 한국의 고급 소설들을 뒤집는다. 작품이 명랑소설적 구도를 끝까지 유지함으로써 보여주는 것은 존재의 대책 없는 허술함이다. 그 허술함 속에서 분노하는 얼굴은 아부하는 표정과 깍지끼워져 있으며, 사회적 대의는 개인적 욕망에 실려 질주하고 주저앉는다. 심지어 작가는 교묘하게 자신까지도 그 허술한 존재들과 한 통속으로 만드는데, 그것은 바로 '희삼이'를 통해서이다. 그는 희삼이를 자신이 가담했던 한 사건의 객관적 화자로 만듦으로써, 관찰자인 작가 자신도 너저분하고 허술한 세계의 한 사람임을 은밀하게 말하고 있는 것이다.

작품 후기를 보면 그 자신 해직교사인 작가가 이 '교육 현장 소설'을 쓰면서 치밀어오르는 분노를 삭이는데 얼마만한 인내가 필요했으랴. 그러나, 또한 그 분노를 억제하면서 얌체 황윤세와 껑충하고 깡마른 양자영 선생의 두 모습을 그의 글에 안타까운 긴장으로 새겨넣는데 그 고통이 얼마나 했으랴. 소설은 개인의 영웅됨을 과장하는 것이 아니라 모든 사람들의 문제됨을 성찰하는 것이니, 어쩔 수 없이 견뎌낼 수밖에 없는 그 고통을. 그가 소설쟁이인 한은.

☗ 1993. 3. 10, 한국일보, 사회모순 다룬 명랑소설

얼음 속의 실핏줄
—최수철의 「얼음의 도가니」

최수철의 「얼음의 도가니」(『문학과 사회』 1993 봄)는 아주 흥미로운 소설이다. 주인공 임휘경은 "나는 나를 용서할 수 있을 것인가"라는 기묘한 화두에 발이 묶인 사람인데, 발 묶인 곳은 진평이라는 겨울 휴양지이다. 그는 육체의 감금을 대가로 한 편의 소설을 쓰려고 한다. 물론 소설의 주제는 육체의 감금이다.

나—그로 지칭되는 소설가 임휘경은 그가 세 개의 신분을 가진 인물임을 보여준다. 그는 작가 최수철의 분신일 수도 있으며, 이야기의 화자이기도 하고, 사건의 주인공일 수도 있다. 작가의 분신으로 읽을 때, 「얼음의 도가니」는 그의 이전 소설의 극복과 관련된다. 가장 중요한 변화는 세밀 묘사에 대한 집착이 사라졌으며, 제재가 다양해지고 제재들 간의 기능적 연관이 돋보인다는 것이다. 그러나 그 변화를 통해서 그가 보여주는 것은 그의 이전 소설의 심리적 뿌리이다. 나는 최수철의 미세한 것에 대한 집착이 노출에 대한 공포와 욕망이 뒤엉킨 데서 오는 것이 아닌가 막연히 짐작하고 있었는데, 이번 소설을 통해 그 배경을 알게 되었다. 그것은 주인공 '그'의 사건을 통해 드러난다.

　그의 사건은 과거와 현재의 대립으로 도식화될 수 있다. 그의 과거는 감시 / 저항과 보호 / 반항의 대립적 상황으로 요약될 수 있는데, 감시 / 저항을 대표하는 것은 당국의 감시와 그의 프랑스에서의 발언이며, 보호 / 저항을 대표하는 것은 그를 보살피려하는 스승의 눈길과 그것을 회피하는 나의 의식이다. 문제는, 그러나, 감시 / 저항 혹은 감시 / 보호의 대립에 있는 것이 아니고, 그 둘이, 아니 넷이 실은 하나라는 것에 있다. 보호와 감시는 모두 사회라는 큰 틀에 개인을 가둔다. 한 사람의 작가 임휘경을 "제도 속에 정연하게 배열된 수많은 책상들" 중의 하나로 만드는 것이다. 그렇다고 저항과 반항이 큰 틀 밖으로 삐쭉 나온 작은 책상 하나를 보장해주느냐 하면 그렇지 않다. 사회와 개인의 대립은 결국 같은 비중을 가진 것들 사이에 일어나는 대립이어서, 개인은 사회의 크기에 맞먹는 개인들의 집합으로 어느새 변해버리는 것이다. 그러니, "그의 입 속에서 밖으로 뻗쳐나온 그 손이 거꾸로 그의 목을 죄고 있는 것이었"던 것이다. 제도의 탐조등에 노출되는 데에 대한 공포는 곧 제도의 크기로 자신을 드러내려는 욕망과 하나였던 것이다.

　반면, 그의 현재는 제도의 큰 틀이 먼지처럼 무너진 상태에 있다. 제도가 없으니 모든 존재는 각자일 뿐이다. 그가 일상이라고 부르는 이 현재 속에서 그는 자신이 하나의 개별자임을 확인받는다. 하지만 거기에도 허방이 있으니, 실제 그가 확인하는 것은 그 개별자는 복제물에 불과하다는 것이다. 왜냐하면, 나는 타자의 의식에 의해서 확인된 존재, 즉 타자의 의식의 복사이기 때문이다. 나는 그렇게 타자의 의식에 의해 무한 복제된다. 때문에 나의 자유로운 욕망의 끝은 언제나 엉겨붙은 타자의 존재에 살점이 묻어나 일상의 신에게 제공된 고깃덩어리가 되고 말았다는 의식의 후회이다. 그는 다시 한번 큰 틀 속에 갇힌다. 과거의 철로가 욕망과 회환 사이의 소용돌이를 뚫고 들어와 그를 단숨에 단단한 얼음 속에 가두어버린다.

사르트르적이라 할 수 있는 이 인식은 그가 제도와 복제를 말하면서도 여전히 '개인'을 버리지 않고 있음을 보여주지만, 이번 소설의 진미는 그 너머에 있다. 어딘가 하면, 바로 화자의 입술이다. 그 입술이 "나를 용서할 수 있는가"라는 화두에 대답하는데, 대답은 세 번의 변주를 거친다. 그 하나는 용서할 수 없다는 것이다. 과거에는 나를 책임지지 못했고 현재의 나는 고기조각들에 불과하다. 그러니, 나는 불붙는 도가니가 못되고 기껏 얼음의 도가니일 뿐이기 때문이다. 다음은 나를 포기하겠다는 것이다. 얼음 속으로, 자진하여 들어가는 것. 그래서 도가니가 되고자 몸부림치다 얼음으로 굳어져버린 자의 모습을 증거로 남기는 것. 그것은 진평에서 그가 쓴 소설의 마감과 함께 한다. 그런데, 마지막 대답은 용서할 수 있다는 것이다. 그 대답은 그가 자진하여 유폐되려 한 세상이 그를 거부하였기 때문에 얻어진 것인데, 그 거부가 준 육체의 상처 덕분에, 그가 얼음의 도가니이듯이 세상 또한 도가니의 얼음이라는 것을 깨달았던 탓이다. 세상은 나이고 나는 세상이었던 것이다. 나는 그이고 그는 나이다. 아니, 나─그는 나(너)이다. 그러니, 소설은 다시 씌어지지 않을 수 없다. 물론, 육체의 감금을 대가로 육체의 감금을 주제로 한 소설을. 단, 내가 그에 대해 쓰는 소설이 아니라, 나(너)가 씌어지는(쓰는) 소

설을.「얼음의 도가니」는 끝없이 되풀이된다. 그곳에 삶의 실핏줄이
돌고 있기 때문이다.

⊤ 1993. 3. 31, 한국일보, 끊임없는 상념의 되풀이

개는 네 번 짖는다
—최수철의 「얼음의 도가니」

나는 「얼음의 도가니」에 대해서 이미 월평을 쓴 바 있다. 짧은 글이었지만 거기에서 핵심적인 주제는 이야기되었다고 생각한다. 되풀이를 피하는 대신 나는 이 작품의 초두와 말미에 울려 퍼지는 개짖는 소리에 대해 분석, 아니 짧은 지면에 분석의 모든 것을 쏟아넣을 수는 없을 테니 그냥 두어 마디 하고자 한다. 그 두어 마디는 그러나 월평에서 한 얘기의 내용적 보완을 의미하지는 않는다. 다시 읽으면서, 나는 맨 처음 해석을 조금 수정하게 되었다. 다시 쓴다는 것은 달리 쓴다는 것이다.

내가 개짖는 소리를 분석해봐야겠다고 마음먹은 것은 그것이 이 작품을 열고 비틀고 닫는 역할을 하고 있기 때문이다. 물론 이야기의 차원에서 작품은 주인공 나(-그-임희경)가 진평이라는 겨울 휴양지에 들어왔다 나가는 것으로 시작되고 끝난다. 그러나, 그 골격은 그 자체로서 아무것도 이야기해주는 바가 없다. 그것만 봐서는 안 되는 것이, '나'뿐만 아니라 그에게 콘도미니엄의 방을 마련해 준 출판사 사람들도 그곳을 왔다 갔기 때문이며, 또한 '나'의 사건은 도착·떠남의 궤적을 선명히 보여주는 것이 아니라 그 사이 혹은 그 둘레를 맴돌고 있기 때문이다. 행동의 차원에서 보자면 나는 출판사 사람들보다 진평에 먼저 와서 나중에 떠나고, 서술의 차원에서 보자면 출판사 사람들은 도착으로부터 떠남까지의 분명한 일정을 보여주는데에 비해 '나'에게는 진평에 도착하는 과정이 생략되어 있으며(작품은 진평에서 시작된다, 나는 혹은 소설은 이미 진평에 들어와 있다) 눈길을 걷는 것으로 묘사되는 떠나는 장면은 생활공간으로의 되돌아감 이전에 있다. '나'가 스스로 말하고 있듯이, 그 눈길 걷기는 차라리 진평에서 그가 쓴 "소설의 말미로 되돌아" 오는 과정이다. 출판사 사람들보다 먼저 와서 늦게 간다는 점에 비추어본다면 '나'의 진평 도착·떠남은 출판사 사람들의 도착·떠남을 둘러싸고 있으며, 서술의 차원에서 나의 도착·떠남이 불분명하다는 점에 비추어본다면 그것은 예정된 도착·떠남(출판사 사람들의 도착·떠남이 그 실례를 보여주고 있는)의 시간폭 안쪽에 있다. '나'의 도착·떠남은 그들의 도착·떠남보다 넘쳐나거나 모자란다.

출판사 사람들의 진평이 무엇을 의미하는가 하는 것은 비교적 분명하고도 복잡하다. 그것은 진평이 휴양지이자 동시에 회담(그리고 소설쓰기)의 장소라는 이중적 표지에 선명하게 박혀 있다. 신년 간담회를 위해 진평을 방문하였고 '나'에게 약속된 소설의 탈고를 위한 장소로서 진평을 제공했던 그들에게 있어서 진평이란 휴식과 노동과 사업이 어우러진 공간이다. 그들의 그곳에선 오늘의 휴식이 미래의 창조적 삶을 위한 자양이 되어주고 그리고 그것은 소비는 낭비가 아니라 생산의 촉매제라는 것과 같은 의미를 지니는 것이다. 이런 용어가 가능하다면 그곳은 자연 변증법의 공간이다. 왜 변증법이냐 하면 휴식과 노동이라는 대립자가 한 자리에 모여 있기 때문이며 왜 자연 변증법이냐 하면 그 대립은 자체 내에 변증법적 해소 기제를 가지고 있어서 그 발전적 통일이 '당연히' 예정되어 있기 때문이다. 그 세계는 끊임없이 대립자를 만들어냄으로써 자신의 변화를 촉발하여 영원한 진보의 도정 속에 위치하는 세계이다. 그 세계가 어느 세계인가? 작품 속에서 되풀이되는 용어로 말하자면 '일상'이 바로 그곳이다. 다시 말해, 바로 우리의 일반적 생활 공간 그 자체인 것이다. 출판사 사람들의 진평이 분명하고도 복잡하다고 쓴 것은 그 때문이다. 그것이 일상을 직접 비유하고 있다는 점에서 그것은 간단하지만 그 일상이 흔히 생각하는 것처럼 획일적이거나 파편적인 것이 아니라 자체 내의 활동 역학을 가지고 있다는 점에서 그것은 복잡하다. 최수철의 소설이 복잡한 것은 필연적인 일이다. 삶은, 아무리 사소한 것도, 복잡하기 이를 데 없다.

그 일상적 삶의 장소에 견주어 '나'의 진평은 넘치거나 모자란다. 그 넘치거나 모자란 만큼의 모호한 공간이 진평의 일상적 공간의 가두리에 아스름한 달무리를 이루고 있다. 그 달무리진 부분은 '나'의 사건으로 이루어져 있지 않다. 그곳을 흐르는 것은 나의 사건에 대한 나의 정처없는 의식의 변주이다. "온갖 과거의 기억들, 앞날에 대한 두려움, 지금 이 순간의 막막함…… 현재와 과거와 미래의 모든 것들이 한데 뒤섞여 꼬리에 꼬리를 물고서" 의식이라는 이름의 "끓는 쇳물 속에서 텀벙거"린다. 꼬리에 꼬리를 물고 텀벙거리는 그 의식의 흐름은 따라서 아무런 방향도 제동장치도 갖지 못한다. 당연히 그 흐름은 한없는 순환만을 가질 뿐, 어떠한 변화도 만날 수 없다. "나는 달라지고 변화하려 했지만, 그러나 아무것도 달라진 것도, 변화한 것도 없다”고 나의 의식은 고백한다. 이 한없는 순환에 변화를 일으키는 것이 있다면, 바로 그것이 개짖는 소리이다. 그것은 이 모호한 의식의 장소를 열고 닫을 뿐 아니라 의식의 혼란에 방향의 구조물을 세운다.

이상의 이야기를 통해 우리는 다음과 같은 두 가지 결론을 이끌어 낼 수 있다.

① 작품의 무대는 진평이 아니라 진평 주변이다. 진평이면서 동시에 진평이 빠진 곳. 산술적으로는 진평에서 진평을 빼면 아무것도 남지 않지만, 그 아무것도 남지 않는 것이 실은 남는 것이다. 진평이되 진평이 아님으로써 갑자기 비어버린 진평에 대해 생각게 하는 곳, 그러니까, 그 진평은, 원이 원의 집합 내에서 보면 반지름과 파이의 곱셈으로 이루어진 충만한 영역이지만 원 아닌 집합에서 보면 그만큼의 결핍이라는 의미에서, 탈-진평의 결핍이다.

② 존재결여는 대자존재라는 의미에서 결핍은 곧 의식의 탄생이다. 그러나 그 의식에 신진대사를 제공하는 것은 의식 그 자체가 아니라 의식에 대한 의식이다. 의식에 대한 의식이 있을 때, 비로소, 의식은 일상 속으로 실질적으로 가담할 수 있다. 앞에서 인용한 대로 혼란한 기억, 미래에 대한 두려움, 현재의 막막함으로 들끓는 의식은, 의식에 대한 의식을 통해서 기억을 정돈하고 전망과 자세를 이끌어낸다. 의식에 대한 의식은 따라서 의식의 해체·재구성이자 동시에 일상의 해체·재구성이다. 그 의식에 대한 의식을 가능하게 하는 징후이자 사건이 개짖는 소리이다. 개짖는 소리는 그러니까 이야기의 차원을 암시하는 하나의 징조 단위일 뿐 아니라 이야기의 차원을 배반하고 그것을 반성케

하는 징후 차원의 핵 단위이다. 그것은 이야기의 주-기능을 기능 핵자라고 부를 때와 같은 의미로, 그러나 사건과 분위기 사이에는 상동성이 아니라 일탈과 변화가 있다는 전제 하에서의 징조-핵자를 이룬다.

「얼음의 도가니」의 개는 플란다스의 개나 라블레의 개와는 다른 개이다. 플란다스의 개가 인간 세상의 삭막함을(그러니까, 개만도 못한 세상을) 운명적 순응을 통해서 쓸쓸히 반성케 하는 개라면, 라블레의 개는 아무리 하찮은 것이라도 정성들여 빨아 "뼈를 쪼개 골수를 마시는" 철학적 개이다. 최수철의 개는 충격의 개이다. 그것은 '나'의 의식의 모호한 유동에 급격히 쏟아부어져서 각성을 촉발하는 외침을 지른다. 그 외침이 개의 외침으로 드러난다면, 우선은 그 충격이 배반감을 수반하고 있기 때문일 것이다. '나'는 전혀 그럴 줄 몰랐던 굴종의 권화로부터 느닷없는 일격을 당하는 것이다. 이러한 촉발체는 사실 최수철의 소설에서 특이한 것이 아니다. 이 민감한 소설가의 소설에 등장하는 모든 사물들은 전혀 예기치 않은 곳에서 기습적으로 인물의 의식을 찌르고 할퀴어 왔던 것이다. 그 기습적 충격이 개의 비유를 통해 묘사된다는 것도 최수철의 소설에선 새삼스러운 일이 아니다. 그는 이미 개를 써먹은 적이 있다. 그의 데뷔작인 「맹점」에서이다. 「맹점」의 '그'는 개성을 갖기 위해 만사에 대해 "개같다"는 말을 내뱉는 것을 그만의 이디올렉트로 삼는데 결국 그것은 정말 개같은 그의 삶을, 그의 삶의 '개'성을 비참하게 확인시키는 결과를 낳는다.

「맹점」의 개가 자기 훼손과 비하의 감정에 관계하고 있다면, 그러나 「얼음의 도가니」의 개는 자기 반성에 관계하고 있다. 그것은 작가

의 관심이 세계와 자아, 생활과 의식의 가파른 줄다리기로부터 그 줄
다리기의 의미는 무엇인가에 대한 질문으로 이동되었다는 것을 의미
한다. 대결의 결과로부터 대결의 구조로 눈길이 옮겨졌다는 것이다.
아무튼, 아니 그러니, 개짖는 소리가 의식에 대한 의식인 만큼, 그 반
성은 '나'의 일상에 대한 반성이 아니라 '나'의 의식에 대한 반성에
집중되어 있다. 따라서 그 반성은 2차적이다. 2차적이라는 말은 반성
이 이미 있었다는 것을 말한다. 어디에 있었느냐 하면, 의식에 있었
다. 의식은 끊임없이 그의 과거·현재·미래의 삶을 되새기고 가늠하
고 떠올리면서 그의 일상을 자책과 회의의 공간으로 만든다. 그 일상
은 무엇이었으며, 무엇일 것인가? 그에 대한 대답을 '나'의 의식은 '보
호와 감시'라는 주제학으로 구성해낸다. 개가 이 소설의 핵-징조로서
동원되는 또 하나의 까닭이 여기에 있다. 개는 천대받는 존재일 뿐
아니라 조심스럽게 길들여지는 대상이다. 조심스러울 필요가 있는 것
은 자칫하면 물리기 때문이다. 길들임의 문제는 이 작품에서 애완견
의 길들임과는 다른 의미를 가지고 있다. 그것을 제대로 이해하려면
'나'의 의식이 시간성에 강박되어 있다는 점을 고려해야 한다. '나'는
온갖 과거의 기억들에 시달린다. 그 기억의 대부분은 스승과 당국과
아버지의 보호 혹은 감시로 채워져 있다. 물론 그 양태는 저마다 다
르다. '나'의 의식 속에서 당국은 가장 직접적인 간섭자이며 스승은
조용히 그러나 집요하게 나를 지켜보며, 일찍 자살한 아버지는 보호
자의 역할을 외면한다(그 아버지를 두고 '나'는 "당신은 교묘하게 당신과
나의 처지를 바꾸어놓았다"고 생각한다). 그 양태는 저마다 이질적이지만,
'나'의 의식은 그것들을 보호의 주제학 아래 구성한다. 그뿐이 아니

다. 나는 보호받는(받아야 할) 대상이었을 뿐 아니라, 나 자신이 보호해야 할 책임을 지게 된다. 그에게 아들이 있었던 것이다. 오랜 망명 생활로 인하여 돌봐주지 못했던 아들은 '나'가 귀국한 후에 어색한 만남을 오래 지속하지 못하고 만나지 않을 것을 선언한다. 그것은 곧 아버지와 아들의 의절로 소문이 난다. '나'의 일상은 결국 지속성을 목표로 하는 보호의 계보학 속에 놓여 있다. 앞에서 말한 자연 변증법은 그 보호의 계보학의 다른 말이다.

나의 의식이 그 일상을 '개'와 연관시키고 있다면, 그것은 그 자연 변증법의 세계가 그에게 제도화된 삶, 즉 예정된 종착지를 향해 직행하는 무반성적인 삶으로 인식되었기 때문일 것이다. 그것이 '철로'라는 환유체를 얻고 있는 것은 그 때문이다. "우리 일상의 벼랑 한쪽 옆에는 항상 기차의 철로가 깔려 있다. [⋯] 돌아올 수 없는 길을 따라 과거가 나를 향해 다가오고 있는 것이다. 현재를 위협하는 과거라는 위기의 벼랑이 죽음의 철로처럼 우리를 동행하고 있음을 나는 모르지 않는 것이다."

나의 '의식'은 바로 그 철로에서 벗어나려 한다. 그것이 그의 주체적 선택을 구성한다. 망명, 스승에 대한 의식적 무관심, 자살이라는 아버지의 선택을 거부하기, 아버지처럼 아들에게 "내가 너를 위해서 해줄 수 있는 말은 이것뿐이다"라고 말하지 않는 것, 이런 것들이 그가 선택한 것들이다. 여기서 그것들을 자세히 분석할 생각은 없다. 지금의 주제는 '개'이기 때문이다. 이렇게 물어보자. 그렇다면, 개짖는 소리는 그 제도화된 삶에 대한 거부의 외침인가? "제도 속에 정연하게 배열된 수많은 책상들의 열 한쪽 밖으로 삐쭉이 나와 있는 나의 책상"의 모난 얼굴인가? 혹은 "똥개가 짖어도 기차는 간다"의 잡스런 속담 속의 개의 짖음인가?

아니다. 개짖는 소리는 일상에 대한 부정의 외침이 아니라 일상을 부정한 나의 의식-선택에 대한 각성의 외침이다. 개의 강박관념은 「톰과 제리」의 불독처럼 삶의 아슬아슬함을 단숨에 파투낼 상상폭탄을 터뜨리는 백일몽(불독은 늘 낮잠을 자고 있다)에 시달리지만, 개의 부르짖음은 거꾸로 그 욕구 자체에 뜨거운 물을 뿌리는 드라마를 연출한다. 실로 작품은 삶에 대한 나의 인식 그리고 그것이 낳은 나의 선택이 결국 아무런 변화를 가져다주지 않았다는 자각으로 이어지는 과정으로 이루어져 있다. 나는 달라지려 하였지만 아무것도 달라진 것이 없다. 로즈마리와의 육체적 사랑, 스승의 딸인 윤서경에의 정신적 의지 그리고 유폐를 담보로 한 소설쓰기 등등은 결국 타인에게 확인받는 절차의 하나에 불과한 것이었고, 그리고 타인으로부터의 확인이란 결국 타인의 의식의 복제에 다름 아닌 것이었다. 일상을 부정하는 의식 자체가 일상과 마찬가지로 끊임없는 동일자의 증식에 지나지 않았던 것이다. 개의 부르짖음은 "나는 나를 용서할 수 있는가"의 화두에 맞닿으며, 그 대답은 "나는 나를 용서할 수가 없다"이다.

그게 대답이라고? 실은 그게 아니다. 그 질문은 두 개의 대답을 가지고 있으니, 첫 번째 대답이 용서할 수 없다는 것이라면, 두 번째 대답은 정반대로 용서할 수 있다는 것이다. 그 두 개의 대답은 그냥 튀어나오지 않는다. 그것은 개짖는 소리의 변주 자체를 통해 흐름을 갖고 분화한다. 개짖는 소리는 그 자체로서는 짧은 단 한 번의 외침이지만 개짖는 소리들은 소리의 내력을 이룬다.

개는 전부 네 번 짖는다. 서두에서 한 번, 중간의 술자리에서 한 번, 그리고 결말부에서 두 번 짖는다. 실제로 개가 나오는 것은 서두와 결말부의 첫 번째 두 번뿐이며 중간의 개짖는 소리는 "어떤 강력하고 갑작스러운 [환청된] 소리"의 의성어이고, 결말부 두 번째의 소리는 개로 상상된 눈덩이의 소리에 대한 상상이다. 결말부에 개짖는 소리가 두 번 나온다는 것은 개짖는 소리가 두 개의 줄기로 분화되었다는 것을 뜻한다. 동일한 발단과 전개가 모순된 두 개의 결과를 동시에 내놓는다. 어떻게 그게 가능하였을까? 내력을 따져볼 일이다.

첫 번째 개짖는 소리에서부터 '나'의 의식에 대한 각성은 시작한다. 그러나, 그 개짖는 소리는 일상을 부정하는 나의 의식으로부터 거의 자유롭지 못하다. 그 소리는 '나'의 의식 속에서 콘도미니엄을 북적대는 온갖 존재들이 내는 다른 잡다한 소리들과 대립한다. 큰-소리는 작은-소리들을 비웃는다. 개짖는 소리는 일상이 내는 작은 소음(騷音)들을 소음(消音)시킨다. 그러나 두 번째 개짖는 소리는 일상의 소음들 한복판으로부터 터져나온다. 사방으로 난무하며 엉키는 대화들, 개똥 같은 인생론, 「톰과 제리」의 종료, 오지 않은 윤서경의 소식 다음에 기자가 그의 정면에서 플래시를 터뜨린다. 그때 "나는 눈앞에서 사진기에 부착된 플래시의 전구가 퍽 터져버리는 것을 목도한다. 그리고 그 마지막 찰나에 갇힌 음화 속에서 나의 단절된 눈빛이 번뜩 죽음의 허연 뿌리를 드러내는 광경을 지켜본다. 그 모습은 어떤 강력하고 갑작스러운 소리처럼 내게로 달려든다. 컹." 일상으로부터의 급습은 나의 의식과 일상의 동시적 파열을 야기한다. 왜냐면, 나의 의식은 실상 나의 일상과 하나도 다르지 않기 때문이다. 죽음의 허연 뿌리가 드러나는 자리는 나의 의식의 밑바닥이자 동시에 일상의 밑바닥이다. 그렇다면 거꾸로도 얘기해야 한다. 일상에도 자연만이 있는 것이 아니라, 단절과 죽음과 고뇌가 있다고 엉키는 대화, 한 포스트 모던한 소설가의 "격앙된 어조"의 자기 옹호와 술취한 또 한 소설가의 개똥 인생론, 스승의 병환… 플래시의 전구를 터져버리게 하는 것은 바로 그런 것들이다. 그러니까, 자연변증법의 세계란 사실 없다. '나'의 의식이 고뇌의 덩어리이면서 하나의 선택을 갈망하듯이, 일상은 예정된 경로를 지나가는 듯하면서 무수한 일탈과 배반의 욕망으로 꿈틀거린다.

결말부에 개짖는 소리가 두 번 나오는 것은 그 때문이다. 하나는 '나'의 의식-선택에 대한 부정의 외침이다. 그것은 "나는 나를 용서할 수가 없다"는 것과 동의어이다. 그러나 바로 그 때문에 "나는 나를 용서할 수가 있다"는 또 하나의 외침이 터진다. 내 의식이 일상이며 내 일상이 의식이기 때문이다. 의식을 끌고 간 그만큼 일상을 인정해야 한다면, 일상을 인정한 그만큼 의식을 긍정해야 한다. 개와의 눈싸움으로 듣게 된 개짖는 소리는 마지막 개짖는 소리에 와서 싸움 의지로 충혈된 눈에 돋아난 실핏줄들을 발견하기에 이른다. 실핏줄은 대립의 균열, 막막한 타자로부터 "가늘고 따뜻한" 떨림으로 전해오는 통화의 갈망, 바로 그것의 실증이다. 나를 새하얗게 얼어붙게 하는 죽음의 철로, 즉 과거의 불행한 기억들, 미래의 암담한 전망을 싣고 나에게 몰려오는 철로는, 그때, 더 이상 종착지가 예정된 외줄기의 직선로가 아니라, 두 줄기의, 다시 말해 가고 오는 마음의 교류의 떨림을 은은히 전하는 울림통이 된다. 그 철로는 "붉다". 다시 말해 생명의 기운으로 약동한다. 그것이 나를 그토록 가두어놓았던 "거대한 빙산을 두 쪽으로” 가른다. 나는 비로소 ‘화해’에 대해 말한다. “아마도 중요한 것은 변화가 아니라 화해이다.” 하긴 모두가 화해를 꿈꾼다. 그러나, 너무도 많은 사람들이 얘기해서 상투어로 전락한 이 ‘화해’라는 단어가 이 작품에서만큼 절실하게 들리기는 흔한 일이 아니다. 그것이 절실한 것은 그 과정의 구체성을 작품이 감각의 전체를 통해 보여주고 있기 때문이다. 아니, 충혈된 눈은 곧 실핏줄들이 무수히 퍼져나간 눈이라는 것은 화해는 결코 난데없이 밖으로부터 주어지지 않고 싸움의 긴 과정 그 자체로부터 우러나온다는 것을 의미한다. 화해의 과정이 구체적인 것은 그것이 싸움의 과정과 그대로 맞물려 있기 때문이다.

이 기나긴 과정의 촉발체가 된 개가 “긴 의자”에 앉은 “검고 가늘고 긴 머리”의 소녀 곁에서 “길고 붉은” 혀를 늘어뜨리고 있다는 것은 눈여겨볼 만한 묘사이다. 그 모든 긴 것들은 철로의 암시이며, 철로 자체의 변화에 대한 암시이고, 따라서, 나의 일상과 나의 의식과 의식에 대한 의식의 기나긴 한 데 맞물림과 그 변화에 대한 암시이다. “어떤 두려움을 끝에서 끝까지 주파한다면, 그것이 바로 환희인 것이다”라고 바슐라르는 말하고 있다. 그와 같은 의미로, 어떤 싸움을 끝에서 끝까지 주파한다면, 바로 그것이 화해인 것이다. 모든 거짓 화해는 싸우지 않는 데서, 모든 추악한 싸움은 화해하지 않는 데서 나온다. 중요한 것은 싸움도 화해도 아니라, 그 싸움과 화해가 하나로 맞물린 과정이며, 그것의 구체성이다. 이 추상화 같은 소설을 살아 움직이게 만드는 것이야말로 구체성이다.

▼ 1993. 8, 문학사상

이순원의 사실주의

—이순원의 『얼굴』

　이순원의 『얼굴』을 통독하고 나니 그가 무척 의뭉한 작가임을 알겠다. 그 까닭은 그의 소설의 사실주의적 특성 뒤에 몰래 숨어 있다. 실로 그는 한국사회의 중요한 소재들을 두루 다룰 줄 아는 희귀한 재능을 가진 작가이다. 분단, 계급 갈등, 광주, 소비사회의 익명화, 노인 소외 등 우리 사회가 안고 있는 모든 문제들이 그의 손끝에서 '진상'을 드러낸다. 그 사회적 문제들을 바라보는 시각 또한 아주 넓다. 수난자와 가해자, 참여자와 관찰자의 시선이 폭넓게 활용되고 있다. 서술의 철저성도 특기할 만하다. 말씨의 정확성과 어조의 다양성은 그의 소설이 꽤 오랜 탁마 끝에 나오는 것임을 능히 짐작하게 해 준다. 그는 이러한 사실주의적 관심의 다양성과 철저성을 통하여 우리 사회의 '날 것 그대로의 현실'을 선명하게 문제화시킨다.

　그러나 여기까지는 소설의 표면일 뿐이다. 여기까지 이르러 문득 그의 사실주의는 정도를 넘어선다. 작가 자신을 포함하여 실제의 인물들의 이름이 직접 거명되는가 하면, 신문기사, 방송 화면, 주민등록증이 수정 없이 인용된다. 사실주의는 철저해지는 것 같지만, 실은 극단적으로 가장된다. 왜냐하면 실제로 존재했던 인물들과 실제의 사건을 직접 따오는 것은 보편성을 훼손시킨다는 것이 사실주의의 오랜 노하우이기 때문이다. 그 비결을 아는 사실주의 작가들은 결코 '실제로 일어난 일'을 다루지 않는다. 그들은 '있을 수 있는 일'을 다룬다. 그 개연성의 세계가 더 사실적일 수 있는 것은 보편성이, 다시 말해, 환상이 보태지기 때문이다. 바로 그 기본적인 의미로도, 사실주의가 그리는 세계는 '날 것 그대로의 현실'이 아니다. 바르트가 적절히 지적했듯이, 다만 '현실성의 효과'를 생산할 뿐이다. 그 모든 디테일의 정확성, 성격의 개별성, 줄거리의 일관성이 가리키는 것은 '이곳은 현실이다'라는 단 하나의 의미이다.

그런데, 『얼굴』의 작가는 사실성을 극단화시킴으로써 사실성을 거꾸로 배반한다. 그리고, 그러자, 자세히 들여다보면, 작품은 일관성의 외양 밑에 무수한 단절과 굴절을 감추고 있다. 화자의 목소리는 이야기꾼의 신명과 참여자의 고통 사이에서 탁해지고 관찰자의 호기심은 가해자의 죄의식으로 억색해진다. 말들은 단속적으로 끊어져 갑작스런 가슴의 고통으로 전이되고, 아차 싶어 물러나려 할 때는 이미 혼란과 고뇌의 늪 한복판이다. 왜 작가는 그렇게 하는가? 바로, 사실주의의 환상이 가능하게 해주는 공중으로의 탈출을 거부하기 때문이다. 보편적인 것을 그리는 자의 자의성에, 혹은 결국 이미 끝난 남의 이야기일 뿐인 것을 읽는 독자의 무책임에 동참과 책임의 질긴 그물을 던지고 싶어하기 때문이다.

그러한 기도의 저변에는 한국인의 개인사와 사회사의 이원성, 나의 수난의 역사와 타자의 가해의 역사, 대리 폭력의 역사와 내 핏줄의 억울함의 역사가, 실은 한 몸인 채로, 어긋나 있다는 데에 대한 작가의 깊은 성찰이 깔려 있다. 실제 이순원 소설의 요체는 바로 거기에, 즉 그 이원성에 대한 해부와 성찰의 집요한 변주에 있다. 그러나 이것은 독자에게 맡겨두는 것이 현명하리라. 함께 겪어보자고 작가가 당신께 청하고 있으니 말이다.

▼ 1993. 4. 14, 한국일보, 독자의 무책임에 '책임 그물'

대답 없는 독백, 마멸되는 인생

—채희윤의 『별똥별 헤는 밤』

　어떤 소설은 눈으로 읽지 않고 귀로 들어야 한다. 대체로 그런 소설들은 빡빡하게 시작한다. 풍경을 묘사하지도, 사건을 터뜨리지도 않는다. 어둠이 내린 길가의 불꺼진 창문으로부터 새어나오는 것인 양, 어떤 말소리가 독자의 귀를 멍멍히 두드리기 시작한다. 들리는 얘기로 보아 누군가와 대화를 나누고 있는 듯한데, 실은 거의 독백과 다름없다. 왜냐하면 그 말이란 게 한없이 이어져 소설이 끝날 때까지는 결코 미지의 상대방에게 말할 틈을 주지 않기 때문이다.

　생활의 어려움에 지쳐 저녁의 문학로에 발을 들여놓은 독자는 잠시 후회를 할지 모른다. 그가 원한 건 생활의 지겨움을 잊게 해줄 만한 무엇이었다. 그런데, 겨우 뜻도 모를 넋두리라니……. 하지만, 당신이 빡빡함을 참고 이야기를 좀더 듣고 있게 되면 당신은 아마도 기묘한 전율 속에 사로잡힐 것이다. 그 말들이 어떤 신나는 모험이나 아득한 사랑과도 무관하지만, 그러나, 바로 독자 당신에 대해 말하고 있기 때문이다. 일상에 찌들어 벌레처럼 변해버린 당신 말이다. 그것은 당신 삶의 지긋지긋함에 대해서 말한다. 아니, 그 이상이다. 소설은 그것을 폭로하는 대신에 질문투성이로 만든다. 그 지긋지긋함 속에 숨어 있는 파득이는 열정을 동시에 생각게 한다.

채희윤의 『별똥별 헤는 밤』은 그런 소설들의 모음이다. 물론 작가가 이런 빡빡함을 자청한 데에는 그 이상의 깊은 뜻이 있다. 우선 그의 문체는, 아니 소리체는 이야기의 내용과 긴밀히 조응한다. 그의 이야기는 같은 출신인 두 존재의 삶을 엮어 짠다. 하나는 뛰어나지만 좌절하고 마는 행동가들의 광태적 삶이며, 다른 하나는 평범한 채로 세상 속에 끈질기게 적응해나가는 일상인의 삶이다. 전자는 개천에서 난 이무기고, 후자는 개천에 널린 미꾸라지들이다. 대부분의 일반적 소설들은 전자의 삶에 초점을 맞춘다. 일상으로부터의 탈출과 모험 혹은 방황과 귀향 혹은 산화에 대해 말한다. 채희윤의 소설은 정반대로 나간다. 화자는 세상에 용케 적응해온 자신의 인생에 대해 말한다. 그러나, 그 결과는 생활의 톱니바퀴에 끼어 끝없이 마멸되어가는 것이자 무의미한 죽음으로의 일보 전진일 뿐이다.

채희윤 소설의 그 대답 없는 독백은 마멸되어가는 인생과 등가이다. 이 폭폭한 인생이라니…… 화자는 불현듯 근원을 알 수 없는 욕망 속에 사로잡힌다. 춤이거나, 무지개거나, 시거나. 그것이 저 행동가들의 솟구침에 견줄 만한 것인가? 그것이 그의 마음을 더욱 어질러 놓는다. 하지만 그것은 그가 자신의 인생에 대해 저항하고 있다는 것의 증거가 아닐까? 더 나아가 그것은 행동가들의 수직적 솟구침이 일상으로부터의 도피일 수도 있음을 반성케 한다. 화자는 바로 그것을 독자에게 말한다. 그와 너무도 닮은, 지친 영혼인 당신에게 말이다.

☎ 1995. 10. 9, 중앙일보

자전 소설의 의미와 한계

소설가 자신을 소재로 한 소설들이 부쩍 늘고 있다. 소설가의 과거와 현재의 대비가 거의 상투적이라고 할 수 있을 정도로 흔한 형식이되고 있고 그 밑을 흐르는 주 음조는 탄식이다. 탄식의 원인은 뻔하다. 옛날이 좋았다는 것이다. "지난날의 눈은 어디 있는가?"라고 소설가들은 부르짖고 있는 것이다. 왜 이런 사태가 벌어지는가? 그것을 알기 위해서는 한국에서의 소설가의 위상이 무엇이었던가를 생각해봐야 한다. 지난날 한국의 소설가는 골드만적인 의미에서의 예외인이었다. 철학자·행동가와 마찬가지로 사회적 의식의 최대치를 구현하는존재였다는 것이다. 그러나, 이제 구현할 의식은 불분명하고 드높았던 어제의 깃발은 "난 멈추지 않는다"고 설레발치는 상업문화의 물결에 파묻혀 보이지도 않는다. 그래서 탄식이 나온다. 지난날의 열정은문학이 아니었다고 매도당하고 소설가-나는 최저생계비도 벌지 못하는 가난뱅이 노동자에 불과하다는 것이다. 그 탄식은 이곳은 문화의킬링필드라는 탄식이다. 그러나, 탄식은 소설이 아니다. 내가 작가들에게 말하고 싶은 것은 한 가지이다. 소설가이기 때문에 예외인이 되는 것이 아니라, 어떻게 소설을 쓰는가가 당신을 예외인으로 만들어 준다는 것이다. 옛날의 열정을 당신이 아직도 그리워한다면, 그것을 지금, 이곳에 당신의 글로 되살려놓는 것밖에는 길이 없다. 그리고 되살리기는 그냥 그리워하기와는 다른 것이다.

그런 의미에서 윤후명의 「여우사냥」(『상상』), 공지영의 「꿈」(『창작과비평』), 구효서의 「깡통따개가 없는 마을」(『작가세계』)은 주목할 만하다. 윤후명은 사라진 지난 시대의 정열이 오늘의 허랑한 일상 속에서 문득 불타오르는 것을 발견하고 있으며, 공지영은 소설가의 폭폭한 근황을 집요하게 되씹음으로써 그의 과거를 현재의 비명소리로 짜내고 있고, 구효서는 소설가의 불어난 배와 아내의 생리거름과 탈출곡예사의 허황한 꿈을 교묘하게 얽어짬으로써 문학이 아니라 상품을 생산해내는 오늘의 소설가의 운명을 되물어보게 하고 있다. 그러나, 윤후명의 발견은 비단을 두른 해골처럼 화려한 수사학에 의해 지탱되고 있으며, 공지영의 반추는 과거에 대한 완강한 집착을 벗어나지 못하고 있고, 구효서의 반성에는 열정이 없다. 나는 여전히 할 말이 남아 있는 모양이다. 소설가여, 당신의 삶을 소설로 그리고 싶다면, 저 옛날 어느 자전작가가 그랬듯, 투우사의 긴장을 보여달라는 것이다. 다시 말해 가장 아름답게 죽음과 대면해달라는 것이다.

이명행의 『황색 새의 발톱』(문학과지성사)은 좋은 신인에 대한 기대로 우리를 들뜨게 한다. 이 소설의 강점은 추리소설적 구성을 채택하고는 동시에 버림으로써 재미와 반성이라는 문학의 모순된 덕목을 희한하게 채우고 있다는 데에 있다. 정치소설에서 추리 기법은 흥미의 풀무 같은 것이다. 『황색새의 발톱』은 추리소설적 구성을 택함으로써 일찌감치 독자를 달구어놓는다. 그러나 정확히 66쪽에서부터 작가가 고의적으로 추리 기법을 포기하면서 사건은 단박 명명백백해지고, 미궁에 빠져드는 것은 사건이 아니라 인물들이다. 그 미궁 속에서 인물들에게 무슨 일이 일어나는가? 바로, 사건을 밝혀내면 낼수록 사건의 노예로 전락해간다는 것이다. 가장 명석한 한국의 지식인들에 의해서, 의욕적인 한국인 경찰관에 의해서 재편되는 세계전쟁의 구도가 밝혀진다. 그러나, 이 작품이 노리는 것은 그 사실 자체가 아니라, 그 구도를 밝혀내는 한국인 주역들 자신이, 그 자신의 의사에 관계없이, 세계전쟁의 대리인으로 전락해가는 과정이다. 소설의 시간은 스릴과 서스펜스를 일탈해 질질 흘러내린다. 그 흘러내리는 시간은 주체가 곧 노예되는 시간이다. 우리가 주체가 되면 될수록 누런 새는 우리의 심장에 더욱 깊숙이 발톱을 찔러넣는다. 그러니 무섭지 않을 수 있겠는가? 이 소설을 읽은 날 나는 밤새 잠을 이루지 못했다. 「청산별곡」의 몇 구절이 박쥐처럼 머리 속을 횡행하는 채로.

■ 1993. 9. 2. 한겨레신문

회귀의 소설학

오늘의 한국 소설은 여전히 회상의 형식이 주류를 이루고 있다. 현실의 반성적 문제틀로서의 소설이 문득 과녁을 잃어버렸을 때 과거로의 후퇴는 거의 피할 수 없는 일인지도 모른다. 그리고 모든 불가피함이 그렇듯이 그것 또한 충동적인 몸부림에 속한다. 그곳에는 미리 수락된 패배와 제 살을 파먹는 허무와 그리고 그것들을 완강하게 가리우는 자기애가 풀릴 길 없이 잔뜩 뒤엉킨 채로 시커먼 화장독에 썩어가는 것이다. 한동안 넋두리조의 방황과 옹고집류의 자기 옹호의 상투적 도구로 소설이 전락해 온 것은 그런 사정 아래에서였다. 그 상투성은 과거로 미래를 미리 추인한다. 영원히 고착된 그것으로 미래를 체포하고 꽁꽁 가두어버리는 것이다.

지난달의 작품을 뒤돌아보는 이 자리에서 이 신물날 이야기를 되풀이하는 것은, 그러나 다시 한번 그 한탄을 한탄하기 위해서가 아니다. 모든 낡음은 예기치 않은 새로움의 가장된 존재태임을 증명하듯이, 이 과거를 향한 엑소더스 속에는 새로운 문학적 형태가 은밀히 숨어 자신을 모색하고 있었던 것이다. 마치 70년대 분단 소설들에 도입된 '회상'이 외면당했던 육친성의 회복을 가능케 하는 주체적 자각의 장치로 기능하였던 것과 같은 그런 무엇이 이 혼돈스런 역류 속에서 재선회의 길을 비추이는 등대처럼 솟아나고 있는 것이다. 왜 송기원(「여자에 대한 명상」, 『문학동네』)은 제가 장돌뱅이 출신임을 되풀이해 까발기고 있는 것이고, 신경숙(「외딴 방」, 『문학동네』)이 감추고 싶은 과거사를 고백하기로 작정을 한 까닭이 무엇일까? 그리고 이 소설들과 평행선을 이루는 궤적 위에서 오정희는 60년대식으로 급격히 회귀한 소설(「새」, 『동서문학』)을 발표하였고 윤대녕(「지나가는 자의 초상」, 『작가세계』)은 평론가들이 '시원'이라고 부른 곳을 마치 상처를 덧내듯 또다시 들추고 있다.

송기원·신경숙의 옛날 돌아보기는 단순히 오늘의 위안을 위해서도 옛날의 그리움 때문에도 아니다. 그들은 모두 소설의 존재론에 대한 근본적인 물음을 던지기 위해 옛날로 회귀한다. 왜 옛날로 돌아가야 그 답을 찾을 수 있다는 걸까? 직접적으로는 그들이 소설을 쓰게 된 계기가 그때 그 자리에 놓여 있었기 때문이다. 바로 그 때문에 그들의 물음은 분석적 차원에서 제기되는 것이 아니라 실존사적 차원에서 제기되는 것인데, 그것은 오늘의 소설가에게 닥친 글쓰기의 위기가 추동하여 열어놓은 것이 아닐 수 없다. 다시 말해, 그것에는 글쓰기라는 이름의 삶의 연속성을 복구하려는 의지가 작동하고 있는 것이다. 그러나, 그것이 끊어진 역사를 다시 잇는 것만으로 그친다면 그것은 이야기 이상도 이하도 아닐 것이다. 소설(허구)이란 무엇보다도 변화를 뜻하는 것인데, 두 작가의 소설은 바로 그 이름에 값한다. 그들의 소설쓰기의 내력 찾기가 동시에 그것 자체에 대한 반성적 성찰을 동반하고 있기 때문이다. 송기원에게 있어서 소설의 출발은 치부와 위악의 숨바꼭질 놀이를 이루고 있으며, 신경숙에게 그것은 감춤과 드러냄, 버림과 얻음의 변증법을 구성한다. 송기원은 그러나 치부를 가리던 위악의 아름다움을 굴착해 치부와 위악이 포개지는 아름다운 추악함의 순간을 찾아내고 있고, 신경숙은 그러나 그 버림과 얻음의 변증법 자체를 가능한 한 '정직하게' 재생시키는 데 온 힘을 바치고 있다. 송기원의 찾아냄은 소설쓰기의 동력은 소설 속에 있지 않고 소설 그 자신이 은폐한 것에 있다는 인식으로 빛을 발하며, 아직 연재 중인 신경숙의 정직성은 소설쓰기의 삶, 그 시공간적 복합의 덩어리를 통째로 전면적 반성의 장 속으로 몰아넣는다. 바로 그 점에서 그들의 실존사의 복구는 동시에 소설적 원리에 대한 발견 혹은 탐색과 맞물린다. 책장을 펼치면 역사가 전개되는데 책장을 덮으면 역사가 끝나는 것이 아니라 소설학의 장기판이 게임에 대한 기대로 들뜬 말들을 도열해놓고 있는 것이다.

오정희의 60년대식 소설은 이 맥락에서 아주 의미심장한 작품이다. 60년대식이란 송기원 소설의 까까머리 고교생이 선택한 삶의 양식, 즉 위악을 바로 가리킨다. 그것을 가장 절실하게 보여준 작가는 김승옥이 었었는데, 폐허화한 역사 위에서 더러운 몸밖에는 내세울 게 없던 한국인이 유일하게 취할 수 있는 포즈가 바로 그 위악, 즉 스스로를 추악하게 만듦으로써 더 질긴 생명력을 획득하는 것이었다. 그 위악의 세계가 오정희의 소설에서 고스란히 재현되고 있다면 그것은 왜일까? 그 역시, 단순히 그때의 기법에서 우월성을 발견했기 때문이 아니라 오늘의 소설쓰기를 근원적으로 돌아보기 위해서 그랬을 것이다.

　60년대식 소설이라고 했지만, 배경은 사촌들이 태권도 도장과 컴퓨터 학원을 다니고 문제 학생에게는 상담 아줌마가 붙는 밝은 복지 사회의 90년대이다. 그 현실을 작가는 멀찍이 떼어놓으면서 작중 화자의 낡고 추저분한 공간을 볼록거울로 확대시킨다. 그러니, 그 볼록거울 속의 낡고 낯선 세상은 오늘의 친숙하고 밝은 세상으로부터 격리된 곳이자 동시에 의도적인 거부를 실천하는 곳이며, 바로 그것이 위악을 이룬다. 그것이 의도적인 거부라는 점에서 그것은 눈멈을 택하는 것인데, 그러나, 현실 세계가 아무리 먼 거리에서든 보이고 있다는 점에서 위악의 포즈는 차라리 오목거울, 즉 근시를 선택하는 것이다. 눈먼 자의 삶이 자기를 지키면서도 세상과의 타협을 이루는 또 하나의 현실적 방식(장 선생)이라면, 근시로서의 삶은 오히려 현실에 대한 신경증적 강박관념을 대가로 그것에 대한 비판적 성찰의 공간을 여는 복잡한 고민이 준동하는 삶이다. 무엇이 고민되고 성찰되는 것인가? 바로 오늘의 세상이 보여주는 모든 이야기 방식들, 즉 현실을 치장하는 모든 환상들이 그 대상이다. 가족을 이루며 살기, 상담자가 있는 화해 세상, 우주소년 토토의 활약 등등에 대한 유혹과 거부의 왕복 운동이 일어나는 자리, 그것이 작중 화자가 자리한 공간의 본질적 특성이다. 그의 기법의 회귀는, 그러니, 말 그대로 소설 기법에 대한 근본적 탐구가 아닐 수 없다. 그것은 환상을 이루는 모든 절차, 즉 이야기의 존재론에 대한 회의와 성찰을 유도하고 있기 때문이다. 또한 그런 점에서, 결말부의 우일의 죽음은 내용상의 죽음이 아니라 소설적인 죽음, 즉 글쓰기에 대한 의도적인 장례라 할 수 있을 것이다.

　윤대녕 또한 회귀의 소설가이다. 그의 돌아가기가 주목을 받고 있다면, 그의 그 회귀가 오늘날 유행하고 있는 개인사의 어느 지점으로 돌아가는 자기 확인적 움직임을 훌쩍 건너뛰고 있기 때문이다. 그의 시원은 역사 속에 있는 것이 아니라 역사 저편에 있다. 그러나 그 때문에 그의 시원은 김경수가 적절하게 지적(「윤대녕의 소설을 비판한다」, 『소설과 사상』)하고 있듯이 실존적 활력을 상실한 선험적 확정태로서 굳어질 위험을 애초부터 안고 있었다. 그러나 모든 비판은 지나친 사랑인 법이다. 그의 뛰어난 소설들, 가령, 「January 9, 1993 미아리 통신」이나 이번의 작품은 그 예고된 위험을 반전의 형식으로 뛰어넘는다. 반전의 형식이라고? 그것은 말 그대로의 뜻을 가지고 있는데, 그의 좋은 소설들은 시원으로의 회귀를 꿈꾸지 않고, 거꾸로 그것의 돌발적이고 무차별적인 내습을 증언하고 있기 때문이다. 그때 시원은 더 이상 선험적 확정태이길 그치고 도저히 이해될 수 없는 캄캄한 뒷무대가 되는 것이며, 바로 그 자체로서 밝은 세상의 곳곳에 시커멓게 찍히는 저주의 낙인처럼 기능한다. 그러니 작중 인물이 아무리 현실의 직장을 그만둬도 소용없을 것이다. 그가 어느 곳을 가든 그 저주의 낙인을 만날 수밖에 없을 것이고, 그가 그 어둠의 저편에 도달하기 위해 어느 곳을 헤매든 그곳은 절대로 그리움에 값할 만한 모습으로 드러나지 않을 것이다. 그의 소설의 윤리학은 그런 것이다. 현실의 이 무료하고도 조직적이고 불가항력적인 흐름에 단절을 개입시키는 것, 그 단절 사이에 단절면 그 자체로부터 나오는 죽음의 입김을, 다시 말해 새 삶의 숨결을 불어넣는 것 말이다. 더 나아가 그 숨결들이 이어지는 방식에 대해 탐구하는 것 말이다.

이 외에도 읽을만한 소설들은 무척 많았다. 근대 이후 한국인의

'새것 콤플렉스'를 몸의 차원에서 재구성해내고 있는 이윤기의 「나비 넥타이」(『세계의 문학』), 욕망의 용광로 속에서 들끓는 현대 사회의 혼돈과 그 욕망의 불을 끄려는 행동 자체가 소방 호스에서 뿜어져 나오는 물줄기의 그 통제 불가능한 뻗침이 그러하듯이 또 하나의 욕망의 불길이 되고 마는 데 대한 위기감을 치밀한 세부묘사를 통해서 이중 교직시키고 있는 김훈의 「빗살무늬 토기에 관한 추억」(『문학동네』)은 꼭 다루고 싶었는데 지면 때문에 포기된 작품들이다. 또 최근 들어 괄목할 만하게 진출하면서, 새로운 문학적 가능성을 예고하고 있는 이른바 신세대 소설가들의 작품들이 있었다. 열거하면, 김영하, 「거울에 대한 명상」(『리뷰』), 박성원, 「사라세니아」(『세계의 문학』), 「이상(異常), 이상(李箱), 이상(理想)」(『황해문화』), 한강, 「저녁빛」(『문학과사회』), 김환, 「비막(飛膜)을 펼쳐라」(『문학과 사회』), 배수아, 「검은 늑대의 무리」(『현대문학』), 「랩소디 인 블루」(『소설과 사상』)가 그것들이다. 다음 달에는 이들을 포함해 이야기를 꾸며볼 참이다.

☎ 1995. 4. 현대문학

괴기성의 사회적 의미

―신경숙의 「빈집」

「빈집」은 괴기하고 아름답다. "도저히 주거용 건물이 있을 것 같지 않은 시내의 한복판에 뭔가 비현실적으로 삐딱하게 서 있"는 스튜디오가 그 괴기한 아름다움의 장소이다. 그곳에서 기타리스트와 귀머거리의 기이한 사랑이 있었다. 그 집은 그러나 지금 빈집이다. 그들의 사랑은 사랑할수록 안타까움만 더해가는 그런 사랑이었다. 운명적으로 잃어버릴 수밖에 없는 사랑이었다. 상실의 그 자리는, 다시 그러나, 그냥 텅 비어 있는 것이 아니다. 그곳은 온갖 소리들로 가득 차 있다. 거위가 꽥꽥거리는 소리, 윗집의 망치소리, 옆방의 TV소리, 소독원의 노크소리, 칼을 들고 쫓고 쫓기는 남녀의 고함과 비명소리, 고양이의 울음, 생쥐의 찍찍거림, 그리고 그 빈집에 찾아간 내가 내는 소리들이 어지럽게 교차하고 산란하면서 엷은 칸막이 벽으로 둘러쳐진 이 작고 약한 빈집을 난자한다.

「빈집」의 괴기함은 그러니까 특이함의 차원에 놓여 있는 것이 아니라 사회적인 차원에 놓여 있다. 그것은 현대 사회에서는 어떠한 순수함에의 열망도 순수하게 존재할 수 없다는 것을 상징한다. 어떠한?

그렇다. 욕망의 등고선은 꾸불꾸불하고 겹겹이 둘러쳐져 있다. 그것들은, 타산적인 사랑 / 순수한 사랑의 대립처럼, 얼핏 서로 대립하고 있지만, 실은 같은 중심을 휘돌면서 엉키어드는 것들이다. 어떠한 것도 지시하지 않고 모든 것을 징표하는, 신경숙 특유의 징후의 시학은, 그 욕망의 여러 겹들의 끌림과 엉킴과 반발을, 희망의 근원이자 동시에 균열의 진원인 고양이의 발톱이 낸 상처를 따라 섬세하게 풀어낸다. 소리 / 노래, 소리 / 말, 소리 / 글, 소리 / 소리로 겹쳐져 있는 그 욕망의 현상학을. 그러니, 이 좁은 공간에 그 소설을 있는 그대로 담을 수는 도저히 없다. 이 짧은 단편은 엄청나게 두꺼운 소설이다.

다만 한 가지. 사건의 층위에서 독자들이 그럴듯하지 못하다고 여길 만한 것들이 눈에 띈다면, 그것은 실은 그것이 그럴듯함을 욕망하는 우리의 모든 마음을 겨냥하고 있기 때문이다. 그것은 마지막 화해의 자리마저 계류시키는 문체가 낳은 결과이며, 독서에 대한 아주 도전적인 문제제기이다. 독자들이여, 바로 그것을 읽기를. 그래야 당신의 책읽기의 무의식을 뒤돌아볼 수 있을 테니까.

▼ 1994, 『'94 현장비평가가 뽑은 올해의 좋은 소설』, 현대문학사

부끄러움을 부끄러워하기

모든 추억은 아름답다고 사람들은 말한다. 추억은 아무리 참혹한 과거도 예쁘고 흔감한 것으로 만든다. 그러나, 지금 돌이켜보는 그 옛날이 참 옛날일까? 그때는 삶이란 게 온통 상처였다. 지금은 그때의 삶이란 게 온통 희망이었다. 그때 나는 외딴 방에서 웅크리고 잠을 잤다. 지금 나는 그때를 가난했지만 활기가 넘쳤던 시절이라고 여긴다. 누군가 상처를 희망으로 포장해버린 것이다. 그 과거를 지나와 여기 서게 된 사람의 바로 그 마음이.

그러니까 추억은 아름답지 않다. 아름다운 체 할 뿐이다. 추억은 추억의 은폐이다. 추억하는 마음은 빈번히 추억할 과거를 부끄럽게 여긴다. 신경숙의 『외딴 방』은 그 은폐야말로 부끄러워할 일이라는 각성으로부터 씌어지기 시작했다. 그것을 우리는 부끄러움을 부끄러워하기라는 명제로 요약할 수 있다.

그것은 지나온 삶을 있는 그대로 기술하는 것이 아니다. 있는 그대로 쓴다는 것이 본래 가능하기나 한가? 모든 글쓰기는 욕망의 드러냄이자 욕망과의 싸움이다. 『외딴 방』은 지난 삶의 욕망을 더듬어감으로써 그것과 싸운다. 희망이 남몰래 감추어둔 독한 욕망과의 싸움 말이다. 제 발바닥을 찍은 쇠스랑을 우물에 던져넣는 것으로 시작된 그 욕망. 더 이상 상처받지 않으려는 그 욕망. 그러나 세상은 상처투성이이고 나는 끝없이 삶의 유기와 희망의 구걸을 되풀이해 왔을 뿐이다. 외딴 방으로부터 달아나려는 그 마음이 외딴 방에 영구히 갇히는 그 몸을 낳는다. 추억의 글쓰기는 그 마음의 되풀이가 되어서는 안 된다. 그것은 몸의 기억을 거슬러 가야만 한다. 뱃구레에 찍힌 상처를 간직하고 강을 거슬러 올라가는 연어처럼.

은폐된 욕망과 싸우는 글쓰기는 또한 글쓰기의 욕망 그 자신과의 싸움이기도 하다. 왜냐하면 글쓰기의 욕망이 바로 쇠스랑을 우물 속에 던지는 그 순간에 태어났기 때문이다. 작가가 되겠다는 꿈은 "별을 향해 높고 아름답게 잠든 새를 보겠다"는 환상과 하나였다. 『외딴 방』의 글쓰기는 그 글쓰기의 환상과 싸운다. 그렇게 해서 작가는 생생하지만 활기차기만 하다고 그가 느낀 단원의 풍속화와 대결한다. 그가 그리려는 풍속화는 죽음이 배어든 배호의 노래처럼 상처가 촘촘이 배어든 풍속화이다.

문학이란 전염병과도 같아서, 독자는 글쓰기의 고통을 글읽기의 괴로움으로 옮겨 생각하지 않을 수 없다. 우리는 왜 소설을 읽는가? 무엇을 찾기 위해서? 무엇을 찾으려는 그 마음이 제 몸의 무엇을 감추고 있지는 않은가?

☎ 1995. 11. 12, 중앙일보

인공자연의 세상에서 살기

—채영주의 『가면 지우기』

　오랜만에 새로운 작가들이 나타나고 있다. 좀더 정확히 말하자면, 젊은 작가들의 세계가 조금씩 분명해지고 있다. 문학이 끊임없이 신인들을 배출하는 것은, 산아제한의 시대에도 신생아가 매일 태어나는 것과 같은, 생리현상일 뿐이다. 문학사를 통틀어, 젊은 문학이 없었던 때는 없었다. 더욱이 문학과 생활의 담이 허물어진 이후, 젊은 문학의 차지는 괄목하게 확대되었다. 그러나, 80년대의 질풍노도 이후 문득 적막해진 문학의 터전은 이제 ‘문학은 무엇을 해야 하는가’라는 질문 위에 퍼진 방황과 모색의 체조들로 새까만 듯 보였다. 이제, 그 원형질 운동의 덩어리들이 서서히 제 윤곽을 드러내고 있다. 정찬·김영현·이승우가 그렇고, 이순원·하창수·박상우, 그리고 채영주가 그렇다. 헌데, 젊은 작가들의 글에서 훨씬 더 늙은 표정을 읽는다는 것은 놀라운 일이다. 그들의 작품에서는 화석의 냄새가 난다. 그들이 그려보여주는 세상은 “30년간이나 눈에 익”(『가면 지우기』, 문학과지성사, 1990, p.44)은 변함없는 세월 속에 한없이 가라앉아 있으며, 그 세상 속의 인물들은 “태어날 때부터 단단한 쇠파이프 한 가닥씩을 등에다 꽂

고 있"(p.214)는 회전 목마이거나, 마치 쥐며느리처럼 "어둡게 닫힌 나
의 울타리 속"(p.35)으로 자신을 가둔다. 그들은 "원충적이고 기계 부
속품 같기만 한"(p.22) 삶을 산다. 아니, 그들 자신이 원충이고 기계이
며, 먹이이다. 그들은 생산의 재료이고, 생산의 도구이며, 소비 품목이
다. "그 속에서 그들은 힘없이 늘어지고 흐물흐물해져"(p.206) 간다. 그
들은 낡아빠진 세상 속으로 녹아들어 간다. 세상이 낡았다면, 그들도
낡았고, 세상이 변하지 않는다면 그들도 변하지 않는다. 세상도, 그들
도 다만 자연일 뿐이다.

그 밑바닥엔, 싸울 대상이 갑자기 불분명해져버린 정치적 상황, 자
동 관리 장치 하에서의 규격화되고 획일화된 생활, 거대 소비 사회에
서의 가치 폭발(혹은 부재) 등 현대 한국 사회가 새롭게 맞이한 사회·
문화적 정황이 놓여 있다. 그러나 꼭 그렇게만 말할 수 있을까? 정치
적 상황의 변모는 무수한 주장의 목소리들과 무한한 선택의 자유를
보증하는 듯하고, 자동 관리 체제는 '편리'라는 화사한 의상을 선물하
며, 거대 소비 사회는 창조의 신화를 폐기한 대신 향유의 즐거움을
가르친다. 인간이 우주의 중심이 될 수 있다는 근대적 명제는 이제
누구나 제자리에서 누릴 만큼 누릴 수 있다는 새로운 명제로 뒤바뀐
다. 사람들은 누구나 자신의 분명한 삶을 누린다. 그들은 "사회적인
의미를 띠는 문제에 있어서 자기 입장을 명백히 한다는 것은 중요한
일"(pp.115~116)임을 알고 있되 그 일 자체에 대해서는 무관심하며,
"소득 없는 미련"(p.179)은 재빨리 버릴 줄 안다. "배낭 하나에 손가방
두 개씩 열두 개의 짐을 모두 내리자 […] 검푸른 가스 한덩이를 선사
하고 언덕길을 멀어져가"(p.46)는 버스처럼 그들의 만남은 언제라도

가볍게 헤어질 준비가 돼 있다. 그들에게 익숙한 배경 안에서 그들은 자신 있고, 발랄하다. 개성적이다. 그리하여 새로운 문화가 태어난다. 『보여줄 수 있는 사랑은 너무 작습니다』류의 좁쌀 같은 단어들의 유희, 태연한 베끼기와 오문, 말하는 자가 생략된 야유와 핏대, 인간의 본능이라곤 성 본능밖에 없다는 듯한 착각에 빠져들게 하는 성 완전 정복의 기술들로 뒤범벅이 된 책들이 진열대를 뒤덮고, 철없는 작가들은 그 난잡한 문화적 정황을 있는 그대로 보여주는 것이 그들의 고뇌를 대변해주는 것이라고 믿는다.

진지하게 성찰할 줄 아는 작가는, 그러나, 그 화려한 외양 밑에 음습하게 깔려 있는 운명론적 어둠을 꿰뚫고 들어간다. 그는 그들이 한 발자국만 자기 세계를 벗어나면, 그들의 자신감과 개성이 형편없이 무너져 내리는 것을 본다. 그는 그들 존재의 경쾌함이 낡을 대로 낡아 "당연하고 지리한 것이 된"(p.12) 무거운 사실에 다름 아니라는 것을 감지하며, 그 뒤에 퍼지는 "광장을 울리는 군화 소리, 아버지의 집요한 탐욕, 동생의 신음 소리……"(p.149)를 듣는다. 그는 이 음험하고 요염한 자연, 물컹하고 단단한 인공의 자연에 균열을 내기 위해 몸부림친다. 90년대 작가들의 글쓰기는 그 구멍내기의 몸부림으로부터 시작한다.

몇몇 작가들이 제1의 자연과 제2의 자연의 사이, 즉 인공 자연의 고고학에 천착함으로써 현실을 그 불길한 탄생의 지점으로 돌려, 현실의 굳은 거죽을 찢는데 고대적 상상력을 발동시키고 있다면, 채영주의 글쓰기는 비교적 리얼리즘에 충실해 있다. 그는 그의 소재를 신문 기사, 답사, 현장 조사 등을 통해 얻은 아주 현실적인 사건들에서

빌어오며, 겉으로 드러나는 그의 언어는 데뷔작인 「노점 사내」를 제
외하고는, 냉정한 관찰자의 기록에 가깝다. 그러나 그러한 관찰은 피
상적이다. 그것이 피상적이라는 것은 우선, 작중의 화자와 작가를 동
일시할 수 없기 때문이며, 다음, 그 화자의 언어를 줄거리만 따라 읽
어서는 안 되기 때문이다. 채영주 소설의 기본 구조는 사실의 묘사에
있지 않고, 묘사하는 인물과 묘사되는 인물 사이의 미묘하게 엇갈린
관계에 있으며, 그 엇갈림의 한복판에서 화자의 객관성을 침윤하는
비틀린 이미지들이 솟아오른다. 작가가 사건 서술의 곳곳에 은밀히
끼워 넣는 그 이미지들의 기능과 효과가 어떠한가는, 가령 고분 발굴
을 위해 설치한 컨베이어벨트 위에 놓인 유리컵이 떨어져 깨지는 장
면을 묘사하면서 덧붙인 "햇빛 한줌이 돌무덤에 부딪혀 으깨어졌
다"(p.83)라는 간명한 예에 잘 드러나 있다. 그 한마디 비유는 그 대목
을 앞으로 일어날 예기치 않은 사건에 대한 복선으로 만들어줄 뿐 아
니라, 그 작품을 수천 년을 지속해 무거운 사실을 끊임없이 덧쌓는
인간들의 집단적 욕망·운동과 그에 거스르는 인간의 개별적 욕망 사
이의 참담한 갈등에 대한 암시체로 만든다. 실로, 작가는 사실을 기록
하되, 그 사실 속에서 튀어 오르는 반역의 불꽃들을 정밀하게 추적한
다. 작가가 환각을 빈번히 사용하는 것은 바로, 그 사실 속에 갇힌 반
역, 즉 리얼리즘과 반리얼리즘의 맞물린 관계를 드러내기 위해서이다.
　　우리는 90년대 작가들의 고뇌의 한복판에 인공 자연에 구멍을 내
려는 열망이 작동하고 있다고 방금 말했었다. 채영주의 소설은 그 고
뇌를 작품 속 한 인물의 몫으로 치환시킨다. 그가 그리는 세계는 사
실에 충실한 자와 그에 반역하는 자 사이의 대립과 갈등으로 짜여져

있으며, 반역하는 자의 반역의 행동이 사실의 완강한 울타리에 갇혀 자폭하고 마는 세상이다. 70년대 후반에 한 시인은 "어둠에 갇힌 불빛은 뜨겁다"고 말한 적이 있는데, 채영주 소설의 한쪽의 인물들이야말로 어둠 속에 갇힌 불꽃에 다름 아니다. 그들은 적당한 경제와 밝은 가정에 잠기려 하는 다른 쪽의 인물들에 맞서, 죽음 혹은 광기를 폭발시킴으로써 그들이 애써 파묻어 놓은 낡은 기억의 창고를 열고, 그 데면데면한 일상의 허구를 까뒤집으려 하며, "알량한 직장과 월급에 세뇌당해 미워해야 할 자를 미워하지 못하는 스스로"와 "발등으로 불길이 오르는데도 비명 한번 지르지 못하는 착한 이들"에게 "비웃음의 불"을 던져 "고통당하는 사람 모두가 불길처럼 피워오르도록 만들"(p.203)려고 한다. 그러나, 그 불꽃은 70년대의 그 시구가 환기하는 것처럼 순정한 열정으로 불타오르지 못하고, "두 마리의 벌거벗은 꼼장어가 비릿한 내음을 풍기며 뒤틀"(p.32)리듯이 현실과 엉켜 뒤틀리며 매캐한 연기를 피워 올린다. 그들의 죽음 혹은 광기는 현실에 대한 섬뜩한 충격이 되지 못하고, 「가면 지우기」가 처참하게 보여주고 있듯, 현실의 위선과 기만을 어느새 닮아가며, 그 광기가 떠올린 환상의 유토피아는 실은, "껍질 속으로 웅크려든 거북"(p.164), 스스로 종과 건물이 된 자가 내부에 세운 창백한 모형 세계일 뿐이다. 그들의 가면 지우기는 또 하나의 가면 쓰기에 다름 아니었던 것이다.

거기에 채영주 소설의 90년대적 특징이 또한 있다. 80년대까지의 일반적인 문학이 한 일이 현실과의 치열한 대결이라면, 채영주는 그 대결 자체를 해부의 대상으로 변형시킨다. 그것을 위해 그는 현실에 현실이라는 이름을 부여하지 않고, 욕망의 건물이라는 이름을 부여한다. 다시 말해 화석처럼 굳어져버린 요지부동의 현실이 인간 행동의 집적물일 뿐임을 가리킨다. 그리고 그럼으로써 그에 맞서 대결을 벌이는 채영주적 인물들의 광기 혹은 죽음을 그 거대한 욕망 속으로 끌어넣고, 그 이질적인 욕망들 사이의 관계를 탐구한다. 그는 그것들 사이의 당기는 힘과 밀어내는 힘을, 유사성의 원리와 배척의 원칙을 섬세하게 측정한다. 그 측정과 분석의 과정을 통해, 현실의 도도한 외양은 사면의 해진 데를 드러내며, 현실 파괴의 영웅적 행동은 사람 모두의 집단 무의식의 한 첨예한 표현으로 평범화된다. 그것은 평범한 사람들의 사건으로 전이되고, 소설은 그때 그들의 집단적 참여의 광장, 아직 아무것도 시작된 것이 없는, 독자인 그들이 함께 이루어야 할 가능성의 터전으로 변모한다. 그걸 깨달은 한 인물이 말한다. "당신의 길을 가기 위해서 처음부터 전과자라는 표찰이 필요한 것은 아닙니다"(p.211).

아마도, 90년대의 문학은 세상을 허심탄회하게 바라보는 성숙한 자세에 뒷받침되어 새로운 문학사를 일구어갈 모양이다. 채영주는 그 가능성에 가장 가까이 다가간 작가 중의 하나이다. 그런 작가를 만났다는 것은 무척 행복한 일이다.

￦ 1990. 1, 세계와 나, 인공자연에 구멍내려는 열망

광기의 일상성과 예술의 파탄

—채영주의 「도시의 향기」

    우리나라에서는 개봉되자마자 종영되었기 때문에 작가가 그것을 보았는지 모르겠으나, 「도시의 향기」는 영화 『바톤핑크』와 간-텍스트적 관계에 놓여 있다. 문화적 압제와 야생의 미친 폭력 사이에 끼여 파괴당하는 한 예술가의 영혼을 보여주고 있는 그 영화와 대비해, 소설에서 문화적 압제는 차가운 일상성으로 대치되어 배경으로 깔리면서 광기의 날 폭력에 무참하게 무너지는 예술가의 삶이 전면에 부각되어 있다.

    그러나, 소설은 영화와 섬세하게 차이지면서 영화의 생각과는 전혀 다른 생각을 제기하고 있다. 크게 두 가지. 하나는, 광기의 날 폭력은 차가운 일상성과 어긋나 있는 게 아니라 은밀히 연결되어 있다는 것이다. 옆방에서 끊임없이 울리는 전화벨 소리는 그 기괴한 연결이 내지르는 소음이다. 아니, 광기는 일상과 연결되어 있을 뿐만 아니라, 차라리 일상의 날 모습이라고 말할 수 있을 것이다. 다른 하나는, 예술가의 위상이 순수성의 차원에 놓여 있지 않다는 것이다. 오히려 예술가도 일상성과 언제나 내통하고 있으며 다만 그는 그것을 자신의 예술적 욕구를 다양한 방식으로 후원하고 보호하는 도구로 이용하고 있는 것이다. 전화벨 소리는 옆방에서 울릴 뿐만 아니라 바로 그의 방에서도 빈번히 울린다.

때문에, 그의 작업대 위에는 영화에서와 달리 바다 장어의 사진이 걸려 있는 것인데, 그 바다 장어 사진은 현실과 결탁되어 있으면서 현실에 대해 냉소짓는 물신화된 교만한 예술성을 그대로 지시한다. 그 바다 장어로부터 그는 "죽음의 비밀"을 캐내어 형상화하려고 하지만, 그가 만나는 것은 예술이 성취할 죽음의 비밀이 아니라, 교만한 예술의 죽음이다. 그 예술의 죽음은 바로 예술가의 오만함을 꿰뚫고 쳐들어온 날 것이 된 일상으로부터 온다. 그가 그것을 이용하려 했었기 때문에, 불가피하게 연결된 그 연락망을 통해, 그것은 광포하게 쳐들어와 그를, 다시 말해 예술을 둘러싼 그의 교만·믿음·구도를 몽땅 망가뜨리고는 어느새 다시 차가운 일상성으로 되돌아간다. 근대 이후 '자율성'의 이름으로 세상과 대결하고 또 세상과 타협해 온 예술, 그 예술의 파탄을 「도시의 향기」는 다시 한번 묻고 있다. 그 물음은 주체 못할 웃음으로 터진다. 다시 말해 예술 자체의 미침으로 터진다.

📺 1994, 『'94 현장비평가가 뽑은 올해의 좋은 소설』, 현대문학사

오래 씹어야 할 떫은 얘기

—채영주의 『시간 속의 도적』

채영주의 『시간 속의 도적』(열음사, 1983)은 묘한 소설이다. 뒷골목 부랑아들의 기발한 인생 활극을 다루고 있는 그 작품은, 굳이 분류를 하자면, 악동소설의 계열에 속하는데, 그러나, 주제가 너무 거창하고 심각해서, 악동 소설 특유의 재재바름을 민족주의적 주제의 무거움이, 마치 뚱보 마르고가 비용을 깔아뭉개듯, 짓누르고 있다.

이 불협화적인 희·비극의 접목 때문에 소설 읽기의 재미는 배반당한다. 배반당한다고 쓴 것은, 그것이 기대를 촉발시켜놓고는 전혀 기대를 채워줄 아량을 베풀고 있지 않기 때문이다. 악동적인 것에 대한 몰입의 기대로 군침을 삼켰던 독자는 위장을 처지게 만드는 질긴 고기를 만나 불현듯 이빨의 저항을 느끼게 되고 소화불량에 대한 예감으로 신 침이 나오기 십상이다. 조금 더 가면, 기대는 짜증으로 변하고, 요즘처럼 신나는 일이 많은 실제의 현실을 읽기 위해 이 얄궂은 책을 던져버릴 수도 있다.

그러나, 조금만 더 참고 『시간 속의 도적』을, 솔잎을 씹듯이, 주의 깊게 읽어나가면 이 소설이 달짝지근한 재미 대신에 아주 그로테스크

한 재미로 가득 차 있다는 것을 알 수가 있다. 그로테스크하다는 것은, 그 재미가 통증을 유발하고 지속시키는 재미라는 것을 말한다.

우선, 악동소설적 제재와 민족주의적 주제의 부조화한 엉김은 위상적 차원에서의 특이한 시간대의 설정과 이야기 시간의 "길고 안정된" 고전적 진행의 어긋남, 그리고 행동적 차원에서의 "한결같이 끈이 질기"면서도 "엄청나게 급한 성격"이라는 인물들의 성격적 부조화와 상응하고 있다. 이러한 세 차원에서의 부조화의 상응은 그 문제의 부조화가 작품의 결함이기는커녕 작품에 통일성을 부여하는 구조적 장치에 속한다는 것을 보여준다. 다만, 그 통일성이란 부조화한 통일성이어서, 말 그대로 형용모순이고, 모든 것이 혼란과 착각으로 갈갈이 찢겨 있다는 의미에서의 통일성이다. 사방에 지진이 일어나고 있다면 그것이 지각의 정상적 상태가 되는 것이다.

그 혼란의 진원은 감추어져 있지만 진앙은 드러나 있으니, 바로 인물들이 그곳이다. 무슨 말인가 하면, 악동소설적 제재가 풍자나 해학으로 나아가지 않고 심각함과 접목된 까닭은 인물들의 삶을 풍자나 해학으로 해석하는 외부의 시선이 배제되었기 때문이라는 것이다. 모든 우스꽝스러움은 밖에서 바라보는 자의 눈에만 비칠 뿐, 당사자에게는 눈물겹도록 진지하기 짝이 없는 것이다. 『시간 속의 도적』에는 그 외부의 눈이 없다. 달리 말하면, 작품엔 묘사만 있을 뿐, 진술이 없다. 화자의 진술조차도 한 인물의 발언에 불과할 뿐이다. 작가는 인물들로 하여금 스스로 말하게 함으로써 인물들을 조종하는 끄나풀을 놓아버린다. 이야기의 실이 풀려나가면 나갈수록 작가는 지워져버리고 인물들의 괴상한 행동들만이 소설 공간을 가득 채우게 된다.

외부의 간섭에서 풀려난 인물은 자유인이 아니라 정신병자이다. 오직 정신병자만이 현실을 의식하지 않고 환상을 환상 그 자체로서 체험할 수 있다. 단도직입적으로 말하면, 『시간 속의 도적』은 부랑아들의 이야기가 아니라 정신병자들의 이야기인 것이다. 그들이 벌이는 이상야릇한 행동들은 현실을 구성하는 상징 체계를 버릴 때 비로소 해독될 수 있다. 그러나, 그 행동들이 역설적으로 보여주는 것은 그것이 현실의 그것과 구조적으로 동일한 가상의 상징 체계에 종속되어 있다는 것이다. 현실적 권력의 공작과 투입과 길고 안정된 음모가 골빈 인물들의 테러 전쟁을 통해 그대로 되풀이된다. 내가 벌이는 이 짓이 헛된 환상에 불과한 것이 아닐까 하는 의혹까지 포함해서 말이다. 그러니까, 그들은 실은 현실 한복판에 있다. "미래인"에게 묶인 "빨간 난쟁이들"은 바로 현실적 권력에 매여 사는 일상인들에 다름 아니다.

그러니, 독자는 내내 떫은 표정을 지울 수가 없다. 소설 속의 '저치들'이 아니라 우리 자신이 빨간 난쟁이가 아닌가 하는 의구심 한복판으로 내몰리기 때문이다. 그러나, 솔잎이 떫은 것은 오래 씹는 자에게는 그것이 보약이 되기 때문이다. 잘 씹는 것은 물론 작가의 몫이 아니라, 소설을 읽는 나의 몫이다.

▼ 1993. 4. 28. 한국일보

집과 차의 회전 역학

—서하진의 『라벤더 향기』

　단도직입적으로 말하자. 『라벤더 향기』를 뒤덮고 있는 것은 '집'에 대한 집념이다. 그 기승하는, 가짜 냄새, '라벤더 향기'가 그 집념의 물질적 상관물이다. 어떻게 그렇게 말할 수 있느냐고? 생각해 보라. 총 10편의 텍스트가 모두 집을 축으로 빙빙 돌고 있기 때문이다. 온갖 향기를 뿌려대는 집(「라벤더 향기」), 남편과 옛 애인을 목격한 '모델하우스'(「모델하우스」), 비닐 장판 아래에서 지폐다발이 시꺼멓게 타들어가는 거지의 집(「기차가 지나가는 마을」), 불륜의 장소인 '모텔'(「불륜의 방식」), '저기, 저 집인가 봐'로 시작하는 「개양귀비」, 퇴직자가 방에 틀어 박혀서 책을 읽고 있는 방(「스케이트보드를 타는 남자」), 다락방에 우여곡절의 원초적 장면이 놓인 「회전문」, 신체장애자가 살고 있는 집이 무대인 "문은 흰빛이다"로 시작하는 「무월의 시간」, "그 집에서는 이따끔 맑은 종소리가 울려나왔다"로 시작하는 「종소리」, 그리고 '면회실'이라고 하는 철망이 있는 집에서나 사랑을 확인하는, 그래서 "철망 사이로 손을 밀어 넣고 나는 돌아보지 않는 그 사람에게 안타까이 손을 흔들었다"로 끝나는 「저만치 누군가가 보이네」. 그러니,

『라벤더 향기』가 집이야기가 아니라고 어떻게 말할 수 있으랴.

그러나, 다시 한번 말하자.『라벤더 향기』를 휩쓸고 있는 것은 '차'에 대한 공포이다. 어떻게 그렇게 말할 수 있느냐고? 거의 모든 텍스트가 차에 의해서 이야기의 파열을 개시하기 때문이다. '칠층 남자'와의 관계를 끊어 버린 차 사고(「라벤더 향기」), "눈을 뜨면 남편의 여윈 등이 보인다. 남편은 창 너머 손바닥만한 주차장을 내다보는 중이다"로 시작하고, "하얀 차 한 대가 내 옆을 스치듯 바짝 지나"가고, "조수석에서 바바리 코트를 입은 남자가 내렸을 때" 부부의 파탄이 결정된 「모델하우스」, "내가 탔던 기차는 결코 두 번 다시 이곳을 경유하지 않으리라는 느낌"이 그대로 '나'의 삶을 징표하는 「기차가 지나는 마을」, 차가 불륜을 들키게 하는 단위로서 존재하는 「불륜의 방식」, 시어머니의 새촘한 식물성의 인생을 조장한 시아버지의 오토바이(「개양귀비」), 차가 파산을 결정적으로 확인시켜주는 역할을 하고 있는 「스케이트보드를 타는 남자」, '알'을 신체장애자로 만든 '교통사고'(「무월의 시간」), 집이 아내의 불륜을 야기하고, 집이 사라진 자리에 "주말이면 날씬한 차들이 도시 외곽도로를 가득 채"우는 「종소리」, 「회전문」과 「저만치 누군가가 보이네」에서만 차가 특별한 기능을 하지 않는다. 그러나, 거기에도 차는 빠짐없이 나온다. 「회전문」에서 나의 부부와 친정 부모가 살고 있는 곳은 "주차장 하나를 사이에 둔 거리"이다. 나와 퇴원하는 남편을 두고 나를 환자로 착각한 것은 "택시 운전사"이다. 「저만치…」에서 사건의 동인으로 기능하는 '정예리'는 화자 '나'에게 전화를 하는데, '나'가 내려가 만난 곳은 "어둠이 깔린 아파트 주차장"이다. "전화를 받고 내려갔을 때 그 애는 주차된 차의 뒷유리에 손가락으로 낙서를 하고 있었다. 차 유리는 온통 진흙빛이었다. 황사바람이 부는 계절." 그리고, 차가 또 한 대 있다. 화자 '나'는 "오전 강의를 듣고 학교를 빠져나와 안양행 시외버스를 타고 치미는 멀미에 시달리며 한 시간쯤 지나" 교도소의 면회실로, 그러니까 저 뒤틀린 집으로 갔었다. 조금만 주의 깊게 읽으면, "진흙빛"이라든가 "치미는 멀미" 등 차에 관한 이런 묘사나 하필이면 주차장에서 만난다든가 하는 정황구성들이 텍스트에 의미의 질감을 부여하면서 이야기의 전개에 의미심장한 암시로서 기능한다는 것을 눈치챌 수 있을 것이다.

집이 주제라면, 차는 징조이다. 덧붙이자면, 불륜은 일종의 부대 현상에 불과하다. 그것은 『라벤더 향기』 전체 텍스트의 일관된 주제가 아니다(가령, 「개양귀비」의 '시아버지'의 '가출', 「스케이트보드를 타는 남자」의 '파산'은 불륜과 직접적인 연관이 없다). 빈번한 제재의 하나일 따름이다. 다른 작품들과 위 두 작품을 통일시키는 주제는 집에 대한 집념이다.

그런데, 집에 대한 '집념'이 맞는가? 왜 불안이나 넌더리가 아니고 집념인가? 모든 인물들이 그것을 욕망하기 때문이다. 그것도 끝없이, 제어할 의지조차 갖지 못한 채, 욕망하기 때문이다. 가령, 「라벤더 향기」의 '여자'가 7층 남자를 어떻게 만났던가? 바로 집으로 찾아가서이다. "거의 언제나 출장중인" '남편' 때문(혹은 덕분)이다. 그러나 그것만으로 집념이라고 하는 것은 아니다. 그 집념은 집이 인물들을 고뇌와 질식 속에 빠뜨리는 데도 불구하고 떠나지 못하기(혹은 않기) 때문이다. 여자가 뿌린 "엄청난 양의 다양한 향기"는 "이제는 악취로, 숨을 쉬기 어려운, 부글부글 무언가를 끓일 수조차 있을 듯한 가스로 변해

버”리지 않았던가? 「모델하우스」의 ‘나’는 집을 남편에게 선물하려다 남편과 옛 애인을 목격하지 않았던가? 또 「기차가 지나는 마을」은 어떤가? ‘나’가 찾아간 집은 거지로 사는 생부의 집이고, 거기에서 ‘나’는 “엎어진 요강에서 흘러나온 배설물과 토사물이 흥건한 바닥 위로 내 안의 모든 것[을] 울컥울컥” 토해냈던 것이다. 「불륜의 방식」에서의 ‘나’는 “쓰레기 매립지에 세운 아파트”에서 산다. 어느 곳에도 제대로 된 집은 오직 부재할 뿐이다.

집은 모두 뒤틀려 있다. 그것들은 위장되거나(「라벤더 향기」) 위장하고(「개양귀비」), 파탄나거나(「모델하우스」, 「스케이트보드…」), 파탄을 야기하거나(「회전문」, 「종소리」), 파탄의 징후이고(「개양귀비」, 「무월의 시간」), 구멍이 숭숭 뚫려 노출되어 있으며(「불륜의 방식」에서의 모텔), 집 안에 철창이 놓여 있는 방식으로 변형되어 있다(「저만치…」의 면회실).

그런데도 인물들은 집을 버리지 못한다. 가령, 「불륜의 방식」에서 ‘현미 엄마’는 왜 체육실의 그 어두운 지하방에서 잠들었던가? 이야말로 집에 대한 집념이 너무도 허술하게 노출되어 추한 꼴을 여지없이 드러내고 있는(땀냄새로 표징되는) 가상의 집을 지은 것이 아니겠는가? 죽은 아이의 방을 아름답게 가꾸는 남편 선배 부인도 마찬가지다.

‘차’는 무엇인가? 그것은 선택축에서 집과 대극에 놓이며, 연접축에서 집의 환유이다. 그것은 머무름 / 떠남의 좌표에서는 집과 정반대에 위치하고, 공간의 차원에서는 집의 축소판이다. 『라벤더 향기』에서는, 그런데, 연접축이 선택축을 포위한다. 서하진의 차는 멀리 떠나는 적이 없다. 그것은 항상 집과 일터 사이를 왕복한다. 이 점을 포착할 때만 왜 「모델하우스」의 앞 대목에, 일견 쓸데없이, 주차장 얘기가 나왔는지 이해할 수 있다. 또, 「기차가 지나는 마을」의 제목이 왜 그러한 지도, 「불륜의 방식」에서 아파트의 악취가 불륜과 어떻게 연결되는지 도…… 이 인접을 통해 집은 차를 포함하고, 차는 집을 포함한다. 집은 유학간(실은 죽은) 아이의 별 꿈을, 촘촘히 새겨놓은, 혹은, 총총히 현실화해 놓은 공간(「개양귀비」)이며, 차는 끝끝내 버리고 싶지 않은 나만의 공간(「스케이트보드…」)이다. 이 포함 관계를 놓치면 차는 스케이트보드로 날아가 산산조각이 나고 집은 차들에 짓밟혀 흔적도 없이 붕괴된다. 그렇기 때문에라도 둘은 서로 바투 붙는다. 집은 차의 일탈의 욕망을 포함해 자신에 대한 집념을 불지피며, 차는 머무름의 집념을 포함해 자신에 대한 욕망을 예각화한다. 집과 차는 '회전문'이다. 정확히 말하면, 회전문의 날개와 여백이다.

　『라벤더 향기』는 여성주의 소설이 아니다. 이것은 일상성에 관한 소설이다. 바로 '쳇바퀴 도는 듯하다'는, 아주 상투적인 속말에 적나라하게 드러나 있는, 현대 일상인의 머무름에 대한 끝없는 집념과 한없이 좌절되며 되풀이되는 떠남에 대한 욕망이 응축된 모습을 가장 물질적으로 치환하고 있다. 집과 차는, 말로 딱 잡아채기 어려운 일상성의 복합적 욕망과 선명한 동형관계를 이룬다.

▼ 2000 겨울, 문학과 사회

내 이야기 같은 한 인간의 아픈 고백

—배수아의 『랩소디 인 블루』

행복한 책읽기는 도처에 있다. 주제가 주는 감동에도, 형태의 완벽한 조화에도 그것은 있다. 때론 한마디 새콤한 말이 뇌리를 서늘하게 스친다. 때론 웅장한 스펙타클이 좁은 가슴을 범람하는 저수지로 만든다. 배수아는 『랩소디 인 블루』에서 교묘한 트릭으로 독자를 속인다. 그 트릭도 일종의 화살이다. 한번 박히면 결코 빼낼 수가 없어서 사수의 몸 속으로 스스로 화살이 되어 날아가는 것 외에는 달리 어쩔 길이 없는.

작가는 첫머리를 "문득 나에 대해서 이야기하고 싶습니다"로 시작한다. 독서의 문턱에서 독자는 그 '당신'이 바로 자신이라고 생각한다. 작가는 자신의 지난 이야기를 들려주려는 참이고 나는 한 개인의 아픈 고백을 들어줄 마음의 준비를 해야 한다. 그러나 작품을 읽어나가다 보면 독자는 그 이야기가 작품 속의 '나'가 그의 옛 선생님이자 그가 떠나온 애인에게 보내는 편지임을 알게 된다. 발신자는 작가가 아니라 화자이고 수신자는 독자가 아니라 작품 속의 한 인물인 것이다.

회상은 작품을 테두른 외부적 형식으로부터 작품 내의 구성적 형식으로 바뀐다. 그렇게 해서 무슨 효과가 나타나는 것일까? 이야기의 내용은 작가가 이미 『푸른 사과가 있는 국도』를 통해 보여주었던 것과 같다. 신세대의 기나긴 방황이 좀더 극적인 긴장을 거치며 내적 정화로 끝맺음한다. 독자는 감정이입의 동물이라서 책을 읽는 동안엔 그 이야기가 바로 자신의 이야기라고 느낀다. 하지만 독서를 끝내고 나면, 그것은 여전히 타인의 이야기일 뿐이다. 책을 읽을 때 그것은 동일시를 낳으나 책장을 덮고 나면 그것은 잊혀진다.

배수아의 트릭은 그런 환멸적 동일시를 차단한다. 독자는 문득 이 이야기가 타인의 이야기임을 알게 된다. 그러나 그것을 안 순간은 이미 작품 속에 깊이 빠져든 순간이다. 그는 작품 밖으로 나갈 수가 없다. 좋든 싫든 그는 그곳에서 살아야 한다. 그렇게 해서 독자는 타인으로서 작품 안으로 참여하게 된다. 이 작품 속의 인물들은 나와 무관한 남들이다. 그러나, 그 타인은 나 밖에 있지 않고 내 안에 있다. 나는 이들의 삶을 이들과 함께 겪어야만 한다. 내 삶의 자리가 여기므로. 독자는 그렇게 또 하나의 작중인물이 된다.

동일시로부터 망각으로 이어지는 환상적 책읽기는 이제 없다. 대신 동참과 토론의 공터가 떠오른다. 잘 속인 결과로 작품은 결코 끝나지 않는다. 그 곳에 빈자리가 있기 때문이다. 무수한 독자들이 저마다 다른 타자로 가담할 그 자리가.

🖝 1995. 11. 26. 중앙일보, 잘 속아넘어가기의 즐거움

젊은 소설가들의 존재론적 고뇌

젊은 세대의 작품들이 부쩍 늘고 있다. 이 봄에 발표된 작품들만을 나열한다 해도 그것은 만만치 않은 분량이다. 내가 관심 있게 읽은 것들은 김영하 「거울에 대한 명상」(『리뷰』 95 봄), 김찬기 「시인 또는 세시 반」(『현대문학』 95. 4), 김환 「비막(飛膜)을 펼쳐라」(『문학과 사회』, 95 봄), 박성원 「사라세니아」(『세계의 문학』, 95 봄) ; 「이상(異常), 이상(李箱), 이상(理想)」(『황해문화』, 95 봄), 배수아 「검은 늑대의 무리」(『현대문학』, 95. 3) ; 「랩소디 인 블루」(『소설과 사상』, 95 봄), 한강 「저녁빛」(『문학과사회』, 95 봄)이다.

이 목록(우리는 여기에 송경아를 추가할 수 있을 것이다)은 20대 중반, 30대 초반의 신진 작가들이 한국문학의 분포도에서 꽤 중요한 비중을 차지하게 되었다는 것을 보여준다. 그러나, 이러한 물량성만으로 젊은 세대의 문학을 논할 수는 없다. 문제는 이 젊은 세대의 문학이 종래의 소설들과 어떤 차이를 긋고 있는가에 있을 것이다. 이들의 문학은 얼핏 이전의 소설들의 주된 관심사, 즉 문학과 사회 사이의 긴장과 갈등에 대한 성찰과 고뇌를 보여주지 않는 것처럼 보인다. 정치적인 것의 몰락과 문화적인 것의 팽대로 특징지워지는 90년대의 상황 속에서 문득 텅비어버린 문학의 공백을 이들은 아주 개인적인 체험과 감각적인 감수성으로 메우려 하는 것처럼 보이는 것이다. 성기와 성애에 대한 거리낌 없는 묘사, 고독과 집착, 그리고 사유를 거부하고 그것을 감각적 탐닉과 잡학적 지식으로 대체하는 것 등은 이 젊은 세대의 아주 표나는 특징이 되고 있다. 그러나, 꼭 그런 것만은 아니며, 이들은 실제 저마다의 독특하고도 다양한 세계를 보여주고 있다. 가령, 박성원의 현란한 사변과 한강의 칙칙한 반추를 어떻게 같은 천칭 위에서 잴 수가 있을 것인가? 또한, 김환의 소설은 지금까지 한국문학의 주변에 흩어진 채로 방치되어 있던 풍자 소설 형식을 새롭게 재구성·발전시키고 있다는 점에서, 윤대녕의 신비 소설적 시도와 함께, 중요하게 평가되어야 할 것이지, 이른바 신세대적 감수성의 문제로 접근될 수 있는 것이 아니다. 이들은 한편으로는 장르의 영역을 넓히고 있고 다른 한편으로는 감수성의 영역을 확대하고 있다. 따라서 이들을 하나로 뭉뚱그려서 이야기한다는 것은 도로에 그칠 무익한 시도가 될지도 모른다.

그러나, 그럼에도 불구하고 이들의 작품 속에 공통적으로 관류하는 어떤 의식 혹은 감정을 찾아낼 수는 있으며, 그것은 얼핏 보이는 바와는 달리 아주 사회적인 문제에 속한다. 그 사회성은 이 젊은 세대가 세대 그 자체의 문제에 끈질기게 발 묶여 있다는 데에 그 공간학적 기원을 두고 있으며, 그것은 적어도 세 가지 차원에서 살펴볼 필요가 있다. 하나는 이들의 등장은 독서인구의 확대와 밀접하게 연관되어 있다는 것이다. 독서 인구의 팽창은 오늘날 한국의 경제적 풍요와 그에 따른 문화 소비 체제의 근본적인 개편 속에서 이루어진 것으로서, 그것은 단순히 독자의 수량적 확대라는 의미를 넘어서서 새로운 독자 계층의 형성을 뜻하게 되었다. 즉, 종래의 문학 속에 포화되어 있던 정치적 이념과 사회적 진실의 문제로부터 자유로우면서 개인적 실존의 문제의 형태 및 그에 대한 해답을 구하기 위해 책을 찾는 독자들이 늘어나게 되었던 것이다. 젊은 작가들이 외면적으로 보여주는 세계는 바로 이 새로운 독자층의 관심과 상응하고 있으며, 그 점에서 그들은, 그들보다 약간 앞선 작가들, 즉 채영주·신경숙·윤대녕·구효서·박상우·하창수 등이 오직 글쓰기의 능력에만 의지하여 자신을 알리기 위해 고투했던 데 비해, 훨씬 손쉽게 반향을 얻을 수 있는 행운을 누리면서 더욱 자유롭게 그들의 주제를 펼칠 수가 있게 된 것이다.

그러나, 그들이 개인적인 문제에 집착한다고 해서 그것이 그 자체로서 사회적인 성격을 띠고 있다는 점을 간과해서는 안 된다. 모든 실존적 문제는 사회적인 것이며, 모든 사회적인 것은 실존적인 것이다. 그들의 사회적 부적응과 그에 따른 사적 비밀공간에 대한 나르시시즘적 집착은 이들과 이들의 독자 세대들이 공통적으로 겪는 독특한 사회적 위상과 연관되어 있다. 그 사회적 위상은 삶의 지평에서의 가능성의 부재란 말로 요약될 수 있을 터인데, 즉, 현실 생산의 나이에 진입해 있는데도 불구하고 실제로 그들만의 몫으로 남겨진 것은 없다는 무참한 상황 속에 그들이 놓여 있다는 것을 뜻한다. 가령 그들은 장래의 선택에서부터 그것의 성취에 이르기까지, 아니 심지어 반항마저도 아버지의 후원과 보호 아래 놓여 있으며(김찬기, 한강), 한결같이

"총통이 하사하신 굴레라는 제복, 황국의 신민이라는 군복, 의무감에 사로잡힌 죄수복"(박성원)을 입고도 그 현실에 제대로 적응하자 못해 패잔병처럼 쫓기며 떠도는 존재들이다.

바로 이 점에서 이들은 80년대 초·중반의 젊은 작가들이 보여준 기성 세대에 대한 도전과 같은 비슷한 양상을 보여주는 듯하면서도 그 뿌리는 사뭇 다르다. 80년대 작가들의 아버지 부정이 군사 정권의 폭압에 꺾이고 만 기성 세대의 무기력에 대한 도전이었다면, 오늘의 젊은 세대의 아버지 부정은 끈질기게 권력을 놓지 않고 있는 기성 세대에 대한 공포이자 자기 자신에 대한 절망을 나타내고 있는 것이다. 따라서 이들의 아버지 부정은 법·권력으로서의 아버지의 자기 모순적 양상(불륜, 자식에 대한 감정적 집착)에 대한 비판으로 나타나고 있으며, 그들의 자기 의식은 아버지를 대체하려는 욕망을 분출시키는 것이 아니라 적자가 될 수 없는 저주받은 사생아의 자멸적 감정으로 나타난다.

그들만의 사적 공간은 그래서 태어나는 것이며, 성기 묘사와 성애가 그 사적 공간을 범람하고 있는 것도 그 때문이다. 그들의 혼음적이고 동성애적인 성애는 단순히 풍속의 문란 혹은 성의 개방이라는 측면에서 설명될 수 있는 것이 아니다. 그것은 차라리 아버지의 이름을 법의 절정에 세워놓는 근본적 사회 구조, 즉 가족 관계에 대한 부인이라는 함의를 띠고 있으며, 더 나아가 그 성의 사회적 생산의 성격을 탈생산적인 것으로 망가뜨리려는 하나의 비극적인 실존적 내기로서 드러나는 것이다.

그러나, 그럼에도 불구하고 그 사적 공간이 결코 새 삶의 지평을 그들에게 열어보이지 않는다는 것을 또한 정직한 젊은 작가들은 온몸으로 느낀다. 그들은 "사적 소유가 존재하더라도 그건 당신의 공간이 아니다. 당신이 이 땅에 발을 내딛는 순간부터 당신의, 당신만의 공간은 없다. 절대 없다"(박성원)는 것을 알고 있으며, "좀더 따뜻하고 안전하고 자극적으로 섹스를"(김영하) 할 공간은 단지 환상에 불과할 뿐만 아니라 더 나아가 죽음을 대가로 요구한다는 것을 보여준다. 상상의 날개짓은 "아파트 일층 아스팔트 위에 희고 곧은 뼈 하나만 그 정표로"(박성원) 남긴다. 그것은 한편으로는 아버지의 영향력이 온 세상의 내·외면을 온통 장악하고 있기 때문이기도 하며, 다른 한편으로는 아버지로부터 탈출해 온 새로운 세상이 실은 아버지를 모방하는 온갖 아이들로 붐비고 있기 때문이기도 하다. 그 새 공간에서 인물들은 윤간을 당하고(김영하) 그럼에도 불구하고 세상은 "아무 일도 일어나지 않았다"(배수아)는 듯이 평온하기만 하다.

그래서 배수아의 귀에서는 끊임없이 늑대 울음소리가 들리는 것이며, 한강과 박성원의 인물들은 어디에도 이르지 못하는, 심지어 막다른 골목에 마주쳐 중단되지도 못하는 하염없는 질주를 하는 것이다. 그 늑대의 환청이며 그 질주는 그대로 젊은 작가들의 상황을 상징적으로 집약하고 있는 바, 그 질주는 아버지로부터의 탈출이면서 동시에 어디에도 은신의 공간은 없다는 절망이 내지르는 외침이자 비명이며, 그 환청은 "신문에서는 절대로 읽을 수 없는 이야기"를 어쨌든 사회적 방식으로 해야만 하는 자의 분열적 심리를 그대로 가리킨다.

그러나 소설은 거기서 끝나지 않는다. 그들 소설의 사회성의 마지막 차원은 바로 그러한 아버지와 나의 대립과 분열을 끝까지 밀고 나가면서 새로운 극복의 자리를 마련하려는 노력에 놓여 있다. 사회에 대한 진지한 사유를 거부하는 것 자체를 사유의 대상으로 삼아 낡은 사유에 대한 무정부주의적 혁명을 꿈꾸면서 박성원은 아버지의 삶의 뿌리(근대의 출발기, 李箱의 지점)로 거슬러 올라가는 역사적 모험을 통해 아버지 세대의 삶과 자신 세대의 삶의 만남 아니 얽힘의 자리를 추적하고 있으며, 한강은 질주의 한 복판에서 그 아버지의 세계 속에서 파멸한 자의 "목쉰 고함 소리"와 아버지의 "절규하는 듯한 음성"을 동시에 들으며, 배수아는 그들만의 버림받은 공간 안에 희망의 몸짓들을 새겨넣으려고 애쓰고 있고 김영하는 그들 세계의 사적 공간이, 실은 사회적 세계의 모방적, 다시 말해 경쟁적 거울에 불과하다는 쓰디쓴 인식과 함께 그 거울이 깨져 그 자신의 상처가 되고 마는 과정을 충격적으로 묘사하고 있다.

그 양상이 어떠하든, 이제 젊은 세대의 작품들을 하나의 중요한 소설적 경향으로서 대우해야 한다면, 그것은 그들이 감정의 노출과 대립의 설정을 넘어서서 그들의 존재론적 고뇌와 행동의 의미에 대한 정직한 인식을 요구하는 한편으로 스스로 그것 자체를 성찰의 장 속에 포함시키면서 아버지와 자신을 동시에 넘어서는 새로운 삶의 지평을 모색하고 있기 때문이다. 그 점에서 오늘의 젊은 소설들은 아무리 주목을 받아도 지나침이 없을 것이다.

▼ 1995. 5, 현대문학, 젊은 소설가들의 세계

저 아득한 가벼움

— 백민석의 『헤이, 우리 소풍간다』

신세대란 실재하는가? 만일 그것이 주기적으로 되풀이되는 세대 간의 갈등을 가리키는 표지라면, 그 단어는, 하물며 '신인류'라는 일본산 신조어는 더욱더, 사실상 의미가 없을 것이다. 실제로 그것은 임계점에 달한 문화산업이 판로 개척을 위해 만들어 낸 흡인성 유행어라는 혐의가 짙다. 그러나, 그럼에도 불구하고 그것은 실재할 수도 있지 않을까? 다시 말해, 그렇게 인공적으로 생산된 그것이, 탄생의 순간부터 산업의 무서운 확산력에 힘입어, 이 세상의 전역에 아카시아처럼 뿌리내리고 번식하지는 않았을까? 그럼으로써 그 존재 자체가 또 하나의 자연이 되지는 않았을까?

백민석의 『헤이, 우리 소풍간다』는 신세대란 실재하며, 그것은 문화를 먹고 자란 세대를 뜻한다는 것을 보여준다. 숲 속을 뛰놀고 개구리를 잡는 대신에 TV의 만화 영화를 보고 자란 세대, 모든 활극과 폭력과 참극이 어떤 실제의 상처도, 아픔도 없이 오직 쾌락만을 솟아나게 한다는 것을 눈과 귀를 통해 몸으로 흡수한 세대가 바로 신세대라는 것이다. 그들에게는 어떤 심각함도 가벼운 유희 속으로 용해된다. 공기층 속을 산란하며 휘발하는 햇살처럼 그들은 세상 속을 한없이 가볍게 날아다닌다.

그러나, 이 신진 작가가 주는 놀라움은 그렇게 신세대적 삶의 모습을 정확하게 그려냈다는 것만으로 그치지 않는다. 작가는 그들의 그 가벼움이 실은 강요된 가벼움에 지나지 않는다는 것을 무섭게 파고들어간다. 왜냐하면, 소설 속의 인물들은 무허가 판자촌의 가난뱅이 아이들에 지나지 않기 때문이다. 만화 영화는 차별 없는 환상과 쾌락을 부여하지만, 그렇다고, 그들의 태생적 빈곤이 사라지지는 않는다. 오히려 그 가난이 지겹기 때문에 아이들은 더욱 만화의 세계로, 다시 말해, 문화 속으로 침닉한다.

그들에게 문화의 세계는 그러니까 가난과 더러움을 은폐하기 위해 세상이 찍어놓은 봉인 혹은 자신이 자발적으로 덧쓴 베일에 지나지 않는 것이다. 단, 그 봉인이며 그 베일은 모슬렘 여인의 차도르가 그러하듯이 그들 삶의 모든 것을 조정하는 운명이 된다.

그렇게 그들은 불평등하고 지겨운 생활과 공평하고 환상적인 문화라는 두 운명 사이에 끼이고, 그 끼임 속에서 한없이 깊은 추락 혹은 파국이 예비된다. 어느 날 미친 박스 바니가 현실로 뛰쳐나오고 만화 속의 악몽은 모두 "실재하는 악몽"이 된다. 마이티 마우스는 정의의 생쥐가 아니라 더럽고 추악한 한 마리 생쥐로 전락한다. 그 가벼운 것들이, 그 얇디얇은 것들이 "은회빛의 칼날들"이 되어 "공중의 구름 뭉치들을 저미고, 성긴 공기층들을 자르며, 다시, 그들의 피투성이 된 머리에까지 내려와, 내리꽂힌다."

작품은 그렇게 얇음들을 가지고 아득한 깊이를 만들어내고 있다.

이른바 '신세대'의 겉면과 속살이, 그들의 인식과 고뇌와 열망이 가장 진지한 이중성 속에서 고스란히 되새김질되고 있다. 세대에 가장 밀착함으로써 세대의 경계를 초월하는 힘을, 이 작품은 희귀하게 보유하고 있다.

☎ 1995. 9. 17, 중앙일보

불가능성으로만 존재하는 새로운 글쓰기

―김운하의『137개의 미로 카드』

김운하는 이 소설에 그가 가진 지식을 몽땅 쏟아 부었다. 뽐내기 위해서가 아니다. 이 소설의 광주리에 넘쳐 난 것은 박식의 잡동사니들이 아니다. 이 소설은 차라리 용광로이고, 그 안에는 수십 년에 걸친 한국 지식사의 핵심을 관통하겠다는 의지가 끓어 넘치고 있다. 그 의지는 한국 사회가 직면해 있고 내가 처해 있는 '오늘의 현실'에 대한 최상의 인식을 향해 이글거린다.

그러나 최상의 인식을 야금(冶金)해내는 일은 실상 이 용광로의 몫이 아니다. 오히려 그것은 저 최상의 인식을 향한 의지를 절망의 화염 속에서 무참히 녹여버리고 있다. 그 최상의 인식 자체가 바로 문제이기 때문이다. 그리고 그것이 이 텍스트를 철학으로부터 소설로 이동시킨다.

분명, 이 소설은 지식들의 싸움이 전개되는 경기장이고 그 싸움에서 최종의 승리자를 선언하는 법정이다. 137개의 미로 카드를 남기고 잠적한 '그'를 둘러 싼 애인, 친구, 평론가들의 추측과 해석 그리고 '그'가 남긴 미발표 원고들은 두루 승리자의 금 안에 옹기종기 모여 있다. 이 소설은 최신 버전의 '정통 종합 철학'이랄 수도 있다.

그러나 승리의 '선고문'을 손에 쥔 자가 왜 잠적을 했는가. 그는 또 왜 소설 속에서 이름이 없는가.

이 승리의 '논고(論告)' 자체가 스스로를 배반하고 있기 때문이다. 만일 낡은 생각을 버려야 한다면 그 새로운 생각을 드러내는 몸통, 즉 글쓰기 자체도 새로운 것이어야 한다. 그러나 잠적한 '그'를 둘러싼 온갖 기사와 평론들은 낡은 글쓰기를 되풀이하고 있을 뿐이다. '그'가 남긴 미발표 원고들도 크게 다르지 않다. '그'는 글쓰기를 최대치의 혼란 속으로 끌고 가지만, 그것은 생각과 글쓰기의 근원적인 불일치에 대한 주체할 수 없는 고뇌의 유출에 불과할 뿐이다. 그 점에서, '그'는 누구인가로 시작해, 그가 남긴 카드들은 어떻게 해석될 수 있는가를 거쳐, 세계는 어떠한가에 대한 판결로 이어지는 평론가들의 해석은 새로운 생각의 출현을, 다채롭지만 여전히 낡은 상투적 글쓰기들로 덧칠하고 땜질해서 망각 속으로 유폐시키고 있으며, 나는 누구인가로 시작해, 세계는 어떠한가에 대한 해석을 거쳐, 나는 어떠한가로 이어지는 '그'의 미발표 원고(이 미발표 원고에 대해 누가 순서를 매겼는지에 대한 언급이 없다. 의미심장한 부분이다)는 결국 낡은 글쓰기로 귀착하고야 마는 데 대한 극도의 절망으로 부글거리고 있는 것이다.

실종이라는 형식으로 폭발한 그 절망의 파편들로 남은 게 바로 137개의 미로 카드이다. 이 미로 카드는 바로 생각과 글쓰기의 근본적인 모순을 지시하는, 엄연히 지금·여기에 놓인 사태이다. 이 사태의 현존성이 결코 끝날 수 없는 질문으로 독자를 몰고 간다. 낡은 생각과 새로운 생각의 저울질로 ; 또한, 새로운 생각의 낡은 글쓰기로의 되풀이되는 회귀로 ; 불가능성으로만 존재하는 새로운 글쓰기의 가능성으로.

김운하의 소설은 최인훈, 이청준, 이인성…으로 이어져 온 소위 '지식인 소설'의 한 갈래의 극점에 가 닿아 있다. 다른 갈래에서 독자는 김영하의 『아랑은 왜』를 볼 수 있을 것이다. 김영하가 연 길이 지식의 유쾌한 놀이를 향해 있다면 김운하가 뛰어든 불밭은 지식이 파열되는 장소이다. 둘 모두 썩 야들야들해진 오늘의 한국 소설에 대한 중요한 도전임은 말할 나위가 없다. 지식은 관념의 자리가 아니라 세계와 정면 대결하는 자리인 것이다.

▼ 2001. 12. 24, 동아일보, 고뇌 끝에 관통한 지식의 미로

우화의 정치학

―윤형진의 「책을 먹는 남자」

윤형진의 「책을 먹는 남자」는 지식과 정치의 관계에 대한 일종의 우화(allégorie)이다. 지식과 정치의 관계를 다룬 소설들은 드물지 않았으니 새삼스러울 것이 없으나, 그 형식은 주목을 요한다. 왜 우화인가? 이 형식의 선택은 표현의 개발 혹은 퇴화를 지시하는 것이 아니라, 주제 인식의 근본적인 변화와 관계 있는 것이 아닐까?

오늘날, 상투적인 비유 혹은 사물 혹은 동물을 빌어 행해진 인간 세계에 대한 풍자로서 흔히 이해되고 있는 우화는 본래 신의 뜻을 인간적 등가물에 의해 표현하는 것을 뜻했었다. 그러니까 알레고리는 수직적 이데올로기의 표현법이며, 수식으로는 단일성의 시니피에와 잡다한 시니피앙들 각각 사이의 나눗셈으로 이루어진다. 비유 혹은 일화의 수는 무한할 수 있으나 표현되는 뜻은 오직 하나라는 것이며, 시니피앙이 '잡다하다'는 것은 표현물들이 상관적 관계를 갖기보다는 유일성의 시니피에와 '직접' 관계(나눗셈 관계)를 맺는다는 것을 뜻한다. 중세에 수직적 이데올로기를 형상화하는 수사적 방법론으로 개발된 이것이 오늘날 이해되는 방식으로 변화된 것은 초월적 세계관의 점차적 약화와 더불어 우화 역시 변질되었기 때문이다. 한편으로는 단일의 시니피에가 신의 뜻으로부터 인간의 이성으로 바뀌었고(『장미 이야기』가 대표적이다), 다른 한편으로는 수직성이 수평성으로 바뀌면서(즉, 단일 시니피에가 여타 시니피앙들 중의 하나의 지위로 추락하면서) 우화는 인간 현상의 희화화로 그 목적을 바꾸게 되었다(이솝의 우화에서 그 원형적 형태를 볼 수 있는 이것은 중세에는 『여우 이야기』에서 가장 화려한 꽃을 피운다). 전자의 경우는 시니피에의 이름만 바꾼 것이어서 곧 소멸되고 말 운명에 처했으나, 후자의 경우는 우화 자체의 희화화를 수반하는 것이어서 지속적인 과정을 가지게 되었고, 그것이 극단적으로 나아가면 수직성은 순수 수평성으로 대체되고, 우화는 우화의 본래의 뜻에 대한 해체로서, 다시 말해 자기 망실에 대한 증거로서 존재하게 되니, 폴 드 만이 내세운 알레고리가 바로 이 경우이다.

자기 부정으로서의 우화, 그것이 우화가 갈 수 있는 마지막 길일 것이다. 왜냐하면 조금이라도 긍정의 기미를 덧붙일라 치면, 우화는 단일성의 시니피에와 '직접' 관계를 맺는다는 경직성의 함정에 빠지게 되어, 사실주의의 초보적인 혹은 퇴화된 형식으로 전락해버릴 것이기 때문이다. 그렇다면 「책을 먹는 남자」의 경우는 어떠한가? 이 우화는 분명 인간 현상에 대한 풍자로서의 우화이다. 풍자가 우화의 형식을 띠게 되는 것은 글쓰기의 주체가 겨냥하는 것이 권력을 희화화하는 데 있기 때문이다(갈등과 싸움이 목적이라면, 지식과 권력의 관계는 비극으로 나타나게 된다. 정찬의 경우가 그러하다). 그러나 「책을 먹는 남자」의 경우는 단지 권력의 희화화만을 겨냥하지 않는다. 무엇보다도 이 소설의 독특성은 지식과 권력의 관계가 실제론 지식과 권력'들'

간의 관계임을 보여주는 데에서 나온다. 권력들의 싸움터를 정치라고 할 수 있다면, 이 소설이 문제삼는 것은 갈등의 복합적 존재로서의 정치와 지식의 관계이다. 아무튼 이렇게 복수태의 권력'들'이 문제거리가 된 데에는 권력의 분화가 일어난 오늘날의 현상이 그 배경에 놓일 것이다. 그 권력의 분화는 이중적인데, 한편으로는 절대 권력이 약화되는 대신 상대적 권력들이 분기하는 자리로서 정치적 장이 변화해왔다는 것이 그 하나라면, 권력들의 싸움은 통상적인 의미에서의 정치계에서만 작동하는 것이 아니라, 삶의 모든 성층에 독특한 방식으로 새겨진다는 것이 그 둘이다. 실로 「책을 먹는 남자」가 독특한 방식으로 보여주는 것은 일상적 풍문의 세계와 정치적 투쟁의 세계가 실은 한 세계라는 의미심장한 통찰이다. 최인훈의 『광장』에서 미성숙한 사회의 부정적 양상으로 제시되었던 그것이 「책을 먹는 남자」에서는 사회의 자연적 본질로서 드러나고 있다고 할 수 있는데, 소설이 '소문'에 대한 이야기로부터 시작하는 것은 그 때문이며, 곧 얘기될 '앎의 표준화'의 밑받침을 이루는 것도 바로 그것이다.

권력만 편재하는 것이 아니다. 지식 또한 권력과 잡다한 방식으로 관계를 맺을 수밖에 없게 된다. 「책을 먹는 남자」가 텍스트의 표면에 띄우는 세태가 바로 그 잡다한 관계의 양상들이다. 그 관계의 첫 번째 양상이 지식을 권력의 도구로 대하는 재래의 정치적 담론의 그것이라면(이 담론도 담론들이다. 즉, 한 층위 내에 다양한 입장들의 싸움이 있다.), 그것의 두 번째 양상은 지식의 상품화의 양상이고, 그것의 세 번째 양상은 지식이 곧 권위와 동의어가 되는 현상이다. 그러나 이 표면적 양태들이 한데 뒤엉키면서 근본적인 질적 변화를 낳게 되는데,

다음의 인용문이 바로 그 변화의 발생지이다.

> 발표자가 두서 없이 떠든 이야기도 그의 입에서 되풀이될 때는, 일목
> 요연하게 정리되어 명쾌하게 흘러나왔다. 물론 그가 발표자의 발표 내
> 용과 조금 다르게 이야기하는 경우도 없지 않았다. 가끔은 발표자가 그
> 내용을 수정해달라고 요구하는 일도 있었다. 그러나 횟수가 지날수록
> 그런 일은 줄어들었으며 어떤 경우에는 그가 정리한 내용에 맞추어 자
> 기 의견을 수정하고자 하는 사람까지 등장했다. 똑같은 내용이 두 차례
> 씩 반복되는 것을 듣고 있자니 토론회가 좀 지루해졌다는 것은 당연한
> 일이다. 그런데 이상한 것은 그 프로의 시청률이 점점 올라가고 있었다
> 는 것이다.

책을 먹는 남자가 방송 토론의 사회자를 맡은 후 일어난 현상이다. 이 대목이 예리하게 보여주는 것은 지식의 수량적 과잉은 앎의 표준화를 향해 나아간다는 사실이다. 지식이 많아질수록 저마다의 지식은 생의 구성적 이해이길 그치고 중성적 정보들로 환원된다는 것이다. 그것의 결과는 무엇인가? 한편으로, 지식의 중성화에도 불구하고 그것에 달라붙은 '권위'의 정도는 그 수량만큼 증가해서(책을 먹는 남자는 "우리 시대 최고의 지성"으로 추앙받는다), 고착된 상식, 텍스트의 표현을 빌자면 "뱃속에서 종합된 결론"을 감싸고 그것을 강화하며, 다른 한편으로는 중성화된 지식은 "소화불량"을 일으켜 지식의 주체를 부패의 덩어리로 만들어간다는 것이다. 이때쯤이면, 지식의 생장은 걷잡을 수가 없게 되어서, 지식의 주체가 썩은 내를 풍기며 완전히 발효된 이후에도, 지식 자체는 자율적 증식의 운동에 들어가 한없이 팽창해 모든 권력들을 앞지른다. "부검 결과가 발표된 이후, [……] 그에 관해 이미 전기를 써 발표했던 사람들은 곤혹스러워하며 개정판을 준

비해야 했으며 방송에서는 그에 대한 시각을 어디에 맞춰야 할지 몰라 쩔쩔매"게 된 것은 그러한 사정 하에서이다. 지식이 권력의 도구가 아니라, 권력들이 정보의 노예가 되는 것이다.

이 어처구니없는, 그러나 황당하지만은 않은 현상학을 우화의 형식으로 펼친다는 것은 무엇을 말하는가? 우리는 우선 이것을 지식과 권력들의 야합으로 이루어지는 현실 세계에 대한 풍자로 읽을 수 있다. 풍자의 주체는 바로 그 야합의 뒷 무대에 참여하지 못한 보통 사람들인데, 화자(話者)와 고향친구들이 그 인물들이다. 이렇게 읽을 경우, 자연 그대로의 삶의 건강성을 거울로 해서, 조작된 인공 현실을 우스꽝스럽게 비추는 게 이 소설의 효과가 될 터인데, 이 효과를 자아내는 중화기는 변죽과 능청이며, 그 변죽과 능청의 힘은 바로 보통 사람들의 삶의 건강성에 대한 믿음으로부터 나온다(정치적 현실이 비하되는 만큼, 일상적 삶은 드높아진다). 이러한 독법은 이 소설을 전형적인 근대적 우화로 읽는 것인데, 그러나, 이것은 정치적 현실이 이미 일상적 현실이라는 이 소설의 제 1명제와 언뜻 비각이 진다. 실로, 근대적 우화의 함정은 배제로서 참여에 간섭한다는 불가능한 기획에 있고, 따라서 궁극적으로 비유의 일방적 성격에 묶이게 된다는 것이다. 성 밖에서 아무리 야유해도 성벽은 요지부동인 것이고, 동시에 바깥에서는 안을 잘 들여다볼 수 없어서 안의 세계를 단일성의 세계로 환원시키고 마는 것이다. 정치와 지식 사이에는 일방적인 야합만이 있는 것이 아니다. 알레고리의 궁극적인 한계가 이것이다.

일상적 삶(소문의 세계)과 정치적 갈등의 세계가 한 세계라면, 그와 마찬가지로 소문의 세계와 자연의 세계도 한 세계가 아닌가? 이 소설이 처음에 제시한 명제에는 애초에 현장 바깥은 '없다'라는 것이었다. 그렇다면, 이 근대적 우화는 동시에 자신에 대한 우화를 감추고 있는 것이 아닐까? 과연, 우리는 「책을 먹는 남자」가 고전적인 관점에서 보면 결함이라고 단정되었을 "조직적인 실수"(폴 드 만)를 군데군데 밀정처럼 박아 놓았다는 것을 발견한다. 내가 찾아낸 것은 세 가지인데, 그 하나는 학생회장 선거에 대한 묘사이며, 그 둘은 이 소설의 시간적 무대이고, 그 셋은 이 소설의 공시된 존재 양식이다. '책을 먹는 사나이'가 부회장 후보로 출마한 선거에서 그와 정후보의 "기괴한 차림"을 두고 화자는 "마치 중세 수도사와 같은 차림"이라고 명명하면서, 이렇게 묘사한다.

> 땅에 끌리다시피하는 넝마같은 것을 입고 어디서 구했는지 지푸라기로 허리를 졸라매고 있었다. 게다가 정후보라는 사람은 나무를 깎아서 만든 지팡이까지 들고 있었다. 무엇보다도 가장 눈에 띄는 부분은 그 긴 코트 같은 옷에 달린 모자를 얼굴이 안보이도록 눌러쓰고 있다는 점이었다.

묘사된 바를 꼼꼼히 읽으면, 이 차림은 중세 수도사의 차림이라기보다는 상복이다. "긴 코트 같은 옷에 달린 모자"가 중세 수도사의 복장을 연상시키기는 하나, 그것이 "얼굴이 안보이도록" 기능한다는 점에서 그것은 '방갓'과 동일하다. 또한 이 소설의 시간적 무대는 2005년이다. 오늘의 현실에 대한 과장된 희화로 읽히는 이 소설은 실은 가상 미래 소설인 것이다. 마지막으로, 결미에 의하면, 이 소설은 어떤 책에 대한 후기로 씌어진 것이거나 혹은 이 짧은 소설 자체가 한 권의 '책'이다. 이 조직적 실수들의 첫 번째는 "이 소설은 희극으로 읽히나 실은 비극이다"라고 말하고 있고, 두 번째는 "이 소설은 현실을 반영한 것처럼 보이나 실은 허구이다"라고 말하고 있으며, 세 번째는 "이 소설은 원래 두툼한 장편으로 기획되었으나('공시'의 기능이 이것이다), 당신들이 읽다시피 큰 덩어리는 어디 가고 소들하기 짝이 없다"라고 말한다. 이 조직적인 실수들을 통해, 「책을 먹는 남자」는 풍자의 대상을 풍자하는 그 힘으로 풍자의 주체를, 바로 화자 자신을 풍자한다. 교묘한 술책이다. 이 소설은 정치의 우화가 아니라, 우화의 정치학이다.

☎ 1998 겨울, 문학과 사회

태도에 관한 명상
— 류가미의 「아름다운 날」

풍경은 납빛으로 가라앉고, 의식은 풀어지고, 사건은 일어나지 않는다. 「아름다운 날」은 아무런 소설적 긴장을 자아내지 못하는 듯이 보인다. 논문 자료를 건네주기 위해 애인을 기다리는 카페 '비유티풀 데이'에서 창 밖을 바라보며 빠져든 1시간 반 너머의 '나'의 상념은 하냥 단조롭고 "한없이 늘어"지기만 한다. 내 상념의 바닥에 반사된 창 밖의 풍경은 사건을 가지고 있는 듯이 보이지만, 그러나 얼핏 보아서는 '나'와 '그녀'의 무의미한 관계를 조금 틀만 바꾸었을 뿐, 되풀이하는 듯하다.

그런데도 텍스트의 끝자락은 어떤 변화를 강조하고 있다. 바깥엔 우중충한 장마비가 하염없이 풍경을 흐려놓고 있는데, 나는 "이렇게 좋은 날"임을 느끼고 그녀는 "소리 높여 웃기 시작"한다. 위기도, 반전도 없이! 도대체 이 소설은 무엇을 말하려는 것일까?

하나의 이유와 하나의 내기가 있다. 그 이유는 소설의 풍경이 지리멸렬할 수밖에 없는 이유이고, 그 내기는 연금술사의 내기이다. 고철을 황금으로, 폐허를 엘도라도로 변화시키는 데에 걸린 내기이다.

여기서 '누보 로망' 이후의 전위적 소설가, 혹은 소설이론가들에 의해 끈기 있게 추구되고 주장되어 온 소설 형태의 변화에 대해서는 생략하기로 하자. 다만 텍스트 내에서만 근거를 구하기로 하자. 그 하나의 이유란, 이 세상의 삶이란, "생활을 생존으로 열정을 안정으로 교환"한 "습관화되고 자동화된 삶"이라는 데에 있다. 그 삶의 자동성은 쌓이고 쌓여서, 이제 다만 끝없이 "좀더 낡고 추레해져" 가는 것 외엔, 다시 말해 무의미의 나락 속으로 잠겨드는 것 외엔 어떤 삶의 가능성도 존재하지 않는다.

삶이 한갓 무의미일진대, 여기서 사랑이 무슨 소용 있으랴. 이 가라앉은 풍경에서 탈출하기 위하여 '그녀'가 고대 소설에 집착한다 해도, '그'에게는 "공공연한 과장"으로 비칠 뿐이다. 그녀가 고색창연한 고대 소설 속에서 '색정'의 비밀을 끄집어내었을 때도 다만 '그'는 "허탈해진 기분"을 느낄 뿐이다. 이 도시에서는 어떤 것도 마냥 낡아가고만 있을 뿐 어떤 것도 세상을 되돌릴 수는 없는 것이다. 그러니, 그것이 아무리 자극적이고 유혹적이라 하더라도, "외부의 기후는 […] 때때로 삶에 삽입되는 각성의 순간처럼 단지 생활에 첨가된 불필요한 요소에 지나지 않는" 것이다. 또한 그러니, "군에 들어가기 전, 어느 겨울 저녁" 그녀가 사랑을 강요하며 '나'의 귀를 물어뜯었을 때에도 '나'는 단지 "내게서 뭘 바라는 거지?"하고 물었을 뿐이다.

그러니, 이 소설에서 위기를 기대한다는 것은 애초에 헛다리를 짚는 것이다. 이 소설에서 반전을 기대한다는 것은 더욱이나 연목구어이리라. 그렇다면, 어쩔 것인가? "유적온 삶에서 바랄 것은 시간의 방출밖에 없다"는 건 '나'의 생각이긴 하지만, 그것이 소설의 생각일 수는 없다. 소설은 방출이 아니라, 생산이니까 말이다. 정말 어쩔 것인가? 소설 속의 '그녀'처럼 망실된 개인의 모험을 다시 시도할 것인가? 아니면 누보 로망시에들(Nouveaux romanciers)이 했던 것처럼 사물화 현상 그 자체를 그릴 것인가?

이 물음은 딜레마이다. 자동화된 세계에서 낡은 신화인 개인주의 시대의 소설로 되돌아갈 수는 없기 때문에 첫 번째 길은 불가능하다. 하지만, 사물화의 길을 가는 것도 그것을 그리는 존재는 여전히 개인의 자격으로 그러하기 때문에 모순에 빠진다(하지만, 누보 로망 작가들이 간 길은 좀더 섬세히 고려할 필요가 있다. 그들의 소설은 인간을 사물화시킨 대신에 사물들의 꿈을 부상시켰다. 이에 대한 오해는 흔히 주체의 욕망과 개인의 욕망을 혼동하기 때문에 나온다. 그것은 그것이 아니다. 그것이 그것으로 나타나는 것은 개인주의가 압도하는 시대에 우리가 살았기, 그리고 여전히 살고 있기 때문이다. 오늘날은 탈-개인을 향해 가는 시대이며 동시에 개인의 신화가 도금된 훈장처럼 번쩍이는 시대이기도 하다. 누보 로망 작가들의 작업을 문자 그대로 섬세하게 고려해야 하는 것은 그 때문이다).

하나의 내기는 바로 이 궁지에서 나온다. 어떤 소설적 모험도 불가능하다면, 소설의 문제틀을 바꿔볼 가능성만 유일하게 남는다. 무엇을 그리는가가 아니라, 어디에서 그리는가로. 이 세계는 소설이 정말 불가능한 세계인가의 문제로. 이로부터 모험에 대한 상상(개인의 편력인가? 사물들의 난립인가?)에서 태도에 대한 명상으로의 전화가 일어난다.

애인을 기다리는 1시간 반 너머의 상념 동안 '나'가 카페의 창 밖으로 그려본 풍경은 주체 바깥의 세상이면서 동시에 주체의 위상이 투영된 세상이다. 유리창의 기능이 그러한데, 왜냐하면, 유리는 거울과 달리 자신을 되비추지 않고 바깥 세상을 드러내지만, 동시에 유리의 얇은 막을 통해서 어렴풋이 창 안의 주체의 모습을 바깥 풍경에 포개놓기 때문이다. 아무리 투명해도 막은 막인 것이며, 그 막은 어쨌든 물질의 집합체라서 당연히 반사하는 것이다.

그렇게 해서, 다른-'나', 다른-'그녀'가 창 밖에서 태어난다. 극장에서 막 나온 '청년'이 바로 다른-'나'이고, 우체국에서 막 나온 '그녀'가 바로 다른-'그녀'이다. 그 다른-'나'와 다른-'그녀'에 대한 명상을 통해 '나'는 다른-세상의 모습을 언뜻언뜻 포착해낸다. 도깨비불처럼 얼핏설핏 빛나는 그 모습은 낡고 습관화되고 자동화된 세상이 그 자체로서 띠는 분노의 표정이다. 이 칙칙한 장마에 "갈색의 보도는 젖어, 분노하는 자줏빛으로 물들어"가고, "낱개의 좌석들에서는 킬킬거리는 웃음과 부스럭거림이 거대한 공룡의 느린 몸짓처럼 일어나고", "알루미늄 캔은 둔탁한 비명을 지르며 허연 거품을 내뿜은 채로 구른다." "생활을 생존으로 열정을 안정으로" 교체한 이 무표정한 세상이 문득 끔찍한 재앙에 대한 전조로 흉흉해지는 것이다. 한데, '나'가 마침내 발굴해내는 것은 그 재앙의 표정이 아니라, 재앙의 원인이고, 탈출의 실마리이다.

재앙의 원인은 무엇인가? 비유적으로 말하면, 그것은 사람들이 저마다 우산 속에 들어가 있기 때문이다. 우산은 안정을 추구하는 욕망의 은유에 다름 아닌데, 그럼으로써 세상은 욕망들로 어지럽고, 또 그 욕망에 의해 빗발 속으로 "축출"된 것들로 거듭 쌓여만 간다. 그렇게 "거리의 사람들, 그들은 편이와 적응을 위해서 자신의 반쪽을 팔"아버린 것이고, 이제는 스스로 버린 것들에 의해, 세상을 폐허와 감옥으

로 만들어가는 것이다 : "늘어진 테이프처럼 지루한 그들의 일상을 반
겨주는 것은 그들이 버린 담배꽁초, 순간 순간 낡아 가는 구두, 해진
스타킹, 욕실의 치약과 화장지, 쓰레기통마다 넘치는 콘돔과 주사기
뿐이다. 그것들만이 시간의 마모를 증거한다."

　자신을 지키는 욕망이 곧 자신을 망가뜨리는 심연이라는 이 인식
으로부터 극복의 실마리가 나온다. 사정이 그렇다면, 더러운 것을 버
리지 않기, 상처를 두려워하지 않기만이 세상의 폐허화를 막는 길이
다. 그리고, 이 태도를 끝까지 밀고 가면, 한없이 더럽고 데데한 이 세
상이야말로 살아볼 만한 세상이 되는 것이다. 창 밖의 다른 '나'와 다
른 '그녀'가 비를 맞는 채로 서로 부딪치는 것은 그 때문이다. 작가의
전언을 극단적으로 번역하면, 우리는 자주 싸워야 하고(또한, 언젠가 어
느 시인이 말했듯이, 단호히 결별할 줄 알아야 하고), 그럼으로써 상처를 입
어야 하며, 그 상처를 사랑할 줄 알아야 한다. "위험스럽고 깊은 호
흡"을 쉴 줄 아는 사람만이 타인의 육체를 발견할 수 있으며, 자신의
몸을 세상이 느끼는 길도 그것뿐이다. 또한, 창 밖의 '그녀'가 문득 앙
코르 유적을 생각키우는 것도 그 때문이다. 그 앙코르 유적은 지금-
이곳의 세상의 은유에 다름 아니다. 앙코르 유적을 생각하며, 창 밖의
'그녀'가 던지는 "왜 사람들은 이 아름다운 도시를 버렸을까"라는 질
문은 인식의 근본적인 전환을 응집하고 있다. 지금-이곳의 폐허, 이
유적이 실은 사람들이 버린 '아름다운 도시'인 것이다.

　어떤 위기도, 반전도 없으나, 카페 '비유티풀 데이' 안에서 만날
'나'-'그녀'와 창 밖의 '그'-'그녀'는 동형관계를 이루면서 미세하게
어긋난다. 그 동형관계가 작품의 구조적 충일성을 뒷받침하고 있으며,

그 미세한 어긋남이 텍스트의 정돈된 구조를 닫힌 텍스트로 만들지 않고, 열린 텍스트가 되게끔 하는 인자이다.

류가미의 「아름다운 날」은 소설의 존재 근거를 근본적으로 되묻고 있는 소설이다. 그가 보여준 태도에 관한 명상이 앞으로 소설이 갈 유일한 길이라고 할 수는 없으나, 소설의 미래를 여는 작은 구멍이라고 말하기에는 전혀 부족함이 없다. 이 작은 구멍들이 언젠가 천둥과 번개를 불러오리라.

1999 봄, 문학과 사회

제 2 부 비평을 살기

문학의 언어-존재는 피 흘린다. 살이 찢기기 때문이다. 존재는 존재가 들락거리는 구멍이니까 말이다. 이 책도 그 구멍 중의 하나다. 다시 말해, 이 책은 논증의 형식을 밟고 있음에도 불구하고 결코 논증이 아니다. 이 책의 절차는 "논리적이고 방법적이지만", 논리적이고 방법적으로 '증명'하지 않고 '실존'한다. 비평은 문학의 해설가가 아니라 문학의 수행동사이다.

비평은 인식이 체험되는 공간

최근 채광석의 『민족문화의 흐름』, 이상섭의 『자세히 읽기로서의 비평』, 김태현의 『열린 세계의 문학』, 김현의 『분석과 해석』, 신동욱의 『삶의 투시로서의 문학』, 조남현의 『삶과 문학적 인식』 등 평론집들이 잇달아 간행되었다.

평론집은 잘 팔리진 않지만, 꾸준히 출간된다, 거기에는 그 나름의 이유가 있다.

비평은 창작의 지도자도, 하인도 아니다. 비평은 창작의 언어에 기대어 말하는 또 하나의 언어이다. 무슨 언어? 그 언어는 체험으로서의 논리의 언어이다.

창작의 언어는 삶에 관계하는 언어이다. 그것은 언어를 삶 그 자체처럼 드러낸다. 문학에 생생함, 구체성, 리얼리티가 요구되는 것은 그 때문이다.

그러나 '처럼'이라는 토씨에 주목해 주기 바란다. 문학작품은 현실의 삶을 그대로 드러내지 않는다. 그것은 현실을 다시 살지만, 그 '다시 삶'은 현실과는 다른 방식으로 사는 다시 삶이다. 문학이 허구인

것은 그 때문이며, 작가는 그 허구의 삶을 통해서 현실의 삶의 부정
성을 폭로하고, 보다 나은 새로운 삶에 대한 자신의 열망을 드러낸다.
그 현실에 대한 이해·판단과 새로운 삶에 대한 열망의 복합체를 우
리는 '세계관'이라고 부른다.

창작에서 그 세계관은 체험의 형태로 녹아 있다. 그에 비해 비평은
그것을 인식의 형태로 재구성한다. 비평은 체험의 복잡함과 모호함을
명료한 개념들로 간추리고 일관된 체계로 잇는다. 그러나 비평은 논
문도 문학사도 교리도 아니다. 그것은 창작의 자료들의 모음 이상이
며, 비평가와 무관한 타인의 체험을 정리하는 것 이상이며, 비평가의
세계관에 의해 창작품을 평가하는 것 이상이다.

좋은 비평은 문학작품의 세계관을 잘라 말하고 그것의 시비를 가
리기보다는 그 세계관이 구성되기까지의 과정을 좇는다. 왜 과정이냐
하면, 좋은 비평은 창작품이 엮어내는 삶의 과정에 동참하고 싶어하
기 때문이다. 그럼으로써 비평은 자신의 삶과 창작품의 삶을 서로 비
교하고 함께 이해하며 동시에 변모시키고 싶어한다.

비평은 타인의 체험을 논리화함으로써 자신의 무의식을 의식화하
며, 그럼으로써 서로 다른 두 개의 삶이 자유롭고 평등한 관계로 새
롭게 태어날 수 있는 자리와 방법을 찾는다. 그 타인의 체험에 대한
'인식'을 비평가는 체험의 양식으로 행한다. 그는 인식을 '살아야' 하
기 때문이다. 그때, 비평은 삶을 '분명해진 가시의 의미'(김수영)로 마
주치게 된다.

비평이 읽히기 힘든 것은 그 때문이다. 그것은 삶의 고뇌의 의미,
즉 정신의 고뇌가 가장 선명하게 드러나는 자리이다. 그것은 그 고뇌

에 직면할 것을 호소한다. 편안히 살고 싶어하는 우리의 욕망 속에 난입하여 불편하게 살을 재촉한다. 그러나 비평가란 곧 독자이며, 독자는 곧 한 시대의 문화가 솟아나는 원천이 아닌가, 평론집이 거듭 생산되어야 하는 이유는 거기에 있다.

평론집은 씌어진 읽기, 즉 다양한 성층의 독자들의 무의식 책읽기가 의식의 형태로 제기되는 공간이기 때문이다.

☎ 1988. 6. 19, 평화신문

피흘리는 문학존재론

―송상일의 『국가와 황홀』

나의 시 한 행은 나의 피 한 방울

―장 리스타트(Jean Ristat)

에밀 시오랑은 말한다 : "인간들은 왜 피 흘리며 씌어진 작품들 앞에서 감탄을 아끼지 않는가? 그것이 그들에게 고통을 면제해주거나 혹은 면제해준다는 환상을 주기 때문이다. 그들은 당신이 하는 말 뒤로 피와 눈물을 보고 싶어한다. 군중이 외치는 감탄사는 사디즘의 발로이다."(『절망의 끝에서』, 김정숙 역, 도서출판 강, 1997, p.143)

그러나 우리는, 다시 말해, 한국의 독자들은, 피 흘린 작품 앞에서 감동을 유보할 수 없다. 우리에게 그런 작품은 너무나 희귀하기 때문이다. 우리는 고통을 면제받는 환상을 품기에 앞서 고통 그 자체에 직면해 본 경험을 만나기 힘들다. 물론 글들은 항상 민족의 고통, 타인의 고통, 자신의 고통을 말한다. 그러나 그것들은 고통에 대한 이야기이지, 고통 그 자체가 아니다. 고통 그 자체는, 글이 언어의 집합인 한, 언어에만 있다. 언어의 고통에 피흘린 책은 우리에게 같은 양의 고통을 요구한다. 희귀한 체험이기 때문에 우선 유혹하고, 다음, 고통스럽게 겪게 하고, 그리고 싸우게 한다. 고통 없이 양산된 작품들과, 내용의 고통을 곧바로 삶의 의미 체계로 이관시키는 제도에 대하여. 그 싸움은 살이 찢기는 고통이고 세상이 파열하는 황홀이다. 언어의 고통은 지독한 고통-황홀이다.

여기에 피를 짜내며 쓴 텍스트가 있다. 송상일의 『국가와 황홀』이다. 저자는 여기에서 문학의 고통-황홀에 대해 고통-황홀의 언어로 말한다. 이 고통 속에는 국가와 황홀 사이의 처절한 사투가 정면화된다. 국가란 무엇인가? 그것은 존재들의 집대성 체계이다. 존재란 무엇인가? 그것은 "생식의 목적인"이다. 다시 말해, 그것은 생산되고 유지되고 연장된다. 그렇게 해서 국가를 이룬다. 존재는 이미 의미가 부여된, 다시 말해, 의미에게 잡아먹힌 먹이이다. 플라톤 이래 끊임없이 확장되어 온 이 국가의 기획에 맞서 저자는 황홀을 대립시킨다. 황홀은 무화하는 힘의 원인이자 결과이다. 무화하는 힘이기 때문에 황홀의 양태는 고통이다. 무에의 의지는 죽음 충동이기 때문이다. 그러나 혼동해서는 안 된다. 이 죽음 충동은 순수한 살의 활동, 어떤 의미에도 자신을 주어버리지 않는 기표들의 활동으로 나타난다. 만일 국가가 황홀에 빠지면, 그것은 "홀로코스트를 부른다."

이 고통-황홀을 실천하는 것, 그것이 문학이라고 저자는 말한다. 그렇게 명명함으로써 생산적 문학론의 온갖 종류들에 전면적으로 대항하는 시학을 세운다. 그런데 명명은 어떻든 의미를 부여하는 작업이다. 저자의 시학뿐만 아니라 문학도 언어로 이루어진 한 명명한다. 이것 또한 국가에 대한 욕망이 없을 것인가? 무에의 의지를 명명하는

일이 가능한가? 저자의 외줄 곡예가 번쩍이는 것은 이 지점부터다. 우
선 그 곡예의 핵심에는 "존재에 대한 인간의 배려는 과대하거나 과소
하다"는 날카로운 잠언이 있다. 존재는 항상 지탱되고 확장된다. 다시
말해 존재는 재빨리, 끊임없이, 확대재생산적으로, 의미에 쓰여진다.
그러니까 존재는 의미의 먹이이다. 그러니까 언제나 존재는 "부재하
거나 초과적으로 있다." 저자가 인식과 만남을 가르고, 존재자와 존재
를 분리시키는 것은 이 관찰에 의해서이다. 인식에게 순식간에 먹히
기 이전에 만남의 사건이 있고, 모든 존재는 '우선 대개' 존재자로서
우리에게 나타나지만 존재는 나타나지 않는다. 존재자가 아닌 것은
무다. 명명은 이 나타나지 않는 존재를 포지한다. 이제 명명은 의미를
부여하는 행위가 아니라 존재를 가리키는 몸짓이 된다. 그 몸짓을 통
해서 "천진난만한 존재의 속살"이 드러난다. 이 존재는 존재자가 부
정한 자리에서 태어난다. 존재자의 부정이 무라면, 존재는 무로부터
태어난다. 저자는 사르트르의 비유를 뒤집어 그 실상을 절묘하게 묘
사한다. 그 묘사의 마무리 말은 이렇다 : "무는 존재가 들락거리는 동
굴이다." 그렇다면, 우리는 이렇게도 말할 수 있다. 존재는 존재가 들
락거리는 구멍이다. 무가 존재자의 노예 되기를 그치는 순간 무 / 존재
의 이분법은 사라질 것이기 때문이다.

　존재를 가리키는 몸짓인 언어는 그렇다면 그때 문법으로서의 언어
가 아니다. 문법은 의미론의 항목, 국가의 소유물이다. 의미론에 포획
당하지 않고 국가의 소유물로 전락하지 않기 위해 언어는 일회적이고
불완전하며 말이 되지 않는 방식으로 말해야 한다. 다시 말해 스스로
소진하는 말, 찢긴 언어, 방언이어야 한다.

문학의 언어-존재는 피 흘린다. 살이 찢기기 때문이다. 존재는 존재가 들락거리는 구멍이니까 말이다. 이 책도 그 구멍 중의 하나다. 다시 말해, 이 책은 논증의 형식을 밟고 있음에도 불구하고 결코 논증이 아니다. 이 책의 절차는 "논리적이고 방법적이지만", 논리적이고 방법적으로 '증명'하지 않고 '실존'한다. 비평은 문학의 해설가가 아니라 문학의 수행동사이다.

☎ 2001 여름, 문학과 사회

불꽃의 말
―채광석의 『민족문학의 흐름』

채광석 평론집(『민족문학의 흐름』, 한마당)이 출판되었다. 그의 사후(死後) 9개월만의 일이다. 그는 80년대 문학의 한 두꺼운 흐름을 온몸으로 밀고, 끌고, 이고나간 첨단의 이론가였고 치열한 실천가였다. '온금으로', '첨단의…', '치열한'의 강조사들은 고인에 대한 의례적인 찬사가 아니다.

그는 그 말들에 합당한 문학인로서의 삶을 보여주었다.

'삶의 전 부면에 있어서의 민중주체에 의한 민족해방'과 '그 운동을 위한 문학의 복무'로 요약할 수 있는 문학관의 포스터 역할을 했던 그의 비평은, 그 밑바닥에 역설적이게도 민중의 힘에 대한 낙관적 확신이 아니라, 민중의 거듭된 '거덜남'과 '으깨어짐'을 현실인식으로 깔고 있었다. 유신과 5월을 겪은 세대에게 그 좌절감은 어쩌면 당연한 것이다. 그러나 그는 그것을 거침없이 뛰어넘는데, 그 방법은 의미 내용의 뒤집기였다. 그는 민중에게 가능한 새로운 종류의 삶의 형식들을 그들의 생활 속에서 찾는 대신에 민중의 거덜남은 곧 그만큼 체제에 물들지 않았다는 증거이며 따라서 그것은 수동적 박탈이 아니라 능동적 버림과 거부일 수도 있다는 것을, 아니 그렇게 뒤바뀌어야 한다는 인식을 뽑아낸다.

기존의 모든 소시민적 문학의 폐기와 민중 주체에 의한 문학의 주도라는 이론은 그러한 해석의 반전에 기대어 있다. 구조를 그대로 둔 내용의 뒤집기였기 때문에 그의 비평은 단선적이었으며, 뒤집어진 내용이 있어야 할 유일한 길, 즉 절대적 명제로서 주어졌기 때문에, 그의 비평은 직선적이었다. 그는 그 명제를 기준으로 모든 것을 가르고 평결을 내렸다. 그것에 어긋나는 어떠한 것도 그의 유죄선고를 피할 수 없었다. 그러나 그의 탁월함은 그가 움켜잡은 그 관념을 끊임없이 생활과 문학 속에서 확인하는 작업을 게을리하지 않았다는 데에 있다.

그의 직선적 운동은 편(偏)향적이지 않고 편(遍)향적이었다. 그는 문학이라는 광활한 숲을 뚫고 나가면서 자신과 배리되는 모든 것들을 외면하지 않고, 해석의 장을 벌리고 늘려나가면서 설명의 밑줄을 그었다.

그 확장과 밑줄긋기를 통해 그는 모든 문학적 사실들을 자신의 체계 속에 통합하려 했다.

그러한 통합의 운동은 그의 글쓰기에도 작용한다. 그는 관념을 관념 자체로 제시하지 않는다. 그는 관념의 생경함을 일반대중의 일상어, 속어, 은어 속에 녹인다.

그의 비평적 언어는 대중의 생생한 삶이 그대로 묻어나는 '육체성과 직접성'의 '말'로 구성된 대화의 언어다.

말의 대화는 일회성을 지향한다. 그것은 흔적을 남기지 않으려고 애쓴다. 그것은 언제나 한번 써먹히고, 다른 것을 위해 재빨리 소멸되

려 한다. 채광석의 언어는 비평이 일회적 소모품이라는 극단적 이론을
체현하는 것이었다. 그리고 그의 문학관이 민중 주체를 위한 문학의
복무라 한다면, 그의 언어는 그 관념과 완벽하게 일치하는 것이었다.

　그러나 그가 문학적 사실들과 언어를 자신의 관념속에 통합하면서
그은 밑줄은 짧을 수밖에 없는 것이었다. 그것은 꼭대기의 관념 그
자체였기 때문이다. 그의 비평은 그가 모든 것들을 아우르려고 한 그
만큼, 비좁게 들어차서 관념의 거죽을 밀고 나오려 하는 그것들과, 그
것을 가두려는 관념 사이의 긴장 때문에 늘 팽팽하게, 탱탱하게 휘어
진다. 하지만 그는 들어찬 것들이 관념의 거죽과, 그리고 서로 맞부딪
치며 일으키는 자연발생의 불로 몸을 태우며 질주해나갔다. 그 불꽃
의 질주 때문에, 그는 갔지만, 아무도 그를 보내려 하지 않을 것이다.
그는 여전히 민중문학의 상징으로서 활활 살아 있는 것이다. 그러나,
다시 한번 생각하자면 그는 이제 손 없는 삶을 살고 있다. 손 없는 글
장이는 타인이 자신을 어떻게 활용하든 간에 무한정 너그러울 수밖에
없다. 나는 그의 손 없음을 기화로 그를 성화(聖化)하고 있는 것은 아
닌가. 그리고 그것에는 혹시 계산이 숨어 있는 것이 아닌가. 세상을
보려고 고개를 드는데, 문득 그 생각이 뒷골을 친다.

☎ 1988. 5. 4, 한국일보, 민중문학의 상징으로

문학 대법관의 줏대 있는 시 읽기

―유종호의 『다시 읽는 한국 시인』

『다시 읽는 한국 시인』은 문학대법관이라는 칭호가 어울릴 유종호 교수의 비평적 면모를 다시 한번 여실히 보여주는 책이다. 온당한 해석을 위한 세심한 고려와 좋은 작품을 가려내는 솜씨, 그리고 편향된 해석들에 대한 엄한 지적들로 이루어진 각편의 글들은 두루 모범적 판례로 기억해두어도 좋을 것들이다.

이러한 특징은 유종호 비평의 문장(紋章)과도 같은 것이기 때문에 새삼스레 풀이할 것까지는 없을 것이다. 이 책에는 비평가의 입장적 특성 말고도 주목할 점이 세 가지 있다. 그 세 가지가 모두 제목인 『다시 읽는 한국 시인』의 '다시'에 함축되어 있다.

우선, 이 책은 임화, 오장환, 이용악, 백석이라는 4명의 월북 시인을 다루고 있다. 잘 알다시피, 네 시인은 30년대에서 6·25 전까지 한국 시를 세우는 데 중요한 역할을 한 대표적 시인들이었지만 정치적인 이유로 인해 90년대 이후에야 정상적인 연구가 가능했던 시인들이다. 이 책은 우여곡절 끝에 한국시의 지평 안으로 복귀한 네 시인의 "시 세계 전반을 검토하고 대표작들을 가급적 꼼꼼히 읽어보려는 시도"

라고 저자는 밝히고 있다. 이 시도에 저자의 감동적인 소회가 얼마간 없을 리가 없다. 저자는 분명 이미 오래 전에 이들의 시를 읽었었다. 그러나 독서의 결과를 글로써 타인들에게 이야기할 수는 없었다. 그런데, 이제 그것이 가능하게 된 것이다. 그것을 저자는 마침내 본격적으로 해보려고 작정하고 그것을 실행하였다. 그 결과가 이 책이다. '다시 읽는다'는 '되살려 읽는다' 혹은 '이제는 말 할 수 있다'와 동의어이다.

그러나 이 책은 단순히 옛 시인들의 널리 알려진 시들을 다시 읽는 것만으로 한정되어 있지 않다. 네 시인이 금기로부터 해방되었다면, 저자의 시 읽기는 거꾸로 이 시인들의 금기 속으로까지 들어간다. 다시 말해 월북 이후에 씌어진 시와 문학 활동을 살피고 분석하였다. 물론, 이에 대한 연구가 그 전에 없었던 것은 아니다. 그러나 엄격히 말해 그것들은 실증적 보고의 차원에 머물러 있었다. 저자는 실증을 넘어 문학적 성취를 가늠하고 음미하려고 하였다. 그럼으로써 시인들 각각의 시 생애 전체를 복원하려고 하였다. '다시 읽기'는 여기서 온전히 읽기, 혹은 이해의 완성까지는 아니더라도 이해의 확장을 함의한다.

마지막의 '다시'는 근본적이고 결정적인 것이다. 저자는 네 시인을 다시 읽으면서 그동안 한국문학연구를 지배해 온 통념을 뒤집는다. 네 시인에 대한 주류적 관점이 전언 중심에 사로잡혀 '목청 높은' 이론적 시인을 고평하였다면, 저자는 전언보다 문학적 됨됨이에 주목을 하고 작품들의 실감과 완성도 그리고 한국문학의 자원개발에 얼마나 만큼 기여했나를 살핌으로써 의미의 그래프를 정반대로 그린다. 문학에 대한 저자의 지론이 간곡히 실천된 이 작업은 주류적 해석의 압도적인 영향력에 맞선 힘없으나 앎을 가진 사람의 소신 있는 주장이자, 주류로부터 홀대된 문학의 음지에 대한 옹호이며 동시에 "난폭운전과 취중운전이 자행"되고 있는 "우리 문학의 현주소"에 대한 강력한 계고의 의미를 갖는다 할 수 있다. 이 점에서 '다시 읽기'는 '달리 읽기, 올바로 읽기'의 뜻을 갖는다.

이 세 특징의 조화 속에서 이 책은, 언뜻 보이지 않으나 아주 운동성이 강한 체계를 이루어내고 있다. 네 시인을 배열한 순서에 대해 저자는 "평가의 함의는 있지 않다"고 서문에서 적고 있지만, 책을 읽는 독자의 눈으로 보면, 이 책은 전언숭상주의에 대한 비판으로부터 시작해 낭만적 허영에 대한 경고를 거쳐 완미한 시가 주는 감동에 대한 음미와 그 감동의 원천에 대한 이해로 천천히 나아가고 있다. 이 과정은 또한 시가 재단적 시론의 억압으로부터 해방되어 그 스스로 살아나가는 과정이기도 하다. 『다시 읽는 한국시인』의 체계적 운동성은 심화의 운동이자 동시에 열림의 체계이다.

☎ 2002. 9, 하늘북, 시의 감동, 그 원천에 대한 이해

깊이 느끼는 자의 자존심

―진형준의 『또 하나의 세상』

한 권의 책이 세상에 출현할 때, 그곳에는 그 책의 지하 창고와 세상을 연결시켜주는 구멍이 있기 마련이다. 그 구멍은 노출되어 있을 때도 있으나, 인간의 욕망은 그것을 보다 큰(거창한, 그러니까 명분있는) 구멍 속에 숨기고 싶어하는 법이라서, 살짝 덮여져 있거나 단단한 마개가 끼워져 있을 때가 허다하다. 『또 하나의 세상』(청하)의 구멍은 드물게도 아주 잘 열려 있다(하지만, 진형준 씨도 사람인데 가려진 부분이 왜 없겠는가). 진형준 씨의 그 구멍은 잘 열려 있을 뿐만 아니라, 도처에 나 있다. 책은 차라리 구멍만으로 이루어진 책인 것처럼 보인다. 그 구멍의 이름은 '자존심'이다. 그 자존심은, 드러난 바로는, 문학하는 자의 문학하기에 대한 자존심이며, 혹은 우리의 민족적 자존심이다. 문학이나 우리 민족에 자존심이 필요한 것은, 그만큼 그것들이 무시되고 훼손되고 있다는 인식, 그리고 그 무시와 훼손으로부터 온전한 모습을 회복해야 한다는 마음의 요구가 절실하기 때문일 것이다. 그러나, 구멍만으로 이루어져 있는 것처럼 보인다는 것은, 그 책의 비밀이 구멍을 이루는 흙의 성분에 있지 않고 그 구멍이 이룬 빈 자리의 형태에 있다는 것을 의미한다. 말을 바꾸면, 『또 하나의 세상』에서 중요한 것은 그 책이 높이고자 하는 것이 문학이냐, 민족이냐가 아니라, 그 자존심의 모양이라는 것이다.

그 자존심의 모양은 독특하다. 아니, 깊다. 그 깊이는, 그 자존심이 역설적이게도 소극적인 자존심이기 때문이며, 동시에, 스스로를 높이고자 하는 행위가 타자의 이타성을 또한 보장해주는 것이기 때문에 생긴다. 진형준 씨의 자존심은 문학이나 우리 민족의 이름으로 세상 전체를 재단하지도, 그것들을 전면에 내세우지도 않는다. 그는 그것들을 유일하게 의미 있는 것으로서가 아니라, '하나의 가능한'(p.39) 의미로서 제시한다. 가능한 것들은 무한하다 ; 문학이나 우리 민족은 그 무한한 것들 중의 하나이다 ; 다른 것들이 소중한만큼 그것들도 자신의 권리가 있다, 라는 진술의 사슬로 엮을 수 있는 그 자존심은, 따라서, 타자로부터 자신을 지키고자 하는 그 정도로 타자의 활동을 인정하고 활성화되도록 부추긴다. 무한한 것들 중의 하나로서의 나의 지킴은 나와 다른, 그러나 그 또한 가능한, 무한한 것들의 삶을 인정하는 것이기 때문이다. 그 자존심은 비평가가 김지하를 두고 말했듯, "이건 내 거야라고 남과 경쟁하듯 내세우는 자존심이 아니라, 여유 있게 미소짓는, 자신을 죽인 자리에서 획득되는 역설적인 자존심이다. 그 자존심은 순진한 자, 건달처럼 풀어진 자의 자존심이다"(p.91).

그러나, 자기의 정당한 자리 찾기와 타자의 인정만이 그 자존심에 있는 것이 아니다. 그 자존심은 이미 확정된 자아에 대한 높임이 아니라, 가능성에 대한 자존심이다. 초점이 실체가 아니라 가능성에 주어진다는 것은, 비평가가 세상을 사물들의 집합으로가 아니라, 활동들의 뒤엉킴으로 이해한다는 것을 말하며, 그 활동들의 각각을 타자의 활동을 향해 열린 활동으로 이해한다는 것을 말한다. 그때, 세상의 활동들은 대립적인 것들이 아니라, 상호침투하며 서로의 생명력을 주입해주는 보완적인 활동들이 되며, 그때, 그 자존심이라는 구멍은 상상력 이론이라는 맵시있고 신비스런 지하 창고로 바뀐다.

'인간 욕망들의 구조화'라는 말로 요약할 수 있는 그의 상상력 이론에서 상상력은 허구적이고 비현실적인 활동이라는 통념을 뛰어넘어, 인간의 주체적이고 능동적인 활동 전반을 가리킨다. 인간은 자신의 "충동들 및 인간을 둘러싸고 있는 환경 간의 끊임없는 주고받기의 과정"인 그 상상 활동 속에서 "역동적으로 존재"한다. 그 상상 활동의 발현인 인간의 행동은 "그 주고받기 과정에서 형성된 특수한 상황에 대해 의미 있는 대답을 던지려는 노력이다." 그 상상 활동의 밑바닥에 있는 인간의 주체적인 충동은 단일 충동이 아니라, 다원적이고, 서로 복합적으로 얽혀 있다(이상, p.27). 그러한 인간의 상상 활동들을 다루는 상상력 이론(아니, 차라리 실천이라 해야 옳으리라)은 그 활동들을 구조화하는 이론을 말하는데, 그 구조화라는 말은 반성, 활성화, 이론=상상력이라는 세 가지 의미 단위로 직조되어 있다 : ① 우선, 반성 : 세상은 인간의 상상 활동들 간의 지배와 피지배 관계로 이루어져 있다. 하나의 욕망이 세상의 지배의 자리에 올라설 때, 그것은 세상 사람들 전반의 속 깊은 곳에 스며들어 사람들 스스로 다른 욕망들을 억누르고 그것들의 역동성을 고갈시켜 버리게 한다. 상상력 이론은 그 획일화된 욕망으로 인한 인간 삶의 고갈을 인간의 욕망의 자리, 즉 마음 깊은 곳으로부터 반성할 여지를 마련한다. ② 다음, 활성화 : 지배적 욕망에 의해 추방되고 밀려난 욕망, 상상적인 것은 그러나, "완전히 사라지지 않고, 주도적인 것에 대한 이론·이의의 씨앗으로 준집단무의식화되어 사회의 그늘 속에 숨어"(p.39) 있을 뿐이다. 인간 삶의 사회 문화적 순간에 중요한 동인으로 작동하는 상상 활동들은 "억눌린 것, 약화된 것"들을 부추기고, "기존의 구조 해체와 새로운 구조의 생성적 힘으로 작용"(pp.41, 42)한다. 상상력 이론은 그 활동들을 "기존 구조의 반영, 혹은 그것과의 상동적 의미 활동으로 보는 태도가 아니라 그것을 해체하여 새로이 형상화하려는, 요컨대 '구조화하는 형상성'으로 보는 관점이다"(p.29). 그렇다면, 앞의 '반성'은 인간 욕망들의 지배 / 피지배의 구조를 이루고 있는 집단 무의식을 벗겨내는 것이 아니라, 그 구조 위에 덧씌어지면서 그 구조를 보다 큰 구조를 향해 여는 탈, 가면이다. 해체는 곧 구성이다. ③ 그리고, 이론=상상력 : 상상력 이론은 그 자체로서 또 하나의 상상 활동이다. 그것은 오류를 밝히고 시비를 가리는 활동이 아니라, 지금까지 존재하는 상상활동들의 복합적 관계를 재구성하는 실천이다.

> 이 관점에서 다음과 같은 중요한 결과가 생산된다.
> ① 상상력 / 사유, 예술 / 사회 등의 이원적 대립 구조의 폐기
> ② 상상 //= 인식 //= 지각…의 일원적 다원구조의 경향

나는 '중요한'이라는 어사에 강조점을 부여한다. 그 관점과 결과야말로, 근대 이후 우리의 삶에 만성적 전염병으로 창궐해 온 서구적 인식론, 이항 대립과 일 항의 우세라는 이원적 인식론을 근본적으로 극복할 수 있는 대안의 기미이기 때문이다. 그러나, 나는 '기미'라고 말했고, ②의 마지막 단어를 '경향'이라고 썼다. 그것은 비평가 자신,

"나는 아직 당위적 필요성의 수준에 머물러 있다"(p.44)고 고백했듯, 그의 '일원적 다원론'의 세계가, 그의 정신적 선배들이 그러려고 노력했던 것처럼, 포괄적이고 체계적인 그림으로 나타나지 않고 있기 때문이다. 아마, 그것은 그 개인의 문제라기보다는 그의 말투를 빌어 서구적 인식론이 기형적인 형태로 강화된 우리의 문화적 풍토의 압력에서 그가 자유롭지 못하다는 것을 뜻한다고 나는 생각한다. 몰이해와 '예술 지상주의'라는 곡해가 그의 비평 세계를 불도저처럼 밀어, "얄팍하게 펴진" 존재로 만들어버리는 저간의 사정에서, 그의 관점은 자존심의 형태로 드러날 수밖에 없을 테고, 그 자존심을 지키는 것, 그 긴장 견디기만도 여간 어려운 것이 아닐 것이다.

『또 하나의 세상』의 실제 비평들은 그 긴장 견디기의 고통스러움을 증거하듯, 두 개의 이질적인 양태의 겹침으로 이루어진다 : ① 실제 비평의 큰 줄거리를 이루는 것은 대상이 된 작가·시인들의 상상의 세계에 대한 섬세한 음미이다. 그 음미는 까다로운 입맛을 과시하는 음미가 아니라, 요리에 깃든 타인의 정성에 애정으로 답하는 음미이며, 요리자보다도 더 요리의 맛남을, 맛좋은 식사법을 개발하는 음미이다. 그 깊게 느끼는 음미는, 하지만, 상상 세계들 간의 분할과 관련과 연접의 문제로는 나아가지 않는다. 그는 그것들을 개별적으로 맛보는 한편, 그 맛을, 그의 일원적 다원론이 요구하는 몇 개의 일반적 원리들에 기대어 풀이해낸다. '공즉시색', '어머니의 사랑', '유년의 순수성', 그리고 '철저히 부정적이고 근원적인 세계 변혁의 꿈' 같은 것이 그것들이다. ② 이 '섬세한 음미'라는 이름의 큰 흐름에, 그의 관점을 억압하는 주장들에 대한 비판들이 수시로 삽입된다. 그 비판들은 대체로, 그 억압적인 주장들을 뒤집어보는 방법을 통해 나타나는데, 그 방법을 통해 나타난 억압적 주장들의 정체는 '서구적 인식론'이라는 하나의 이름 하에 통합되며, 그 주장들의 억압성에 대한 그의 반응은, '철저히 근원적인 세계 변혁의 꿈'의 몫을 예술과 문학에만 배당하는 마음의 움직임을 언뜻언뜻 비친다.

그의 섬세한 음미와 일반적인 해석 사이, 넓게 감싸는 이해와 단일성의 비판 사이는 아직 이질적이다. 아니, 그 사이의 긴장 속에 그는 팽팽하게 놓여 있다. 그 팽팽함이 어느 정도인지는 「외국문학의 수용, 반성적 성찰」에서 드러나는 치열한 자기 논쟁을 읽으면, 몸이 저리게 느낄 수 있다. 그 긴장을 버텨내는 그의 외로운 모습은 문학을 숙명처럼 사는 자의 모습이다. 항상 그를 윽박지르며 살아오는 나는 다시 한번 그 짓을 되풀이하고 싶어 안달한다. 그 긴장을 '상상세계의 지리학'으로 승화시키라고. 이 안달 속의 재촉이 그 강도 그대로, 나 또한 해야 할 일을 '당위적 필요성의 수준'에 올려놓고 있을 뿐인 내 마음 밑바닥에 되박히리라는 것을, 그가 잘 알고 있다고 믿으면서, … 마음 풀린 그대로 …

■ **덧붙여,** 그의 일원적 다원론에 대한 우문 하나 : 세상 구조의 복수성과 통일에 대해서보다는 관계를 강조하고 싶어하는 나는, 그의 중심 개념인 '상상'의 경계가 약간은 모호한 것이 아닌가를 묻는다. 그의 상상은 '인식'과 변별적이기도 하고, 인식까지도 포괄하는 큰 개념이기도 하다. 그 이중성에서, 인간의 보편적인 욕망의 발현과 그것들을 성찰하고 활성화시키는 활동을 모두 '상상 활동'이라는 이름으로 일원화하는 현상이 나타난다. 그 둘은 근본적으로 차이가 없는 것일까. 하지만 세상을 여는 욕망이 있는가 하면, 세상을 닫는 욕망도 있다. 그 사이의 경계는 무엇인가. 혹시, 세상을 여는 욕망에는 인식이 겹쳐져 있는 것은 아닌가. 그 욕망은 인식하는 상상이며, 그 인식은 상상하는 인식은 아닌가. 아니, 다른 변수가 있는 것은 아닌가? 이것은 말 그대로 물음일 뿐이다. 그의 자상한 풀이를 기대한다.

☎ 1989. 2, 한국문학

가슴이 답답할 때

―김윤식·김현의 『한국문학사』

　　만일 '아끼는 책'이 "귀중히 여기어 함부로 다루거나 쓰지 않"는 책을 뜻하는 것이라면, 내게 그런 책은 없다. 예전에 그런 책이 있었다 하더라도, 이미 누군가가 집어 갔거나 아니면 내가 팔아먹었을 것이다. 그건 책이 아니라 골동품이기 때문이다. 그러나 아끼는 책이 사전적인 그런 뜻으로가 아니라 애독하는 책이라는 뜻으로 쓰일 수도 있다면, 그런 책은 여러 권 있다고 할 수 있다. 김현 선생의 『한국문학의 위상』, 김수영의 『거대한 뿌리』, 롤랑 바르트 전집, 라깡의 『강좌』 등등은 나에게 아까운 정신적 자양분을 아낌없이 베풀어주는 책들이다. 그 중에서도 김윤식·김현 공저인 『한국문학사』(민음사, 1973)는 문학 수업 시절부터 지금까지 내가 되풀이해 읽으면서 무언가를 그로부터 훔치는 책이다.

　　『한국문학사』는 한국인의 주체성을 세우려는 문화적 노력이 기운차게 일어난 70년대에 그 학문적 성과의 하나로서 나온 책이다. 저자들은 당시 한국문학의 고통스러운 강박관념이었던 전통단절의식과 이식문학론을 과감히 던져버리고, 동시대 역사학의 성과에 기대어 한국 근대 문학의 뿌리를 영·정조에까지 소급시킴으로써 한국 근·현대 문학을 한국인들 자신의 역사적 실존에 접목시켰다. 물론, 조선조 후반기에 근대성의 뿌리를 두는 이른바 '맹아론'은 오늘날 젊은 사학자들에 의해 광범위하게 비판받고 있으며, 따라서 『한국문학사』의 문제틀도 이제는 수정될 시점에 와 있는 것은 사실이다. 정황과 개인의 도전과 응전이라는 관점에서 기술된 문학사로서는 필연적인 선택이었을 작가 중심의 문학사 기술도 내 생각에는 재검토될 필요가 있다.

그러나, 패배의식과 허무의식에 젖어 있던 당시의 한국문학의 풍토에 『한국문학사』가 던진 신선한 충격과 그것이 심어준 우리 문학에 대한 자긍심은 아무리 강조해도 지나치지 않을 것이다.

내가 『한국문학사』를 자주 뒤적이는 까닭은 꼭 그것의 학문적 의의 때문만이 아니라, 그 문체 때문이기도 하다. '한국문학은 개별문학이다'라는 저자들의 강렬한 문제의식이 그대로 투영된 『한국문학사』의 문체는 힘차고도 유려해서 문학사의 흐름을 생생하게 느낄 수 있도록 해주는 바, 문체는 내용의 침전물이라는 고전적이고 이상적인 명제에 대한 뛰어난 실증을 제공한다. 내가 글이 막힐 때마다 『한국문학사』를 더듬어 찾는 것은, 주제와 형식, 기표와 기의, 더 나아가 삶과 문학 사이의 맥혈이 시원하게 뚫려 있는 그 책으로부터 매번 신선한 기운을 흡입하고 싶어하기 때문인 것이다.

▼ 1997. 1, 민족문학작가회의, 내가 아끼는 책

한국어로 사유하고 한국어로 쓴다는 것

—김현, 비평의 의의

　　김현 선생은 한글로 사유하고 한글로 글을 쓴 첫 세대의 비평가였다. 그 한글은 세종의 훈민정음도, 『독닙신문』의 훈글도 아니었다. 그것은 한국인의 생활에 뿌리내린 한글이었다. 그러나 근대적 민족국가로서의 한국이 불구였듯이 우리의 한글도 아직 대가 약했고, 외국어의 범람 속에서 위태로웠다. 김현 선생은 한글로 사유하고 한글로 글을 썼을 뿐만 아니라, 한글로 사유하고 한글로 글을 써야 한다는 것을 몸으로 실천하였다. 많은 사람들이 민족적이지 못한 언어로 '민족'의 문학을 외쳤을 때, 그이는 민족문학의 실체를 글로 보여주었다. 선생이 하신 크고도 다채로웠던 모든 작업들은 이 바탕 위에서 이루어졌다.

　　김현 선생은 문학평론가였고, 문학사가였으며, 문학 연구가였다. 평론가로서의 그이에게서는 섬세하고 부드러운 해석이, 문학사가로서의 그이에게서는 근대적 역사의식이, 문학 연구가로서의 그이에게는 정치한 분석이 두드러졌지만, 그것들은 선생의 모든 글들에서 아름다운 한글과 더불어 하나로 융해되어 나타나, 김현적 풍경이라고 이름

붙일 만한 독특한 글의 풍경을 펼쳐내었다. 선생의 첫 평론집은 『존재와 언어』(64년)이지만 그이의 이름과 함께 오래 기억될 첫 평론집은 『상상력과 인간』(73년)이었다. 바로 직전에 문학과 지성의 네 김씨가 공저한 『현대한국문학의 이론』(72년)이 있었다. 그 시기에 선생은 상상력의 움직임에 대한 깊은 이해에 도달해 있었으며, 그를 통해 한국문학의 양식화의 가능성을 탐구하였다. 비평의 질료는 심리이었지만, 비평의 형상은 한국문학의 독특한 이미지와 구조들이었다. 초기의 그이가 심리비평가였으면서도 문학을 문학인의 심리로 환원시키는 일반적 심리비평을 뛰어넘을 수 있었던 까닭이 거기에 있었다. 선생의 비평은 『한국문학의 위상』(77년)에 이르러 중대한 변모를 겪는다. 모든 것을 유용성의 척도로 재는 이 시대에 '문학을 왜 하는가'라는 질문 위에서 씌어진 그 책에서 선생은 문학이 사회와 맺는 관계에 천착하여, 문학의 발생 과정, 문학과 사회의 갈등과 싸움, 문학의 구조와 사회적 기능, 문학의 변모과정을 이론적으로 규명하였다. 만일 요약이 가능하다면, 그 이론은 "문학은 써먹을 수 없다. 그러나 바로 그 때문에 인간을 억압하지 않는다. 억압하지 않는 문학은 억압하는 모든 것에 대해 반성할 수 있게 하며, 억압 없는 사회를 꿈꾸게 해 준다"는 제 1 명제와 "문학의 변모는 전통의 단절과 감싸기라는 복합적 작용을 통해 이루어진다"는 제 2 명제로 집약할 수 있다. 그 이후의 선생의 비평은 성찰과 꿈으로서의 문학에 대한 자유로운 사유와 정치한 분석과 섬세한 해석으로 넓어지고 깊어진다. 그이의 비평이 넓어지고 깊어지는 동안, 그러나, 사회는 폭력과 억압의 극으로 치달았으며, 그것은 선생에게 세상은 정말 살만한 것인가라는 고뇌와 그럼에도 삶은 살만한 것이고 살아야 한다는 의지를 주었다. 그 고뇌와 의지 속에서 선생은 모든 인간 욕망들의 뿌리로 내려가 억압적 세계의 기본적 욕망, 억압과 꿈의 미묘한 얽힘 등을 살피고, 어루만진다. 그것이 김현 비평의 세 번째 단계이며, 그 결정은 팔봉 비평문학상의 수상 평론집인 『분석과 해석』(88년)이다.

김윤식 선생과의 공저인 『한국문학사』는 이식문학사관과 전통매몰 사관을 극복하려는 의지 속에서 태어났고, 민족적 역사의식과 실증과 분석이 적절하게 조화를 이룬 문학사였으며, 그이의 외국문학연구는 언제나 쉽고도 독창적이었다. 선생은 외국문학의 이론들과 대화하였고, 그것들을 한국적 맥락 속에 재구성하였다.

☎ 1990. 6. 29, 세계일보, 한글로 사유하며 한글로 글을 쓴 민족문학가
—48세로 타계한 김현 씨의 비평세계

다른 육체로 부활할

―김현 문학 전집에 대하여

가고 온다. 무엇이 가고 오느냐 하면, 김현이 가고 온다는 것이다. 김현은 1990년 6월 27일 새벽에 음침하게 매복해 있던 죽음과의 줄다리기에서 손을 놓아버렸다. 그리고 그로부터 꼬박 3년 만인 엊그제 27일 김현 문학 전집 전 16권이 완간되었다. 전집 완간과 더불어 김현은 마침내 다시 왔다. 물론 아닌 밤중에 홍두깨처럼 오지는 않았다. 김현 전집은 1991년 6월부터 6개월 간격으로 모두 5차례에 걸쳐 출판되었다. 김현은 그가 죽은 날로부터 지속적으로 파도처럼 밀려왔다. 그 파도는 3년 동안 죽음과 삶 사이의 방파제를 두드린 끝에 드디어 범람하였다.

그 해일, 그것은 지금·이곳의 세상을 소리없이 넘실댄다. 귀가 그것을 부인해도 몸은 그 은은한 파동의 떨림을 들을 것이다. 알 수 없는 진동에 당황하고 버겁고 또 속살을 파고드는 아픔으로 뜨끔할 것이다. 우선은 가고 온 것이 김현만은 아니기 때문이다. 실지로는 한 시대가 육중한 몸을 뒤채며 몰려왔기 때문이다. 무슨 시대가? 살아 있는 사람들은, 그의 동반자이건 추적자이건, 그것을 4·19세대라 부른다. 다시 말하면, 한국문화의 주체적 패러다임을 만든 세대란 말이다. 그 세대와 함께 한국현대사는 처음으로 제 손으로 역사를 쓸 수 있게 되었다. 일제 강점과 분단의 비극을 딛고 4·19혁명은 한국인이 그 스스로의 의지와 도구로써 세계를 건설할 수 있다는 믿음과 계기를 제공해주었다. 물론 너무도 긴 수탈 끝이라 문화의 자원도 문화인의 기력도 온전한 것은 제대로 없었다. 그러나, 4·19세대는 그 몸으로 독재정권을 무너뜨렸다. 그리고 역시 그 몸으로 한국의 형상을 그려나갔다. 그들의 역사쓰기는 그러니까 비문을 새기듯이 쓴 것도 아니고 습자를 하듯이 베낀 것도 아니라, 제 몸을 허물고 녹여 한국의 정황 위에 부어서 그것을 양각된 문화로 다시 태어나도록 쓰는 것이었다. 그들에게는 그 몸이 곧 그 정신이었다.

김현 문학 전집의 첫 번째 의의는 4·19세대의 정신사적 궤적을 여실하게 그려보여 준다는 데에 있을 것이다. 한국문화의 이념형을 찾으려는 야심만만한 기획이 압도적인 서구문화의 밀려옴과 동양문화의 저 쓸쓸한 퇴락 사이에서 저것도 이것도 아닌, 그러면서 저것이면서 동시에 이것인 새로운 문화를 만들기 위해 엎어지고 깨지면서 주파한 정신의 역사가 고스란히 그곳에 들어 있는 것이다. 그 역사가 어떻게 변주되어갔는가? 그것은 4·19세대 저마다 다를 것이다. 최일남의 『숨통』이 사실적으로 묘사하고 있듯이 낙망과 변절과 저항과 초월의 수없이 많은 경우의 수가 있을 수 있다. 있었다. 김현의 궤적은 거기에서 4·19세대의 전체사로부터 한 4·19세대의 개인사로 몸바꾼다. 그러나, 그 개인사는 전체사의 하위 단위가 아니다. 그것은 차라리 전체사의 병행 세계로서의 또 하나의 역사이다. 그것은 전체사의 형성을 돕고 또 전체사의 움직임에 저항한다. 그럼으로써 전체사의 공간을 넓힌다. 다시 말해, 그것을 열린 체계로 만든다.

그 또 하나의 역사가 이룬 세상이 무엇이었던가를 지금 모두 말할 수는 없다. 왜냐면 김현 연구는, 전집의 완간과 함께 이제 비로소 출발선에 섰기 때문이다. 그렇다면 이제까지의 모든 김현 연구는 반칙이란 말인가? 아니다. 전집 완간은 보다 튼튼한 기초가 닦여졌다는 것을 의미할 뿐이다. 모두가 제 목소리로 말할 일일진대, 나는 그의 역사에 대해 이렇게 말하겠다. 한국문화의 이념형을 만들겠다는 그의 초기 기획은 실체에 대한 집착을 서서히 버리고, 문화들의 관계를 탄력적인 수용과 반성과 재창조의 열린 관계로 만드는 공간이 문학의 자리이며, 그 문학의 자리를 최대한도로 넓혀야 한다는 인식과 실천으로 재구성된다. 왜 최대한도로 넓혀야 하는가 하면, 문학은 모든 것을 유용성의 척도로 재고 획일화시키는 이 세상에 저항할 수 있는 반성과 발견의 모든 움직임들이 "고통하는 축제"로 함께 뛰노는 가장 섬세하고 활기찬 공간이기 때문이다. 그 공감과 반성과 발견의 문학은 80년 이후 끔찍한 욕망들의 뿌리를 들여다보기 시작한다. 말년의 김현에게 그것은 너무도 괴로운 광경이었다. 그는 그것을 "보이는 심연과 안 보이는 역사전망"이라고 쓴다. 그는 절망한 걸까? 아니다. 그는 심연을 "보았기" 때문이다. 무릇 모든 눈은 꿰뚫기 위해 존재한다. 심연을 본 그는 심연에 구멍을 내서, 안 보이는 역사 전망에까지 이를 긴 굴을 판다. 문학은 욕망들의 뿌리이다. 아니다. 문학은 그토록 복잡하게 엉킨 뿌리들 사이에 묻은 흙이고 틈새이다. 문학은 욕망들이 들끓는 세상을 비추이고 그 의미를 묻는다. 거기서 그의 문학은 욕망 자체가 아니라 욕망을 담는 가형성의 용기가 된다. 모든 욕망들을 한데 모아 반죽하는 그릇, 우글거리는 욕망들이 몽땅 흘러들고 빠져나가는 둥근 반지, 그 욕망들이 살을 이룬 굴대를 굴리는 바퀴와 같은 것이 된다.

김현 전집은 발견된 그의 모든 글을 모아놓고 있다. 문학평론, 이론 연구, 문화평, 수필, 소설, 일기 등등이 망라되었다. 김현의 문화적 관심의 폭이 얼마나 큰 것이었는가를 그대로 보여주는 이 엄청난 양의 글들을 김현 전집 간행위원회는 특정한 기준과 방침에 의해 분류·재구성하였다. 우선, 한국문학분야의 글들과 프랑스문학분야의 글들 그리고 에세이 류의 글들로 삼등분하였다. 다음, 각 분야마다 이론적 성격의 글들과 실제비평적 성격의 글들을 나누고, 그것들을 각각 시기별로 배열하였다. 그리고 기타 텍스트들이 자료집에 실렸다. 이 전집의 의의는 글을 모아놓는 데에 그치지 않고, 특정한 관점과 원칙에 의거해 편집하였다는 데에 있을 것이다. 모든 책이 그렇지만, 김현 전집도 그와 살아 있는 사람들이 대화하는 자리이기 때문이다. 하지만, 편집자의 주석은 미처 마련되지 못했다. 글의 개작 여부, 글들 사이의 관계, 글이 씌어진 정황 및 글의 반향 등등이 주석을 통해 제시되어야 했으나, 그것은 김현 문학에 대한 깊은 이해를 선결조건으로 요구하는 것이었고, 이번 문학 전집은 갓 태어난 아기 전집에 불과했던 것이다. 훗날의 전집들은 다시 시작할 것이다. 전집이 대화의 자리라면, 의당, 전집 자신이 끊임없이 개편되어 나갈 것이다.

6월 26일엔 전집 완간 기념 및 3주기 추도를 위한 행사가 경기도 양평군의 김현 묘소에서 거행되었다. 고인의 스승인 정명환 선생으로부터 나어린 후배에 이르기까지 많은 사람들이 참석한 그 자리에서 정명환 선생은 고인의 육체와 정신의 누룩됨을 말씀하였다. 무덤에 돋아난 푸르른 잔디에 영양을 공급한 그의 육체와 남은 문학인들에게 영원한 생기를 제공할 정신에 대해서. 그렇다. 모든 것은 그렇게 타자의 육체로 부활하는 것이다.

☎ 1993. 6. 29, 중앙일보, 김현 전집에 대하여

스핑크스를 마주하기란

—김현의 『한국문학의 위상』

그 책(김현, 『한국문학의 위상』, 문학과지성사, 1977)을 나는 두 권 가지고 있다. 한 권은 서점에서 사서 읽고 감동했고 다른 한 권은 저자가 주어서 감격했다. 그 책이 감동의 샘이 되었을 때 나는 저자에게 홀린 문학도였다. 어떤 감동도 무조건 오지는 않는다. 감동하려는 의지가 있어야 하고 그 의지는 감동의 기미라고 말할 수 있는 기이한 감정의 안개 속에서 태어난다. 감동의 기미, 그러니까, 조산된 감동의 분비물들은 그 책 이전의 저자의 책들, 『상상력과 인간』, 『사회와 윤리』, 그리고 김윤식 선생과 공저한 『한국문학사』 등을 읽으면서 스며 나왔을 것이다. 그 책들은 문학과 삶의 관계에 대한 나의 경직된 고민을 교정해준 책들이었다. 저 유명한 '순수'와 '참여'의 싸움이 그것이었는데, 경직된 관점들에 대한 고민 또한, 그 관점들 사이의 시소에 머물러 있는 한, 그 자신 개떡처럼 딱딱할 수밖에 없었다. 문학과 삶이 서로를 향해 열려 있는 중첩된 위상이라는 것을 알게 된 것은 그 책들을 통해서였다. 그리고 난 후에 나는 때마다 들추게 되는 그 책, 『한국문학의 위상』을 읽었다. 그 책은 나의 해방된 사유 위에 하나의 명제를 세워주었다. 기둥 같은 명제가 아니라 낙타 같은 명제, 다시 말해 사유를 태우고 끊임없이 표현의 장소를 옮기는 명제가 그 책으로부터 솟아나왔다. 그 명제를 나는 지금 "문학은 침전된 사회다"로 읽고 있지만 당시에는 좀더 단순했다. 나는 "문학과 생활은 동궤의 것이다"라고 읽었다.

신춘문예에 입선했다는 것을 알리러 찾아뵈었을 때 스승은 직접 서명한 책을 선물하셨다. 나는 고맙고 부끄러웠다. 그러나 감격은 잠시였고 나는 스승이 그 선물로 내게 내기를 걸었음을 알아야 했다. 왜냐면, 한 철학자를 따르면 모든 선물은 희생 제의이기 때문이다. 그것도 진짜 희생 제의다. 양고기를 바쳐서 저를 살찌우는 게 아니라 제 살을 한 점 떼내어 타인의 입에 넣어주는 것. 선물의 뜻을 아는 사람은, 그러니, 그것을 함부로 먹지 못한다. 뇌물과 선물이 다른 점이 바로 여기에 있다. 이제부터 나는 입벌린 어린 새가 될 수가 없었다. 나 또한 내 살의 한 점을 뚝 떼내어 스승에게 갚아야 했다. 하지만 빈약하기 짝이 없는 내 살의 어디를 베어낸단 말인가? 스승이 준 책은 김수영의 '가까이 할 수 없는 서적'보다도 더 가까이 하기가 무서운 것이었다. 나도 시인처럼 "어찌할 수 없이 / 이를 깨물"어야만 했다. 그 책은 나의 스핑크스가 되었다. 그 처녀 거상의 입구에는 "문학은 써먹지 못한다. 그러나, 문학은 유용한 것이 아니기 때문에 인간을 억압하지 않는다. 억압하지 않는 문학은 억압하는 모든 것이 인간에게 부정적으로 작용하는 것을 보여준다. 그것은 억압에 대해 생각하게 만든다."는 그 특유의 이론이 수수께끼로 걸려 있었다.

나는 왜 김수영의 시구를 떠올렸을까? 시인이 가까이 할 수 없었던

서적은 "먼 바다를 건어온 / 용이하게 찾아갈 수 없는 나라에서 온 것
이다." "가리포루니아라는 곳에서 온 것만은 / 確實하지만 누가 지은
것인 줄도 모른"다고 시인은 적고 있다. 1947년에 쓴 시다. 박인환 등
과 함께 『새로운 도시와 시민들의 합창』을 내기 2년 전이다. 그가 대
면한 책은 그러니까 문명이라는 이름의 책이었다. 아니 좀더 정확히
말하자면 문명의 바람에 휩쓸린 한국의 현실이 그 책이었다. 그래서
캘리포니아에서 온 것만은 확실하지만 누가 지은 것인지는 알 수 없
었을 것이다.

　시인은 누구보다도 문명이 운명임을 알아차리고 있었다. 동시에 그
는 문명을 외면할 수는 없지만, 그렇다고 문명에서 "또 하나의 海峽을
찾았던 것도 어리석"(「아메리카 · 타임 지」)은 짓임을 투시하고 있었다.
문제는 문명의 운명을 수락하면서 문명과 겨루는 것이었다. 김현 선
생의 그 이론도 운명과의 대결 끝에 나온 것임을 나는 어렴풋이 알아
차리게 되었다. 그의 문학적 관점은 서구 지식인들에 대한 쉼없는 독
서를 통해, 그러나, 그들과 후진국 지식인 사이의 대결이라는 모양을
띠면서, 형성되었다. '비효용―비억압―사유'라는 세 개의 결절점을
가지고 있는 그의 이론은 무엇보다도 한국 지식인들에게 가장 큰 영
향을 미친 두 가지 문학적 관점을 종합하려는 의지로부터 태어났다.
'무상성'이라는 낭만주의적 · 실존주의적 관점과 '현실성'이라는 사회
학적 관점이 그것이었다. 그러나 그이는 거기에서 멈추지 않았다. 세
번째 단추, 즉 사유는 그가 서구 지식인의 마지막 강박관념, 즉 진실
에 대한 집착과 얼마나 힘겹게 싸웠는가를 느끼게 해주는 틈새이다.
아도르노와 골드만이 소모적으로 벌인 '진실내용'을 둘러싼 논쟁을

그는 사유로 치환함으로써 넘어섰던 것이었다. 사유는 곧 비진실이었다. 존재의 핑계로서의 데카르트적 사유가 아니라 현실태로서의 사유, 즉 감동하는 사유가 그의 그것이었고, 그것이야말로 지식을 선점하지 않은 후진국 지식인이 발성할 수 있는 명제였다. 문학은 사유가 솟아나는 자리이지, 표현의 자리나 반영의 자리, 심지어 생산의 자리도 아니라는 것, 그것이 그의 이론의 가장 내밀한 전언이었으며, 그것은 「속꽃핀 열매의 꿈」이나 「치욕의 시적 변용」에 와서 가장 아름다운 속꽃을 피웠다.

그러니까, 당신 또한 그의 스핑크스와 오래 마주보았던 것이다. 그이의 이론은 치욕의 역사를 관통해나간 후진국 지식인의 숨결의 집적체였다. 그 행복한 숨쉬기를 선생은 선물을 통해 내게 권하신 것이었다. 하지만, 나는 이제 겨우 그 숨결을 느꼈을 뿐이고, 그 숨결은 내게 너무 후덥다. 나는 내생에까지 당신의 그 책을 들고 갈까 봐 두렵다.

▼ 1996. 5, 교수신문, 내 인생의 명작

추억의 집

—사람 김현의 존재론

들어가보면 언어도 세상도 없고, 거북함, 불편함, 편안함, 즐거움의 감각적 깊이만이 있다. (3 : 88)

1

이 글을 쓰기 위해, 「김현 문학 전집의 편집 체제」(김현 문학 전집 제16권, 『자료집』, 문학과지성사, 1993)를 다시 읽다가, 나는 그 글에서 지나치다 싶을 정도로 선생님의 이름을 남발했음을 발견하고 잠시 놀란다. 가령, "그가 생전에 책으로 묶지 않았던 글들의 수집은 그가 남겨놓은 스크랩북 네 권을 토대로 삼았다."고 써도 될 문장을 나는 "김현이 생전에 책으로 묶지 않았던 글들의 수집은 김현이 남겨놓은 스크랩북 네 권을 토대로 삼았다."(3 : 43)고 씀으로써 꼬박꼬박 그이의 이름을 명시하고 있었다. 이런 예를 포함하여, 도처에서 '김현'은 마치 '봉무제'(윤흥길)씨의 '무제'처럼 박혀 있었다.

아마도, 내 마음은 어떤 음모를 꾀하고 있었던 건지도 모른다. 나는 '김현'이라는 이름을 사방에 박으면서 무엇인가를 봉인하고 있었을 것이다. 마음의 범람을 가두는 봉인, 세상의 눈들로부터 그것을 보호하려는 다른 마음의 범람(범람만이 범람을 막는다!), 그런데 '어떤 마음의 큰물을 나는 두려워했던 것일까?'라는 질문에까지 오면 나는 다시 막막해진다. 이번에는 아예 마음의 총체적인, 완강한 저항을 느낀다. 그런 질문이 고개를 내미는 것 자체가 몹쓸 짓이라는 듯, 아주 힘센 거리낌의 감정이 목덜미를 죄고 생각의 발생기였던 두뇌를 음울한 마음의 감옥으로 만든다.

딱딱한 벽으로 변해버린 두뇌의 피질을 뚫고 나의 추론적 의식이 기억해내는 것은 나의 무의식적인 그 행위는 선생님을 객관화하려는 과장된 주관적 충동이었으리라는 것이다. 그이를 본래의 이름으로 발음하는 것, 그것을 통해 나는 스승을 단지 하나의 '언어'로, 단지 하나의 '세상'으로 떼어놓으려고 조바심하고 있었던 것이다,라고 밖에는 달리 설명할 길이 없다.

그 조바심은 어디로부터 온 것일까? 아주 복잡한 감정이 거기에 깃들어 있었을 것이다. 야심도 있을 것이고, 소심증도 섞였을 것이며, 두려움도 한몫했을 것이다. 이제는 혼자서 해야 한다는 목소리도 들었을 것이다. 이 글이 끼리사랑으로 오인되어서는 안 된다는 생각도 했을 것이다. 독립을 하긴 했으나 영원히 그이에게 못미치고 말리라는 예감도 있었을 것이다. 이 이질적이고 상반된 감정들은 전혀 화해하지 못하는 채로 법석이면서 징그러운 편집증을 만들어내는 데 협력했을 것이다.

어떻게 해석하든, 이 모든 것들은 몸의 사건을 환기시킨다. 스승의 죽음과 더불어 어떤 탈구가 발생했다는 것, 그리고 그 탈구와 함께 문학적 질서가 개편되게 되었다는 것 말이다. 물론 그 문학적 질서를 세상의 질서(문단적 질서라든가, 문학 경향의 질서, 문학과 정치 사이의 협상 테이블 등등)라고 내가 말하는 것은 아니다. 그것은 무엇보다도 내 몸 안에 있던 것이며 따라서 팔할은 주관적인 범주에 속한다. 그렇기 때문에 더욱 그것을 납득하거나 설명하기가 힘들다. 몸은 이해하기 전에 겪는 것이고, 그 겪음은 언제나 필설로 다할 수 없게 마련이다. 아니, 필설로 규정하려들면 몸이 앞서서 언어를 흩어버린다. 허니, 나는 이 거듭되는 붓방아를 멈출 수 없다.

2

헌데, 왜 이 글을 쓰려고 나는 의도했는가? 이 주관적 육체의 질료들이 글쓰기의 주형판에 놓일 수 있다면, 그것은 그 주관성이 개인적 지평을 넘어설 때일 것이다. 내가 겪은 몸의 사건이 그 비슷한 타인들의 사건들과 만나 일반성의 영역을 구성할 때일 것이다. 그때 몸에 대해서, 다시 말해, 인간 김현에 대해서 말할 수 있을 것이다.

이 글보다 훨씬 앞서서 인간 김현에 대한 추억의 글들이 쏟아져 나왔다는 것은 "말할 수 있을 것이다"를 "말할 수 있다"로 바꾸어주기에 충분하다. 정현종 시인처럼 "가끔은 서로 황금 불알도 만졌느니"(3 : 213)라고까지는 못 말할지라도, 그이와 작은 인연이라도 맺은 사람들은 문학 평론가 김현과 사람 김현을 하나로 말한다. 가장 객관적이어야 할 비평문들조차도 그렇다. 가령, 선생님이 살아계셨을 때 발표된 김인환의 「글쓰기의 지형학」은 "김현은 어디선가 멋진 오역을 보고 싶다고 말한 적이 있다."(5 : 373)는 문장으로 시작된다. 그에게도 비평가 김현을 적기에 앞서 우선 술선배이자 말동무인 김현이 먼저 떠오른 것이다.

그러니, 나는 나보다 앞서서 인간 김현에 대해 말한 사람들에 슬그머니 기대는 게 좋을 듯하다. 내 몸의 문제를 나는 스스로 해결할 방도를 찾지 못하고 있기 때문이다(솔직히 말해, 나는 모든 것이 혼란스럽다. 내게 남아 있는 것은 어떤 따뜻함, 편안함, 그리고 어두컴컴함 같은 느낌뿐이다. 그것을 이성적으로 설명을 하려고 하니, 모든 게 뿌옇게만 여겨진다). 그들 쪽으로 우회하여 돌아가면 혹시 꽉 막혀 퉁퉁 부어 있기만 한 내 추억의 젖통을 윤활시킬 수 있을지도 모른다.

인간 김현을 추억하는 것들 중 가장 즉각적인 것은 '추모시'들이다. 빠르기로야 일간신문에 실린 추모사들이 더 빠르겠지만, 그것들은 급히 혹은 엉겁결에 씌어져서 대개는 상투적인 이야기로 일관하고 있다. 그에 비해, 시인이 아닌 사람까지 다투어 내놓은 추모시들은 어떤 다른 장르의 글보다도 더욱 비평가로서의 김현이 아니라 친구 혹은 친지에 대한 상실의 충격을 거의 고스란히 전하고 있다. 그렇다. 시들은 김현을 말하지 않는다. 그것들은 그와 자신과의 관계에 대해 말한다. 그가 죽었는데도 여전히 한 동아리로 말하고 있는 것이다.

추모시에 먼저 주목한 것은 소득이 있는 듯 싶다. 한 가닥 실마리가 잡혔기 때문이다. 이 추모시들이 집중적으로 '집'에 대해 말하고 있었던 것이다. 조해일은 왜 "그는 이제 반포에 살지 않는다. / 그는 이제 반포 아파트 88동 304호에 살지 않는다"(3 : 199)로 그의 추모시를 시작했을까? 강창민과 황지우는 그가 자주 다니던 술집 '반포치킨'을 떠올리고(200, 205), 황동규는 그가 죽은 날 밤 "술 퍼마시고 쓰러져 자"다가 아들의 방에서 "화장실에서처럼 / 소변보고"는 "방을 나가 / 화장실에 누웠다, / 태연히"(201). 김광규는 사람이 죽어 흙으로 돌아가는 것을 "집으로 돌아간다는 것"(204)에 비유한다. 김태동의 추모시 제목은 "길, 죽은 집의 기록"(207)이다. 김정웅의 추억은 "작은 추억의 오두막 한 채"이고, 홍영철은 세 편의 「김현 생각」을 모두 '신문사' 얘기로 채우고 있다. 정현종은 김현에 대해 5편의 시를 발표하는데, 그 다섯 편의 시가 모두 집의 이미지에 감싸져 있다. "우리는 실로 내장을 다해 웃었느니, / 집도 절도 없는 그 웃음들은 / 인제 무슨 집 무슨 절로 서 있는지─"(「황금 醉氣 1」)나 "이 술집 저 술집 유정 삼만리"(「정이 많아서」), 그리고 "幽宅이 있는 산꼭대기"(「亡者의 시간」)처럼 '집' 혹은 그것을 환기시키는 단어가 직접 나오는 시들은 물론이려니와, 그렇지 않은 시들도 간접적이긴 하지만 아주 강하게 '집'을 환기시키고 있다. 가령 「겨울산」에서 "시간을 靑山에 묻었으니 / 마음은 문득 푸른 하늘이었는데, / 우리의 몸은 또 무겁고 / 네 病床의 시간이 나를 따라 다닌다"는 청산(영원) / 병상(시간)의 대립이기도 하지만 동시에 거주 / 흐름의 대립이기도 하며, 「황금 醉氣 2」의 "기분 좋은 글에 취한 목소리 / 종소리 울려 보냈다"는 영혼의 거주처로서의 예배소에서 발화된 것이 분명한 구절이다(정현종 시인이 그렇다고 이 시를 교회나 절에서 썼다는 것은 아니다). 또 김지하의 「쉰」은 어떠한가? "밖에 서리 내리나 / 실 끊는 이 끝 시리다"의 구절에서 알 수 있듯, 그 시의 발화공간은 겨울밤 촛불 켜놓고 바느질을 하는 아랫목이다(지나가는 얘기로 덧붙이자면, 바느질을 하는 것은 사내다. 시로 미루어 그는 "눈밝은 아내"를 잃었다. 그래서 사내는 스스로 바느질을 할 수밖에 없는데, 그러나 눈이 침침하다. 눈이 침침한 것을 두고 시인은 짐짓 "나이 탓인가" 하고 딴청을 부리는 체 하지만, 실은 눈밝은 아내가 없어서라는 것을 은근히 암시한다. 그 아내가 없어서 그는 눈 침침하고, "눈은 넋그물"이라서 당연히 "넋 컴컴하다". 김지하의 무의식을 엿볼 수 있게 해주는 대목이다).

지인들이 한결같이 '집'과 연관된 추억을 토로하고 있는 까닭은 무엇일까? 그들은 그에게서 집을 찾았던 것일까? 따끈따끈한 아랫목이 있고 도란도란 이야기가 문틈으로 새어나오는 사랑방의 집? 가령, 제자들에게는 "끝도 없는 고통의 덩어리인 삶에 관한 이야기들을 […] 쏟아 넣"어도 "늘 관대하게 들어주셨고, 간혹 몇 가지 가능성을 암시해 주셨"(6 : 433)던 자리, 혹은, 친구들에게는 "동지적 연대감을 개인적 우정이라는 끈끈한 풀로 묶어놓았"(4 : 1429)던 장소?

바로 그 자신이 그 집이 아니었을까? 한 시인은 선생이 그에게 깨우침을 주었던 기억을 끄집어내면서 "당신은 언제나 그랬다 : 바깥을 열어가면서 안을 넓혀 놓으신다"(8 : 448)라고 적었다. 그러니까 시인은 선생과 만나기보다는 선생의 안으로 들어간 것이다. 그 육체가 곧 넉넉한 한 채의 집이었기 때문에.

아마도 당신 스스로 그것을 의지하셨으리라. 구하라, 구해질 것이다, 라고 하지 않는가? 의지하지 않으면 결코 생기는 것은 없다.

김현 선생님의 무의식 속에 '집 콤플렉스'가 있다는 것은 그 역시 선생님의 제자이고 정신분석비평을 전공한 불문학자 김연권이 내게 언젠가 귀띔해 준 것이다. 그때 나는 그에게 자세히 물어보지는 않았는데, 추모시들을 읽으며 나는 그의 직관이 상당히 설득력이 있다는 것을 느낀다. 그리고 그것은 그의 글들을 통해 쉽게 확인된다. 가령, '데자뷔' 현상에 대해 기술하고 있는 『광장』의 한 대목을 거론하면서 그는 "어떤 것 앞에서, 내가 언젠가 이곳에 온 적이 있다, 이곳에서는 살

만하다고 느끼는 것이 예술적 욕망의 본디 모습이다"(2 : 322)라고 적는
다. 주목해야 할 것은 문체이다. 어떤 사물이든지('어떤 것') 그것은 곧바
로 거주 공간('이 곳')으로 바뀐다. 이어서 그는 말한다. "스스로 마개가
되고자 하는 욕망이 바로 예술 속에서의 편안함이다. 예술 작품 속에
서 계속 살고 싶다, 스스로 구멍이 되어 구멍을 막고 싶다, 그 무의식
적 의지가 예술을 바라게, 욕망하게 만드는 것이다"(323). 예술은 감상
하는 게 아니다. 그것은 그 안에서 사는 것이다. 예술은 존재의 터이다.

3

그러니, 이렇게 말할 수 있을 듯하다. 지인들이 김현에게서 집을 찾
았다면, 그것은 김현 스스로가 집을 꿈꾸었기 때문이다. 타인들에게
김현이 집이었다면, 김현에게는 그가 만나는 타인들(의 작품)이 또한
집이었다.

그러나 그 집은 그냥 집이 아니다. 즉 그것은 단순한 안주와 휴식의
공간이 아니다. 앞에 인용된 문장은 "그렇다면 예술 작품 속의 편안함
은 모든 다른 편안함을 스스로 막는 편안함이다"로 이어진다. "예술
작품 속에서의 편안함이란, 현실 부정 속에서의 편안함이다"(323). 김수
영의 「폭포」처럼 "나타와 안정을 거부"하는 무엇이 그의 집에 있었다.

나는 선생님에 대한 서투른 평문을 통해서 김현 비평의 근본을 '활
동'이라고 정의했었다(7 : 470). 그리고 나는 또 그가 세계 변혁의 원천
은 '떠돌이'에게서 나온다는 독특한 입장을 가지고 있었다(1 : 137~138
참조)는 것도 기억한다. 활동이 중심이라는 것은 그가 근본적으로 안
주를 거부했다는 것을 뜻한다. 그의 글은 정착민적이라기보다 유목민

적이었다.

그렇다면 그의 집은 도대체 무엇인가? 아니, 그가 집을 꿈꾸었으며 지인들이 그에게서 집을 더듬어 찾았다는 것은 무슨 뜻인가? 아마도 그가 꿈꾼, 혹은 무의식적으로 조성한 집의 공간은 아더 왕 이야기의 궁정과 같은 것이 아니었을까? 아더의 전설에서 궁정은 한 곳에 붙박혀 있지 않다. 사람들이 모여 무훈담을 자랑하거나 마상시합을 벌이거나 하는 장소가 정해지면 그곳이 궁정이다. '원탁 회의'는 그 궁정의 상징적 표상이다. 원탁 회의란 참석자 간에 서열이 없다는 것을 뜻한다. 중세의 기사도적 이상이란 모든 동료들을, 심지어 제후와 기사 사이마저 형제애로 묶는 것이다. 조르쥬 뒤비(George Duby)가 분석한 데에 따르면 영주와 기사 사이엔 평등한 상호 계약이 있었으니, 신종선서의 마지막 절차, 즉 지팡이를 둘 사이에 놓는 것은, 영주가 기사를 추방할 수 있을 뿐 아니라 언제라도 영주가 부도덕한 짓을 할 경우 기사 쪽에서 군신의 계약을 파기할 수 있다는 것을 뜻한다.

그처럼 당신을 둘러싼 추억의 집에도 평등성과 독립성이 특징을 이루고 있었던 것은 아닐까? 아마도 집에 대한 그의 직접적인 발언은 이 물음에 대답해 줄 수 있을지도 모른다. 그는 그의 거주 공간인 아파트에 대한 성찰을 한 적이 있다(「두꺼운 삶과 얇은 삶」). 그 글에서 그는 아파트와 보통 집(그것을 '땅집'이라고 불렀다)의 차이를 선명하게 부각시킨다. 우선 "아파트는 거주 공간이 아니라 사고양식"(2 : 361)이라는 진술에서 알 수 있듯 거주지는 곧 거주자의 세계관을, 혹은 거주자의 삶의 태도를 드러낸다. 아파트에서의 삶과 땅집에서의 삶은 한마디로 얇은 삶과 두꺼운 삶으로 갈라진다. 아파트에서는 모든 게 드러난다. 아파트는 평면적이고 동질적이다. 그에 비해 "땅집에서는 모든 것이 자기 나름의 두께와 깊이를 가지고 있다"(2 : 364) ; "땅집이 아름다운 것은 그것이 많은 것을 숨기고 있기 때문이다"(365).

김현 선생의 집 론은 일반적인 집에 관한 이야기와 크게 다르지 않지만 그러나 훨씬 섬세하며, 그 섬세한 쪽에 집을 바라보는 그의 시각의 특이성이 놓여 있다. 그는 아파트와 땅집의 차이를 아파트 건축의 획일적 모양에서 보지 않는다. 그가 주목한 것은 땅집에는 다락방과 지하실이(그리고 우물이) 있는데, 아파트에는 그것이 없다는 것이다. 때문에 아파트에는 숨길 것이, 즉 "비밀이 있을 수가 없"는 데 비해, 땅집에서는 "끝내 간직해야 될 신비를 담고 있는 신비로운 사물함"들이 감추어놓은 비밀로 가득하다.

땅집은 비밀을, 깊이를 가지고 있다는 그의 시각은 다양하게 해석될 수 있다. 우선 그것은 김현 선생이 고독과 칩거를 그리워했다는 것으로 이해할 수 있다. 복잡하고 거친 인간 관계에 부딪치는 현대인에게 자발적 고독은 이룰 수 없는, 그러나, 영원히 갈구되는 소망이다. 과연, 그는 "화가 나서, 주위의 사람들이 미워서, 어렸을 때에 다락방이나 지하실에 혼자 들어가, 낯설지만 흥미로운 것들을 한두 시간 매만지면서 나 혼자만의 세계에 잠겨 있었을 때에 정말로 내가 얼마나 행복했던고!"라고 말하고 있다. 그러나 혼자만의 세계에 잠기는 것이 유폐와 고립의 선택을 뜻하는 것이 아니라는 것은, "낯설고 흥미로운 것들"이라는 어사들이 분명하게 가리키고 있다. 어떤 '신비 덩어리'와의 만남이 그 꿈 안에 깃들어 있었다. 물론 그 만남이 신비(비현실적 환상)에의 침닉이 될 수도 있을 것이다. 그러나 이런 대목을 보라 :

두께 없는 사물과 인간. 아파트에서 우리는 모든 것을 그대로 드러내
고 산다. 그러나 감출 것이 없을 때에 드러낸다는 것이 무슨 의미를 가
질 수 있을까? 드러낼 수 있다는 것은 감출 수도 있다는 말에 다름 아
니다. 사람은 자기가 드러내는 것보다 훨씬 많은 것을 숨겨야 살 수 있
다. 그 숨김이 불가능해질 때에 사람은 사회가 요구하는 것만을 살 수
밖에 없게 된다. 무의식은 숨김이라는 생생한 역동성을 잊고 표면과 동
일시되어 메말라버린다.(365)

이 진술이 함의하고 있는 것은 삶은 이질적이고 상관적인 두께들
로 이루어져 있다는 것이다. 이질적이기 때문에 표면만 보면 안쪽의
삶이 보이지 않는다. 다시 말해 삶의 근원, 어떤 숙명, 고뇌 같은 것이
보이지 않는다. 아파트는 그런데 표면에만, 즉 "사회가 요구하는 것만
을" 삶으로서 받아들이게 한다. 바로 여기에서 숨김은 '역동적'이라는
그의 통찰이 나온다. 숨기고 혼자 있는 시간을 가질 때 삶을 더욱 풍
요롭게 할 수 있다. 그의 이야기는 비밀을 간직하고 숨기는 것만이
곧 바깥과의 통화를 가능케 한다는 놀라운, 얼핏 보기에 역설적인, 발
견으로 나아간다.

그 가장 첨예한 상징적인 사실이 아파트에서는 채소를 손수 가꿔 먹
을 수 없는 것이다. 아파트에서는 자연과의 직접 교섭이 거의 완전히
단절된다. 아파트에 자연이 있다면 그것은 인위적인 자연이다. 아파트
안에서 키워지는 꽃이나 나무들은 자연의 그것이 아니라, 깊이 없는 사
물에 다름 아니다.

나는 이 대목의 자연을 그대로 바깥으로 치환해 읽는다. 그가 말하
는 자연은 나와 다른, 혹은 규정되지 않은 자율적 존재들에 다름 아
니기 때문이다. 아파트에서는 자연마저도 사회적으로 규정된, 다시

말해 사회적 자아로서의 나와 다를 바 없는 하나의 사물로 만들어버린다. 우리가 인공적인 세상과 싸워야 하는 것은 자연의 보존과 획득 그 자체 때문이 아니라, 그 밑바닥에 깔려 있는 다른 삶의 가능성을 인공 세계가 말살하기 때문이다.

4

이제 그의 집이 어떤 가옥이었는지 어렴풋이 눈치챌 듯하다. "다락방과 지하실 때문에 땅집을 사랑"한 그에게 집은 중세 기사들의 궁정이나 이동 천막은 분명 아니었다. 그곳은 그것들처럼 입주자들의 평등성과 독립성을 확보해주면서도, 땅집이라는 말 그대로 한 곳에 뿌리내리고 있는 안정된 장소가 분명하다. 그러나 그 뿌리, 그 안정은, 다시 말해, 그 깊이는 수직의 방향으로만 내려가는 깊이가 아니라 이리저리 휘어지면서 옆으로 퍼지고 마침내는 뿌리내린 곳으로부터 아주 멀리 떨어진 곳의 지표면 위로 부상하는 그런 깊이였다. 그 집은 그러니, 바깥으로 안정되고 속으로 풍요하게 유동하는, 마당 깊은 집이었다고 할 수 있다. 지인들이 그에게서 꿈꾼 집도 그러하지 않았을까? 그 집에 다녀온 다음의 내게 남은 추억 속에는 편안함, 불편함과 거북함, 즐거움이 한데 뒤섞인 채로 편안함이 불편함을, 즐거움이 거북함을 어루어 자꾸 다시 그 쪽으로 발길을 옮기게끔 하곤 하였다.

현실의 공간에서 그런 집은, 그러나, 있을 수 없다. 실제로 그런 마당 깊은 집이 존재하지 않았다는 것이 아니라 논리적으로 그 집이 모순을 이루고 있다는 말이다. 안으로 분열이 있으면, 그 집은 그 자체로서 끊임없이 변화를 치를 수밖에 없다. 그런데도 그 집은 여전히 그 집이다. 그 집은 아까의 인용구를 슬쩍 바꿔서 말하면, "집을 부정하는 집이다." 집의 분해로 활력을 만들면서 여전히 집을 이루는 그 공간의 비결은 무엇일까?

아마 여기에서 나는 그 집의 주 먹거리가 술이었다는 것에 주목해야 할 것이다. 술이야기, 선생이 '불꽃의 말'이라고 이름붙였던 술이야기로 들어가야만 하는 것이다.

*   *   *

하지만, 나는 여기에서 멈출 수밖에 없겠다. 여기까지 쓰는 데만 해도 너무 오랜 시간이 흘렀다. 나는 아직도 김현 선생에 대한 추억으로부터 자유롭지 못하다. 당신과의 인간적 교류가 인간 김현을 바라보는 데에 방해물이 되고 있다. 인간적 추억에 젖어 있는 그 만큼 나는 그의 삶의 고뇌와 실존적 깊이를 자꾸만 감상적인 그리움이나 슬픔 같은 것으로 대치해버린다. 아직 더 시간이 필요하다는 것은 내가 더 자라야 한다는 말과 동의어이다. 이 나이가 되도록 신파라니!

인용된 글들

1 김현 문학 전집 1, 『한국문학의 위상/문학사회학』, 문학과지성사, 1991
2 김현 문학 전집 14, 『우리 시대의 문학/두꺼운 삶과 얇은 삶』, 문학과지성사, 1993
3 김현 문학 전집 16, 『자료집』, 문학과지성사, 1993
4 김병익, 「김현과 '문지'」, 『문학과 사회』, 1990년 겨울
5 김인환, 『상상력과 원근법』, 문학과지성사, 1993
6 이성복, 「크고 넓으신 스승」, 김현 문학 선집, 『전체에 대한 통찰』, 나남, 1990
7 정과리, 「못다 쓴 해설」, 『전체에 대한 통찰』
8 황지우, 「이 세상을 다 읽고 가신 이」, 『전체에 대한 통찰』

🖸 1996 가을, 오늘의 문예비평

2개의 현대문학사

불쑥 두 개의 역사가 솟아올랐다. 그 질료는 문학이고, 그 초석은 근대성이다. 김윤식·정호웅의 『한국소설사』(예하)와 권영민의 『한국현대문학사』(민음사)가 그것들이다. 하나는 개화기에서 1980년대에 이르는 한국 소설의 혈맥을 짚어나갔으며, 둘은 1945~1990년의 한국현대문학을 차분히 정리하였다. 저자들이 문학연구가들이므로 문학이 질료가 됨은 당연한 일이겠으나, 그 초석이 근대성이라는 것은 이 둘이 민족 단위의 문학사임을 뜻한다. 그리고 그것은 한국적 정황에서는 통일 지향의 문학사와 동의어이다.

근·현대문학을 다룬 것들로서 이들 이전에 김윤식·김현의 『한국문학사』(민음사, 1973)와 조동일의 『한국문학통사』 제 5권(지식산업사, 1988)이 있었다. 그 둘이 각각 근대성을 명제로 내세웠는데도 민족 단위에 못 미쳤던 것은 상황의 너무도 깊은 제약 때문이었다. 이번의 두 문학사는 그 제약을 벗어날 숨통을 틔었다. 월·납북 문인들이 공정하게 다루어졌고 비록 개괄의 수준이기는 하나 북한문학도 소개되었다. 그러나 그러한 사정은 당연히 이루어질 일에 지나지 않는다. 중요한 것은 문학사의 사관이다.

김윤식·김현의 문학사는 근대성에 대한 열정 그 자체이다. 자생적 근대성을 발굴하려 한 최초의 문학사이다. 근대의 맹아가 영·정조 시대로 소급되었고, 상황(사회)의 도전과 작가(개인)의 응전 사이에 초점이 맞추어졌다. 그 밑바닥엔 개인적 합리주의 정신이 깔려 있었다. 거기서, 문학사의 내용은 자생적이지만, 그 태도는 외래적이지 않은가 하는 비판이 나왔다. 조동일의 『통사』 5권은 그 비판의 연장선상에 있다. 『통사』 5권에서 근대성은 발굴될 것이 아니라 현존하는 것이었다. 민중의 생활 속에서 우러나오는 자생적 문화 형식이 그것이었다. 그것은 거의 확신에 가까운 것이어서, 그의 근대성에는 분열 혹은 그늘이 없다. 있다면, 검열을 피하기 위한 수단으로서의 기교만이 있을 뿐이다. 그가 일제 치하라는 상황적 변수를 고려해야 한다고 말하고 있음에도 불구하고 식민지 시대의 문학(지식)에 대해 전반적으로 냉소적인 감독관의 태도를 취하는 까닭이 거기에 있다.

김윤식·정호웅의 소설사에서 근대 문학은 민요나 판소리 너머에 있다. 그 점에서 저자들은 이른바 '자생성'의 신화를 포기하였다. 그렇다고 이식문학론을 답습했다는 얘기는 아니다. 근대성의 진원지는 지구 상의 어느 한 지역에 있는 것이 아니라, 인간 속에 있다. 인간의 어디에? 내성의 인식에 있다고 저자들은 말한다. 내성은 시대를 내면화하는 자리이다. 시대정신이 움트는 자리인 것이다. 그 자리가 처음 열렸을 때는 식민지로 전락하던 때였다. 그러니, 한국인의 근대성은 분열로부터 출발하지 않을 수 없었다. 헤겔적 의미에서 근대가 곧 분열을 의미하는 것이라면 그것은 이상한 일치였다. 『소설사』의 의의는,

그러나, 그 분열의 인식에 있는 것이 아니라, 그 분열로부터 지금까지 논의에 없었던 새로운 항목을 현대문학사의 변수에 추가했다는 데에 있다. 『소설사』는 『한국문학사』와 '상황'을, 『통사』 5권과는 '이념'을 공유한다. 그리고, "태양을 의논하는 거룩한 이야기는 항상 태양을 등진 곳에서만 비롯하였다"(신석정)는 한국인의 감상을 하나의 명제로 변모시켰으니, 그것이 곧 '일상은 철학이다'라는 명제이다. 소설사는 상황에 대한 작가의 응전사도, 이념들의 싸움사도 아니라, 상황과 이념과 일상이 글쓰기의 차원에서 하나로 응집된 것들의 시간적 전개이다. 그 응집된 것을 저자들은 '내적 형식'이라 부른다. 소설사는 내적 형식들의 역사이다. 거기에서 개화기공간에 대한 아주 새롭고도 논쟁적인 해석이 나오며, 식민지 시대의 문제틀을 리얼리즘과 모더니즘의 대립으로 보는 본격적 관점이 나온다. 아마도 이 노작에 한계가 있다면 70년대 이후의 내적 형식 기술에 밀도가 급격히 떨어졌다는 것과 분단문제와 계급문제 사이의 연관을 찾지 못했다는 데에 있을 것이며, 논쟁거리가 있다면 그러한 구조발생론이 제기하는 다양한 문제들 자체일 것이다.

권영민의 『한국현대문학사』에서 근대성은 주어진 전제와도 같다. 그 전제는 불행하게도 '분단'에 의해 파괴되었다. 그것을 복구하는 것, 그것이 이 문학사의 목표인데, 그 실제는 분단 이후의 문학적 현상들의 모든 것을 아우러 간종그리는 것으로 나타났다. 물론 그곳에도 당연히 관점이 있다. 그 관점은 상황과 문학적 이념 사이의 갈등 및 상응이다.

이러구러 『한국소설사』와 『한국현대문학사』는 20세기의 한국 문학에 꽤 견고한 시간 줄기 두 개를 보탠 셈이 되었다. 이제 남은 일은? 언젠간 이들도 역사 속에 묻힐 것이다? 그것은 훗날의 이야기이다. 오늘, 한 가지 확실한 것은 이들이 솟아난 자리가 시간의 실밥이 뜯어진 자리가 될 것이라는 것이다. 수많은 시간 감찰국 요원들이 진상조사에 나설 것이다. 그 틈새를 비집고 다른 시간 줄기들이 삐죽삐죽 솟아날 것이다.

☎ 1993. 9. 28, 한겨레신문, 민족 단위 문학사 연구 '우뚝'

파시즘이라는 질병

수년 전부터 지식 사회의 일각에서 제기되고 있는 '우리 안의 파시즘'은 한국사회 및 한국지식인들의 생각의 구조에 대한 가장 도전적인 문제제기라 할 수 있다. 기실 그것은 아주 오래된 한국적 사고의 틀을 완전히 붕괴시킬만한 폭탄을 탑재하고 있는 것이기도 하다. 처음에 그것은 군국주의의 압제를 겪은 근대 한국인의 체내에 스며든 파쇼적 체질의 정화라는 수준에서 제기된 듯하다. 그러나 운동의 과정에서 그것은 한국인들의 근본적 신념 체계에 대한 도전으로까지 확대되었다. 그것은 근 백여 년 동안 지극히 당연한 것으로 간주되었던 민족주의적 사유 자체에 혐의를 걸게 된 것이다.

하나의 '학파'로 지칭해도 좋을 법한 김철·신형기 교수 등이 지난 달에 상재한 『문학 속의 파시즘』(삼인)은 그러한 운동의 날카로운 예각을 보여주는 책이다. 여기에서 민족주의는 폭넓게 해체되고 비판된다. '폭넓게'라는 말은 문제의 민족주의가 복합적 층위를 가지고 있다는 것을 가리킨다. 그것은 한국의 정체성을 고수하려는 본능적 정신 기제이기도 하고, 동시에 근대화에 대한 갈급한 욕망이기도 하면서 또한 근대를 뛰어넘고자 하는 낭만주의적 동경이기도 하다. 이 다기한 태도들이 '민족'의 이름으로 한꺼번에 용인되는 정황, 그것이 한국 문학 혹은 한국사에 대한 담론들을 지배해 온 정황이라면, 그때 '민족'은 그 양상들과 별도로 나름으로 주조되어 밤하늘의 북극성처럼 저 위에 홀로 군림하는 상상적 상징태라고 할 수 있을 것이다.

이 상상적인 것의 상징적 지배를 밑받침하고 있는 요소들을 대충 요약하자면, 자기 동일성에 대한 집착, 물리적이든 정신적이든 어떤 드높은 경지에 대한 열망, 이 집착과 열망을 하나의 이론으로 세우는 호전적(남성적) 심미주의, 그리고 그것에 부추김 받고 동시에 그것을 강화하는 집단 최면 혹은 집단적 용인으로 간추릴 수 있을 것이다. 이것을 다시 요약하자면, 송상일이 "국가가 황홀에 빠지면 홀로코스트를 부른다"(『국가와 황홀』, 문학과지성사, 2001)고 말했을 때의 '국가'와 '황홀'의 결혼, 즉 민족의 절대화와 황홀의 전체화라고 할 수 있을 것이며, 또다시 줄이면, 그것은 결코 도달되지 않는 이상적 자아에 대한 전면적·환각적 선취라고 말할 수 있을 것이다.

결코 도달되지 않는? 그렇다. 결코 도달되지 않기 때문에 그것은 절대에 대한 갈망이면서 동시에 절대의 남조(濫造)이기도 하다. 이탈리아의 작가 클라우디오 마그리스(Claudio Magris)는 하이데거와 한나 아렌트의 애처로운 사랑을 다룬 「키취와 열정」(『유토피아와 환멸』, 불역본, L'arpenteur, 1999)이라는 글에서 파시즘적 사고를 '키취'적 취향으로 파악한다. 절대에의 감각이 한 치만 비켜서면 곧바로 절대에 대한 과장과 제스처로 떨어지고 그만큼 세속적 욕망의 장맛비로 홍수진다는 것이다.

필자들이 섬뜩하게 제기하는 것처럼 한국의 지식사는 제 안에 이 무서운 파시즘을 양육해 온 것일까? '우리 안의' 파시즘은 그러나 그 것을 때려잡을 괴물로 보지 않고 치유해야 할 자신의 질병으로 본다. 그것은 궁극적으로 건강한 사회를 향한 소망의 실행이라 할 것이다.

☎ 2000. 6. 11, 교수신문

경책사에게 조언함
—『현대문학』의 '죽비소리'

우선, 내가 '죽비소리'의 근본 취지에 호감을 갖지 않았다면 이 반론을 쓰지 않았을 것이라는 점을 밝혀야겠다. 그만큼 채호기 시집 『밤의 공중전화』에 대한 죽비소리의 서평(97년 9월호)은 서평이라기보다는 상스런 욕설을 방불케 해서 여간 실망이 큰 것이 아니었다. 비평이 아닌 비난은 본래 논박할 필요가 없는 것이다. 그럼에도, 내가 나 자신에 대한 것이 아닌 비난에 대해 반론을 쓰기로 결정한 것은 죽비소리의 바른 방향을 서평위원들이 재검하기를 바라는 마음에서이다.

비평이 상업 권력의 하수인으로 전락하고 있는 암울한 분위기에서 비평의 풀무가 되기를 자처한 이 '죽비소리'가 비평의 '비판성'을 의도적으로 과장한 만큼 더욱 더 논리의 기본틀을 갖추어야 한다는 것은 두말할 필요가 없다. 그 틀은 비판이 방뇨의 수준으로 전락하는 것을 방지하는 최소한의 요건이다. 그런데도 그것을 갖추고 있지 못하다면, 그런 비난은 비평을 되살리기는커녕, 꺼져가는 비평의 불씨에 재를 뿌리는 행위와 다를 바가 없다. 실망도 실망이려니와 한국

비평의 장래를 정말 걱정하지 않을 수 없다.

서평자는(공동의 이름으로 나갔으니까, 모두에게 해당하는 지적이 되겠다) 자멸하고 싶은 것인가? 한국비평의 빈사상태에 아예 곡기를 끊고 동참하고 싶은 것인가?

내가 실망한 까닭을 하나하나 따져가면서 제시하기로 하겠다. 우선, 이 서평은 분석은 없고 주장만 있다. 가령, "[한편의 시를 인용한 후] 얼핏 보면 성행위 과정에서 살갗에 발생하는 감각들을 섬세하게 그린 것으로 보인다. 그러나 잘 들여다보면 관념적이고 추상적이다. 결코 감각적 구체성을 갖고 있지 못하다" 얼핏 보면 섬세한 듯한데, 자세히 보면 관념적이고 추상적이다? 그렇다면, 얼핏 보면 왜 섬세한지, 아니, 그건 차치하고라도, 자세히 보면 어째서 "감각적 구체성을 갖고 있지 못"하다고 판단할 수 있는지 밝혀야 했으리라. 그러나, 그 다음의 진술들은 같은 주장의 동어반복으로 일관하고 있다. 그렇다면, 이 주장이야말로 "관념적이고 추상적"이지 않은가?

다음, 논리의 관념성과 편협성은 서평자의 지적·정신적 수준을 의심케 한다. 이런 대목을 보자 : "① 시인은 몸, 특히 성적인 차원에서의 몸에 대해서, 몸의 감각에 대해서 관심을 갖는다. ② 이것은 최근 우리 문화의 한 유행이기도 하다. ③ 몸에 대한 관심의 사회적, 문화적 의미가 무엇인지에 대해 왈가왈부할 생각이 없다. ④ 한 가지 분명한 것은, 몸에 대한 관심이 성에 대한 욕망과 호기심을 무한 증폭시키는 상업적 전략이라는 사실이다. ⑤ 그러므로 최근에 발생한 몇 건의 외설시비는 외설로 규정되어야 마땅하다고 판단된다." 다섯 문장이 모두 겨냥하는 바가 달라서, 썩 포스트모던한 혼돈을 연출하고 있는 대목이다. ①은 시인에 대한 관찰이다. 이어서 서평자는 시인의 몸에 대한 관심을 우리 문화의 유행적 경향으로 확대시킨 후(②), 그것에 대한 시비는 유보하기로 한다③. 그리고는, 앞 문장을 정면으로 부인하는 진술을 돌연 제출한다④. 몸에 대한 관심은 상업적 전략이라는 것이다. 그렇다면, 그것은 무엇을 대상으로 하고 있는 것인가? 『밤의 공중 전화』의 시편들이 상업적이라는 것인가? 아니면, 몸에 대한 관심 자체가 그렇다는 것인가? 문단 끝의 "어쨌든 시를 비롯한 문학작품에서 몸에 대한 관심도 일단 상업적 유행에 휩쓸리는 것이 아닌가하는 의심이 든다"는 진술로 미루어 후자 쪽으로 해석해야 타당할 듯한데, 그러나 그렇게 되면, 자신이 직전에 말한 "왈가왈부할 생각이 없다", 그리고 서평 말미의 "성의 노골성은 그 자체로 문제될 게 없다"는 태도표명적 진술들과 정면으로 어긋난다. 몸에 대한 관심이 그 자체로 상업적 전략이라면, 이미 그는 왈가왈부하고 있는 것이고, 성의 노골성에 대해 이미 분노의 단죄를 내리고 있는 것이다.

이렇게 두 얼굴의 사나이가 됨으로써 서평자는 독자를 모호한 해석 보류의 상태로 몰고 간다. 그것은 이중의 효과를 유발한다. 하나는 '몸'이라는 말을 꺼내기만 해도 불결함의 혐의를 가지고 있다는 쪽으로 분위기를 조성한다는 것이다. 과연 서평자는 ⑤에 와서, 몸에 대한 관심은 상업적 전략이니, "그러므로" 최근의 외설 시비는 무조건 단죄되어야 한다고 주장하고 있는 것이다. 서평자는 몸에 대한 관심이나, 더 나아가 노골적 성묘사가 그 자체로서는 문제가 아니라고 겉으로 주장하지만, 속으로는 모두 싸잡아서 외설이라고 생각하고 있는 게 분명하다. ⑤의 과격한 수위를 고려한다면, 그는 건수를 올리기 위해

우범 지역의 아이들을 잡아다 족치는 형사 정도로 자신을 생각하고 있는 건 아닌가? 또 하나의 효과는 이렇게 대상을 불분명하게 흐림으로써 문화의 유행에 대한 혐의를 재빠르게 한 개인에게로, 즉『밤의 공중전화』의 시인에게로 옮길 수가 있다는 것이다. 그는 구체적인 분석과 논증은 포기한 채 글의 분위기를 교묘하게 이용하여 총구를 문화 일반을 향해 쑥 내밀었다가 잽싸게 시인에게로 돌려 빵 당기는 것이다(그는 두 얼굴의 사나이가 되고도 싶고, 서부의 건맨이 되고 싶기도 한 말단 형사인 모양이다). 이런 정직하지 못한 행동이야말로 상업적이지 않을까?

독자가 문단 말미의 "'일단' 상업적 유행에 휩쓸리는 것이 아닌가 하는 의심이 든다"는 약간의 유보적인 표현을 과도하게 존중하여, ④의 문장을 "한 가지 분명한 것은, 몸에 대한 관심이 [……] 상업적 전략에 광범위하게 이용당하고 있다는 사실이다"로 고쳐 읽기로 하자. 그렇게 되면, 의심과 진실 사이, 이용당하는 것과 저항하는 것들 사이에 이해의 공백이 생긴다. '일단' 의심이 들면, 그것이 정말 그러한지 따져보아야 한다. 그러나, 불행하게도 서평자는 그 '일단'의 의심을 전부에 대한 의심으로 착각한 듯, 주장의 췌사들과 이중적 태도의 엉성한 곡예로 글을 지루하게 이어가고 있을 뿐, 분석은커녕 "내가 생각하는 좋은 문학은 이런 것이다" 류의 최소한의 입장 표명도 하고 있질 않다.

비평의 수준이 이 정도라면, 논쟁을 할 수가 없다. 따짐은 없고 목소리만 큰 강변이 어떻게 표류하는 비평의 배를 제곳에 정박시킬 수 있단 말인가? 지금 죽비 소리는 요란하기만 한데, 정작 경책사(警策師)

들은 졸고 있는 게 아닌지? 그렇게 졸면서 마구 휘두른 죽비가 선방을 마구 흠집 내고 있는 건 아닌지?

　마지막으로 한마디. 서평 위원 6인의 공동 명의로 발표된다는 것은, 그 공동체가 소속원의 잘못을 은폐해주는 방패로서 기능하기보다는, 말 그대로 공동의 책임을 진다는 뜻으로 이해되어야 하고 또 그렇게 기능해야 한다. 그 점에서 '죽비소리'는 공동체가 갖추어야 할 원칙과 규범을 서평 위원들이 함께 세우고 밝히며, 그것을 지키고 보완해 갈 필요가 있다. 그런데도 저열한 수준의 비난이 이렇게 방치된다면, 서평 위원들이 자신들의 공동의 문학적 태도에 대한 토론들을 하고 있기나 한지 의심스러우며, 또 그로 인해 애써 마련한 선방(순수반성공간)을 스스로 망치고 있는 게 아닌가 저윽이 걱정스럽다. 부디, 이 고언이 약이 되길 바란다.

　☎ 1997. 11, 현대문학, 누가 죽비를 잡고 있는가

삶과 사유의 자유로운 문답으로서의 문학읽기
—이왕주 · 김영민의 『소설 속의 철학』

아마도 한국의 인문교육이 정상적이었다면 이 책(이왕주 · 김영민, 『소설 속의 철학』, 문학과지성사)은 태어날 필요가 없었을지도 모른다. 대학에 들어가면 깡그리 잊어버릴 과도한 정보로 청소년들의 두뇌를 터지게 하는 중등 교육과정이거나 논술이라는 그럴 듯한 이름으로 사유의 획일성을 아예 제도화한 입시 정책을 두고 정상적이라고 말할 수는 도저히 없다.

도대체 논술이 별도 과목으로 독립해야 할 까닭이 어디에 있단 말인가? 논술의 목적이 자율적이고 창의적인 사유와 논리적인 언어능력을 계발하고자 하는 것이라면, 아무리 꾀를 써도 윤리 문제의 틀을 벗어날 수 없고 학생들은 미리 짜인 각본을 들고와 단어들만 요리조리 바꿔가며 답을 조립해내는 지금의 논술은 오히려 본래의 취지를 컴컴한 독방에 유폐시키는 억압 기제가 아니라 할 수 없다.

인문 교육에 중요한 것은 상투적인 중용의 논리도 논술의 기술도 아니다. 사유는 그 자체로 또 하나의 생활인 것이지 학습과목이 아니며, 논리는 생활의 율동인 것이지 별난 기술이 아니다. 지금 우리에게 중요한 것은 청소년들에게 그런 사유의 일상적 권리를 되돌려주어, 삶과 사유의 즐거운 문답을 활성화시키는 것이다.

그런 뜻에서 『소설 속의 철학』은 삶과 사유를 자유롭게 교응시키는 글읽기—쓰기의 모범적인 대안으로 제출된다고 하겠다. 저자들이 책의 푯대로 내세운 '작품으로 하는 글쓰기'는 선험적인 윤리 기준이나 고정 관념에 얽매이지 않고, 있는 그대로 작품을 읽어내고 그로부터 삶에 대한 성찰과 전망을 새로운 글로 재구성해내고자 하는 의지의 압축된 표명이다. 그 의지 속에서 문학은 낭만적 몽상의 공간으로부터 일상의 구체적 공간으로 하강하며, 또한 그리하여, 작품들은 비의를 감추고 있는 신비의 보석이길 그만두고 저자와 독자가 인생에 대해 허심탄회한 대화를 나눌 이야기의 터전이 된다.

자유로운 글읽기—쓰기를 추구하기 때문에 저자들의 글 또한 결코 획일적이지 않고 다양하게 열려 있다. 거칠게 묶는다면, 이왕주는 서술적이고 분석을 지향하며 김영민은 고백적이고 이해를 지향한다. 달리 말해, 이왕주는 이런저런 얘기들을 다감하게 들려주면서 그 일화들 사이의 비교를 통해 삶에 대한 비판적 성찰을 이끌어내고 있으며, 김영민은 그가 읽은 이야기를 가슴 깊숙이 들이마신 후 거기에 제 숨결을 섞어 삶의 뜻에 대한 이해를 증진시키고 고양시킨다.

그래서 이왕주의 글에는 의미를 묻는 물음표가 처처에 박혀서 물음표와 마침표들의 리드미컬한 조화가 글에 촉촉한 생기를 불어넣고 있으며, 김영민의 글에서는 사유자의 인식의 깊이가 경험인의 생생한 추억과 어울려 아주 감각적인 생의 떨림을 느낄 수 있도록 해준다.

이 생기와 떨림이야말로 그들의 글읽기를 또 하나의 글쓰기로 부활시킨 저자들의 실천에 독자가 호응해 글읽기—쓰기의 나선형적 순환놀이에 참여하도록 자극하는 상쾌한 촉매제이다. 그런 의미에서 이 책은 진리의 소금을 가두고 있는 항아리가 아니라, 무수히 많은 글 생각과 세상 생각을 쉼없이 드나들게 해주는 둥근 사유의 반지라고 할 수 있다. 실로, 인문 교육의 꿈은 그런 사유의 반지가 되는 것이 아닐지…

⊤ 1997. 4. 22, 동아일보

김수영 시에 대한 철학적 개입의 성과
—김상환의 『풍자와 해탈 혹은 사랑과 죽음—김수영론』

대략 20년 전에 김현은 김수영이 "영광의 절정에 있다"고 말했다. 그 절정의 고도는 그러나 아직도 낮아지지 않았다. 아니, 그것은 점점 더 높아져만 갔다고 말해야 할 것이다. 모든 사람들이 김수영을 말한다. 모든 사람들이 김수영에 기대어 자신의 주장을 펼친다. 나 역시 그런 적이 한두 번이 아니다.

이 희귀한 숭상에 한 철학자가 동참하였다. 그도 김수영 마니아였으며, 우상에 대한 씻을 길 없는 연모감이 그에게 이 책을 쓰게 했다. 그러니까, 이 책은 사랑의 책이다. 사랑의 책은 속속들이 사랑으로 날염된다. 그가 무엇보다도 김수영을 사랑의 시인으로 바라보는 것(p.17)은 그 때문이다. 그런데 이 사랑은 유별난 사랑이다. 그 사랑은 "적을 형제로 만드는" 사랑이기 때문이다. 그 사랑은 비판적 사랑이고 포용적 비판이다.

김상환은 그러니까 김수영에 대한 기왕의 해석들의 다양성을 통일하려는 의욕적인 시도를 보여준다. 그가 보기에 김수영은 사랑의 시인이기도 하고 풍자의 시인이기도 한 것이 아니다. 사랑의 시인이기 때문에 풍자의 시인이라는 것이다. 그는 풍자의 개념을 재정의하는 짧은 과정을 거쳐 성큼 풍자가 곧 사랑임을 선언한다. 게다가 그는 전혀 새로운 개념을 김수영의 중요한 시적 주제로 제출한다. 그것은 죽음이다. 그 '죽음'이 어디에서 왔는가? 김수영의 유명한 발언, "누이야 / 풍자가 아니면 해탈이다 / 너는 이 말의 뜻을 아느냐?"를 두고 지금까지의 해석들은 그것을 양자택일의 문제로 이해하였다. 그런데, 김상환은 동시적이고 공존적인 문제로 저 진술을 받아들인다. 해탈 역시 김수영의 항상적 주제 관념이었다는 것이다. 다만, 어떤 변형을 거쳐서 그것은 시 안으로 들어오는데, 바로 그 변형된 해탈이 죽음이다. 이렇게 해서 사랑과 죽음이 김수영 시의 두 개의 굴대로 자리 잡는다.

김수영 시를 새롭게 해석하는 이 과정에는 특이한 변증법이 작용하고 있다. 어떤 변증법이든 종합이 있고 첨가가 있고 배제가 있다. 종합된 것은 기왕의 해석들이고 첨가된 것은 죽음이다. 무엇이 배제되었을까? 자유가 배제되었다. 투박하게 말하면 자유가 죽음으로 변용되었는데, 그러나, 그 과정에서 원래의 자유로부터 기본 성분들의 상당수가 빠져나갔다. 이 점은 의미 있는 토론거리가 될 만하다.

이 책을 움직이는 개념과 원리들에 밑받침을 제공한 철학자는 하이데거이다. 저자는 하이데거의 핵심적인 개념들을 끌고 와 김수영의 시들에 직관적으로 연결시킨다. 그 연결 방식은 아주 대담해서 문학 전공자들을 매우 놀라게 한다. 더 나아가 그것은 저자가 하이데거를 이해하는 방식에 대해 호기심을 자아낸다.

▼ 2001. 2. 1, 하늘북

예술에 대한 기능적 노미날리즘

―박이문의『문학과 언어의 꿈』과『이카루스의 날개와 예술』

　　문학에 대한 열정과 문학에 대한 무지가 여름 숲의 흥분처럼 기승했던 '문청' 시절 박이문 선생님의『시와 과학』은 내게 교과서와 다름없었다. 당시의 젊은이라면 누구나 겪게 마련인 이념과 예술, 생활과 진리, 그리고 이런 말을 감히 해도 좋다면 혁명과 사랑 사이의 격정적인 혼돈 속에,『시와 과학』이 제공한 '의식 차원'과 '존재 차원'의 명쾌한 구별은, 한 줄기 인식의 뱀처럼 스며 들어와, 양자택일의 문제를 상호 반사의 문제로 바꾸어 두 차원을 한꺼번에 껴안을 수 있는 개념(conception)의 지평으로 나를 이끌어주었던 것이다.

　　철학자들의 역사에서 그이의 위치는 정확히 알 수 없으나, 문학비평가들의 계보에서 박이문 선생님은 정명환·송욱·정병욱·김붕구 선생님과 더불어 '명징화'의 세대에 속한다. 일본이라는 주렴을 통해 성기고 굴절된 방식으로 수입된 외국의 문학 개념들이 억측이라는 굴착기와 남용이라는 트랙터를 통해 한국문학의 대지를 더욱 질척거리게 만들던 때에 그이들은 개념들의 정확한 뜻과 사용의 맥락을 밝혀줌으로써 한국문학비평에 처음으로 온당한 이론적 인식의 기틀을 마련해준 분들이었다. 그이들보다 한 세대 다음의, 이른바 4·19세대가 감행한 주체적 한국문학을 위한 거대한 축성 사업은 전 세대의 이론적 정비가 없었다면 불가능했었을 일이었다.

정명환 선생님이 논리적 치밀함으로 이론의 미궁에 이정표들을 설치했다면, 박이문 선생님은 평이하고 명쾌한 서술을 통해 문학의 숲으로 들어가기 위한 요약된 지도를 보여주는 안내판을 세웠다고 할 수 있다. 인간의 정신적 활동 분야에는 무엇들이 있으며, 문학은 그 중 어디에 위치하는가, 시와 과학의 차이는 무엇이며 그 둘 사이에는 어떤 상호 관계가 있는가, 시의 내부에 과학은 어떤 자격과 어떤 방식으로 입주해 있으며, 시는 이 타인과 어떤 명분과 어떤 방식으로 동거를 하는가 등 문학의 존재 원인과 존재 양식에 대한 박 선생님의 친절한 '안내'는, 나처럼 어떤 재능도 수련기간도 없이 문학에 뛰어든 천둥벌거숭이이자 천덕꾸러기인 초보자도 쉽게 이해할 수 있도록 해주어, 물정 모르고 선택한 사업에 대한 열정을 공연스레 더욱 불 지피시는 풀무의 역할을 하였다.

그로부터 30년이 흘렀다. 박이문 선생님의 독보적인 친절함은 그동안 한결 같았으며 오늘도 변함이 없다. 두 권의 선집은 누구나 쉽게 이해할 수 있는 평이한 해설과 인상의 강화에 기여할 게 틀림없는 반복적인 사례들로 채워져 있어서 문학과 철학의 기초를 쌓고자 하는 사람에게 아주 맞춤한 입문서로서 손색이 없다.

그러나 이 책들이 또한 저자의 문학에 대한 "강렬한 꿈"의 소산이라면, 단순히 일반적 교양을 위한 입문서로 그칠 수는 없을 것이다. 문학의 "마력"에 대한 그이의 "유혹"은 필경 문학을 자신만의 연인으로 만들고자 하는 욕망을 솟구치게 하기 마련이고, 그 욕망이, 이 저서들에서처럼 철학자의 지위 혹은 운명 때문에 독점의 욕망으로 연소하지 않고 자신의 욕망을 이해하는 반성적 작업으로 경로를 변경했다 하더라도, 그 욕망의 감정물 자체는 폐기되는 법이 없이 독특한 방식으로 변이되어 철학적 탐구의 움직임을 이끄는 원천으로 작동하였을 것이다.

과연, 저자는 이 책들에서 아주 오래된 보편적인 문제를 재론하고 있는데, 주제는 늘 있어왔던 것이지만 주제를 다루는 방식은 지금까지의 논의를 새로운 개념틀을 통해 종합적으로 해결하겠다는 야심을 유감없이 드러내고 있다. 책들의 도처에서 고개를 내미는 "백번을 양보하더라도"라는 양보절을 돌쩌귀로 해서 저자는 친절한 해설가로부터 독창적인 사유인으로 '현신(transfigurer)'하는 것이다.

통상 있어왔다는 그 주제는 무엇인가? 저자가 되풀이하여 회귀하고 있는 그 주제는 철학과 예술의 관계이다. 이 관계에 대한, 그 역시 통상 있어왔던 대답은, 널리 알려져 있다. 철학은 진리를 찾고 예술은 아름다움을 추구한다 ; 철학은 인간의 정신 활동 중에서 인식적 기능을 담당하고 문학은 표현적 기능을 떠맡는다 ; 철학은 이성을 통해 이성의 범주를 밝히고, 예술은 감성의 에너지로 감성의 형상들을 빚는다 ; 철학은 객관적 작업이고 예술은 주관적 작업이다……

이러한 고전적인 구별은 그러나 현대에 들어서 무너지기 시작한다. 저자에 의하면, 붕괴는 두 방향의 균열을 통해 나타났다. 우선, 예술의 방향으로부터 철학을 '자처'하고자 하는 의지가 끊임없이 표출되었다. 그것은 문학이 철학과 마찬가지로 "인생의 의미, 도덕적 선악의

갈등 문제, 미적 가치, 인류 역사의 의미, 우주 존재의 의미"를 '탐구'
한다는 데서 비롯된다. 이 '자처'의 양태는 다시 세 가지로 나뉜다. 각
각, "문학 속"에 철학이 들어간 경우 ; "철학의 문학적 표현", 그리고
"문학 자체가 철학적 사유"를 이루는 경우이다. 다음, 철학의 방향으
로부터 철학의 '인식적' 기능에 대한 의혹이 제기되었다. 저자가 콰
인, 굿맨, 로티 그리고 데리다 등의 견해를 통해 소개하고 있는 그 의
혹은, "지칭 대상의 극복할 수 없는 비결정성"과 언어의 근본적인 '허
구성'으로부터 기인한다. 이러한 새로운 '발견들'은 철학의 '독점구역'
들을 철거시키고 집터를 잃은 철학의 언어는 철학과 예술의 구별 불
가능성을 주장하기 시작한다. '주장'한다고? 왜 주장하는가? 그렇게
주장해서 철학의 집터가 회복될 수 있을 것인가?

첫 번째 균열에서 저자가 집요하게 주목하는 부분은 "문학 자체가
철학적 사유"를 이루는 경우, 즉 뒤샹의 「샘」, 존 케이지의 「4분 33초」,
보르헤스의 「피에르 메나르, 『돈키호테』의 작가」 등, "객관적 세계의
불확정성"을 제기하거나, 혹은 "언어의 기능, 혹은 그 의미의 원천에
대한 근원적 물음"을 던지는 예술 작품들이다. 이렇다는 사실은 섬세
히 검토될 필요가 있다. 왜냐하면 이 작품들은 철학의 고유한 '역할'
이라고 여겨져 온 진리 규명, 혹은 세계에 대한 인식적 기능을 수행
하는 것이 아니기 때문이다. 이 작품들은 오히려 그러한 진리의 객관
적 존재가능성, 인식의 확정 가능성, 언어의 단언 가능성 자체를, 다
시 말해, 철학을 회의케 한다.

그러니까, 이 작품들이 철학적 사유를 하고 있다면, 그것은 교과서
가 가르쳐주고 있는 그런 철학적 사유가 아니다. 이들의 철학적 사유

는 '어떤' 철학적 사유이고, 그 '어떤'이 가리키는 것은 이 철학적 사유가 철학의 존재 의의에 대해 근본적인 의혹을 던지는 사유라는 것이다. 그리고 다시 그러니까, 이 철학적 사유는 두 번째 방향의 균열을 통해 표출된 철학자들의 작업과 그대로 일치한다. 그 예술 작품들이 철학을 '자처'한다면, 뒤샹의 「샘」은 분명 하나의 철학이고, 이 철학은 철학의 고전적 역할을 의혹케 한다. 그렇다면, 「샘」은 굿맨의 『세계를 만드는 방법들』과 하나도 다를 바가 없게 된다. 그러나 이러한 논리적 사행은 바로 반박될 것이다. 복잡한 철학적 논증을 거칠 필요도 없이, 평범한 두뇌를 가진 보통 사람의 '직관'을 통해서도 그것은 쉽게 부정될 것이다.

이 과감한 근접화 속에는 어떤 생략이 있다. 이 생략은 저자가 자신의 독창적인 견해를 부각시키기 위해 의도적으로 설치한 숨은 지렛대이다. 그것은 교과서에서는 보기 드물겠지만 철학사를 대강 훑어본 사람이라면 누구나 알고 있는 철학의 '회심'에 대한 생략이다. 다시 말해, 철학은 언제부턴가, '진리의 사도'이기를 포기했다는 것, 그 대신 진리에 대한 주장들의 타당성을 검증하는 작업에 만족하기 시작했다는 것 말이다. 그러한 회심이 논리실증주의에 의해 완성되고 그럼으로써 철학의 고유한 영역이 재설정됨으로써 확보되었음은 주지의 사실이다. 논리실증주의는 철학을 부정한 대가로 철학을 구출하였다.

독자는, 가령, "다른 과목들이 각기 인식 대상의 차이에 근거한 개념인 데 반해서 철학은 어떤 대상에 접근하는 논리적 지평에 근거한 개념" 혹은 "철학이 뜻하는 것은 어떤 담론에 사용되는 개념분석이다"같은 대목들을 읽을 때 저자의 철학이 논리실증주의의 연장선상에 놓여 있음을 알 수 있다. 그렇다면 저자는 자신의 계보를 강화하는 방향에서 철학과 예술의 구분에 관한 생각을 전개해나가는 것이 자연스러웠을 것이다. 그러나 저자는 그러는 대신 자신의 정체를, 감춘 것은 아니지만, 무심하게 지나갔다. 그냥 지나간 것은 아니다. 저자 자신의 계보적 맥락을 무심하게 대한 데에는 두 가지 이유가 있다. 하나는 논리실증주의 일반에 대한 비판적 인식 때문이다. 저자가 생각하기에 논리실증주의 역시 철학의 깊은 전통의 연장선상에 놓여 있다. 논리실증주의가 '진리의 해명'을 포기했다 하더라도, '인지적' 작업을 철학의 역할로 지켜냈고, 따라서 그것은 전통 철학의 "형이상학적 본질주의"와 "인식론적 기저주의"의 테두리 안에 들어 있다는 것이다. 저자의 그러한 생각은 "논리실증주의적 언어의 메타 분석이 철학과 문학의 차이를 인지적 명제와 비인지적 명제의 구분에 비추어 설명했을 때 철학과 문학의 구별은 보다 세련되고 선명하고 논리적으로 굳건한 이론적 뒷받침을 받았다는 것이 의심되지 않았다"는 진술에 명료하게 드러나 있다. 또 다른 이유는, 논리실증주의의 공인된 대표자들이 철학과 여타 부문과의 경계를 허물었다는 사실이다. 즉, 콰인은 "모든 인식 및 이해는 서로 분리될 수 있는 개별적인 것이 아니라 언제나 총체적(holistic) 테두리에서 이루어진다"고 파악함으로써 철학과 여타 학문, 특히 과학과의 경계를 허물었고, 굿맨은 "예술의 기능을 언제나 인식적으로 봄"으로써 예술과 철학의 경계를 허물었다는 것이다.

여기에서 콰인과 굿맨의 변화된 입장들이 논리실증주의의 필연적 귀결인지, 아니면 그로부터의 이탈인지에 대한 논의는 배제되어 있다.

저자는 이 양자를 각각 별개의 현상으로 다룬다. 그 태도에는 이중의 환원이 작동한다. 우선, 저자가 논리실증주의를 전통 철학의 연장선상에 있다고 파악하는 순간, 논리실증주의는 형이상학적 본질주의와 인식론적 기저주의로 환원된다. 이 방향에 철학과 예술을 실체론적으로 다르게 파악하는 태도가 놓인다. 다른 한편, 저자는 콰인과 굿맨의 태도를 하이데거, 로티, 데리다 등의 태도들과 동일시하고, 이 태도들 전체를, 저자가 포스트모더니즘이라는 개념으로 간략하게 요약하는, 예술과 철학의 구별을 부정하는 태도 일반으로 환원한다. 이 환원을 통해, 가령 굿맨이 '상징적 지시(symbolic denotation)', '예시(例示, exemplification)', '형상적 지시(figurative reference)'라는 용어들을 통해 여타 부문과 예술을 구별하려한 시도는 무시될 수밖에 없다. 어쨌든 굿맨이 예술의 특수성에 최대의 인지적 기능을 부여한 것은 틀림없으니까 말이다.

이 이중의 환원을 통해 다음과 같은 결과가 도출된다. 첫째, 철학과 예술에 대한 '실체론적' 구별이 폐기된다. 둘째, 철학과 예술에 똑같이 '인지적' 성격을 부여함으로써 철학과 예술을 구별하지 않는 태도 역시 비판된다. 마지막으로 철학과 예술을 실체론적으로가 아닌 다른 방식으로 구별하는 태도의 길이 열린다. 바로 이 세 번째 길의 열림이 앞에서 말한 생략의 궁극적인 효과이다.

그 '다른' 방식, 그것은 '양상론적' 방식이다. 즉, "문학과 철학은 엄연히 구별되어야 [하며] 그 구별은 전통적인 [……] 사실적으로서가 아니라 오로지 양상이라는 언어 사용의 한 논리적인 차원에서만 이루어진다는 데 있다"는 것이다. 양상이란 무엇인가? 저자는 그것이 '논리적인 차원'에 있는 것이라고 명시하고 있는데, 실제 풀이를 들어보면, 논리적이라기보다는 기능적이고, 더 나아가, 제도적이다. 그 풀이의 핵심적인 대목을 들어보자 : 예술과 미는 다른 것이며, "예술과 미의 구별을 지각으로만 구별할 수 없는 이상 우리가 바랄 수 있는 예술의 정의는 실제적 즉 물리적인 것이 아니라 기능적인 것일 수밖에 없다." ; "예술이란 문화적으로 '예술적'이라고 부를 수 있는 특수한 기능이 부여된 모든 것을 지칭한다. 문화는 일종의 제도이다. 따라서 예술 작품은 제도적 물건이다. 이와 같이 볼 때 다른 것들로부터 예술 작품을 구별할 수 있다는 것은 예술이 수용되는 제도를 안다는 말이며, 예술이라는 제도적 작품을 안다는 것은 '예술적' 기능이 무엇을 뜻하는가에 대한 앎을 의미한다."

저자에 의하면, 예술은 예술이라고 명명될 때 그에 고유한 경험을 제공한다. 그리고 그 예술에 대한 명명은 원초적인 것이 아니라, 제도적인 것 즉 사회적 필요에 의해 사회적 기능이 설정된 사회적 약속에 속하는 것이다. 그 제도적 기능은 무엇인가? 우선은 그것은 '인지적'인 것이 아니다. 논리적인 차원에서는, 하나의 예술 작품이 다양하게 해석될 수 있다는 것은 그것이 인지적인 한 상반된 진리들을 여러 개 포함한다는 것을 뜻하기 때문에, 논리적으로 모순된다. 제도적인 차원에서는, 예술이 과학처럼 인지적이라면 과학이 더 우월한 인지 양식일 수밖에 없기 때문에 인지 양식으로서의 예술은 불필요하다. 다음, 따라서 예술의 제도적 기능은 다른 것이다. 그것은 인지적인 것이 아니라, 논증과 검증이 불가능한 새로운 "인지적 패러다임"을 창출하는 것이다. 즉 "예술이 보이는 세계는 과학이 보이는 객관적 사실로서의 세계가 아니라 하나의 '가설적' 혹은 '잠정적으로 생각해볼 수 있는' 허구적 존재이거나 세계이다." 이러한 허구적 세계가 왜 필요한 가? 저자의 답변은 명쾌하다. "이러한 예술적 기능을 통해서 우리는 낡은 패러다임을 반성해보고 그것의 적절성을 재평가하고, 그것이 억 압적으로 의식됐을 경우 그것으로부터 우리 자신을 해방하면서 사물 현상과 세계에 대한 새로운 진리를 부단히 발견할 수 있다. 이런 점 에서 예술은 인간의 삶에 있어서 가장 근본적이고 혁명적이며 해방적 기능을 담당하고 그런 의미에서 자유라는 형태로 표현되는 인간의 초 월성을 가장 잘 구현한다."

이러한 관점에 대해 우리는 예술에 대한 기능적 노미날리즘(nomi-nalism)이라 명명할 수 있을 것이다. 기능적 노미날리즘은 예술을 인지 행위로 보지 않고 새로운 인지적 패러다임의 '제안' 행위로 본다. '제 안'은 주목해야 할 핵심 용어이다. 왜냐하면, 그 용어는 예술 행위가 제도의 울타리 안에 놓여 있다는 것을 가리키기 때문이다. "자연현상 을 비롯한 비예술적 사물 현상에서 느끼는 미적 경험은 근원적 행복 에 대한 우리들의 생물학적 욕망에 기인한다. 이와 반대로 예술 작품 에서 느끼는 미적 경험은 관념적 구속으로부터 해방되고자 하는 정신 적 욕망에 근거한다"라는 저자의 미묘한 발언은, 기능적 노미날리즘 의 관점에서 볼 때 예술이 '해방의 경험'이라기보다 해방에 대한 구 상이자 그 구상의 제출이라는 것을 가리킨다. 예술의 제도적 기능은 그러니까 제도 내부의 자기 갱신 운동인 것이다. 그것은 제도 안에서 제도 밖을 시험하는 운동이다.

이제 저자의 야심적 기획은 명쾌한 윤곽을 완성한 듯하다. 저자는 예술의 특성적 측면, 즉 논리가 아닌 형상의 측면에 근거해 철학과 예술을 동시에 구출하려 했다고 할 수 있다. 즉, 한편으로, 철학과 예술의 양상적 구별을 통해 예술이 철학을 침범하는 경로를 차단하였다. 다른 한편으로 예술을 단순히 현실로부터 해방되고자 하는 '생물학적' 욕망으로 두지 않고 예술의 철학적 성격을 보존하였다. 예술과 철학은 양상적 차이를 통해 존재론적으로 동렬에 설 수 있게 된 것이다.

그러나 마지막으로 독자는 한 가지 의문을 던져볼 수 있을 것이다. 저자가 양상적 구별을 통해, 예술과 철학을 똑같이 인지 행위로 보는 현대 철학의 관점을 비판했을 때, 그것은 예술이 철학을 침범하는 경로를 차단했을 뿐이 아니라 동시에 철학이 예술을 침범하는 경로를 차단한 것이기도 하다. 다시 말해 철학이 예술이 되고자 하는 욕망을 누른 것이다. 그런데 이 욕망들, 예술이 철학이 되고자 하는 욕망과 철학이 예술이 되고자 하는 욕망은 도대체 어디에서 오는 것일까? 저자의 관점에서 예술이 철학이 되고자 하는 욕망은 한계가 설정됨으로써 보존되었다. 반면 철학이 예술이 되고자 하는 욕망, 즉 저 쇼펜하우어로부터 하이데거·사르트르를 거쳐, 라깡·데리다로 이어지면서 문체로써 더 나아가 철학의 사행(事行) 자체로써 실행된, 철학이 스스로 예술적 경험이 되고자 하는 욕망은 이 책들에서 생략되었다. 그 생략과 더불어, 이 욕망들의 근원에 대한 질문도 생략되었다. 이것은 저자의 두 번째 생략이라고 할 만하다. 그런데 그것은 정말 왜, 어디로부터 오고, 언제, 어디에, 어떻게 출몰하는 것인가? 가령, 굿맨이 예술을 인지 행위에 포함시키고 더 나아가 가장 심오한 인지 행위로 지칭하였을 때(왜냐하면 굿맨에게 있어서, 형상적 현실은 "진짜 현실"이니까), 그것은 단순히 존재하는 현실의 확정을 가리키는 것이 아니었을 것이다. 그것은 현실에 의해서 다시 말해 제도에 의해서 인정되지 않은 현실을 가리키는 것이었을 것이다. 그것을 '현실'이라고 명명하는 주체의 욕망은 무엇인가? 반대로 그것을 '제안'이라고 명명하는 저자의 욕망은 무엇인가? 아마도 철학사의 동선을 달리 잡는다면 그에 대한 대답들을 찾을 수 있을지 모른다. 아쉽게도, 오늘의 서평에서 거기까지 나아가기는 힘들 듯하다.

2003. 12. 3, 업코리아

비평을 살기

　세상의 활동이 무한하듯, 이야기는 무한하다. 이야기를 하는 방식 또한 무한하다. 한 시대는 그 무한한 것들을 특별한 방식으로 모으고 나누어, 유한한 수의 이야기와 이야기하는 방식들로 만든다. 한 시대의 이야기하는 방식이 기본적으로 몇 개가 있는가를 알기 위해서는 그 시대가 세계를 어떤 방식으로 나누는지를 알아야 한다. 또한 이야기란, 한 시대의 삶을 넘어서려는 활동 중의 하나이므로 시대의 삶의 원리를 극복하는 방향에서 이야기의 방식이 찾아져야 한다. 널리 알려진 대로 자본주의 사회의 자유 경쟁의 원리는 사람들을 저마다 독립된 개인들로 원자화시키는 한편, 다른 한편으로 그 조각난 개체들을 보이지 않는 손이라는 추상적 보편성의 이름으로 획일화시킨다. 즉 개인들 각각은 구체적 외부(타인들)와 관계를 맺지 않으면서, 세계 일반과의 일 대 일 대응의 관계에 놓이게 되었다. 이 추상적 자유의 세계에서 그 조각난 개체들 사이엔 구별은 없고, 하나의 절대적 차별만이 있다. '나' 이외의 다른 개체들은 모두 내가 싸워 무너뜨려야 할 정황 자체로 간주될 뿐이다. 중심이 되는 개체는 주체로서, 그 밖의 모든 개체들은 대상으로 환원된다. 그럼으로써 주체 / 대상의 이분법이 삶의 전부면에서 작동한다. 선진국 / 후진국, 백인 / 유색인, 문명 / 야만, 익힌 것 / 날것, 지식 / 육체 등등. 그 이분법에서 앞의 항목은 추종해야 할 전범으로 자리잡는다. 그것은 이분법의 무한한 연쇄 계열을 거치면서 계속적으로 자기 영역을 좁힌다. 문명 / 야만의 '문명'은 서구 문명 / 그 외 세계의 열등한 문명으로, 익힌 것 / 날것의 '익힌 것'은 잘 익힌 것 / 설익힌 것으로, 선진국 / 후진국의 '선진국'은 선발 자본주의 / 후발 자본주의로, 후자의 '선발 자본주의'는 다시 강대국 / 주변국으로 나뉘면서, 모방되어야 할 전범은 극소수로 축약된다. 반면, 뒤의 항목, 즉 대상은 그 영역이 점점 넓혀지면서, 그 내부의 이질적인 요소들은 간단히 무시된다.

이러한 대상 내부의 이질성의 무시는 양적으로는 계속적인 대상의 확대이지만. 질적으로는 기본적으로 두 가지 대상의 고의적 혼동을 나타낸다. 주체가 작용을 가하는 대상엔, 작용을 받아 만들어지는 순수 대상이 있고, 또한 주체와 함께 그 순수 대상을 만들면서 그와 그것의 소유를 다투는, 그러나 경쟁에서 졌을 때 앞의 순수 대상과 마찬가지로 주체에 점유되는 또 하나의 대상이 있다. 생산자에게는 생산물이라는 대상과 함께 소비자라는 대상이 있으며, 착취자에게는 착취물이라는 대상과 함께 피착취라는 대상이 있다. 주체는 이 의사—주체에게 주체에의 환상을 끊임없이 주입하면서 그를 제2의 대상으로 몰아간다. '허리띠 졸라매면 당신도 잘 살 수 있다'라는 선전에 유혹당한 사람이 각고의 노력 끝에 어느 정도 살게 되었을 때 그 앞에는 그보다 잘 사는 사람이 여전히 버티고 있으며, 그가 되돌아본 자

신의 삶은 자신이 아닌 다른 사람들을 자신보다 못살게 만들어온 과
정이었을 뿐이다. 아무리 빠른 속도도 광속을 넘어설 수 없듯이, 주체
의 신화에 사로잡혀 있는 한, 만인이 주체가 될 수 있는 길은 구조적
으로 열리지 않는다.

만일 이야기가 이러한 삶의 위계 원리를 극복하고자 한다면, 그것
은 우선적으로, 주체(작용자)—제1대상(피작용체)—제2대상(피작용의 수용
자)이라는 세 축의 평등한 관계로의 복귀를 향해야 한다. 이야기의 차
원에서 그것은 세 개의 인칭, 즉 나-너-그의 평등화, 혹은 작가-작품
-독자의 동등화를 말한다. 하지만, 극복의 노력 자체가 세계 내부로부
터 나오지 않을 수 없기 때문에. 그 평등화·동등화는 나의 지점에서
시작되어 나-너-그의 평등을 모색하거나 너의 지점에서 시작하여 그
러하거나, 그의 지점에서 출발하여 그러하며, 혹은 글쓰기에 의해서
글쓰기-글-글읽기의 동등화를 지향하거나, 글에 의해서 그러하거나,
글읽기에 의해서 그것을 기도한다. 비평은 그 다양한 양식들 중의 하
나일 뿐이며, 비평의 현실 극복의 힘을 알기 위해서는 비평이 어느
지점에서 시작하여, 어떤 경로를 거치는지를 분별해야 한다.

비평은, 시처럼 '나의 삶의 이렇다'라고 말하거나, 소설처럼 '그(들)
의 삶은 이렇다'라고 말하지 않고 '당신의 삶은 이렇다'라고 말한다.
비평은 또한, 순수한 글쓰기처럼 글읽기 주체를 유예시키지 않으며,
순수한 글읽기처럼 글쓰기 주체를 보류하지 않는다. 비평은 글을 읽
고-쓴다. 다시 말해, 비평에선 글읽는 행위가 글쓰기의 형태로 재구
성되어 드러난다. 비평에선 따라서 두 개의 글쓰기가 직접적으로 마
주친다. 비평은 기본적으로 2인 대화의 양식이다. 그 대화는 누구의

대화이며, 무엇의 대화이고, 어떤 대화인가.

1. 대화의 주체는 누구인가

비평은 텍스트와 비평 행위간의 대화 공간이다. 따라서 비평의 주체를 텍스트와 비평 행위자로 간단히 규정할 수 있지만, 그러나 사정은 그보다 복잡하다. 왜냐하면, 텍스트라는 주체는 그 안에 이질적인 여러 주체들을 담고 있기 때문이며, 비평 행위자라는 주체 역시 비평가가 의식하든 그렇지 않든 여러 주체들의 복합적 얽힘으로 이루어지기 때문이다. 텍스트의 표면에서 텍스트에 서명을 하는 주체는 작가이지만, 그 심층에는 작가가 몸담고 있는 집단의 무의식이 있으며, 작가가 대면하고 있는 정황 혹은 작가가 몸담고 있지 않은 여러 집단들의 다양한 목소리의 반향이 있다. 텍스트의 주체는 작가 개인이 아니라, 작가의 집단 무의식, 정황, 그리고 작가라는, 적어도 세 주체 사이의 관계의 체계이다. 비평 행위의 표면에서 비평에 서명을 하는 주체는 비평가이지만, 그 심층에는 비평가가 몸담고 있는 집단의 무의식이 있으며, 비평가가 텍스트와 함께 대면하고 있는 정황이 있다. 비평 행위의 주체는 비평가의 집단 무의식, 정황, 그리고 비평가라는, 적어도 세 주체 사이의 관계의 체계이다. 비평적 글쓰기의 주체는 이 두 관계 체계의 관계이다.

비평의 주체는 관계들의 관계이다. 이러한 사실은 비평이 단순히 작가의 세계관을 드러내는 것이 아니며(작가의 표면적 세계관은 글쓰기 행위를 통해 재구성·변형된다), 비평가의 세계관에 의해 작품을 판단하는 것도 아니라는 것(비평가의 표면적 세계관은 글을 읽고-쓰는 행위를 통해 재구성·변형된다)을 보여준다. 비평의 주체는 작가의 입장이나 비평가의 입장 이상이며, 비평의 방법은 텍스트를 있는 그대로 요약하거나 비평가의 주장을 전달하는 것 이상이다.

2. 대화의 주제는 무엇인가

비평은 우선 텍스트에 대해 무엇인가를 말하고 싶어한다. 그 무엇은 그런데 간단하지 않다. 텍스트가 이런 말을 하고 있는데 나는 그것에 이런 이유로 찬성하거나 반대한다고 말할 것인가. 아니면 텍스트가 나에게 이러저러한 생각을 촉발시켰는데, 나는 그 생각을 이러저러하게 이어 덧붙인다라고 말할 것인가. 물론 그것들도 비평의 주요한 주체의 하나이며, 얼핏 외양적으로는 비평 텍스트에서 그것들만이 드러난다. 하지만, 비평은 보다 복잡한 주제의 탐사를 경유함으로써 그것들을 드러낸다. 텍스트가 말하는 것이 있으면, 말하지 않는 것이 있다. 텍스트는 왜 이것을 말하고 저것을 말하지 않는가. 비평은 텍스트의 말과 침묵의 불가피한 이유를 좇는다. 비평은 텍스트의 생산 조건과 생산 과정을 주제로 삼는다. 그 생산 조건은 1에서 말한 텍스트의 주체들의 관계와 글 사이의 관계로 이루어지며, 그것의 생산 과정은 그 생산 조건이 글쓰기 행위를 통해서 변형·재구성되는 것을 말한다.

이런 의미에서 비평의 주제는 작가나 혹은 작가가 속한 집단의 삶 그 자체가 아니라, 언어화된 삶이다. 언어는 내용과 형식 양면에서 삶의 변형이다. 텍스트는 단순히 다르다는 것만을 표시하지 않는다. 그것은 본래의 삶을 흉내내는, 그러나 질적으로 다른, 또 하나의 삶으로서, 본래의 삶과 긴장, 삼투 혹은 대결한다. 비평의 주제는 바로 그 긴장·삼투·대결의 의미망이다.

그런데 텍스트의 말과 침묵, 텍스트가 삶과 관계하는 양상은 비평 행위가 파악한 말과 침묵이며, 양상이다. 즉 비평가의 비평 행위가 텍스트라는 항아리에 손잡이를 달아 주었기 때문에 텍스트는 들려져 세계라는 접시에 의미를 따른다. 텍스트의 의미를 여는, 비평 행위가 만든 손잡이는, 비평 행위자의 삶의 조건과 문학에 관한 관점을 원료로 하는 비평 행위자의 노동이 생산한 손잡이이다. 그 손잡이는 무한한 여러 손잡이 중의 하나의 손잡이이다. 그 손잡이는 왜 저 모양을 하지 않고 이 모양을 하고 있는가. 글쓰기로서의 비평은 이 비평행위의 생산 조건과 생산 과정을 또한 주체로 내재화하면서 생산된다. 그 비평의 주제 역시 언어화된 비평 행위이다. 비평 행위는 그 언어를 인식의 언어(즉 변형된 인식)로서 드러내는데, 또한 그 인식을 삶처럼 드러낸다. 비평은 인식의 언어를 산다, 즉 비평을 산다. 그 살아지는 인식은 비평 행위자의 본래의 삶을 모의하지만, 그러나 질적으로 변형된 또 하나의 삶이다. 그들은 긴장, 삼투 혹은 대결한다. 비평 행위의 주제는 그 긴장·삼투·대결의 의미망이다.

비평의 주제는 엄격한 의미에서 이 두 언어 의미망의 긴장·삼투·대결의 의미망이다. 그 의미망에서 텍스트와 비평 행위자는 함께 변모하여, 새롭게 다시 태어난다. 비평의 궁극적 주제는 작가의 집단 무의식, 비평가의 집단 무의식, 작가가 대면하는 세계, 비평가가 대면하고 있는 세계, 작가의 집단 언어, 작가의 언어, 비평가의 집단 언어, 비평가의 언어, 그리고 그것들의 관계의 동시적인 새로-태어남이다.

3. 비평의 방법은 어떻게 이루어지는가

지금까지 나는 문제되는 것들을 계속 늘리고 그것들간의 구별을 강조해 왔다. 그것은 대상을 확대하되 그 풍요로운 의미를 죽이고 주체에 의해 부여된 단일한 의미로 왜소화시키는 자본주의적 사유 양식에 대한 일종의 대항의 의도를 담고 있다. 현실 극복의 한 실천으로서의 비평은, 그런 의미에서 수렴의 운동이 아니라, 퍼져 나가는 운동이다. 하지만, 비평이 감당할 수 있는 몫을 찾아, 그 퍼짐의 원리에 방법을 부여해야 하며, 그 방법은 퍼져 나가는 것처럼 보이되, 실상은 단일한 의미로 환원시키는 자본주의적 사유 양식과는 다른 방향에서 찾아져야 한다.

대화의 양식인 비평은 대화하는 자들간의 위계 질서를 평등성으로 바꾸어야 한다. 그 점에서 텍스트, 비평 행위자, 언어, 정황 간의 상호 주관성을 꿈꾸어야 한다. 비평은 어느 한 항목을 객관적 기준으로 놓고 다른 것들을 그에 맞추는 것이 아니라, 여러 주관성들의 동등한 만남과 상보적 상호 침투를 통한, 그것들의 동시적 객관화를 향해 나가야 한다. 삶은 미리 부여된 '성질'이 아니라, 끊임없이 변모하는 '과정'이다. 근거할 '객관성'이 아니라 추구할 '객관화'가 필요한 것이다. 비평 행위 역시 객관성을 추구하는 하나의 주관성, 다시 말해 여타의 다른 삶들과 복합적으로 관련을 맺고 싶어하는 구체적이고 개별적인 삶이다. 초기-루카치 이래 비평이 수필의 이름으로 정의되는 것은 그 때문이다. '철학과 소설 사이에 놓인' 수필은 '삶의 커다란 문제를 개별적인 경우에 적용하여' 제기한다. 비평에서 철학의 '세계의 원리'라는 문제는 구체적 경험을 통해 살아진다. 비평에서 인식은 명사가 아니라 '인식한다'라는 현재형 동사이다. 그러나 그 구체적 체험으로서의 비평 행위는 그가 관계 맺는 텍스트, 정황의 외부에 놓여져 있는 것이 아니다. 한 주관성으로서의 비평의 외부로의 퍼져 나감은 동시에 외부의 것들을 자기 내부에 새기는 과정을 수반하고 있다. 비평은 텍스트, 정황, 언어를 자신의 내부에서 되살리면서 텍스트로, 정황으로, 언어로 그리고 자신의 집단 무의식으로, 또한 그것들의 관계의 망으로 퍼져 나간다. 비평이 텍스트를 세밀하게 읽어야 한다는 것은 바로 그 '타인의 삶을 되산다'는 의미이다. 그 되살기를 통해 비평은 세계의 구조적 질서를 감득하며, 그것에 대항하는 텍스트의 구조 체계를 이해하고, 그 감득과 이해를 밑받침해 주는 자신의 집단 무의식을 현실화시키며, 그 세계와 텍스트와 비평 행위자를 동시에 말고 있는 언어를 해체함으로써, 세계에 의미를 부여하고 텍스트에 새로운 가치를 덧붙이며, 비평 행위자의 집단 무의식을 의식화하고, 언어를 재구성한다.

비평은 비평하지 않고 비평을 산다.

☎ 1988. 9. 1. 불교문학

제3부 아폴론을 위하여

어느 날 여러분은 근본적인 선택의 순간에 직면할 것입니다. 모든 위대한 정신들이 감행했던 것처럼 그 동안 자신이 이루고 축적했던 모든 것을 찢어발기라는 내면의 독촉과 마주칠 것입니다. 외면할 수도 있는 직면입니다. 다만 그것은 올 따름입니다. 낯선 냄새, 문득 스치는 바람, 언뜻 달의 표면을 가르는 빛. 아주 먼 곳으로부터 여러분은 이미 "몸이 아픕니다."

신춘문예의 문화적 위상

어느 시인이 "그 마을의 주소는 햇빛 속이다"라고 썼던 것을 떠올리며, 나는 '신춘문예의 주소는 문화제도 속이다'라고 쓴다. 그것은 문화제도 속에서 살아 숨쉰다. 그것은 긍정적으로도 부정적으로도 그러하다.

긍정적이라는 것은 문화제도의 중심으로의 구심적 운동을 그것이 보여주고 있다는 의미에서 쓰인 것이다. 외재적으로 신춘문예는, 문단이라는 공식 기구에 편입되려는 욕망을 겹으로 두르고 움직인다. 내재적으로 그것은, 문화제도가 문화의 본질을 미리 전제하고 그것에 맞추어지기를 요구하듯이, 문학적 본질을 상정한다. 작품 자체이건, 심사평이건, 당선 소감이건, 신춘문예를 둘러싼 언술행위들은 문학적 본질에 대한 믿음을 표현하고 주장하는 언어들로 이루어져 있다.

대부분의 심사평은 작품에 씌어진 언어들의 의미를 묻기보다는 그것들이 적절하게 배열되어 있는가 어떤가, 합당한 주제를 표현하고 있는가 어떤가 하는 요소들의 기능을 검사한다. 의미를 묻지 않는다는 것은 본질이 이미 전제되어 있다는 것을 말한다. 본질이 있으면

의미는 저절로 주어지기 때문이다. 당선소감들은 빈번히 '문학'이라는 절대 존재에 대한 갈구와 절망을 고백한다. 작품들은 조형의 완벽성을 향해 나아간다. 군더더기를 없애 버리면서, 그것들은 문학-이데아의 순수 결정체를 빚어내려 한다. 균형을 파괴하는 작품은 신춘문예에 적당하지 않다.

문학에 본질이 있다는 믿음, 우리는 그것을 문화의 형이상학이라고 부른다. 그 형이상학은 보이지 않는 이데아를 정점으로 하여, 모든 문화적 사실들을 그 이데아의 하위 반영물의 이름으로 밑에 배치하는 위계질서를 구성한다. 여러(굳이 단서를 달자면 닫힌), 문화제도들은 그러한 형이상학을 양분으로 자란다. 그것들은 복잡하게 분화되고 성층화된 집단의 다양성만큼이나 다양한데, 그러나 본질이란 문자 그대로의 의미로 유일한 것일 수밖에 없으므로, 그것들 사이에는 자신의 체계를 보편적인 것으로 만들려는 싸움이 벌어진다.

그 싸움은 때로는 적대적 충돌로, 때로는 타협으로, 때로는 연합으로 나타나는데, 그 충돌·타협·연합을 움직이는 원리는 은폐와 과장과 흡수의 전략이다. 그것들은 자신의 체계가 무엇인지 질문하지 않고, 주장하며, 그 주장을 자신의 특정 부분을 과장함으로써, 그리고 타제도의 특정 부분을 흡수함으로써 실천한다.

신춘문예는 그 문화제도들 간의 싸움에서 묘한 자리를 차지하고 있다. 묘하다는 것은 그것이 제도의 원시성이라고 이름붙일 만한 것을 간직하고 있기 때문이다. 심사자가 누구인지 알 수 없다는 것, 그리고 응모자의 익명성은, 심사자나 응모자로 하여금, 미리 누구의 편을 들 수 없게 만든다. 그들은 서로를 알 수 없고 알 필요도 없으며 알아서도 안 되지만, 둘이 함께 공통의 문학적 본질의 바탕 위에 놓여 있다는 전제 하에, 심사와 응모에 참여한다. 그런 뜻에서 신춘문예의 인식구조는 '세계는 하나이다'라는 일원성의 그것이며, 동시에 그하나의 본질을 주장과 강요의 형태로서가 아니라, 추구와 선택의 문제로 제기한다.

그 때문에 그것은 다른 형이상학적 문화제도들과 반대 방향으로 움직인다. 다른 것들이 자의적으로 상정한 이데아를 밑으로 퍼뜨리는데 비해, 그것은 거꾸로 그 이데아를 향해 거슬러 올라간다. 그것은 상징의 숲을 가로질러, 제도의 자의성에서 필연성을 찾아내려는 모험을 낳는다. 그것은 제도가 최초로 수립되는 순간의 이상 혹은 환상에 밑받침되어 있다.

그러나 그것은 허약하다. 세계가 하나라는 것, 즉 객관적 기준이 있을 수 있다는 것은 일종의 환상이기 때문이다. 그것은 주관적 문화제도들 간의 싸움 앞에서 무기력하며, 그것들에 흡수될 운명에 종종 처한다. 이를테면 신춘문예 당선자에게 주어지는 권위는 그 자체로서 존립한다기보다는 한 문학 집단 내에서 그 당선자를 돋보이게 하는 기능적 장치로 작용할 것이기 때문이다. 지금과 같이 등단의 절차가 다양한 정황 속에서는 더더욱 그러하다. 하지만, 신춘문예의 객관성에의 환상은 환상 그 자체로서 다른 문화제도들과 갈등을 일으킨다.

그것은 자의적 문화제도들에 흡수되는 그 순간에 그 제도들의 주관성과 마찰을 일으키고, 그것에 환원되기를 거부하는 여지를 남긴다. 그러면서 그 문화제도들의 주장, 즉 자신의 체계가 보편적이라는 주장이 실은 하나의 알리바이에 불과하다는 것을 은연중에 폭로한다.

그때 신춘문예는 문화제도들의 경직화에 부정적으로 작용한다.

　하나의 문화체계에 의미가 있는가 하는 물음은, 그것이 당대의 문화적 정황에 어떻게 의미작용하는가라는 물음으로 바뀌는 것이 훨씬 생산적이다. 신춘문예는 그 자체로서 의미가 있는 것도 없는 것도 아니다. 그것은 다른 문화제도들과의 관계 속에서 자신의 의미를 생산한다. 현재 그것의 의미는 양가적이다. 그 양가성은 신춘문예라는 화려한 행사의 뒷면에 위태로운 흔들림이 있다는 것을 보여준다. 하지만 흔들림이 소멸을 낳지는 않는다. 그 흔들림 때문에 그것은 존속한다. 그것은 앞으로도 한동안은 해마다 수많은 문학도들을 들뜨게 하고 애태울 것이다.

☏ 1988. 1. 12, 한국일보

팽창과 침강

1994년 상반기의 문학은 침강이 뚜렷하다. 물론 그것은 출판을 두고 말하는 것은 아니다. 그걸로 말할 것 같으면, 갈수록 사정이 좋아지고 있다고 말할 수 있다. 문민정부의 등장과 때를 맞추어 문화는 지속적으로 생활의 중앙으로 범람하였고, 문학이 그 팽창 운동을 주도하고 있다고 말할 수는 없다 하더라도 전위를 맡고 있는 게 사실이다. 작가를 두고 말하는 것도 아니다. 새로운 작가들은 쉽없이 태어나고 있다. 작년『풍금이 있던 자리』로 감수성의 새로운 지평을 열어보였던 신경숙이 다시『깊은 슬픔』을 상자하였고, 윤대녕이 괴기한 근원으로의 환몽적 회귀로 독자를 놀라게 하며 개성적 작가 목록을 늘리고 있다. 장경린과 차창룡은 이자와 똥의 특이한 이미지로, 작년의 박상순과 더불어, 한국시의 가능성을 확장하고 있으며, 최영미는 도발적 상처만들기의 시학을 연출하고 있다.

옛날의 작가들도 갱신된 존재증명서를 제출하고 있다.『광장』의 작가 최인훈이 20년만에『화두』를 던지면서 화제를 모으는 가운데, 이청준·김원우·한승원·임철우가 건재를 과시하거나 문학적 생애의 절정을 맞이하고 있다. 시 쪽에서도 황동규·정진규·김용재·김정환·최승자·박영근·서정학이 저마다 발전과 변모와 건재를 보여주었다.

그런데도 문학은 가라앉고 있다고 진술한다면, 무엇을 그 '문학'이 가리키는 것일까? 솔직히 말해보자. 박경리의 『토지』로부터 시작하여 80년대에 절정기를 맞이하였고 작년의 『먼동』(홍성원)과 『늘푸른 소나무』(김원일)로 완숙미를 과시하였던 대하소설 붐은 이제 막다른 벽에 이른 듯이 보인다. 『우국의 바다』(김원우)가 새로운 역사 소설관을 제시하면서 야심차게 시도되었지만 중반부터는 작가 스스로가 지쳐 무너져버리고 있다. 이청준은 지나치게 자기세계를 고수하고 있고 임철우의 새 소설은 사실상 '유년으로의 퇴행'에 불과하다. 『화두』는 그것이 최인훈 문학의 발전이며 한국문학의 확대인지 깊이 숙고해볼 겨를도 없이 상업적 센세이셔널리즘에 휘몰리고 있다. 몇몇 시인들의 고투를 제외한다면 시는 전반적으로 80년대가 보여주었던 활기를 다시 일으키지 못하고 있다. 80년대 시인들은 "이제 그만 링에서 내려가고 싶"을 정도로 지쳐있는 듯이 보인다. 그리고 이 우울하고 쓸쓸한 문학들 옆에, 아니 그것을 압도하면서, 수난의 역사를 살아왔던 한국인에게 민족주의적 환상을 부추기면서 "떼돈을 차대기로 긁어모으고 있는" 의사-역사소설들과 무재능의 실토와 흥미유발의 욕망을 제외한다면 아무런 의식도 없이 타인의 소설을 베끼면서 그것을 패러디로 착각하고 있는, 따라서 베낌당한 소설과 아무런 싸움도 하고 있지 않은, 모방 문학들, 그리고 사춘기적 감상주의를 파고들면서 청소년들의 가난한 호주머니를 전국적으로 털고 있는, 작자의 신원조차 불분명한, 감상시들이 문자문화권을 창궐하고 있다.

그리고 이것들의 더 더 옆에는, 아니 아니, 더 더 위에는, 문학에 기생해 끊임없이 그것을 갉아먹으면서 성장한, 그리고 이제는 문학보다 엄청나게 큰 공룡으로 변신한, 모든 은유와 암시를 상품의 신기성을 지시하는 마술적 기호들로 만들어버리는 천변만화하는 상투성의 상업적 아지·프로의 언어들이 있으며, 그것은 문화가 이제 단순한 향유의 대상이 아니라 확대 투자의 대상이 된 오늘의 현실을 웅변한다.

그러니까 두 개의 문학이 있다고 말해야 한다. 한쪽에 팽창하는 문학이 있다. 90년대의 문화적 팽대를 몰고가는 문화 산업의 열차에 동승한, 때때로 많은 작가들이 자신도 의식하지 못하는 채로, 혹은 안 하는 채로, 손 묶여 끌려가고 있는 폭주하는 문학이 있다. 그리고, 그 열차 바퀴에 짓눌리면서 신음하고 있는 또 하나의 문학이 있다. 그 신음은 음울하고 그 몸은 산산이 찢어져버린 듯이 보인다. 그러나, 그래서 오늘의 문학이 침강하고 있다고 말한다면, 다시 말해, 침강이 오늘의 문학의 운명이라고 말한다면, 거꾸로 그것을 적극적으로, 그러니까, 온몸으로 겪어내는 것이 그것의 활로일 수도 있다. 스스로 가라앉음으로써, 문자의 존재론과 사회적 의미와 운명적 비극을 집요하게 되새김질하고, 그럼으로써, 저 위에서 분주히 들끓는 문학의 거품 혹은 거품 문학들에 대해 끈질기게 저항하면서 문화의 대 변동 속에서 문학이 문학 자신과 세상에 대해 할 수 있는 일이 무엇인가를 냉철하게 성찰하는 작업이 가능할 것이기 때문이다. 실로, 침강은 한심한 운명이 아니라 능동적 선택일 수 있으며, 진지한 작가·시인들은 이미 그 길을 걸어가고 있는 것이다. 이 외화내빈의 올 상반기에서만도 우리는, 위에서 주석을 단 작가·시인들 이외에, 황동규의 옹골찬 극시 탐구, 최승자의 고집, 김혜순의 확대, 또한 상실된 아우라의 미학을 어디까지 펼쳐나갈 것인지 더 지켜볼 만한 신경숙의 운무적 묘사, 알콜중독과 싸우며 '지지리도 못난' 인생의 설움을 해학적 청승의 문체로 살아버리는 김유택, 그리고, "미쳐버리고 싶은, 미쳐지지 않는", 그래서 글쓰기의 행위 그 자체로 강박적으로 회귀하는 이인성의 소설적 탐구가 여전히 시도되고 있음을 만나게 되는 것이며, 그 소리없고 지둔하고 끈질기게 끈적끈적한 모색들로부터 한국문학의 진정한 가능성을 기대할 수 있는 것이다.

☎ 1994. 5. 23, 중대신문, 94년도 상반기의 문학

한국문학은 어디로 가고 있는가

한국문학은 어디로 가고 있는가? 이 물음을 던지는 것조차 겸연쩍을 정도로 한국문학은 이상궤도를 비행하고 있다. 분명 외형적으로 한국문학은 괄목상대하게 팽창하였다. 경제 침체가 다급한 위기 의식을 불러일으킨 올해에도 소설 공장들은 바쁘게 돌아간다. 문학 출판물 광고가 일간지에까지, 심지어 TV에까지 침범하는 특이한 한국적 현상도 예년과 다를 바 없이 왕성하다.

그러나, 서점에 나가 보라. 문학 코너에 주단처럼 드리워져 있는 온갖 화려한 서적들은 스릴러, 무협소설, 낙서시, 괴기물, 싸구려 교양물들, 요컨대 문학의 본래적 기능이라고 간주되는 반성적 힘 대신에 한때의 무료를 달래고 충동을 소진시키는 위락적이고 소모적인 기능으로 번쩍거리는 것들이 대부분이다.

그러니까, 오늘의 한국문학은 두 개의 극단으로 찢겨져 있다. 욕망의 하수구로 변해버린 문학상품들의 범람과 문학성의 급격한 퇴조. 근대 이후 줄곧 정치적 억압과 긴장상태에 놓이며 그것과 싸우는 데서 상상적 진실의 힘을 일구어온 한국문학은 돌연 변화한 세상을 틈타 침략한 문화산업의 무차별 공세에 지리멸렬한 패주를 하고 있는 것이다.

그러나, 이 우울한 현상에 대해 무조건 문화산업이라는 음험한 그늘에게 책임을 전가할 수는 없다. 이 배후의 힘이 측량 불가능한 세기를 갖는다 하더라도, 궁극적으로 문학의 무기력을 미만시키는 것은 문학 자신의 몫이다. 더욱이 그 무기력한 문학의 정작 겉모습은 예기치 않은 유산을 상속받은 노처녀의 사치를 방불케 하기 때문에 더욱 그렇다.

무엇이 문학의 문제인가? 우선, 싸울 대상이 변했는데도 불구하고 문학은 그것을 낌새조차 알지 못하고 있었다. 문학의 적은 더 이상 정치권력이 아니라, 문화적 욕망들이라는 것. 그것들은 이념의 몰락(90년 초)과 형식적 민주주의의 도래(88년 이후)가 포개지면서 파놓은 사유의 공백 속을 슬그머니 비집고 들어와 광범위하게 우리 삶을 잠식하였다. 그러나, 문학인들은 여전히 낡은 생각을 벗어나지 못했고, 문화 산업을 다정한 벗으로 착각하였다. 다음, 문학인들은 문화산업과 활발히 공모하게 되었다. 착각 속에 빠진 문학의 눈으로 볼 때 문화산업은 부를 가져다줄 좋은 후원자였다. 문학은 하나 둘 문화산업과 계약을 맺기 시작했고, 그러자 문화산업이 요구하는 상품을 자발적으로 만들게 되었다. 한국인의 우월성을 자극하는 정치소설과 역사물들, 삶의 문제를 모호한 분위기로 카므플라쥬하는 여성주의 문학이 창궐하게 된 것은 그런 배경에서였다. 한때 정치소설과 역사물들은 한국인의 뿌리를 세우는 중요한 역할을 담당하였고, 한때 여성주의 문학은 욕망 분출의 세계가 초래할 섬뜩한 재앙에 대한 불길한 징후로서 기능하였다. 그러나, 지금 그것들은 한국사를 신비화시키고, 세상의 고뇌를 개인적 감상으로 무력화시키는 데 열심히 봉사하고 있다. 마지막으로 비평의 도피. 지금의 침체야말로 비평에게는 그동안 정치적 싸움을 하느라고 방치해 둔 한국문학의 현대사의 골격을 제대로 복원할 호기일 수도 있다. 그러나, 비평은 갈피를 못잡은 채로 표류하고 있는 중이다. 비평은 문학상품의 광고문구로 점점 전락하고 있고, 비평가들은 곳곳에 개장한 문화 공원들로 원족나가는 걸로 생을 즐기고 있다. 독한 항의와 부정의 목소리들이 없는 것은 아니지만, 그 외침에 귀기울이는 사람들은 거의 없다.

그럼에도 불구하고! 모두가 문화산업의 거미줄 속에 연루되어 있는 지금, 그 거미줄을 갈아치울 자는 거미줄 속의 거미들뿐이다. 누가 떼거미이기를 포기하고 염낭거미가 되려 할지, 무엇이 그 변신을 약속할지 분명한 것은 없다. 그러나 그 물음이 나올 데는 그 안 말고는 없다.

☎ 1996. 12. 24. 사람과 사회

우리 서점은 양지바른 무덤

어느 큰 서점 관계자의 말을 들으면, IMF 시대 이후 매장에 손님은 늘어났는데, 매상은 거꾸로 줄었다고 한다. 방문객이 너무 많아 발을 디디기가 힘들 정도라고 하니, 이른바 정리 해고의 한파에 쫓긴 사람들이 '양지 바른 곳'을 찾아 집단 대 이동을 하는 광경이 눈앞에 선하다. 하지만, 지금 우리 사정이 아무리 측은해도 서점이 본래의 기능을 벗어나고 있는 이 현상은 한번 짚고 넘어가야 할 듯싶다.

아마도 "책은 마음의 양식"이라는 상투적인 명제는 이 상황에서는 무색한 듯이 보인다. 심지어 책이 생존을 위한 자산이 되지도 못하는 듯 싶다. 불황기에 오히려 독서 인구가 늘어났다는 외국의 사례는 책이 생활의 촉진제 역할을 해줄 수 있다는 증거로 읽힐 만한데, 우리의 경우에는 그마저도 아닌 모양이다. 우리의 서점은 그저 "양지바른 무덤"같아 보인다. 지금 사람들은 문득 멈추어버린 생과 미처 건너지 못한 저 세상 사이에 놓인 간이역으로 몰려들어 하릴없이 서성이며 웅성거리고 있는 것이다.

아마도, 독서 인구의 계층 간 불균형이 첫 번째 원인이 될 것이다.

정확한 통계는 알 수 없지만, 한국의 독서 인구는 80년대까지는 대학생, 미혼 직장 여성이 주를 이뤘고, 소비사회가 급격하게 팽창한 90년대에는 주부와 초·중등학생이 거기에 추가되었다고 나는 대체로 짐작하고 있다. 내 짐작이 맞다면, 그 어느 때에도 기혼의 직장인은 독서의 사회적 울타리 안으로 들어오지 않았었다. 초특급 경제 성장에 매진하느라고 여유가 없었는지, 아니면, 어떤 노하우든 공부를 통해서가 아니라 현장 실무를 통해서 배워온 탁월한 실전감각을 체득하고 있어서 책이 불필요했기 때문인지, 한국의 직장인들에겐 책을 읽는 습관이 들어있질 않은 것이다. 이런 마당에 찾아간 곳이 서점이라 한들 책이 안구를 뚫고 뇌리까지 들어올 리가 만무할 것이다.

헌데 이런 사정은 한국이 유달리 교육열이 높은 곳임을 감안하면 쉽사리 납득되지 않는다. 어린 시절의 거의 모든 시간을 책에다 바쳐온 사람들이 대학에 들어가고 직장에 들어가면 책이라면 거들떠보지도 않는다. 요컨대 소년과 성년 사이에 문화적 단절이 있다는 얘긴데, 결국 그것은 한국의 엉망진창의 교육제도가 얼마나 낭비적이라는 것인지를 단적으로 보여준다.

마지막으로, 직장인들에게 실질적인 도움을 줄 '실용주의적' 도서가 빈약하다는 게 또한 중요한 원인일 것이다. 한국의 '잘 나가는' 책들은 희한하게도 가슴을 에고 눈물을 쥐어짜게 만드는 감상문들 일색이다. 정통 문학이건 통속 소설이건 대부분이 입지전이거나 비련기거나 아니면, '고향 찾아 삼만리' 식이다. 그러니까 오로지 감성대만을 줄기차게 두드리고, 뇌 대신 누선(淚腺)을 열심으로 자극하는 책들이 독자의 무의식적 욕망과 출판사의 단기적 계산의 합작을 통해 집중적으로 육성·성장해 왔다고 할 수 있다. 그에 비하면, 이른바 실용적 도서들은 외서를 베낀 흔적이 역력할 정도로 외국어를 남발할 뿐만 아니라, 맞춤법도 제대로 맞지 않는 게 상당수다. 그러니, 책에서 구할 게 사실상 없는 것이다. 이 편식문화와 문화 결핍이 직장인들을 책으로부터 등돌리게 하는데 결정적인 한 몫을 하고 있을 것이다.

오늘의 서점 풍경은 분명 이상의 원인들이 실타래처럼 엉킨 결과로 생겨났으리라. 이것을 한꺼번에 치유할 방법은 물론 없으며, 병인들을 세세히 따져 하나하나 풀어나가는 길만이 있을 뿐이다. 한국의 의식있는 출판문화인들에게 지워진 짐은 갈수록 무거워지는 모양이다. 쓸쓸한 일이다.

1998. 3. 5, 출판저널

노벨상 비감

10월이면 어김없이 인구에 회자되는 것 중의 하나가 노벨상이다. 이 얘기는 타령조를 동반하곤 하는데 그렇기도 할 것이 한국은 한 번도 수상자를 배출하지 못했기 때문이다. 그런데 이 노벨상 타령에는 묘하게 정형화된 틀이 있어 보인다. 우선, 여기에는 단순히 한국인의 긍지를 확인하고 싶은 욕구 이상으로 인접국가들에 대한 경쟁의식이 숨어 있다. 요컨대 중국도 받았고 일본도 받았는데 한국은 왜 못 받는가, 라는 투정이 배어 있는 것이다. 원래 노벨상은 국가에게 주는 것이 아니라 개인에게 주는 것이다. 그런데도 이 상은 국가 규모로 움직인다. 마치, 박찬호나 박세리가 뛰어난 성적을 올리면, 한국인 모두의 어깨가 으쓱거리듯이 말이다. 그런데, 우리가 축구도, 야구도, 골프도 중국이나 일본보다 못할 게 없는데, 노벨만은 이웃나라에서만 종소리가 나는 것이다. 노벨은 한국의 취약 종목이 되어 있는 셈이고, 그게 골프로 빳빳이 섰던 목을 여지없이 본래의 축 처진 모양으로 되돌려 놓고 마니, 짜증이 나고 한숨이 나올 만하다.

다음, 한국인이 가장 아쉬워하는 것은 노벨문학상이라는 것이다.

아마도 상의 중심을 차지하고 있는 과학 부문에 대해서는 일찌감치 한국 학문이 열등생임을 자인하고 있는 듯하고, 평화상에 대해서는 그것이 순수한 정신적 성취에 대해 주어지는 게 아니라 일종의 정치적 타협의 결과라고 생각하기 때문에 못받았다고 자존심 구기는 일은 아니라고 생각하는 듯하다. 그에 비해, 문학상은 유수한 문화 선진국들과 충분히 겨루어볼 만하다고 사람들은(무엇보다도 한국 언론과 정부기관과 문화 단체들은) 생각없이 생각하는 모양인데, 그건 한번 따져 볼 만한 일이다.

먼저, 노벨문학상이 대중적 화제는 될 수 있을지 몰라도, 그것이 문학적 평가의 지표는 아니라는 걸 지적하기로 하자. 올 타임지가 선정한 20세기 최고의 작가인 제임스 조이스는 노벨상 근처에도 못 가보았고, 역시 금세기 최고의 작가로서 프랑스가 선정했던 프루스트도 마찬가지다. 또 조이스와 같은 고향 출신의 사뮤엘 베케트는 오불관언하다가 '시상식에 참석하지 않는 조건으로' 마지못해 수락하였으며, 사르트르는 아예 거부를 했다가 말년에 상금만 받았다. 또 콜롬비아의 마르께스는 상을 받긴 하였으나, "북쪽 나라에서 남쪽 나라 사람에게 상을 주다니 놀랄만한 일"이라고 은근히 빈정대었고, 작년에 수상한 이탈리아의 다리오 포는 수상 소식을 듣는 순간 첫 마디가 "돌았군"이었다. 그러니, 정작 상당수의 뛰어난 작가들은 이 상을 문학적 영예로 받아들이지 않았던 것이며, 실제로 스웨덴 한림원의 주관적 편견과 정치적 고려가 수상작을 결정하는 데 가장 큰 힘을 발휘한다는 것은 공공연히 알려진 사실이다.

그러나, 그렇다고 해서, 노벨상을 아예 무시하자고 주장할 수는 없다. 그것이 대중의 지극한 관심의 대상이 된다는 것만으로도 그것은 나름의 가치를 가지고 있다. 앞에서 말한대로 그 가치는 그것의 수상이 국가적 명예를 높이는 일이라는 데에 있다. 실로, 스웨덴 한림원의 수상자 결정은 사실상 나라를 잣대로 해서 돌아간다. 특히 문학의 경우는 더 그러한데, 왜냐하면, 과학과는 달리 문학은 절대적인 객관적 기준이란 게 없고, 설혹 평가를 한다 하더라도, 문학이란 민족어에 뿌리를 박고 있기 때문에, 각 민족별로 하는 게 제일 합당하기 때문이다. 그러니, 스웨덴 한림원에서 작년엔 이탈리아였으니까, 올해는 포르투갈, 내년엔 남미, 내후년엔 아프리카… 식으로 나누어주기를 관행처럼 할 수밖에 없는 것도 다 까닭이 있는 것이다.

노벨상이 국가의 문화적 위신을 높여준다면, 노벨상을 받는 게 안 받는 것보다는 좋은 일이다. 그리고 받을 필요가 있다면, 그것이 작가의 문학적 성취와 관련되기보다는 국가의 위신과 관련된 일이니까, 그것을 위해 노력을 할 쪽도 국가 쪽이다. 실로 문제는 여기에 있다. 스웨덴 한림원에 로비를 한다고 노벨상을 받을 수 있는 게 아니다. 한국에 노벨상이 돌아오려면 외국인들이 한국문학을 알아야 하며, 더 나아가, 한국문학을 낳은 한국의 독특한 문화·역사적 전통을 알아야 한다. 그리고 그러기 위해서는 한국을 자세히 소개하는 자료들이 지구촌 곳곳에 널리 그리고 많이 퍼져야 한다. 그러나, 한 가지 예로, 외국의 큰 서점의 동양 코너에 나가보라. 일본과 중국에 관한 서적은 분야 별로 빼곡히 차 있는데, 한국에 관한 서적은 그저 관광 안내용의 알팍하고 부실한 책들이 그저 몇 권 꽂혀 있을 뿐이다(김윤식 교수의 97년 방문기에 따르면, 노벨 재단 도서관에 있는 한국문학 책은 스웨덴어로 번역된 게 겨우 4권, 그리고 불역된 게 30여 권 정도 있을 뿐이다).

도대체 어째 이런가, 하고 교포들에게 물어본 적이 있다. 답인 즉
슨, 한국의 대사관 직원들은 '의전' 때문에 나라 홍보를 하고 다닐 시
간이 없다는 것이다. 의전이라니? 바로 본국에서 오신 고위 관료 손님
들을 모시는 일 때문에 그렇다는 것이다. 게다가 모시는 일 속에는
직무상의 수행 및 지원만 해당되는 게 아니라, 쇼핑을 하거나, 관광을
가거나 등등의 자질구레한 개인사까지 다 포함되어 있는 데다가, 갖
가지 연줄을 통해 정중히 모셔야 할 분들이, 과장해서, 시시각각으로
해일처럼 몰려오니, 그야말로 눈코 뜰 새 없고, 시간을 몇 배로 쪼개
도 모자랄 판이라는 것이다. 정말 그렇다면, 문제 해결을 떠맡고 나서
야 할 쪽에서 오히려 훼방을 놓고 있는 셈이다. 그리고 이 뿌리깊은
고질은 뒷전에 둔 채, "노벨문학상 예비후보선정 위원회를 설립"해(이
는 작년 대선 때 세 후보가 똑같이 공약한 내용이다) 이상한 운동을 펼칠
궁리를 하거나, 한국문학 번역 지원 사업을 국내에 벌여놓은 것으로
만사가 다 해결된 것처럼 한가로이 생각한다면, 한국작가와 노벨상과
의 만남은 아마도 백년하청일 것이다.

노벨상을 두고 너무 요란하게 떠드는 것도 눈살 찌푸려지는 일이
지만, 기왕 떠들 양이면 제대로 떠들고 제대로 행동해야 하는데, 그게
아니니, 우울에 독감이 든다. 썩 우울하다.

☐ 1998. 1, 조폐

노벨문학상 너무 좋아하지 마라

　노벨문학상은 1895년 파리에서 작성된 노벨의 유언에 따라 1900년 설립된 '노벨 재단'이 스웨덴 한림원에 심사를 의뢰하여 1901년 첫 회 수상자를 내는 것으로 시작하였다. 노벨 서거일인 12월 10일 스웨덴 국왕이 시상한다는 관례도 더해져서 외형상의 권위를 잔뜩 갖추었지만 실제로는 사설단체가 주관하는 셀 수 없이 흔한 문학상들의 하나일 뿐이다. 그럼에도 불구하고 노벨문학상이 곧바로 엄청난 관심과 영향력을 가지게 된 이유는 무엇보다도 세계 문인 전체에 기회가 부여된 막대한 상금 덕택이었다.

　심사를 의뢰받은 스웨덴 한림원은 처음부터 "한림원을 일종의 '국제 문학 법정'으로 만들 수 있다"는 점을 걱정했으며 심사위원회는 모든 심사과정을 비밀에 부친다는 원칙을 고수했는데, 그것이 상이 발표될 때마다 끊임없이 구설수가 생기는 사태를 막을 수는 없었고 오히려 부추긴 감이 없지 않다(해마다 누구누구들이 후보작에 올랐다는 소문이 시끄럽게 언론에 떠돌곤 하는데 그건 말 그대로 소문일 뿐이다).

　처음 심사위원회는 "고결하고 건강한 이상주의"를 보여준 작가에게 수여하라는 노벨의 유언에 충실하려고 했으며 그것은 노벨문학상의 보수적이고 귀족적인 성향을 가리키는 표지로 비쳤다. 실제로 20세기 전반기의 수상작가들은 유럽권 일색이었는데 그 중에서도 제임스 조이스나 마르셀 프루스트를 비롯해 카프카·콘래드·무질·헨리 제임스 등 문학의 전위를 이끈 사람들은 희한하게도 외면되었다. 그래서 1964년 수상자인 사르트르가 '부르주아지의 상'이라고 해서 거부한 것은 유명한 일화이고, 1984년 미국의 비평가 조지 슈타이너는 노벨문학상을 가리켜 "비판적 정신에 대한 모독"이라는 독설을 내뱉기도 하였다.

그러나 창설자의 유언을 편협하게 해석했다는 자성과 함께 심사위원회가 자신들의 취향을 혁신해온 것도 사실이다. 1912년 인도 시인 타고르에게 상이 수여됐고 1960년대 이후에는 비유럽권 작가들에게로 급격하게 다변화되었으니, 이제 노벨문학상은 "문학예술의 파이오니어들"을 기꺼이 주목한다는 것을 확실히 보여준 것 같다. 그러나 그 사실 자체가 "유일한 기준은 문학적 가치"라는 심사위원들의 거듭되는 언명을 탄탄히 받쳐주지는 못했다. 비유럽권 작가들에게는 '정치적'이거나 '외교적'인 이유로 수상했다는 혐의가, 유럽권 작가들에게는 특정한 심사위원과의 친분이 작용했다는 의심이 여전히 끊이지 않았고, 그런 여파로 1974년의 공동수상자였던 하뤼 마르틴손은 한림원 회원이 수상했다는 비난에 시달리다가 몇 년 후 가위로 할복자살하기도 하였다.

요 근래 노벨문학상에 대한 한국인의 갈증은 부쩍 심해졌다. 노벨상 수상자의 작품 판매량은 점점 줄어들고 있다고 하니, 그 갈증은 분명 문학에 대한 것이 아니다. 그것은 한국인이 세계시민으로서의 당연한 대접을 받지 못하고 있다는 아쉬움에서 비롯한 민족주의적 갈증이다. 갈증이 화염이 되어 올해는 온갖 기대와 언짢은 소문들이 난무했다. 그런데 한국 소설가나 시인이 노벨문학상을 받아 좋을 일이 뭐가 있을까? 많은 사람들이 말한다. 한국문학을 세계에 알리는 계기가 될 것이라고. 그 말은 한국문학이 세계 안에서 얼마나 미미한 존재인가를 쓰게 확인시켜 줄 뿐이다. 순서가 거꾸로 된 게 아닌가? 한국문학이든 한국 작가이든 세계에 알려져야 세계인이 알만한 상을 받을 수가 있을 것이다. 하지만 '대산문화재단'과 '번역원'이 번역 사업과 국제 교류에 쏟은 그 지극한 정성에도 불구하고 한국 문학이 세계의 서점에 깔리는 양은 여전히 제 3세계권의 어느 나라보다도 못한 게 솔직한 현실이다. 세계의 독자들은 아직도 한국문학이란 게 있는지조차 모르고 관심도 없는 것이다. 그러니 우선은 시장을 뚫어야 하지 않겠는가? 늘 질시해마지 않는 저 문화선진국들의 톰과 딕과 메리가 한국 소설을 집어 들고 카운터로 가는 일이 일어나야 하지 않겠는가?

그리고 세계에 알려진 다음에는 노벨문학상을 받는다고 해서 기뻐 날뛸 것까지는 없다. 거액의 상금은 작가의 횡재이지 한국문학의 축복은 아니다. 조이스도 프루스트도 보르헤스도 쿤데라도 안 받은 상이다. 베케트는 받긴 했지만 자신은 연인과 튀니지를 여행하면서 시상식에 참석하기를 거부했고 심지어 "전통적인 관행에 따라 아일랜드 대사가 그를 대신하는 것도 거부"했다. 그는 그의 책을 출판해 준 '미뉘' 출판사의 사장 제롬 랭동을 대신 보내어 "상금과 메달과 수여

증서"를 받았고, 상금은 그 후 가난한 친구들을 돕는 데 썼다. 참석 거부의 까닭을 듣자니, "자신을 광고하기가" 싫었다고 한다.

　미미하고도 미미한 한국문학의, 모모한 어떤 작가에게 '정치적'이거나 '외교적'인 이유로 노벨문학상이 돌아갔을 경우를 생각하면 더욱 난감해진다. 그 작가의 작품은 세계의 유수한 언어들로 번역되어 마침내 일반 독자들의 손끝에까지 가 닿을 것이다. 세계의 독자들은 그 작품을 읽으며 그것이 한국문학의 수준이라고 판단할 것이다. 다른 참조 대상이 없으니까 말이다. 그렇다면 도대체 어떤 작품이 번역되어야 한국문학의 실상을 제대로 알리게 될까? 불행하게도 한국은 평등세상이라서 그런 논의를 허용치 않는 곳이다.

　　　　　▼ 2005. 11. 1, 세계일보, 노벨문학상도 賞 중의 하나일 뿐

세계문학이라는 허허실실[1]

—왕휘와 카사노바에 대한 질의

왕휘(汪暉) 선생의 글을 읽으면서 기본적으로 같은 생각을 하면서도 문화권에 따라 서로 이해하기가 얼마나 어려운가를 생각했다. 바로 그 때문에 말하기가 조심스러울 수밖에 없지만, 왕휘 선생이 대비시키고 있는 두 태도, 즉 러시아식 태도와 프랑스식 태도는 한국의 문화권에서 보자면 각각 전자는 프랑스식 태도로, 후자는 미국식 태도라고 고쳐 말할 수 있다. 물론 "언어 및 그 예측할 수 없는 변화에 주중하는 태도"는 전형적인 프랑스적 태도라고 할 수도 있다. 그러나 그렇다고 해서, 그 태도를 "우리의 도덕생활과 별 관계없는 비유능력"과 연계시킨다면, 그때 그 태도는 프랑스로부터 이미 한참 벗어나 있다. 적어도 풍속적인 차원 혹은 문화적인 분위기에 근거해 말하면 그것은 차라리 미국적 태도이다. 보드리야르가 지칭한 끝없는 모

의(simulacres)의 세계는, 세계화의 바람을 휘몰며 전 세계를 점령하고 있는 미국식 일상 문화의 세계에서 유감없이 발휘되고 있으며, 사실 거기에 뿌리를 대고 있다. 또한, 예술과 생활(혹은 진실)의 긴밀한 연관을 따지는 태도는 러시아적인 것에서 전형적으로 나타난다고 말할 수는 있겠으나, 또한 그것은 프랑스식 태도에도 분명히 있다고 말할 수 있다. 언어들의 무한한 복제를 문학으로 보는 후기 롤랑 바르트의 관점에서조차 우리는 문학과 생활(혹은 진리) 사이의 긴장을 읽을 수 있다. 왜냐하면, 그의 그러한 관점은 부르주아 이데올로기에 근거한 언어와 현실의 자명한 일치를 믿는 부르주아적 문학관에 저항하고 그것을 전복하려는 노력의 투영이기 때문이다. 그때 그것은 "작가의 도덕을 통렬히 비판"하고자 하는 문학의 윤리에 대한 하나의 방안이기도 하다. 다만, 러시아식 태도와 그것은 방법이 다를 뿐이며, 이 때 문제는 둘 중 무엇이 옳은가가 아니라, 각각의 방법론의 구체적인 내용과 그 효과일 것이다.

분명 왕휘 선생은 그가 여화(余華)에 대해 쓴 것처럼 "망설이고 있는" 듯이 보인다. 왕 선생은 여화에게서 '프랑스식 태도'와 '러시아식 태도'가 혼잡히 엉키고 있는 양상을 보면서 여화가 긍정과 부정의 양면적 감정에 휩싸여 있다고 판단하기 때문이다. 그런데, 만일 범주를 더 세분화하여, '러시아식 태도'와 '미국식 태도'와 '프랑스식 태도'를 나누고 여화의 문학관을 프랑스식 태도에 근접시킨다면, 우리는 혼돈을 피할 수 있고 여화식 문학의 고유한 의미를 살필 수 있을 것이다. 그러나 또한 여화식 태도를 곧 프랑스식 태도와 동일시할 수는 없을 것이다. 그가 그로부터 영향을 받았다 하더라도 그 기본은 중국 특유의 역사와 생활과 문화로부터 나왔을 것이기 때문이다. 그렇다면 우리는 적어도 4개의 범주를 생각해볼 수 있다. 러시아식 태도와 미국식 태도와 프랑스식 태도와 중국식 태도. 그리고 이렇게 세분화할 때 우리는 좀더 구체적으로 각 태도들의 구조와 의미를 비교해 볼 수 있을 것이다. 여화의 '허무'는 라블레식 그로테스크와 보르헤스의 '환상'과 바르트의 '복제', 베케트의 '궁핍', 그리고 보드리야르의 '허무'와 어떻게 같고 다른가? 그것들은 각기 세계에 대해 어떤 식으로 질문을 던지고 있으며, 그 질문이 세계에 작용하는 힘과 방식은 무엇인가? 그러니, 아마도 중요한 것은 선택이 아닐지도 모른다.

"문학 고유의 부분을 간직한 국제적인 문학의 공간이 존재한다"는 카사노바(Pascale Casanova) 선생의 가정은 이제는 사실이라고 말해도 되겠다. 문화 제국주의의 관철에 의한 시장의 단일화를 통해서든 혹은 문화 접변의 광범위한 실천을 통해서든 한 민족어의 문학이 독립적으로 존재하는 시대는 지나가고 있음을 도처에서 확인할 수 있다. 그러나 그렇다고 해서 지구상의 모든 인류가 공유하는 보편적 문학이 현재 형성되고 있다고 말할 수는 없을 것이다. 카사노바 선생이 날카롭게 지적하고 있듯이 문학의 세계화 과정은 보편화 과정이 아니라 보편성과 특수성이 기묘하게 결합되고 뒤엉키는 양상으로 진행되고 있다. 세계 각국의 문학들은 두루 가장 특수한 것(민족적인 것)을 통해서 보편적인 지위를 획득하려 하고 있기 때문이다.

그러니까 공간은 단일화되고 있지만 주인공은 복수화되고 있으며, 이 복수 주인공들 사이에 전쟁이 벌어지고 있다고 말할 수 있을 것이

다. 그런데 이 복수 인물들은 그저 동등한 것이 아니라 일종의 지배/
피지배의 역학 관계에 놓여 있다 : "세계문학의 공간은 불평등하며 계
급차이가 있는 영토로 생각해야 한다"는 카사노바 선생의 주장을 그
대로 따르면, 문학들의 전쟁은 사실상 승패가 이미 판가름나고 있는
것인지도 모른다. 이 전쟁의 기획자와 주도자가 미리 승리의 열쇠를
쥐고 있는 것인지도 모른다. 그러나 원했든 원하지 않았든 이 전쟁에
동원된 쪽에도 반격의 기회가 아주 없을 것 같지는 않다. 내가 노벨
문학상의 제정 동기와 그 추이를 섬세히 정리한 카사노바 선생의 발
표에 거의 동의하면서도 의문을 가지는 부분이 이 문제와 관계가 있
다.

가령, 서구가, 또한 그것의 한 관리기구인 노벨문학상이 비-서구권
의 문학에 대해 "중심에서 멀리 위치하면서도 지배적인 미학논리의
범주를 재현하는 데 성공하는 자에게 세계보편적이라는 라벨을 수여
하"고, 그리하여 "유럽의 입장에서는 아주 교묘하고 역설적인 방식으
로 문학작품의 집약화라는 목표를 달성"하고 있다는 주장은, 한참 뒷
부분에 가서, 라틴 아메리카의 문학이 "스페인어로 쓰면서도 미학적
으로 스페인의 지배적인 규범을 따르지 않았"으며, "결과적으로 문화
의 기반에서 지적인 독립선언을 가능하게 해 줄 창조적 행위"가 되었
다는 현상 판단과 모순을 일으키고 있다. 한편으로는 서구적 문학 개
념의 끈질긴 강요가 노벨문학상을 통해 관철되고 있음을 주장하면서
다른 한편으로 비서구권의 작가가 노벨문학상을 통해서 비서구적 문
학 원리를 알리고 그리하여 서구적 문학 원리의 지배를 위협까지는
아니더라도 어쨌든 의혹케 하는 힘을 보여주었다고 주장하는 셈이기

때문이다.

내가 보기에 이 모순을 해결하는 방법은 실제로 노벨문학상을 비롯한 문학 보편화 기구가 서구 문학의 원리를 전 세계에 전파하는 기능을 가지는 게 아니라고 생각하는 데에 있다. 노벨문학상이 전면에 내세운 문학의 보편성이 단순히 서구 문학 원리를 치장하고 강요하는 기능을 가지는 것이 아니라 다른 것이라고 본다는 것이다. 그것은 무엇인가? 말 그대로 보편적인 문학 원리가 존재할 수 있다는 것인가? 내 생각은 그렇지 않다. 노벨문학상이 내세우는 보편성은 실제로 텅 비어 있다는 것이 내 생각이다(이것은 스웨덴의 지리적 성격, 그리고 국제 정치적인 위상적 성격과도 상통한다). 그것은 텅 빈 항아리와 같아서 유럽의 문학뿐만 아니라 아시아의 문학도, 아프리카의 문학도 모두 쓸어담는다는 것이다. 이 역시 서구를 부풀리기 위한 전략(제국주의적?)이지만 여기에서는 전파가 아니라 흡수가 작용 원리이다. 물론 그 흡수의 궁극적인 목표는 이 항아리가 서양제라는 걸 알리는 데 있을 것이다. 그리고 그럼으로써 서구적 문학 원리를 언제나 지배적인 위치에 놓도록 하는 데에 있을 것이다. 가장 권위 있는 것은 서양적 문학이지만, 서양 문학이 위대한 것은 서양 문학의 개념에 어긋나는 것도 인정하고 감식할 수 있는 관용(générosité)의 능력까지 가지고 있기 때문이라는 것을 보여주는 데에 있을 것이다. 실제로 서양의 비서구권에 대한 취향은 보편성의 접근 정도에 대한 관심보다는 신기한 것에 대한 취향이 더 많다는 게 내 판단이다. 가령, 가와바타 야스나리의 노벨상 수상은, 그 정치적 계산을 별도로 둔다면, 무엇보다도 일본적인 것에 대한 취향의 반영이다. 카사노바 선생도 직접 언급하고 있는 마르께스를 비롯한 남미 문학에 대한 취향도 그렇다.

그런데, 여기에 반격의 기회가 있는 듯하다. 어떻게 해서 남미의 문학은 서양의 문학에 대해서 "독립선언"을 할 수가 있게 되었는가? 그 지역의 작가들이 노벨문학상이라는 서양제 항아리에 들어감으로써 무엇인가 일을 벌였기 때문일 것이다. 바로 이질적인 것의 배합으로 인한 화학작용을 통해서 항아리에 구멍이 생겼다는 것을 가리키는 게 아니겠는가? 그렇게 해서 일종의 배반이 행해진 것이 아닌가? 전쟁을 주도한 쪽이 저도 모르게, 저의 의사에 반하여, 배반마저도 주도한 것이고, 그리하여 경쟁자들에게 소량이나마 주도권을 넘겨주게 된 사태라고 해석할 수는 없겠는가?

아마도 한국의 작가들에게 노벨문학상이 돌아올 필요가 있다면, 혹은 그런 기회가 온다면, 그것은 세계문학의 대열에 한국문학이 끼어들게 되었다는 '지위 상승'의 의미로서가 아니라, 지위 체계에 혼란을 가하는 계기로서 작용해야 한다고 나는 생각한다. 그리고 그리하여 열린 체계로서의 문학을 실제로 열어나가는 기회가 되어야 한다고 생각한다.

☎ 2000. 9. 27. 2000 세계문학포럼-경계를 넘어 글쓰기

문학정신과 작가의 과제

분명 오늘의 문학은 중심에 서 있지 않다. 그것이 삶이거나 문화거나 문학은 그의 터전에서 실긋 비켜 서 있다. "문학[은] 그것을 산출케 한 사회의 정신적 모습을 가장 날카롭게 보여준다"는 문구는 문학의 황금기를 연 70년대 어느 시인 총서의 표제문이다. 오늘의 문학은 그런 휘장을 두르기를 주저한다. 언제부터인가, 다른 말들이 그것을 밀쳐내기 시작했다. 이념의 몰락, 과녁의 실종, 영상 매체의 도전, 문화 산업 속의 상품화… 그리고 마침내는 문학의 죽음이라는 유령까지도 출몰하였다. 문학을 죽일 수 있는 말들이란 말들은 다 상자 밖으로 튀어나와 낄낄거리게 되었다.

사회의 정신적 모습을 가장 날카롭게 보여주는 것, 바로 그것이 문학 정신이라면 이제 문학의 어느 곳에 정신이 깃들 처소가 있는가? 황폐한 정신, 정신나간 정신이 있을 뿐인가? 아니면 어떤 고스트바스터가 나타나서 저 괴상망칙한 말들을 다시 쓸어담고 문학의 제 정신을 똑바로 세울 것인가? 하지만 불행하게도 오늘날 유령이 되어가고 있는 것은 바로 문학 자신인 것이다. 왜냐하면 유령이란 몸없는 혼백을 뜻하는 것이니, 문학은 실로 저의 몸을, 다시 말해 물적 토대를 상실해가고 있기 때문이다.

'반성적 문자 문화'를 뜻하는 '문학'이라는 용어가 세상에 출현한 것은 그리 오랜 역사를 갖지 않는다. 그것은 문자가 건축을 살해하고 문화의 중심 매체로 등장한 시대, 즉 근대 이후의 일이다. 이제는 문자가 디지털 부호에게 헤게모니를 내 줄 차례가 되었다. 문자(민족어)와는 달리 어떤 역사적 뿌리도 생의 찌꺼기도 단숨에 휘발시키는 그것에게 말이다.

그러나, 유령이란 어쨌든 세상 속의 현존재다. 유령은 혼백을 몸처럼 살면서 안 다니는 데가 없다. 실로 문학은 죽지 않았다고 사람들은 말한다. 자세히 보면 문학은 양적으로 계속 팽창해 왔다는 것이다. 광고며 영화며 통신이며 신종 문화 매체들은 그 화려한 진출에도 불구하고 여전히 문학에게서 영감을 구하고, 문학에 조언을 요청하고 있다는 것이다.

이 실증적 정신, 이 완고한 정신이 짐짓 모른 체 하는 것은 문학이 더 이상 옛날의 방식으로는 존재하지 않는다는 사실이다. 물론 문학은 그의 태생적 유산을 지키려고 무척 애쓰고 있다. 그리고 변화하는 세상이 그것을 버려야 할 유산으로 생각하지 않고 있는 것도 사실이다. 모든 삶의 표상들에 내재적 반성의 자리를 제공하는 것, 그것이 문학의 본성이라면, 그 본성은 여전히 모든 공간에서, 문학의 내용에서뿐만이 아니라 그것의 생산과 향유의 전 위상 내에서 절대 순도의 혈액으로 흐른다. 문학 내부에서만 그러는 것이 아니라 문학의 모든 바깥에도 문학은 있다. 광고 안에는 시적인 것이, 통신망 내에는 문학 광장이, 영화 속에는 문학성이, 그렇게 문학은 도처에 범람하는 것이다.

그러나 보라, 이 도저한 반성의 언어들, 세상에 대한 부정적 상상력들, 다른 삶을 향한 꿈들, 문학이 촉발하는 온갖 탈−현실의 행위들이 살아가는 방식은 아주 현실적인 그것이다. 세상 버림의 노래는 '절망하였노라'는 외침으로 세상을 유혹한다. 가장 부정적인 언어는 문학과 현실 사이에 가장 긍정적인 화해 지대를 마련한다. 일간지 하단과 방송 막간의 광고에서뿐만이 아니라 문학 작품이 들려주는 신기한 이야기와 그 이야기가 타고 흐르는 박진하고 아련한 리듬을 통해서도, 그 이야기와 리듬의 끝없는 복제와 변이를 통해서도 그렇게 한다. 그 모든 것들의 조합 속에서 문학은 여전히 저의 본질을 현시하면서 세상 속에 신비롭게 살아 움직인다.

그러니까 문학의 본성은 우리의 소중한 유산으로 그냥 살아 있는 것이 아니다. 그것은 살아 있는 '체'하는 것이다. 그리고 그 '체'함은 자존심 때문에, 가까스로, 그러는 게 아니다. 그것은 아주 도전적으로 기세등등하게 그렇게 한다. 예전의 문학이 세상을 신비화하는 유혹에 끊임없이 이끌려 왔다면, 이제 문학은 그 자체로서 신비이다. 고뇌의 상징, 반성의 상징, 추억의 상징으로서 그것은 신비가 된다. 그 태도 속에서 권위가 나오기 때문이다. 그 태도 속에서 경제가 나오기 때문이다. 그 태도를 통해 고출력 파워가 발생하기 때문이다.

또한, 그러니 문학은 여전히 중심에 서 있다. 다만, 문학은 그 스스로 그곳에 서 있지 않다. 그것을 중심에 서게 하는 것, 즉 문학의 주체는 더 이상 문학 그 자신도, 저자도, 독자도 아니다. 그것은 문화 사업가, 문화 장사치들도 아니다. 그것은 문화 산업의 순환 구조 그 자체이다. 저자와 독자와 출판과 서적과 서점과 제작과 광고와 학문과 평론과 기타 등등이 저도 모르는 채로 한꺼번에 저마다 다양하게 참여하고 있는 그 구조 자체이다. 바로 그것이 문학을 새로운 방식으로 길들이는 무서운, 아주 호의적인, 고스트바스터이다.

문학이 중심으로부터 비켜서 있다고 생각하는 것은 이 희한한 문학의 새로운 존재 방식에 대한 사유이다. 다시 말해 그것은 문학의 존재태의 균열이다. 모든 사유는 내재된 균열이 잉태시키는 것이다. 그 균열의 어느 지점에 작가가 있다면, 작가에게 어떤 과제가 주어지는 것일까? 그것은 과제라기보다 차라리 운명과의 싸움이다. 그는 더 이상 문학의 실권자가 아니기 때문에 옛날로 돌아가자는 왕정 복고를 주도할 수도 없으며, 그가 균열인 한은 오늘의 존재 양태 속에 행복하게 안주할 수도 없다. 그가 할 수 있는 게 있다면 그에게 주어진 이 특이한 존재 양식을 전복적인 방식으로 실천하는 것일 뿐이다. 다시 말해, 이 주어진 삶을 수락하는 내력 그 자체를 붕괴의 과정으로 만드는 것 말이다. 그것이 작가 각자에게서 어떻게 실행될지는 이 글의 몫이 아니라 작가의 몫이다. 다만, 우리는 내재적 반성이라는 문학의 옛 본성이 어느새 슬며시 다시 한번 문학인들 앞에 나타났음을 볼 수가 있다. 예전에 바깥 세상을 향해 솟아났던 그것이, 이제는 문학 그 자신을 향해 컴컴한 입을 열고 있는 것이다.

☐ 1995. 12. 1, 대학신문, 90년대 문학정신과 작가의 과제

한국문학의 가능성(?)

1

가능성은 기대를 동반한다. 그것은 앞날에 대한 예측이 아니다. 그 것을 말할 때 사람들은 이미 희망을 말하고 있다. 가능성을 말할 수 있을 때는 그러니 행복한 때이다. 그의 사전에 가능성이란 단어가 없 는 사람은 얼마나 불행할 것인가? 그의 삶은 이미 죽음이다. 미래로 열려 있지 않은 삶은 운동하지 않는 삶이고, 운동하지 않는 삶은 정 지된 삶이며 정지된 삶은 죽은 삶이기 때문이다. 그러나 문학에 관해 말할 지금, 더욱이 한국 문학에 대해 말할 지금은 가능성을 발설하기 전에 오래 주저할 수밖에 없다. 지금, 이곳에서 한국문학의 가능성이 있는가?

어느 지금, 어느 이곳인가? 이 물음은 당연한 대답으로 이어지지 않는다. 시·공간적 축의 변화, 즉 삶의 좌표의 이동이 물음의 밑바탕 에 놓여 있기 때문이다. 명확한 대답을 가지고 있지 않더라도 사람들 은 스스로 의식하지 못하는 사이에 깊은 강을 건너 왔음을 느낀다. 그 이동의 자리는 분명, 지난 역사의 연장선상에 있는데도 불구하고 또한 가파른 단애로 분리된 자리이다.

이 절벽 이편에서 한국문학의 생명은 실질적으로 위협당하고 있다. 그것을 위협하는 것들은 오늘날 광범위하게 확산되면서 한국 사회와 한국 문화의 체질을 근본적인 차원에서 뒤바꾸고 있는 것들이다. 우선, 90년대 들어, 문화의 '공습'이 시작되었다. 소비 문화와 멀티미디어, 문화 산업이라는 세 영역으로 정리할 수 있는 이 문화의 침공은 엄격히 보아 80년대 초 제 5공화국 때부터 시작되었는데(프로야구의 창설이 상징적인 보기이다), 그것이 본격적으로 재래의 문화를 압도하기 시작한 것은 90년 이후이다. 소비 문화(향유를 위주로 하는 문화)는 문학과 정반대의 방향이다. 문학은 소비 현상을 반추케 하는 문화, 즉 사유를 생산하는 문화이기 때문이다. 멀티미디어가 압도하면서 문학은 위축당할 수밖에 없다. 멀티미디어가 인간의 꿈을 직접적으로 실현해 보여주는데, 문학은 언제나 간접적으로만 혹은 암시적으로만 그것을 자극하기 때문이다. 향유가 중심이 되고 향유의 직접성이 다투어 욕망되면, 당연히 문화 산업이 팽창한다. 생산적 문화는 문화의 생산성에게 자리를 내주게 된다. 경제적 부가가치가 다른 어떤 가치보다 중요하게 다루어지면, 문학, 즉 경제의 방향에 제동을 걸고 그것의 윤리적 의미를 따지는 일체의 활동은 외면되거나 파묻힌다.

다음, 문화 생산자와 수용자, 혹은 지식인과 대중을 가르는 벽이 허물어지기 시작하였다. 이것은 보기에 따라서는 긍정적인 현상으로 비칠 수 있는데, 그것은 문화 생산의 민주화를 뜻할 수 있기 때문이다. 그러나, 문화 산업의 회로에 말려 들어간 민주화는 오히려 대중들이 민주 시민으로 자랄 가능성을 봉쇄한다. 생각해 보라. 문화 산업이 부추기는 대중의 각종의 자발적 취미 생활들이 무엇인가를. 그것은 자질구레하고 사소하기 짝이 없으며, 사회의 근본적 존재 의미에 대해 무관심을 유도하는 것들이다. 대중들은 날마다 한 사람의 주체가 되어 무엇인가를 끊임없이 기획하고 시도하고 성취한다. 그런데, 그 기획·시도가 궁극적으로 그의 삶에 어떤 의미를 가지는가에 대한 질문을 해본 적은 없다. 그것이 슬로테어딕크가 "자발적 중독"이라고 부른 오늘날 대중의 모습이다.

세 번째로, 생각의 전달 매체로서 문자보다 기능적으로 우월한 것이 나타났다. 최소 정보 단위로서의 비트(Bit)가 그것이다. 비트는 무게가 없으며, 따라서 생산·유통량과 속도에서 문자의 그것들을 훨씬 능가한다. 비트는 문자와 달리 역사적 경험을 담고 있지 않으며 따라서 문자에 잔뜩 묻게 마련인 각종의 이데올로기의 때가 끼지 않는다. 또한 비트는 자유 합성과 변조가 가능해서 문자의 이차 분할 체계가 갖는 표현 가능성은 그에 비하면 조족지혈이다. 비트는, 그의 속도에 의해 전 세계 상에서 '실시간'대의 대량의 정보 교환을 가능케 했으며, 자유 합성과 변조의 능력에 의해, 가상 현실의 창조를 가능케 했고, 그 중성성에 의해 발신자와 수신자 사이의 민주주의(양방향성)를 잠재적으로 수립하였다. 적어도 그것이 정보화 사회 예찬자들의 주장이다.

마지막으로, 세계화가 있다. 오늘날 세계의 소통 언어는 빠르게 영어로 수렴되고 있다. 비트의 등장에도 불구하고 언어가 여전히 생존할 수 있는 이유로는 최소한 두 가지가 있다. 하나는 인류의 매체 습관이다. 아직 비트는 언어를 일상적으로 대체할 만큼 보편화되지 않았다. 다른 하나는 언어는 그 자체로서 존재할 수 있는데 비해, 비트는 다른 것으로 변형됨으로써만 존재하기 때문이다. 비트는 즉각적으로 쓰일 수 없다. 즉각적으로 쓰이는 것은 비트에 의해 생성된 표현물들(음향·영상 등)이다. 따라서 비트는 그것이 가진 무한한 조합과 생산의 능력에도 불구하고 일상적으로 쓰이기가 힘들다. 그러나 비트의 등장은 세계를 단일 네트워크로 통합하는 경향을 강화하고 있다. 이로부터 재래적 매체의 단일화 경향 역시 가속된다. 오늘날 영어가 세계어로 발돋음한 현상은 이러한 사정에서 비롯된다. 세계 내의 한 지방어에 불과한 한국어는 세계어로서의 가능성을 갖고 있지 못하며, 당연히 한국어를 매체로 한 한국 문학의 전망도 희박해질 수밖에 없다.

2

문학은 소비 문화, 멀티미디어 문화에 비해 수량적 빈곤을 감수할 수밖에 없으며, 그 빈곤을 채우기 위해 문화 산업의 회로에 편입되고 싶다는 유혹에 시달리게 된다. 또한 문학은 '자발적 중독'의 방향과 정면으로 배치되는데 그것은 근대 이후 문학의 본성이 삶의 근본성에 대한 질문으로 정초되었기 때문이다. 그런데, 문학이 자신의 존재의 이유를 지키려고 하면 할수록 문학은 대중의 부상 혹은 반란이라는 현대적 현상에 적대하게 된다. 문학은 비트에 비해 생산력이 현저히 뒤쳐지며 후자의 속도를 따라갈 수 없다. 마지막으로, 한국문학은 매체에 대한 심각한 선택의 문제에 직면해 있다. 이제 한국 작가들도 영어로 글을 써야 할 것인가? 문제는 그렇게 간단한 것이 아니다. 영어를 취하면 세계화의 뒤꽁무니를 간신히 붙잡을 수 있겠지만 그 대신 한국인의 몸과 언어에 새겨져 있는 역사적 경험을 포기해야 한다. 혹은 한국인 고유의 역사적 경험과 그로부터 획득된 세계 인식과 예술적 표현 형식이 새로운 언어에 다시 새겨지기 위해서는 아주 오랜 시간을 필요로 할 것이다.

이러한 문화적 기상도 안에서 문학은, 더욱이나 한국문학은, 시계 제로인 듯이 보인다. 그러나 필자는 그럼에도 불구하고 문학이 살 수밖에 없음을 지난 수 년 동안 되풀이해 말했다. 살 수밖에 없다? 왜냐하면 문학은 종치고 싶어도 종을 때릴 수가 없기 때문이다. 타종봉을 쥐고 있는 자는 문학이 아니라 새로운 문화다. 권력이 그의 것이기 때문이다. 그런데 이 새로운 권력자는 문학을 버릴 생각이 없는 것 같다. 왜냐고? 다시 되풀이하자면, 새 문명의 생명의 원천이 낡은 문화 속에 있기 때문이다. 필자는 탈개인성과 항구적인 미끄러짐을 특징으로 하는 새 문명이 개인성의 신화와 해방의 이데올로기를 이용하고 있음을 여러 번 지적한 바 있다. 그 지적들에 보다 근본적인 대답 하나를 추가하기로 하자. 앞에서 '비트는 그 자체로서는 존재할 수 없다'고 말했다. 그것은 결정적인 결핍이자 낡은 문화를 이용해야만 하는 불가피한 조건이다. 비트는 비트로서는 존재하지 못한다. 다시 말해, 그것은 정체를 가질 수 없다. 그것은 헛것이다. 그리고 헛것은 실한 것을 통해서만 생존할 수 있다. 음향, 동영상, 특수 효과가 실한 것들인가? 아니다. 그것들은 실한 것처럼 보이는 헛것의 확대일 뿐이다. 왜 그러한가? 그것이 비트들의 조합의 결과로 생산된 것이기 때문이다. 현대 문명과 문화는 실재와 상상 사이의 날카로운 단절 위에서 출발한다. 그 단절이 갖는 의미는 실재에 대한 관심이 현대 문화에서 구조적으로 배제된다는 것이다. 그 속에서 모든 것이 창조된다. 다만, 창조된 어떤 것들에 대해서도 그것의 실재성의 질문은 제기되지 않는다. 다시 말해 그것이 진짜인가, 가짜인가라는 질문은 제기되지 않는다. 하지만, 실재성의 보장이 없는 문화 생산물은 동시에 지속성을 가질 수 없다. 지속성이란 그것이 생산물로부터 자생체로 존재전이를 할 때 생겨난다. 생산만 되는 것들은, 그것이 현재 확대 재생산의 과정 속에 놓여 있다 할지라도, 결코 지속성을 갖지 못한다. 생산 부품 하나 망가지면, 그것은 대번에 호흡이 멎는다. 때문에, 그것은 문화 수용자들에게 문화 향유를 통한 자기 정체성의 확인을 가져다 주지 못한다. 문화 향유의 첫 번째 원칙은 감정 이입이다. 향수자는 대상에 자신을 투영시키는 과정을 통해 미적 쾌감을 느낀다. 그런데 그 대상이 헛것이라니? 그것은 주체 자신도 헛것이라는 말이 된다. 그러니, 현대 문화에도 실재성의 원칙이 개입되지 않을 수 없다. 그래서 등장한 것이 실감이다. 즉 존재를 느낌으로 대체함으로써 실재의 환상을 부여한다. 그러나 실감이 실존을 대신해줄 수는 없다. 아무리 흉내내도 슈퍼맨은 맨이 아닌 것이다.

실감은 편안하고 동시에 불안하다. "어떤 위험도 없이" 원하는 것을 맛볼 수 있기 때문에 편안한데, 그러나 그 향유가 단지 느낌에서만 일어나기 때문에 불안하다. 이 불안감은 멀티미디어로는, 하물며, 컴퓨터 게임으로는 결코 해소되지 못한다. 그렇기 때문에 새로운 문화는 바깥에 구조 신호를 보내지 않을 수 없다. 바로 그가 저의 해방을 위하여 헛간에 처박았던 낡은 문화에게 말이다. 실재에 뿌리를 내리고 있는 것은 그것이기 때문이다.

이것은 이른바 '리얼리즘'과는 얘기가 다르다. 그것이 정말 실재에 닿아 있는가 아닌가는 별개의 문제다. 중요한 것은 낡은 문화는 실재에 대한 형이상학, 즉 그에 대한 맹종이자 그에 대한 탐구이고, 그에 대한 한없는 그리움이자 그에 대한 끝나지 않는 의혹으로 점철되어 있다는 것이다. 그것이 무엇이라 불리든, "양심이라고도 불리고, 주체성·의지·물 자체·절대 정신·가치·이데아·로고스·길 따위"로 불리는 그것에 대한 "끝없는 짝사랑"(최인훈)에 낡은 문화는 운명적으로 처해져 있는 것이다. 최인훈이 이 "제 3의 공간의 틈, 좁은 해진 자리"를 "보는 눈"이라고 말한 것은 실로 날카로운 통찰이었다. 왜냐하면 그 실재의 형이상학에서 실재란 주체의 눈이 몸을 버리고 홀로 튀어나가 저 편에 자리잡은 것이라 할 수 있기 때문이다. 작가는 말한다 : "인간의 행위란 이 보는 눈과 내적 공간상과 외적 공간상의 트리오다. 이 보는 눈의 건너편으로는 돌아갈 수는 없다. 절대로, 이 눈은 하나의 탄력점이다. 나를 여기까지 몰아 넣은 이 사고는 이 점에 와서 강하게 튕겨진다. 삶으로. 그것은 뚫고 나감을 허락하지 않는 존재의 마지막 문이다. 다그쳐 온 힘이 강할수록 튕겨지는 힘도 강하다. 그것은 반작용이 적용되는 탄력점이다."[2] 주체의 몸이 아니라 주체의 시선이 실재를 향해 튕겨져 나갔다는 것, 차라리 그것이 실재를 이루고 있다는 것, 그리하여 주체의 행위는 저 바깥의 눈까지 갔다가 되

---

2 지나가는 길에 덧붙이자면, 나는 지금 20년 전 시도했던 최인훈 해석을 교정하고 있다. 나는 그때 똑같은 진술을 인용했더랬는데, 작가가 현실로서 묘사한 것을 가치에 대한 요구로 재단하는 우를 범하고 만 것이다.

튕겨 돌아올 수밖에 없다는 것, 이것은 주체가 실재에 정말 가 닿을 수 있느냐, 없느냐와는 관계가 없는 얘기다. 이것은 주체가 자기의 실재를 찾기 위해서 어떻게 운동하면서 뿌리의 혹은 본질의 혹은 자기 정체성의 심연을 파느냐의 얘기다. 또한 따라서 이것은 리얼리즘이든 낭만주의든 고전주의든 상징주의이든 모두 똑같다. 이른바 근대성은 이 하위 범주들 너머에 있는 것이다.

이 실재에 대한 신앙이야말로 새로운 문화가 결국 회귀할 수밖에 없는 자리이다. 이로 인해 현대 문명과 문화의 존재 양식은 '불순성'으로 특징지워진다. 그것은 낡은 문화를, 혹은 낡은 신화를 부착함으로써만 탄생하고 생장하고 발전한다. 퍼스널 컴퓨터는 가장 대표적인 표지이다. 퍼스널 컴퓨터야말로 현대 문명과 낡은 개인성의 신화가 절묘하게 결합한 장소이다. 컴퓨터뿐일까? 우리는, 왜 터미네이터들은 인간의 형상을 하고 있는가를 물어볼 수 있다. 그리고 'T-1000'(로버트 패트릭)보다 'Terminator aka 101'(아놀드 슈워즈네거)이 더 인간적인 모습을 하고 있으며, 점점 더욱 인간을 닮아가는 것이며, 차라리 인간 닮아가기가 그의 본래 역할이라고까지 말할 수 있는 까닭은 무엇인가?

3

그러니 문학은 저의 소멸의 동굴 한복판에서 회생의 실낱을 거머쥔다. 문학이야말로 낡은 문화의 원자핵이기 때문이다. 그러나 문학이 쥔 질긴 실낱은 동시에 가늘기 짝이 없다. 무슨 말인가 하면, 문학이 살아남는다고 해서 그저 안도하고만 있을 수는 없다는 얘기다. 그 실낱이 가늘다는 것은 그것이 휘둘릴 운명에 시달린다는 것을 의미한다. 현대 문명이 개인성의 신화를 이용하는 것은 자신을 더욱 팽창시키기 위해서이지 타협 혹은 회귀를 위해서가 아니다. 문학의 장소는 알리바이의 장소이다. 그것이 가늘다는 것은 또한 실낱이 새어들어온 구멍을 문학은 빠져나갈 수 없다는 것을 뜻한다. 불행히도 동굴의 문은 닫혔고, 그 문의 열쇠는 "열려라 실낱"이 아니다. 그러니 문학이 저의 삶을 제대로 살기 위해서는, 이 안에서 살 수밖에 없다. 살면서 저의 사라짐, 소멸을 문명의 곳곳에 새겨 그것을 세상의 법칙으로 만드는 길 외에는 없다. 세상 속으로 스며들기, 스며들기 위해서 저를 녹이기, 그렇긴 하되 저의 본성을 버리지 않고서 스며들기, 스며들어 저의 본성의 용액으로 세상을 녹이기, 질주와 확산으로 아득한 이 현대 문명의 세계에 벌레와 파충류들이 우글거리는 습기찬 고뇌의 웅덩이들을 파기 혹은 결코 건널 수 없는 아득한 살수(薩水)를 문명의 욕망과 문명 사이에 설치하기. 문명의 욕망은 곧 문학이므로(왜냐하면, 그것은 개인성의 신화이고, 그 개인성의 담지체는 문학이니까), 그것은 문학이 문명 밖으로 나가지 못하는 대신 문명과 동서하면서 불화의 칼날을 사이에 그어 놓고 있는 행위에 다름 아니니, 트리스탄과 이졸데 사이에 놓인 교접을 부인하는 칼날과도 같은 불상용(不相容)의 칼날을 세워놓는 것, 혹은 '내부로의 탈출'이라고 말할 수 있으리라.

이 내부에서의 / 로의 탈출이 개시될 때 우리는 아라공처럼 이렇게 물을 수 있다 : "뱀장어냐 잉어냐 / 양어장의 법을 결정하는 것은"(「해방」, 『신-斷腸』). 물론 양어장의 법을 결정하는 것은 양어장 주인이지 물고기들이 아니다. 하지만, 이 물음에서 중요한 것은 해방은 양어장 주인을 물고기로 끌어내릴 때 비로소 가능하다는 것이다. 주인이 물고기를 필요로 하는 순간 주인은 저의 의지와 무관하게 물고기의 상대역으로 참여하게 되는 것이다. 잉어는 혹은 뱀장어는 이 순간을 노린다.

이 비유는 문학의 내부에서의 / 로의 탈출은 정밀한 측지와 능력의 점검을 전제로 한다는 것을 가리킨다. 그것이 선행되지 않으면 문학의 실지 회복에 대한 꿈이거나 생존을 위한 필사적인 도피거나 모두 낭만적 몽상에 지나지 않는다.

생각해 보면, 저 개인 신화의 시대, 즉 근대에도, 문학은 마냥 세상의 운행에 동참하고 있지만은 않았다. 오히려, 문학은 문자 문화와 함께 나란히 근대의 핵심을 통과해 왔으나, 그것은 협력의 방식으로가 아니라, 부정(프랑크푸르트 학파적인 의미에서의)의 방식으로이다. 그 부정의 방식은 크게 두 가지로 나뉜다. 하나는 진실 내용을 삶에 개입시키기(아도르노). 그것은 '천부 인권'과 '사회 계약론'에 근거한, 즉 개인들의 자유와 평등과 박애의 신화에 근거한 근대 사회가 실질적으로 개인들의 행복을 보장해주지 못한다는 데 대한 항의의 형식으로 나타날 수 있다. 다른 하나는 상상의 세계를 현실의 세계에 대립시키기. 이 방향을 통해서 문학은, 근대를 넘어서게 된다. 원래 상상의 세계는 진짜 현실에 대한 추구로 생산되었다. 그러나, 곧 이어서 그 진짜 현실은 다른 현실로 대체되었는데, 왜냐하면, 현실 바깥에 진짜 현실을 세우자니 이 현실의 삶의 근본 형식, 즉 개인주의의 세계를 넘어서야 했기 때문이다. 그리하여, 모든 개인들이 하나로 융합하는 세계, 혹은 이질성들의 끝없는 혼효의 세계가 문학의 영역에서, 사회주의 리얼리즘의 집단 창작으로부터 사드의 폭력적 혼합에 이르는 그 광대한 범위 전체에서, 온갖 방향으로 탐구되었던 것이다.

우리는 이 두 가지 방식을 반성과 상상이라는 두 용어로 요약할 수 있다. 그렇다고 해서 근대성의 본질에 대한 물음을 반성에, 다른 현실을 추구하는 것을 상상에 도식적으로 대입할 수는 없다. 왜냐하면 반성과 상상은 순차적인 것이 아니라 맞물려 있는 것이기 때문이다. 근대의 진정성에 대한 질문은 곧바로 전혀 다른 현실에 대한 탐구로 이어졌던 것이다. 반성은 말의 바른 의미에서의 질문, 즉 이중적인 의미를 동시에 품고 있는 질문으로서 근대의 본질에 대한 추구이자 동시에 의혹이 되는 것이다.

현대 문화는 저 반성과 상상의 활동 속에서 반성을 배제하고 상상을 극대화한다. 가능성을 무한대로 이끌어올리는 것 혹은 가능성을 현실 너머로 초월시키는 것. 그것이 비트, 멀티미디어, 특수 영상 효과가 노리는 것들이다. 그것을 폭발시키는 과정 속에서 현대 문화는 반성의 기능을 배제할 수밖에 없는데, 왜냐하면 반성이란 바로 현실 쪽으로 화살표를 세운 것이기 때문이다. 이러한 경로를 거쳐 반성은 문학만의 고유한 본령으로 남게 되었다. 그렇다는 것은 현대 문화에서 문학이 수행할 제 1의 역할이 반성적 기능이라는 것을 뜻한다. 모든 활동을, 모든 문화적 표현물들을 '진실 내용'의 저울대 위에 올려놓기 말이다. 그러나, 이것만으론 안 된다. 이 활동은 필경 현대 문화와 문학을 적대하게 만드는데 그러나 적대는 결코 문학의 살 길이 아니다. 활용이냐 스밈이냐만이 선택 사항들이다. 활용의 운명을 스밈과 전복의 운동으로 바꾸기 위해서는 그러니, 현대 문화가 빼앗아간

'상상'의 기능을 문학은 되찾아와야 한다. 다만, 그 상상은 반성과 하나로 맞물린 상상, 그 본래의 모습을 고스란히 복원한 상상이 되어야 한다. 그것이 어떻게 될 것인가? 이 복원이 옛 형태의 되풀이가 될 수 없음은 자명하다. 진정한 복원은 조건의 변화를 고려한 복원, 즉 스스로 변신되는 복원이어야 하기 때문이다.

4

모두(冒頭)에서 제기한 문제들 중 나는 한 가지 대답을 빠뜨렸다. 한국문학은 이제 영어로 씌어져야 할 것인가? 대답이 되지 않았더라도 여러분은 이미 짐작하고 있을 것이다. 실로 어쩔 수 없이 그래야만 할 때가 혹은 자발적으로 그러할 때가 올 게 틀림없다. 그러나 그럼에도 불구하고 한국문학을 한국어로 쓰기는 계속되어야 할 것이고 계속될 것이다. 이것은 한국인에게는 한국어가 모국어라서 그런 것이 아니다. 인류의 역사 속에서 자기 문자를 상실한 종족은 수없이 있었고, 오늘날에도 부지기수다. 모국어를 가지지 못하는 종족이라고 해서 문학을 할 수 없다는 것은 어불성설이다. 문제는 그게 아니라, 한국문학의 장에서 한국어는 반성의 기능이 극대화된 자리, 들뢰즈의 용어를 빌자면, '탈영토성'의 표지이자 가혹한 싸움터가 될 것이기 때문이다. 아마도 21세기의 새로운 세대들은 언어들의 갈등과 공존의 문제라는 과제를 추가로 떠안게 될 것이다.

☎ 1999 여름, 내일을 여는 '작가'

오늘의 소설에 대한 세 가지 답변[3]

1. 대중문화의 기법·형식 수용문제

질문 : 최근 젊은 작가들을 중심으로 한 장편소설들은 추리소설의 기법이나, SF소설의 기법을 적극적으로 활용하고 있다고 생각합니다. 말하자면 대중소설의 기법이나 대중문화의 형식들이 본격소설에 적극적으로 수용되고 있다는 현상일텐데요. 이러한 소설 형식의 변모가 지닌 새로운 의미와 한계에 대해서 비평가의 입장에서 짚어주시기 바랍니다.

50년대의 실험극단들이 좋은 참조가 될 것이다. 센느강 좌안에 옹기종기 모여서 '코미디 프랑세즈'의 정통 고전 연극과는 다른 연극을 만들고 부수기를 되풀이한 새 연극인들은 보드빌, 인형극, 신문 가십, 저자거리의 저속어들에서 재료를 취하여 그들만의 특이한 연극 언어와 기법을 제작해내었고, 마침내 그들의 연극을 새로운 고전으로 확립시키는 데 성공하였다. 하지만, 그 신연극의 세계는 그들이 재료를 빌어 온 곳들의 세계와는 하나도 닮은 데가 없었다. 왜냐면, 도저히

---

3 이 글은 『오늘의 소설』(현암사, 1994. 1)에서 준비한 설문에 대한 답변으로 씌어진 것이다. 원래 편집자는 네 개의 항목에 대해 질문하였고 필자 역시 네 항목에 대해 답변했으나, 이 책에서는, 지금 돌이켜 보아 부적절하다고 여겨진 '영화' 문제를 제외한 세 개의 답변만을 싣는다.

해독불가능한 무의미한 동작과 언어들이 무대에 난무하였기 때문이다. 그럼에도 불구하고, 베케트의 『고도를 기다리며』가 샌프란시스코의 한 교도소에서 죄수들을 관객으로 공연되었을 때 그 반향은 실로 놀라운 것이었다. 그 험악한 죄수들은 "연극이 끝나고 나서야 자리에서 일어섰다. 모두가 전율하고 있었다."[4]

다른 예도 얼마든지 있겠지만, 이만큼 유용한 교훈을 찾기도 쉽지 않을 것이다. 그 교훈은 세 가지이다. 우선, 형식과 기법의 혁신은 예술적인 것의 경계에서 배제되었던 것들에서 솟아난다는 것이 그 하나라면, 그 혁신은, 그러나, 전혀 새로운 재구성을 통해 드러난다는 것이 그 둘이며, 그 혁신은 독자층의 변화와 밀접한 관계에 놓여 있다는 것이 그 셋이다.

오늘의 소설이 보여주고 있는 대중문화와의 접촉도 기본적으로는 위와 같은 관점에서 이해되어야 한다는 것이 나의 생각이다. 우선은 세상이 달라졌다. 물론 아주 달라진 것은 아니다. 그러나, 오늘의 세상이 전 시대의 문제를 여전히, 혹은 더욱 심각하게 확대 재생산하고 있다고 하더라도, 아니 그 때문에 실은, 문제의 틀은 달라졌다. 주목해야 할 것은 바로 그것이다. 이 자리에서 그 문제틀의 변모라는 것의 정치·경제학적 현실태가 무엇인가를 논의할 여유는 없을 것이며, 내 능력 밖의 일이기도 하다. 문학에 대해서만은 할 말이 있을 것이다.

문학은 더 이상 사회 혹은 역사와 직접 대면하고 있지 않으며, 그

---

4 마틴 에슬린, 『부조리 연극』, 불역본, Editions Buchet / Chastel, 1977, p.16.

의 적대자(혹은 경쟁자)는 문화가 되었다. 문화적인 것의 팽대가 오늘의 새로운 현상이며, 그것의 문화적 의미는, 어느 한 순간 문화의 빅뱅이 있었고(그 빅뱅을 이해하기 위해서는 80년대 초반까지, 다시 말해 프로야구의 탄생시절로까지 거슬러 올라가야 할까?) 그 후 문화적 기호들이 삶의 전 공간에 포화되었다는 것이다. 문화는 삶을 되새기거나 추동하는 상징물의 단계를 벗어나 삶 그 자체가 되어 버렸다. 대중문학은 문화의 그러한 성장에 힘입어 문학의 상부 지대로 말 그대로 약진하였다. 대중소설만이 그러한 것은 아니지만, 그것은 감상시 그리고 비문학 쪽에서의 영화와 함께, 이 문화 팽창의 공간에서 특이한 위치를 점하게 되었다. 즉 소비문화와 반성적 문학 사이를 매개하는 통로가 된 것이다. 대중소설은 소비 문화의 흥미를 제공해주면서 동시에 문학에 대한 재래의 환상(보편적 진실의 환기)을 충족시켜주는 '실속 있는' 장르로 부상한 것이다.

문화적인 것의 지배라는 경향은 가속적이어서, 아마도, 문화 전반이 예전에 문학이 독점하고 있던 지위를 차지하게 될 즈음이면, 대중소설의 지대는 오늘과도 같은 신바람을 느끼지는 못하게 될 것이다. 하지만, 아직은 문학적인 것이 여전히 문화 공간 내에서 우월한 지위를 점하고 있는 것은 대중들의 문화 수용 방식이 아직은 '문학적'으로 구조화되어 있기 때문이다. 경제 성장과 더불어 문화적 소비 능력은 괄목할 만하게 확대되었고 그것은 문학의 소비 능력도 함께 확장시켰다. 다른 한편 다른 문화들의 향유도 굉장한 속도로 발전하고 있지만(특히 오디오와 영상. 이것은 이제 '오디오 비쥬얼 통합 문화'로 발전할 것이다), 소비자 일반의 처리 능력은 문학에 대한 능력에 못미친다. 여전히 오락과 편리 이상의 수준을 넘어서지 않고 있으며, 주체적인 향유, 다시 말해 문화를 통해 자신의 삶의 의미를 되새기는 일은 아직 문학이 담당하고 있다. 이 와중에서, 즉 소비 능력의 확대와 문학 지배의 지속 사이에서 독서 시장의 변모가 있다. 소연령층 독자의 확대와 고학력 주부층의 등장이 그것이다. 그들은 물론 문화 일반의 소비자들이며, 따라서, 그들의 문화 소비자로서의 등장에 비하면, 문학 독자로서의 등장은 아주 미미한 현상일 것이다. 그러나, 문화 수용자(재생산자)라는 관점에서 보면, 문학 독자로서의 등장이 더 중요한 문화 사회학적 의미를 띠고 있다. 문학은 문화 일반과 비교할 때는 갈수록 예전의 영광을 박탈당하고 있으나, 문학 그 자체만으로서만 보면, 그 자신의 입지를 더 넓힌 것이다. 바로 거기에서 감상시의 서점 만연과 의사—역사 소설 증후군이 나타날 조건이 배태된 것이다.

80년대 후반부터 오늘까지 점증된(소연령층 소비자의 등장은 좀더 오랜 역사를 가지고 있지만) 이 현상은, 그러나, 궁극적으로는 그렇게 중요한 것이 아니라, 일시적인 공백기의 현상이다. 문학의 입장에서 정말 중요한 문화적 현상은 이제 문학을 더 이상 대문자 문화로서 간주하지 않는 세대들이 미래를 담당하게 될 것이라는 것이다. 그들은 문학을 여전히 문화들의 아비로 추억하긴 하겠지만, 그 아비는 더 이상 권위도 능력도 갖지 못할 것이다. 통신망 속의 참여자들처럼 애비·자식이 모두 동등한 성원으로서 서로를 상대하는 시대가 올 것이다. 그러나, 그럼에도 불구하고 문학은 여전히 아비이긴 할 것이며, 그것이 그를 지속적으로 비교적 특이한 지위에 놓이게 할 것이다. 아무도 '후레 자식' 소리는 듣고 싶어하지 않을 것이기 때문이다. 적어도 문자의 통합, 다시 말해 문자의 수학기호화가 이루어지기 전에는 말이다.

　오늘의 소설이 대중 소설에서 기법을 차용한다면, 그것은 소설에게는 대중 소설이 위와 같은 문화적 변화의 계기판의 역할을 해주기 때문이다. 의식 있는 소설가들은 사회와 역사에서 소재를 취하는 오랜 관행에서 벗어나 지속적으로, 그의 문학적 경쟁자인 대중문학으로부터, 혹은 그의 현실적 경쟁자인 문화 일반으로부터 자료를 취할 것이다. 호랑이를 잡으려면 호랑이굴에 들어가지 않을 수 없는 것이다. 들어가되 호랑이에게 잡아먹히지 않으려면, 소설가들은 그 세계를 뒤집어엎거나 갈가리 찢거나 어찌하거나 '소설'만이 할 수 있는 방식으로 새로운 세계를 이뤄내야 할 것이다. 우리는 그러한 소설적 실천들을 벌써 몇 편 가지고 있다. 가령, 복거일의 『역사 속의 나그네』는 공상과학소설에서, 이명행의 『황색새의 발톱』은 정치 추리 소설에서, 이석범의 『권두수 선생의 낙법』은 청소년 명랑 소설에서, 채영주의 『시간 속의 도적』은 「쾌걸 조로」 류의 영화(만화)와 부랑아 소설들에서 주요 구도와 기법을 빌어 왔지만, 다시 말해 이번에는 거꾸로 그들이 대중문화의 자식됨을 자청했지만 그 어느 작품도 그 아비와는 '생판 딴 얼굴'이다. 『역사 속의 나그네』는 차라리 『로빈슨 크루소』, 『방드르디, 혹은 태평양의 끝』과 계열적 관계에 놓여 있으며, 『황색 새의 발톱』은 추리 소설적 결말을 와해시킴으로써 독자들의 의식을 곤두선 긴장으로부터 무거운 고뇌로 이동시키고, 『권두수 선생의 낙법』은 심각한 사회 문제의 틀 안에 명랑소설적 구도를 내삽시킴으로써 아주 씁쓸한 해학을 창출해내고 있으며, 『시간 속의 도적』은 폭력과 원한에 대한 한국인의 집단 무의식, 그 무겁고 폭폭하고 집요한 것을 그 어둠으로부터 일상의 공개적 차원으로 끌어낸 최초의 소설이 되었다. 그것은 깔끄럽지만 맛있게 씹어내야 할 일용할 양식이지, 한 번에 해결될 문제가 아님을 작가는, 우리의 삶 곳곳에 스며든 그 문화들을 빌어서, 보여주고 있는 것이다.

2. 패러디와 혼성모방

질문 : 최근 패러디와 혼성모방에 대한 다기한 논의들이 제기되면서 이러한 문학 기법들이 지닌 긍정적 의미와 부정적 폐해에 대하여 논의가 조금씩 진척되고 있습니다. 그러나 이에 대한 창작자 자신의 목소리는 별로 들려오지 않았다고 할 수 있겠는데요 "태양 아래 새로운 것은 없다"는 성경의 전언과 "진정한 예술가라면 그만의 고유한 세계를 지녀야 한다"라는 전통적인 화두 사이에서 어떤 균형 감각을 찾을 수 있을 것인지 심도 깊게 논의해 볼 필요가 있을 것 같습니다. 이러한 의미에서 선생님께서는 패러디나 혼성모방의 바람직한 의미와 한계에 대해서 어떻게 생각하고 계신지에 대해서 구체적으로 논의해 주셨으면 합니다.

지난 시대를 지배해 온 2개의 신화가 있다. 창조의 신화와 반영의 신화. 작가가 신적 부권의 대리인으로 여겨질 때 반영의 신화가 세계 위에 드리워지고, 개인이 세계의 중심에 자리잡게 되었을 때 창조의 신화가 흑사병처럼 번진다. 전자는 꽤 오랜 역사를 가지고 있고 후자는 상대적으로 짧은 연혁을 가진 개념이지만, 둘 모두 오늘날까지 꽤 두꺼운 시간줄기를 이루면서 생장하고 있다.

그에 비해, 모방은 아주 최근의 개념이다. '모방'이라는 용어 자체는 아리스토텔레스 이래 상용화된 용어지만, 그 모방(mimesis)은 함부르거가 세밀하게 분석해 보여주었듯이 말 그대로의 모방(imitatio)이라기보다는 창조(poiesis)를 속품은 개념이었다. 실제로 예술의 역사에서 모든 '모방'의 주의와 형상은 창조와 반영의 접합지대에서 나타났다. 다시 말해, 실재에 대한 신앙과 실행자의 자유의지 사이의 진동 그것이 '모방'이라는 팡파르를 밤하늘에 울려퍼지게 한 것이다.

오늘날 유행하게 된 혼성모방은 실재에 대한 형이상학과 자유의지의 형이상학을 둘 다 포기하고 있다는 데에 그 특이성 및 현대성이 있다. 혼성 모방은 모방들만의 호모 섹슈얼리티이다. 어느 '독창성' '진리' '기원'에도 의지하지 않고 모방으로만 글쓰기, 모방의 중심과 방향을 무너뜨림으로써 모방의 동작에서 "~에 대한"이라는 현상학적 의미망을 박탈하기. 그것은 큰 진리가 무너진 시대의 몸의 혼란을 보여준다. 그러나, 그렇다면 그것 또한 이 시대의 반영에 불과한 것인가? 불행하게도 그 반사의 진원지는 옛날처럼 찬란히 빛을 발하거나 내부에서 용솟음치는 것이 아니라, 허무만을 가져다 준다. 그곳은 폐허며 혼돈일 뿐이기 때문이다. 그것은 반사 행위자를 살 수 없게 만든다. 혼성모방의 종말도 어떤 후천성 면역 결핍 증후군을 번지게 할지 모른다. 사막에 버려진 자는 신기루를 찾아 헤매고, 세상에서 버림받은 자는 율도국을 꿈꾼다. 마찬가지로 혼성 모방에 포박당한 자는, 자신의 의도에 관계없이, 그의 궁극적 의지처를, 목표를, 알리바이를 몸으로 갈망하지 않을 수 없게 될지도 모른다. 반영의 우주가 신의 형이상학에, 창조의 우주가 인간의 형이상학에 귀속되듯이, 모방의 우주라고 기계의 형이상학('스타 워즈'의 형이상학)을 만들어내지 말라는 법이 없다.

　그로부터 혼성모방의 지도에는 3개의 길이, 차라리 세 종류의 생명
공학이 생겨난다. 상품의 길(공학)과 놀이의 길(공학)과 패러디의 길(공
학)이 그것이다. 첫 길은 혼성 모방의 '불임성'을 낡은 신화의 유용한
도구로 전환시킨다. 리얼리티와 창조의 강박관념을 떨쳐버렸다는 사
실 그 자체를 무기로 리얼리티와 창조의 환상을 촉진시키고, 그게 신
기하다는 것 때문에 그리고 그게 이 시대의 실상이라는 환상에 뒷받
침되어 대단한 소비욕구를 일으킨다. 그것은 광고로부터 대중소설들
에 이르기까지 폭넓게 퍼져 있다. 두 번째 길은 모방의 행위를 극단
적으로 밀고 나감으로써 정말로 실재거나 자유의지거나 인간 행위의
모든 뒷무대를 제거하는 길이다. 언어의 동작을 순수 시니피앙들의
놀이로 만들기, 몇몇 뛰어난 사유인들은 그것을 글로, 몸으로 보여주
었다. 그랬는데, 희한하게도 그들이 남긴 것은 그들만의 것이 되었다.
다만, 결코 계승될 수 없는 방식으로, 다만 영원한 전범으로서만 존재
하는 방식으로. 세 번째 길은 혼성 모방의 절차를 그대로 뒤집어엎는
방식으로 따르는 길이다. 혼성 모방에 대한 가장 뜨거운 사랑으로 혼
성 모방을 완벽하게 붕괴시키기. 『가르강튀아』와 『돈키호테』가 기사
도 로망에 대해 했던 것, 마르크스가 헤겔의 표현 방식을 가지고 짓
까불었던(kokettieren) 것과 같은 방식으로.
　상품의 길은 의미 치환의 길이며, 놀이의 길은 의미 배제의 길이고
패러디의 길은 의미 전복의 길이다. 첫 공학은 재생산의 공학이고, 두
번째 공학은 해체·구축의 공학이며, 세 번째 공학은 창조의 공학이
다. 하나는 오늘날 우리의 삶 곳곳에 스며들어 있고, 둘은 외로운 사
유인들 몇몇이 보여주었을 뿐이며, 셋은 이제 막 생겨나고 있는데 그

실천들만이 지시해줄 수 있는 그 전망을 아직은 예측할 수 없다.

3. 신세대 문학(론)

질문 : 최근 신세대 문화에 관한 논의, 혹은 신세대 문학에 관한 논의가
문화계의 가장 중심적인 화두로 떠오르고 있습니다. 몇몇 젊은 작가와
비평가들을 중심으로 제기되고 있는 신세대 문학과 신세대 문학론에 대
한 선생님의 솔직한 생각을 허심탄회하게 얘기해주시기 바랍니다.

만일 질문이 90년 초반부터 젊은 비평가들에 의해 주도되고 있는
동세대 옹호론 및 유신 세대와의 차별론을 염두에 두고 제기된 것이
라면, 그것을 신세대 문학론이라고 말하기는 어렵다고 생각한다. 왜
냐면, 그 움직임은 세대론적 전략을 밑에 깔고 있기는 하지만 기본적
으로는 4·19적 정신으로의 복귀라는 의미를 띠고 있기 때문이다. 젊
은 비평가들의 글들이 한결같이 인문학적 상상력으로의 회귀를 말해
왔으며,[5] 그들의 분석과 해석에는 이른바 신세대적인 '글쓰기'가 별
로 눈에 띄지 않기 때문이다. 최근, 60년대 비평가들의 전집 간행을
두고 "80년대의 이념 비평적 시각과 태도를 다시 60년대적 시각으로
되돌리는, 혹은 90년대적 태도로 잡아당기는 모습을 보여준다"고 주
장하고, 90년대 비평가의 문학적 접근을 "단선적이며 가파르고 굳어
있던 80년대의 비평적 자세를, 풀고 헤치고 반죽하여, 새로운 시대의
정황에 들어맞을 부드러움의 비평으로 바꾸어 되찾으려는 욕망의 움
직임에 의한 것일 것이"라고 추정하면서, 그들이 "인간의 얼굴을 한

---

5 이에 대해서는 졸고, 「다시, 문학성을 논한다?」(『문학과 사회』, 1991 겨울)를 참조해주기
  바란다.

문학으로 돌아오고 있”[6]고 진단한 4·19세대 비평가의 호응도 그에 대한 증거로 삼을 수 있을 것이다.

만약, 질문이 ‘표절 논의’를 둘러싼 이른바 신세대 작가들의 일련의 자기 옹호적 발언들과 언론의 호기심을 염두에 둔 것이라면, 나는 그것을 ‘문화적 정황’의 변모와 관련하여 분석해야 한다고 생각하며, 작가들의 발언과 소개보다는(왜냐면, 작가들은 작품으로 충분히 말했기 때문이다) 그에 대한 분석이 다양하게 나와야 한다고 생각한다. 그에 대한 문화사회학적 분석은 아직 크게 눈에 띄는 것이 없으며,[7] 그 문학적 의미망의 분석으로는 김지영의 「어떤 아이러니―허구의 정서, 허구의 방식」[8]이 돋보인다. 공시된 ‘신세대’가 아닌 젊은 세대 일반의 문학 세계에 대한 분석으로는, 이남호의 「偏母膝下에서의 시쓰기」 후반부,[9] 장석주의 『세기말의 글쓰기』(청하, 1993)의 3부와 5부, 그리고 『문학과 사회』 93년 겨울호 특집, ‘젊은 문학은 어떻게 오고 있는가’에 실린, 김병익·황종연·정과리의 글들이 도움이 될 수 있으리라고 믿는다. 세대론을 말하기보다는 세상의 변모와 관련하여 새로운 세대의 글쓰기를 말하는 것이 생산적이라는 내 판단 때문에, 이 질문은 항목 1과 항목 2의 진술로 대답이 대신될 수 있으리라고 생각한다.

￼ 1994, 오늘의 소설

---

6 김병익, 「90년대 젊은 비평의 새로운 양상」, 『문학과 사회』, 1993 겨울, pp.1331, 1333.

7 『세계의 문학』 겨울호에 발표되었다는 이윤택의 글을 미처 읽지 못했다. 그 글이 우리의 눈을 열어 줄지도 모르겠다.

8 『문학과 사회』, 1993 여름.

9 이남호 평론집, 『文學의 僞足』, 민음사, 1990, pp.106~121.

젊은 문학의 잠재적 무한을 위하여

대학생 문학은 잠재 문학이고 동시에 문학의 잠재태입니다. 문학의 수면 위로 부상하기 위해 열심히 준비 운동을 한다는 점에서 잠재 문학이며 새로운 문학의 가능성을 예측불가능의 양태로 품고 있다는 점에서 문학의 잠재태입니다. 또한 대학생 문학은 아직 문학의 유통 회로 속에 끼어들지 않고 있기 때문에도 잠재적입니다. 무릇 부재하는 것은 현존하는 모든 것의 미래형입니다.

이 잠재 문학의 특성은 무엇일까요? 학번을 거쳐가며 항구적으로 되풀이되는 아마추어리즘에는 근본적으로 상이한 두 개의 경향이 길항하고 있는 듯이 보입니다. 그 하나는 생의 리듬과 언어의 리듬이 분리되지 않는다는 것입니다. 왜냐면 아직 잠재 문학은 저의 언어를 취득하지 못했기 때문입니다. 여러분의 언어는 시방 여러분의 생의 거죽들, 생의 모공들, 생의 뇌하수체에서 쉼 없이 배란되고 있는 중입니다. 잠재 문학은 호흡하듯이 씌어집니다. 그러나 여러분의 생은, 그 또한, 유보된 생입니다. 아직 여러분은 사회생산자들의 공동체에 들어가질 못했기 때문입니다. 여러분은 아직 조직의 과실도, 조직의 쓴

맛도 보지 않고 있습니다. 문학뿐 아니라 생도 잠재 생이고 생의 잠재태입니다. 이 유보에 의해서 대학생의 생은 사회적 삶과 분리되어 있습니다. 그렇기 때문에 그 생의 표면에 밀착한 대학생 문학은 엉뚱하고 글의 어깨에 힘이 잔뜩 들어가 있으며, 그리고 무엇보다도 도발적입니다. 여러분의 눈으로는 호흡하듯이 쓴 글이 사회의 눈으로는 생의 리듬을 끊는 단절과 폭주로 어지러운 난문입니다. 쓸 때의 감각으로는 가장 자연스러운 것이 읽을 때의 감각으로는 가장 어색합니다.

여러분이 가져 온 원고를 일별해 보니, 이 두 개의 경향이 혼재되어 있음을 느낄 수 있군요. 자신의 생을 바수고 이겨 빚어낸 언어의 조각이 기성품의 세련됨을 바짝 위협하는 작품들이 있습니다. 나는 그 세공의 수준을 가늠하며 흔감해집니다. 속으로는 다음에 만나면 부러 엄격한 얼굴을 짓고 잘 쓰기보다 달리 쓰기에 진력할 것을 주문해야겠다고 생각합니다. 또한 지금까지 아무도 가지 않은 문학의 신천지를 개척하겠다는 의지로 충만한 작품들도 있습니다. 최초의 표현, 누구도 구사해보지 못한 어법을 만들어내고야 말겠다는 독하고 고독한 표정을 읽을 수 있습니다. 기쁘지 않을 수 없습니다. 그것이 현대문학의 가장 의미심장한 존재이유이기 때문입니다. 그것이 근대사회 이래 발명된 신화라 할지라도 그 신화를 철저히, 처절히 꿰뚫고 지나간 사람들의 생의 궤적에는 아주 소중한 까닭이 있습니다. 물론 속생각도 있습니다. 다음에 만나면 하늘아래 새로운 게 없다는 걸 말해줘야겠다고 말입니다.

아무려나 유쾌합니다. 보고 있을수록 그렇습니다. 아무래도 내가 여러분과 정이 잔뜩 들었나 봅니다. 왜 안 그렇겠습니까? 심심하면 부르지요. 불러서 놀리지요. 나는 놀리는데 여러분은 긴장하지요. 글에 대한 강박관념으로 가슴에 주름살 생기지요(나는 웃느라고 얼굴에 주름살 생깁니다). 그래서 요즘 여러분 얼굴 보기가 어려운 모양입니다. 주름살은 젊음에 치명적이니까 말입니다. 그러나 가슴속의 주름살은 보이지 않습니다. 걱정 말아요. 그뿐인가요. 내면의 주름은 창조와 영감의 저장고입니다(왜 뇌에 주름이 잔뜩 잡혀 있을까요). 주름의 겹이 많아질수록 문학의 잠재량도 무한을 향해 갑니다. 주름은 생의 순간성에 지속과 영원을 부여하기 위해 만들어낸 인류 최고의 발명품입니다.

　설마 그렇지야 않겠지요? 나보기가 두려워 숨는 것은 아니겠지요. 그게 아니라 저마다 자신만의 주름을 생성하느라 분주했겠지요. 그래서 나온 게 오늘의 문집이 아닙니까? 주름의 한 면이 접혔다 열리다 다시 접힌 게 이 글 모음 아닙니까? (글을 내지 않은 사람은 아직 주름이 완성되지 않아서겠지요.) 다시 여러분의 원고를 뒤적이니 그게 뚜렷합니다. 보기에 썩 좋습니다.

☎ 2002. 12, 청춘만세(연세대학교 문학특기자모임 문집)

아폴론들에게 보내는 서한

　지상에 유배된 아폴론은 악기를 놓고 목동의 막대기를 듭니다. 순수하고 맑은 외관은 노래를 부를 때와 다름없이 퍽 어울립니다. 하지만 가수의 욕망과 목동의 의무는 어긋나기만 합니다. 장식의 희열을 노동하는 의지로 변화시켜나가는 동안 아폴론의 타고난 아름다움은 이제 법칙화된 미의 형식으로 뒤바뀝니다.

　순수한 기쁨으로 글을 한 줄 한 줄 써나가던 시절이 여러분에게 있었지요. 지금 여러분의 시간은 전진과 수련의 시간입니다. 세상의 정면을 마주보고 미래를 앞당기기 위해 뛰어가는 때입니다. 글쓰기의 기쁨은 인식의 노동으로 바뀌었습니다. 단어 하나를 아름답게 세공하는 시간은 지나고 사회의 구조와 억눌린 자의 고통과 사랑의 난해함을 배우게 됩니다. 인식하는 정신은 세상 전체를 자신의 몸으로 채울 꿈을 꿉니다. 노래의 꿈은 이제 수확의 꿈으로 바뀌었습니다. 정신의 밭을 넓혀나가면서 여러분은 노래하던 자신이 거북살스럽습니다. 세상의 고통에 꽃의 아름다움이 어떤 기여도 하지 못하는 것에 절망합니다. 옛날의 철학자가 말했듯이, 문학은 배고픈 거지 하나 구하지 못하는 것입니다. 아직 디오니소스적인 것을 느끼지도, 하물며 겪지도 못한, 여러분은 대체의 방정식만을 압니다. 그래서 노래하던 몸의 율동을 인식하는 정신의 운동으로 바꾸고자 하지만, 꽃을 그리던 손이 세상의 지도를 그리기는 참 어렵습니다. 둘 다 조형적 작업인데도 불구하고 말입니다. 아니 둘 다 조형적 작업이기 때문입니다. 둘 다 외관을 구성하는 작업이기 때문입니다. 그 작업은 '기술'입니다. 기술은 언제나 국소적입니다. 목수는 석수의 기술을 모르고 조산원과 호상의 일은 아주 다릅니다.

로르카가 21세에 쓴 시 「샘」은 아폴론의 고뇌를 선명히 보여주고 있습니다. 화자는 샘들이 노래하는 걸 듣습니다. 그는 샘들이 높은 포플라 나무 꼭대기에 모인 저녁 별들에게 말하는 것을 봅니다. 그러나 무엇을 말하는지 알지 못합니다. 그는 그 대화에 참여하고 싶지만, 그는 오직 바깥에 놓여 있을 뿐입니다. 그때,

"나무가 되어라!"
　　　　　　멀리서 어떤 목소리가 내게 말한다.
그러자 별들의 격류가
티 한 점 없는 하늘을 구른다.

나는 백년 된 포플라 나무 속에 상감되었다.
불안스레 구슬프게
향수와 그늘의 아폴론에게서
겁에 질려 달아나는 남성의 다프네.

화자는 아폴론 대신에 다프네가 되기를 자청함으로써 샘들과 별들 사이의 긴 통신 속에 참여합니다. 대상이 주체가 됨으로써, 그리는 자

가 그려지는 것이 됨으로써, 그는 외관을 구성하는 자의 근본적인 소외에서 벗어납니다. 또한 그리는 자가 그려지는 것 속에 스며듦으로써 그는 저 긴 통신을 생의 박동으로 느끼게 되었습니다. 그러나 여기에도 문제가 있습니다. 나무에 스며들어 샘들과 별들 사이의 통화선으로 살면 살수록 그는, 나무의 운명, 즉 지상에 묶인 자의 운명에 절망합니다. 그 절망의 끝에 다시 한 목소리를 듣습니다.

> "종달새가 되어라" 치명적인 간극 속에서
> 어떤 길잃은 목소리가 말한다.
> 그러자 불붙은 천체의 격류가
> 밤의 심장으로부터 솟구친다.

몸의 교체가 아니라 심장의 파열만이, 다시 말해 주체의 위치변환이 아니라 주체의 찢김만이 존재의 근본적인 전환을 가능케 합니다. 아폴론의 시인 로르카는 그렇게 말하고 있지 않지만 아마 니체라면 그것을 디오니소스적이라고 말했을 겁니다. 그러나 그 전환은 주체를 영원히 파편들로 살게끔 합니다. 살점들, 넝마들, 쪼가리들. 그 고통을 어떻게 감당할 수 있을까요? 디오니소스적 존재는 아폴론적인 것을 파괴하며 동시에 갈구합니다. 파괴하면 스스로 찢김의 운명에 처하고 갈구하면 소외의 운명에 처합니다.

타고난 아폴론들인 여러분은 아직 그 모험의 문턱에 다가가지 않았을 겁니다. 지금은 바깥과의 동일화, 혹은 세상의 흡입에 분주하기만 합니다. 그러나 어느 날 여러분은 근본적인 선택의 순간에 직면할 것입니다. 모든 위대한 정신들이 감행했던 것처럼 그 동안 자신이 이루고 축적했던 모든 것을 찢어발기라는 내면의 독촉과 마주칠 것입니다. 외면할 수도 있는 직면입니다. 다만 그것은 올 따름입니다. 낯선 냄새, 문득 스치는 바람, 언뜻 달의 표면을 가르는 빛. 아주 먼 곳으로부터 여러분은 이미 "몸이 아픕니다."

▼ 2003, 글林(연세대학교 문학특기자모임 문집)

제4부 덤불 속의 지식

여기까지 오면, 지식인이란 '무지'로 먹고사는 사람이 아닌가, 하는 엉뚱한 질문이 고개를 쳐든다. 지형을 그리고 팻말을 세우면서 세상의 흐름을 인도하겠다고 외치는 저 지식의 장엄한 모습은 무지의 총화가 아닌가? 하긴, 인간은 본래 "오류를 통해 성장"하는 법이니, 그 오류가 또한 진리에 도달하기 위한 불가피한 통로이리라.

악의 윤리학

—폴 리쾨르의 『악의 상징』

『악의 상징』(양명수 역, 문학과지성사, 1994)은 악마를 위한 이야기가 아니고 인간을 위한 이야기이다. 그것은 인간의 악 체험에 대한 인간에 의한 교정을 둘러싼 인간의 사유에 관한 이야기이다. 악은 악에 대한 사유이다. 그 사정이 "악이 아무리 뿌리깊다 해도 선만큼 근원적이지는 않다"는 말에 간명하게 요약되어 있다. '악의 상징'은 때문에 『의지의 철학』에 속한다. 악은 선에 속한다. 리쾨르의 악학은 악의 치유학이다. 그의 존재론은 윤리학과 한덩어리로 움직인다.

악은 미토스로부터 로고스로 향한다. 그 처음에 잘못이 있다면 그 끝에 자유가 있으며, 그 처음과 끝을 잇는 도관을 말이 흐른다. 로고스란 곧 말씀이니, 처음과 끝에 이르는 전 길이에 로고스가 작동하고 있는 것이다. 그 점에서 리쾨르의 윤리학은 이성중심주의로부터 멀지 않다. 그러나, 그리도 가깝게 보이는 그곳에 급격한 벼랑이 있다.

우선, 흠과 죄와 허물이라는 악의 성층들 사이에 오르막 계단이 놓이지 않고 순환의 고리가 둥그렇게 그려진다. 흠은 인간의 의지와 무관한 얼룩이지만 이미 그 안에 상징이 새겨져 있다. 흠이 흠이라고 말해지려면, "흠이 있다고 여겨지는 것이 흠"인 때문이다. 그러니, 흠 속에 이미 허물이 있다. 마찬가지로 허물은, '포로된 자유'가 그러하듯이, 그 스스로 결코 생각되어질 수 없다. 그것은 "흠과 죄 체험을 구성하는 상징 언어들을 자기 식으로 다시 취"함으로써만 파악된다. 이렇게 "상징들 사이에는 순환 관계가 있다. 나중에 생긴 상징들은 그 앞의 상징들로부터 의미를 취하고 뒷 것들은 앞의 것에 그 상징력을 전달한다."

이성중심주의의 극단에는 언제나 완고한 절대성이 저 너머에 엄존하고 있다. 그것이 위로 향하면 공포를 낳고 아래로 향하면 금제를 낳는다. 리쾨르적 순환론은 그 너머의 그것을 이곳 안으로 끌어당긴다. 그로부터 공포와 금제가 아니라, 대화와 요청의 윤리학이 발생한다.

다음, 그로부터, 신(절대성)과 인간 사이에 계약이 수립되며, 하나님의 무한한 요청과 유한한 계명 사이에는 긴장이 유지되어야 한다. 신학은 윤리학으로 흐르며, 그 윤리학은 신의 요청을 요청하는, 그래서, 신과의 계약관계를 확장되고 깊어지게 하는 자유인의 의지로 움직인다. 인간은 신을 매개한 그 자신의 의지를 통해 악으로부터 구원으로 열려나간다. 리쾨르의 로고스는, 반성하는 로고스, 스스로를 여는 로고스이다. 자유는 밖으로부터 오지도 않고 그 자신의 소유도 아니라, 오로지 변모하는 그 자신일 뿐이다.

마지막으로, 말이 이야기임을 말해야겠다. 말씀이지만 또한 말씀이 아니라는 말씀이다. 말은 이야기가 됨으로써 다양해지고 무한해지고 평등해지고 사건들로 풍요해지면서 역사를 이룬다. 말이 말씀일 때 그것은 가리키고 쏘고 울리며, 이야기일 때 그것은 넝쿨처럼 확장되고 깊어진다. 그 이야기, 즉 말들의 강에 인간이 어떻게 악을 인식하고 의미화하고 극복하여 자유의 공간을 확대시켰는지의 내력이 고스란히 깃든다.

번역은 섬세하고도 정확하다. 한국 기독교 언어를 체득하고 있는 역자는 흠·죄·허물 등의 기본 개념으로부터 체언의 모든 것에 이르기까지 다양하고도 적절한 우리말을 찾아냄으로써, 서구철학자의 까다로운 사유체계를 한국어로 이루어진 사유의 틀로 뛰어나게 변환시켰다. 번역은 말의 바른 의미에서 주석이고, 주석이란 곧 창조적 해석에 다름 아니다. 번역은 비평의 상징을 이룬다. 혹은 거꾸로이다.

▼ 1994. 4. 25, 도서신문, 인간의 '악 체험' 의지의 철학으로 표현

비극성의 복원과 구조의 다면성

『라신을 어떻게 읽을 것인가』(교학사, 2000)는 국내 연구자들의 라신 이해의 방향과 수위를 압축적으로 보여주고 있는 듯이 보인다. 우선, 수록된 글들은 60년대 신구논쟁을 기점으로 대체된 라신 해석의 새로운 방향을 폭넓게 반영하고 있다. 정신분석(정희수), 마르크시즘(심민화), 구조주의(정병희), 연극기호학(신은영), 주제비평(이윤옥), 상상력 이론(주경미), 해체 비평(이화원) 등 60년대 이후 최근까지의 신비평의 이론들이 망라되어 있으며, 예전의 해석에서는 무시되었던 후기 저작을 재조명하고(김애련), 라신 희곡의 공연적 의미를 밝힘으로써(장성중) "문학의 제국주의"로부터 벗어나고자 하는 현대 연극의 지향과 보조를 맞춘다.

그러니까 이 책은 라신에 대한 현대적 해석의 집성물이자, 동시에 현대 문학 이론들의 진열장이다. 한 사람의 작가 혹은 하나의 텍스트를 중심으로 해서 현대의 다양한 문학 이론들을 다채롭게 펼쳐보고자 하는 시도가 드물었던 것은 아니다. 그러나, 이 다양한 이론들이 하나의 구심점에 의해 지탱되어 유연한 탄력을 얻기란 그리 쉬운 일이 아니다. 이 책에 실린 글들은 현대 비평의 비평적 전환에, 명시적이건 암묵적이건, 동일한 뿌리를 대고 마음껏 자라난 가지들처럼 보인다. 이 같은 뿌리를 살펴볼 때만 언뜻 보아 산만히 흩어진 글들의 유기적 관련을 찾을 수 있을 것이다.

라신에 대한 현대적 해석이란 무엇으로 요약될 수 있는가? 하나의 이데올로기와 두 개의 이론적 담론이 있다. 하나의 이데올로기는 라신의 비극에서 '비극'의 정신을 복원하는 것에서 나온다. 비극을 비극답게 하는 것이 그 복원의 의미이다. 그렇다면 그 이전에 비극이 비극답지 못했다는 말인가? 적어도 그 이전 시대의, 요컨대 랑송주의의, 라신 해석은 라신의 텍스트를 비극으로 보지 않았단 말인가?

물론 아니다. 그러나, 사물을 보는 관점의 명백한 선회가 있다. 아리스토텔레스의 『시학』에 이론적 젖줄을 댄 고전주의의 이론가들에게 있어서 비극은 그 자체로서 존재하는 것이 아니었다. 비극은 삶의 실상이라기보다 하나의 '기능'(기능주의적 관점에서의)이었다. 기능주의적 관점에서의 기능이란 '무엇을 위한' 작용이다. 다시 말해, 비극은 부차적인 것이었고, 근본적인 목표는 다른 데에 있었다. 비극 옆에서, 비극의 협력에 의해, 한껏 강화될 그 목표는 바로 '카타르시스', 즉 "공포와 연민"을 통한 감정의 정화였다. 이 감정의 정화가 왜 필요했던가? 보통 사람보다 우월한 사람이 자신의 의지에도 불구하고 범할 수밖에 없는 과오는 관객에게 이중으로 작용한다. 한편으로 '우월한' 인물과의 동일시는 관객을 심리적으로 우월한 상태로 격상시킨다. 다른 한편으로 우월한 인물의 과오는 관객에게 그것이 그 자신에게는 더욱 빈번히(아니, 차라리 당연히) 일어날 수 있는 과오임을 인식시키며,

그렇기 때문에, 더욱 범해서는 안 된다는 의무감을 주입한다. 과오의 잠재성과 금지에 대한 의무 사이의 모순을 해결하기 위해 비극이 개입한다. 비극은 잠재적 과오를 상상 공간에서 대리 체험함으로써 과오의 무게를 깨달으면서 동시에 과오의 결과가 가져올 위험을 모면케 해주고, 마지막으로 마치 몸의 때를 씻어내듯이 과오의 가능성을 때마다 씻어내도록 해준다. 공포와 연민을 통한 감정의 정화라는 카타르시스는 결국 가상 체험의 비법라고 할 수 있으며, 궁극적으로 이 비법은 현존하는 질서에 대한 관객의 유보없는 체념과 수락을 유도한다. 다시 말해, 고전 비극은 절대 왕권에 대한 교양인들의 자발적인 복종을 유도하는 기능을 가졌던 것이다.

60년대의 신구 논쟁에서 '라신'이 논쟁의 진앙이 되었던 것은 아마도 바르트의 수사적 표현처럼 "그 누구보다 학교 교실에서 가르쳐지고 있는" "우리 모든 사람들의 작가"(p.72)이기 때문만은 아닐 것이다. 그보다 더 근본적인 이유는 그의 작품이 비극의 이데올로기가 가차없이 드러나는, 혹은 이데올로기들이 첨예하게 맞부딪치는 지점이었기 때문이다. 낡은 비평은 라신에게서 글쓰기의 솜씨만을 보았지만 현대 비평은 글쓰기의 비극성 그 자체를 읽어, 절대 왕권 혹은 넓혀 말해 현존하는 질서의 억압성과 그 안에서 생존하는 자의 비극성을 선명히 부각시키게 된다. 낡은 비평은 작품의 이데올로기에 대해 침묵함으로써 이데올로기를 은폐한다. 반면, 현대 비평은 라신 비극을 순수-비극으로 환원시킴으로써 그것을 이데올로기로부터 해방시키거나 혹은 절대 왕권의 이데올로기에 저항하는 강력한 이념적 발언으로 읽는다. 명백하게 구별될 수 있는 것은 아니지만, 골드만이 비극을 "세계관”(p.13)으로 파악할 때, 스타로벵스키가 “비극적 인식이란 인간이 나약하고 죄 있는 존재임을 아는 기이한 기쁨”(p.121)임을 밝혀 낼 때, 빛과 어둠의 투쟁이라는 상상 체계 속에서 포착된 라신은 “심연을 향한 숱한 전락에도 불구하고 느리고도 무거운 상승을 하고 있는 인간의 조건에 초월성을 부여”(p.140)함을 발견할 때, 라신의 비극은 순수-비극이 된다. 이로써 비극은 부차적 기능이기를 그치고, 생생한 실존이 된다. 다른 한편, 모롱이 라신의 비극을 “여자와 가축, 모든 재산을 독점한 아버지와 같은 절대권자가 존재하고, 친족 관계로 얽힌 [⋯] 폐쇄된 공간을 벗어나고자 하는 피압제자의 몸부림”(p.44)으로 읽을 때, 또는 바르트가 라신의 가장 아름다운 장면에서 “[파국이라는] 결정적 순간의 집요한 되풀이”를 통해 “숙명적 사랑”(pp.67~68)을 영원히 기억시키는 것, 혹은 “비극의 언어가 스스로의 좌절을 신화화화면서, 하나의 ‘지속’을 이끌어 가는”(p.77) 절차를 보았을 때, 또는 해체 비평이 라신의 비극에서 절대 왕권의 표상적 세계에 대항하는 비표상적 욕구의 돌출을 찾아낼 때(p.160), 그리고 라신의 종교극에서 “비극적 아이러니”와 동시에 “신적 아이러니”를 깨달을 때(p.193), 라신 비극은 순수-비극의 세계를 보여주는 과정 그 자체로서 절대 왕권에 반대하는 강력한 “내재적 부정성”의 이념적 담론이 된다.

　비극의 복원은 문학 바깥의 이데올로기에 대한 종속으로부터 문학을 해방하면서, 동시에, 문학 그 자신을 하나의 이데올로기로, 정치적 상상물로 만든다. 이것은 문학의 정치적 기능을 강조한다기보다 차라리 근대 이래 문학의 존재 양태를 적시하고 있는 것으로 보아야 할 것이다. 이것을 17세기의 라신에 대한 현대적 이념의 투영으로 볼 것인가, 아니면 라신의 텍스트에 내재되어 있는 보편적 문학성의 발굴로 볼 것인가? 텍스트의 '의도'를 둘러싼 복잡한 논쟁을 불러일으킬 이 문제에 필자들이 망설이고 있다 할지라도, 문학성이 작가와 텍스트와 독자 사이에서 이루어지며 따라서 끊임없이 가변적이라는 것을 인정한다면 이 '현대적' 해석을 더 적극적으로 밀고 나가는 행위는 문학성의 핵심 속으로 진입하는 일이 될 것이다.

두 개의 이론적 담론은 이 이데올로기적 전복의 연장선상에서 나온다. 하나는 작가와 작품을 분리시키는 것이고, 다른 하나는 심리를 기능으로 대체하는 것이다. 작가의 전기적 사실로부터 작품을 해방시키려는 시도는 원론적으로는 "작가와 독자, 또는 관객이 서로 공감하는 만남의 장소로서"(p.26) 작품을 이해하려는 의도를 가리킨다. 똑같은 정신분석이지만 마리 보나파르트의 정신분석이 "작가를 해명하기 위한 자료"로서 작품을 취급하였다면, 모롱은 "완전히 문학적인 비평을 확립"하기 위해 작가의 "개인적 신화"를 통해 무의식의 영역으로 들어간다. 이러한 보편적 무의식의 가정이든, 혹은 집단의 '가능한 의식'으로서의 세계관이든(p.9), "세계의 공포를 받아들이"는 "언어 활동"(p.55)의 자율적 움직임이든 작가로부터, 혹은 욕망하는 "불행한 시선"의 통제할 수 없는 움직임이든, 작가를 배제하고자 하는 비평적 태도의 밑바닥에는 작가-작품 사이에 이어진 당연한(자연스런) 연관을 끊어버림으로써 작가의 의도나 체험에 근거한 이성적인, 또한 그렇기 때문에, 사무적인 이해를 넘어서, 텍스트가 환기하는 "비이성적인 정열"과 텍스트의 구조 자체가 의도하는 이성적 통제 사이의 긴장을 읽고자 하는 의지가 놓인다. 이러한 의지가 확대되면 텍스트를 그 자체로서 움직이는 구조적 '활동'으로 놓는다. 텍스트의 심리를 넘어서 기능을 분석하려는 움직임으로 뻗쳐 나간다.

이 기능은 기능주의적 기능이 아니라 구조주의적 관점에서의 기능이다. 구조주의적 관점에서의 '기능'은 목적론이 배제된 기능이다. 다시 말해 그것은 무엇을 위한 기능이 아니라 활동하는 체계 혹은 그 체계의 의미론적 국면들을 그대로 가리킨다. 그 활동하는 구조의 활동성의 의미를 바르트의 다음 말이 적기하고 있다고 할 것이다: "우리는 대상에 대해 오직 그것이 지니고 있는 의미와의 관계 하에서만 질문을 던져야 한다. 성급하게, 다시 말해 체계가 가능한 한 폭넓게 구축되기 전에 심리적, 사회적, 물리적인 다른 결정 요인들이 끼어들게 해서는 안된다"(p.83).

이 기능에 대한 주목은 텍스트의 이념적 차원을 넘어서서 그것의 미학적 차원에 접근케 한다. 라신의 비극이 하나의 기호 체계라면, 그 기호 체계는 무엇보다도 '연극'의 이름 하에 구축된 체계다. 따라서 라신의 문학성을 따지기보다 '연극성'을 물어야 하는 것이 아닌가? 중요한 것은 어떻게 읽을 것인가가 아니라 "어떻게 재현할 것인가"(p.195)가 아닌가? 그 연극성은 그러나 그냥 행동의 특성을 뜻하지는 않는다. 연극은 무엇보다도 언어로 구축된 행동 체계이기 때문이다. "비극의 근본적인 현실이란 […] 말-행동"(p.89), 즉 행동화된 언어인 것이다. 연극의 이름을 통하더라도 비극에서 "행동의 패배는 말의 승리"(뒤비뇨)이다. 비약을 감행한다면, 하나의 사건으로 닫힌 비극은 말의 힘을 통해 바깥으로 흘러나간다. 그 말은 그러니까 비극을 확정하는 말이 아니라 비극의 상처를 여는 말, 비극의 빗장 사이로 무서운 진상을 영원히 엿보게 하는 말이다. 그 말은 말의 전제적인 규정성 그 자체에 반하는 말, "그 어느 표상적 언술로 소진될 수 없는 역동성 그 자체"(p.160)로서의 말이다. 다시 말해 행동-말이다.

여기까지 오면, 필자들의 연극 이해는 60년대의 구조주의적 관점으로부터 지난 세기 말의 탈구조주의적 관점으로 어느새 이동하고 있다. 즉 텍스트의 자율성으로부터 텍스트의 열림으로 시선을 옮기고 있다. 그런데도 이 관점의 이동을 보여주는 과정 속에는 분명한 단절면이 존재하지 않는다. 이것은 국내 연구자들이 60년대 이후 현대 비평의 전개를 하나의 연속적인 궤적 속에서 받아들이고 있다는 것을 가리키는 듯하다. 아니면, 각자의 자리에서 다양하게 제출한 해석의 단면들이, 저마다 생에 대한 열정으로 속으로 들끓는 채로 지극히 무심한 혹은 새침한 표정으로 나란히 놓여 있는 것이거나.

☎ 2001, 프랑스고전문학연구

담화의 이데올로기를 추적하기

—올리비에 르불의 『언어와 이데올로기』

목차만을 따라 읽으면 그 책의 전반적인 구도가 선명하게 머리 속에 펼쳐지는 서적이 있다. 완독하고 난 다음에는 책의 내용까지도 차곡차곡 재기억된다. 『언어와 이데올로기』(홍재성·권오룡 역, 역사비평사, 1994)는 그런 책이다. 교육 철학자의 신념이랄까, 방법론이랄까 하는 것이 완벽하게 적용된 범례이다.

이러한 명료성은 그러나 단순함을 의미하지 않는다. 그것은, 일관되고 세밀한 분류, 섬세한 논증, 그리고 가능한 반론에 대한 지속적인 점검 등 잘 압축된 풍요함과 어울리고 있는데, 그것은 "원칙과 실례 사이를 끝없이 왕래하는", '절충적'인(즉, 연역과 귀납 사이에 위치한) 연구 방법에 크게 힘입고 있다.

원칙은 하나의 명제로 표현될 수 있다. 즉, 이데올로기는 주술적인 것을 합리적인 것으로 가장함으로써 권력의 정당화에 봉사한다는 것이 그것이다. 이 원칙이 드러나는 자리는 다양한데, 저자의 시선이 착지한 자리는 '언어'의 층위이다. 즉 언어로 드러나는 이데올로기의 절차와 양태에 대한 분석, 다시 말해 이데올로기적 담화에 대한 분석이

이 책의 내용을 이룬다. 왜 언어일까? 이 언어-담화는 임의로운 선택 사항이라기보다는 필연성을 가지고 있다고 저자는 말한다. "이데올로기의 특권적 영역, 다시 말해 이데올로기가 그 특수한 기능을 직접적으로 수행해내는 영역은 언어"이기 때문이라는 것이다.

과연 저자가 야콥슨과 오스틴의 언어학적 모델에 기대어서 제시하고 분류하고 논증하고 있는 다양한 언어적 절차들, 즉 이데올로기적 담화의 작용태들은 권력 정당화에 봉사하는 언어의 현혹적인 움직임들을 풍부하게 보여주고 있으며, 독자가 이 책에서 얻을 것도 그 교묘한 방법들과 실례들이다.

다만 독자는 이 책이 이데올로기적 담화의 기능성에 지나치게 치우쳐 있는 것은 아닌가라는 의문을 제기할 수 있을 것이다. 가령, 부당 전제는 이데올로기적 담화의 중요한 절차 중의 하나를 이룬다. 저자는 이데올로기적 담화가 이 부당전제에 의존함으로써 비합리적인 것을 합리적인 것으로 가장하게 되는 경위를 밝힌다. 그러나, 어떻게 사람들이 이 부당전제를 사전에 혹은 거의 무의식적으로 용인하게 되는지에 대한 설명은 보이지 않는다. 아마도 그것은 언어의 울타리 밖으로 나갈 때만이 밝혀질 수 있는 것이 아닐까? 그에 대한 명확한 해답을 서평자는 갖고 있지 못하지만, 한 가지 확인할 수 있는 것은 이데올로기적 담화의 작용태, 즉 기능성에 대한 편향이다.

결론의 비약은 이에 연관된 것일까? 본론을 지탱하고 있던 이데올로기적 담화와 그렇지 않은 담화 사이의 구분이 결론에서는 바람직한 이데올로기와 그렇지 못한 이데올로기의 구분으로, 즉 구조적 차이가 정도의 차이로 대치되어 있다. 심지어, 애초의 기본 원칙이 무시되고 있기조차 하다. 권력의 정당화에 봉사하지 않는 이데올로기(가령, 반인종차별주의)도 있을 수 있다는 것이다.

이 비약은 모든 이론적·문화적 작업에 이데올로기의 혐의를 씌우는 무정부주의적 함정을 피해야겠다는 무의식적 욕구의 발로일까? 아니면, 이데올로기에 대한 과학적 분석과 이데올로기의 불가피성이라는 양자택일의 함정에 빠진 저자의 궁여지책일까? 그렇다면 이 책은 이데올로기적인가, 아닌가? 이데올로기의 기능에 대한 가장 명쾌한 해설의 하나로 꼽힐 만한 이 책에 대해 이 물음을 제기한다는 것은 흥미롭고도 착잡하다.

마지막으로, 이 책의 명쾌함을 창출해낸 또 하나의 원천은 번역자에게 있다는 지적이 필요하리라. 역자들의 해박한 지식과 꼼꼼한 주의는 정확한 역어와 유려한 문장, 그리고 긴요한 역주에 두루 적용되었으며, 독자를 번역서를 읽을 때의 불안과 부담으로부터 해방시켜주고 있다.

☏ 1994. 9. 20, 출판저널, 권력에 봉사하는 담화의 이념적 층위,
연역과 귀납의 절충적 연구 방법 인상적

소설을 정신분석하기

—마르트 로베르의 『기원들의 소설과 소설의 기원』

마르트 로베르는 한 손에 카프카를 다른 손에 프로이트를 들고 있었다. 그는 카프카의 작품이 얼마나 재미있는가를 프랑스인들에게 알려준 번역자였으며, 『정신분석의 혁명 : 프로이트의 생애와 작업』을 써서 라깡으로부터 "최고의 프로이트 전기"라는 상찬을 받은 정신분석학자였다. 『기원들의 소설과 소설의 기원』(김치수·이윤옥 역, 문학과지성사, 1999)은 저자가 손에 든 두 개의 도구를, 때로는 심벌즈처럼, 때로는 캐스터내츠처럼, 그리고 때로는 부싯돌처럼 맞부딪쳐 이루어 낸 뛰어난 화음과 번뜩이는 인식의 책이다.

프로이트에서 라깡에 이르기까지 대부분의 정신분석학자들이 정신분석이론의 '계몽'을 위해 소설을 수단으로 활용한 것과 달리, 마르트 로베르는 정신분석이라는 도구를 가지고 소설에 관한 아주 새로운 시각을 제공하였다. 그는 정통 프로이트파처럼 모든 텍스트에 성충동의 원리를 대뜸 대입하지도 않았고, 라깡처럼 무의식의 복잡한 과정을 난해한 알고리즘으로 재구성하지도 않았다. 마르트 로베르는 정신분석의 기본 원리들을 이야기의 보편적 욕망의 차원으로 확대시켜 한편의 계발적이고 일관성 있는 소설의 이론을 세운다. 그가 정신분석에서 가장 중요하게 생각한 것은 성충동이 아니라 '가족소설'이다. '가족 소설'은 어린 아이가 쾌락에 대한 욕망과 그에 대한 현실원칙의 억압 사이에서 고통을 겪으며 성숙해 가는 과정 속에 스스로에게 부여하는 '날조된' 역사를 뜻한다. 가령, 사회적 억압을 느끼는 순간부터 아이는 자신을 천국에서 추방된 신의 아들이라 생각하고 현실의 가짜 부모에서 해방되어 천국으로 귀향하려는 시련에 스스로를 내맡긴다. 아이의 내면에서 만들어진 그 시련의 역사가 바로 가족소설이다(대부분 "다리 밑에서 주워 온 아이"였던 한국인들은 『구운몽』의 '양소유'를 상기하시라).

소설은 이 '가족소설'의 연장이자, 그에 대한 사회적 환기이다. 그렇다는 것은 사회에 완벽히 적응하게 된 성인에게 가족 소설은 의식의 어두컴컴한 헛간에 파묻혀 버리고, 오직 광인만이 여전히 그 날조된 역사를 파먹으며 사는데, 소설은 그것을 교묘하게도 합법적인 방식으로 표출한다는 것을 뜻한다. 또한, 그것은, 소설이 사회적 금기와 한계를 뛰어넘어 영원한 자유와 절대를 갈망하는 영혼의 모험이라는 것을 뜻한다.

이 시련의 역사 혹은 영혼의 모험은, 그런데, 크게 두 가지 양태를 가지고 있다. 업둥이와 사생아가 그 둘이다. 그 둘을 가르는 기준은 부모의 성적 차이에 대한 인식의 여부인데, 업둥이는 부모를 한 덩어리로 인식해 현실의 가짜 부모를 벗어나 진짜 부모, 즉 '다른 세상'을 꿈꾸는 자를 가리키며, 사생아는 부모를 아버지와 어머니로 나누어 그 중 한 사람에게 자기의 진짜 혈통을 부여하고 거기에 근거해 현실 안에서 자신의 욕망을 달성하려는 자를 가리킨다.

　대부분의 소설은 그러나 업둥이 혹은 사생아 중 어느 한쪽의 선택
이 아니라, 그 둘의 조합으로 이루어지며, 그 조합의 방식에 따라 아
주 다양한 소설들의 유형이 탄생한다. 가장 기본적인 유형은 돈키호
테와 로빈슨 크루소로서, 업둥이와 사생아가 서로 소통하여 업둥이의
꿈을 사생아의 간지(奸智)로 이루려 하면 로빈슨이 태어나고, 업둥이
와 사생아가 서로 방해하여 사생아의 꿈에 업둥이의 행동 방식이 적
용되면 돈키호테가 태어난다. 물론 소설의 역사는 거기에서 그치지
않고 업둥이로부터 사생아로, 혹은 사생아로부터 업둥이로 가는, 결
코 고갈되지 않는 순환의 회로를 그린다. 소설을 움직이는 욕망은 하
나이지만, 어떤 소설도 결코 똑같지 않은 것이다.

　마르트 로베르는 1914년 태어났고 1996년 돌아갔다. 그는 대학에
적을 두지 않았기 때문에 제자를 기르지 않았지만, 그가 남긴 몇 권
의 책과 업둥이와 사생아, 돈키호테풍과 로빈슨풍 등의 소설적 개념
들은 그를 소설 애호가들과 이론가들에 의해 영원히 기억될 사람으로
만들어 주었다. 애석하게도 그의 타계를 프랑스의 언론이 알렸을 때,
그것을 주목한 한국인은 거의 없었다. 그의 이론이 역자인 김치수 교
수 등 몇몇 학자들에 의해 이미 한국에 소개되었는데도 말이다. 그런
의미에서 로베르의 소설론은 또 하나의 은폐된 이야기였다고 할 수
있다. 오늘의 번역에 의해 그 은폐된 이야기가 전모를 드러내게 되었
다. 예전의 소개가 전채(前菜)에 해당한다면, 오늘의 번역은 주 요리가
될 것이다. 마침내 상이 차려졌으니 그것을 마음껏 드실 사람들은 물
론 독자여, 당신들이다.

☎ 1999. 6. 28, 대한매일신문

이성중심주의를 이성적으로 극복하기

—강지수 외 『업데이트 시켜야 할 문학의 '철학 사랑'』

제목이 수상하다. 문학과 철학의 만남? 언제 그들이 안 만난 적이 있던가? 적어도 문학 쪽에서 보면 아니다. 50년대의 실존주의, 60년대의 한국의 이념형에 대한 탐구, 70년대의 비판 철학, 80년대의 마르크스주의 그리고 90년대의 해체 철학은 모두 문학의 마당에서 문학의 몸을 통해 표출된 것들이었다. 현대의 한국문학은 철학하기, 다시 말해 진리에 대한 간구를 떠난 적이 없었다. 그렇다면 이 책은 뜬금없는 게 아닐까?

아니다. 어떤 불길한 징후가 이 책에 실린 글들을 뭉치게 하고 있다. 그 징후는 셋이다. 우선 문학 쪽에서. 언제부턴가 한국문학은 철학을 떠나고 있었다. 진리의 울타리를 뚫고 나가 환상의 대 열락 속으로 빠져들고 있었던 것이다. 장경렬은 환상으로부터 상상으로의 복귀 혹은 도약이 문학의 핵심 과제임을 암시한다. 다음. 사회 쪽에서. 도구화된 철학. 다시 말해 "도구적 이성의 거의 결정적인 승리"(정명환). 오늘의 세상은 "정서적 체험을 무시하는 자들이 테크노크라시대와 뷰로크라시의 조종을 받으며 현대 사회를 비인간화시키는"(진교훈)

사회이다. 그리고, 철학 쪽에서. 도구적 이성의 반대편에 놓인 독단적 이성. 진리를 굳은 명제들로 환원시키는 철학 혹은 진리주의의 횡포가 인간의 실존을 왜곡하고 있었다.

분명. 문학과 철학은 '다시' 만나야 하는 것이다. 이 책에 실린 글들의 공통된 입장을 요약하자면, 이성중심주의에 대한 이성적 극복이 바로 그 만남의 의미이다.

문학 쪽에서는 이성중심주의의 극복이, 철학 쪽에서는 그 극복의 이성적 방법이 제공된다. 이 만남으로부터, 철학과 문학은 "역사적 현실을 창조적으로 조형하는 최고의 전략들"(김상환)이 공히 될 수 있을 것이다. 어떻게 되는가? 대답은 다양하다. 진리의 역설(力說)이 아니라 역설(逆說)로 도달하는 진리(정명환), "개체적 생존의 정황"으로부터 근원적 삶을 향하는 것(김우창), 삶의 장벽을 몸으로 포월(包越)하기(김진석), 주관과 객관의 상호 변환(김병옥)….

대답의 내용이 어떠하든 그것들은 모두 생활세계의 한복판에서 출발해 그 절실성을 해결하는 방향에서 인식과 상상의 기획이 이루어져야 한다는 지극히 자명한 깨달음으로 독자를 이끌고 간다. 그 자명한 진리는 그러나 얼마나 실천이 어려운가?

이 책의 절실성은 바로 그 물음 위에 놓여 있다.

▼ 2000. 3. 17, 조선일보

소설의 용도

—『소피의 세계』와 『테오의 여행』

　　지식을 알기 쉽게 전달하기 위해 소설 형식을 비는 경우가 무척 많다 한다. 딱딱한 이론을 그대로 서술하기보다는 재미난 이야기로 꾸미는 게 보다 쉽게 지식을 전달하는 길이 될 수 있을 것이다. 그런데 그 '쉽게'란 무엇인가? 그것은 사전 그리고 경전과 이 양식을 대비해 보면 알 수 있다. 소설화된 교양서는 전달하고자 하는 내용을 정보로서가 아니라 사건으로서 이해시키고자 하며, 또한 계율로서가 아니라 체험으로서 받아들이도록 하는 것을 목표로 한다. 그런데, 실제의 책들이 그 목표에 미치고 있는가에 대해서는 불신의 눈길이 따갑게 이는 듯하다. 이 이른바 "소설로 읽는" 교양서들은 '쉽게'라는 명분 하에 엉성하고 잘못된 지식을 마구 남발하고 있는 것은 아닐까? 아마도, 이러한 류의 책들 중에서 비교적 깊이 있다고 평가받으면서 놀라운 판매량을 기록한 두 책을 검토해보는 것은 문제를 선명하게 이해하는 데 도움이 될 것이다. 그 두 책은 『소피의 세계』와 『테오의 여행』이다.

　　『테오의 여행』은 난치병에 걸린 테오가 종교와 문명의 발상지를

여행하면서 다양한 종교 세계를 접하는 과정을 통해 병이 낫게 된다
는 내용을 담고 있다. 테오의 병이 암시하는 바가 무엇인가 하는 것
은 '소설로 읽는 세계의 종교와 문명'이라는 부제를 미리 읽은 사람
이라면 짐작하기가 어렵지 않다. 그 테오의 결코 밝혀지지 않는 병은
현대인이 공통적으로 앓는 마음의 질병을 암시한다. 그런데, 이 마음
의 질병은 이야기가 전개되는 가운데 독자의 애초의 기대를 슬며시
배반한다. 부제로 보아, 독자는 우선 테오의 병이 신이 사라진 시대의
현대인의 불안을 암시한다고 생각하기 쉽다. 그러나 소설은 그보다도
종교와 현실 세계가 만나는 지점에서 종교적 광신이 드러내는 아집과
그것이 저지른 각종의 비극적 사건들에 대한 안타까움과 분노를 더욱
강조한다. 이렇다는 것은 수수께끼 풀이를 기본 구조로 가지고 있는
이 소설이 은근히 종교에 대한 지식을 알려주는 듯하면서 실제로는
종교와 세속이 만나면서 형성한 세계문명의 특수한 단면들을 부조해
내고 있다는 것을 말해준다. 정신분석과 철학을 배우고 여러 종류의
책을 써온 작가의 재주가 마음껏 발휘되었다고 할 수 있다. 그런데
이 솜씨가 드러나는 과정은 동시에 종교의 본성에 대해 무언가 알고
싶어서 책을 산 사람들을 실망시키는 과정일 수도 있다. 이런 류의
교양 서적이라면 작가는 우선 표제로 내세운 것에 대한 핵심 사항들
을 알려주는 것을 목표로 삼아야 하지 않을까?

  그래서 작가가 그것에 대해 무엇을 알려주는지를 앞부분의 세 종
교를 대상으로 살펴보기로 하자. 그 세 종교는 작가에게 비교적 익숙
한 유대교, 기독교, 이슬람교이다. 이 종교들에 대한 작가의 관심은
우선 한 가지 사항으로 좁혀져 있다. 유대교는 아직 메시아를 기다리

며, 기독교도는 예수가 죽은 자들 사이에서 부활한 메시아라고 생각하며, 이슬람교는 메시아란 없고 예언자만 있을 뿐이며 마호메트가 최후의 예언자라고 여긴다는 것이다. 그러나 이것은 신의 대리인을 보는 관점이지 신 자체를 보는 관점은 아니다. 이 관점으로부터 나오는 신에 대한 관점은 무엇인가? 작가에 의하면 세 종교가 모두 유일신교인데, 유대교는 신을 '존재 그 자체'로 생각하고, 기독교는 신이 인간의 모습을 통해 이 땅에 자신을 드러낸다고 생각하며, 이슬람교는 유대교처럼 신을 존재 그 자체라고 생각하지만, 동시에 예언자 즉, 신의 사절을 통해서 그의 말씀을 전한다고 생각한다는 것이다.

내가 보기에, 종교가 무엇인가를 알려주려면 우선 여타의 정신 영역들과 종교와의 차이를 비교해야 하며, 다음, 그 종교가 생각하는 신의 모습을 그려 보여주어야 하고, 그리고, 인간이 신 앞에서 취할 태도를 가르쳐줘야 한다. 그것은 앞에서 작가가 우선 밝힌 신의 대리인을 보는 관점에 근거해서 어느 정도 짐작할 수 있다. 유대교가 볼 때 신의 뜻은 아직 인간에게 도래하지 않았으며, 기독교가 볼 때 예수가 겪은 사건이 신의 뜻이며, 이슬람교가 볼 때는 마호메트가 전하는 경전이 신의 뜻이다. 따라서 유대교인에게는 신의 뜻(십계명을 통해 지극히 요약적으로 제시된)을 받아들이는 사람의 자세가 중요하고, 기독교인은 신의 뜻을 예수를 통해서 체험적으로 배우며, 이슬람교도는 코란이 지시한 계율들을 철저히 엄수해야 한다. 하지만 작가는 그런 쪽으로 이야기를 전개시키지 않는다. 작가는 오히려 종교 집단이 벌인 역사적 사건들에 대해 더 관심이 있고, 그 과정에서 실질적으로 신앙에 대한 노골적인 회의를 곳곳에서 드러낸다.

그렇다면, 이 책이 종교와 문명에 대해 '무언가'를 알려주는 책이라고 할 수 있을까? 나는 아니라고 본다. 작가에게 비교적 익숙한 세 종교를 말하는 중에도, 이슬람교에 대한 그의 시각은 유대교와 기독교의 애매한 절충 정도로 비치고 만다. 그러면서 이 애매한 절충에 의해서 교리와 실제 사이의 이율배반적인 갖가지 사건들이 발생한다는 막연한 추정을 독자로 하여금 갖게 한다. 이슬람교에 대해 전혀 무지한 내가 이렇게 생각할 정도라면, 진짜 이슬람교도의 입장에서 보면 이 책에는 서방 세계의 편견(혹은 무지)이 치유할 수 없게 스며 있다고 생각할 것이다.

지면 때문에 자세하게 언급할 수 없지만, 『소피의 세계』는 철학의 발생과 역사적 전개 과정을 추적해가면서 철학과 다른 정신영역 간의 차이, 그리고 철학들의 다양한 면모와 세계관을 비교적 차분히 서술하고 있다. 여기에서 소설은 철학을 도와주는 비유의 차원에 철저히 머물고 있다.

이 두 가지 예가 뜻하는 바는 분명하다. 『테오의 여행』의 작가는 그의 작가적 재능에 뒷받침되어 소설과 지식 전달을 혼합하려고 했다. 그러나, 소설로서는 엉성한 추리소설이 되었으며, 지식에 대해서는 핵심을 보여주기보다는 현상들을 어지럽게 늘어놓는 데 그치고 말았다. 『소피의 세계』의 작가는 소설로서는 미숙한 이야기에 지나지 않지만 그 한계를 철학에 복무하도록 통제함으로써 어려운 철학적 내용들을 알기 쉽게 전달하는 데 성공하였다. 『테오의 여행』의 실패는 작가가 소설가로서도 종교 지식에 있어서도 다 같이 미숙했기 때문이라고 말할 수밖에 없다. 바로 이 점이 중요한 것이다. 소설로 쓰든, 사전으로 쓰든, 경전으로 쓰든, 지식전달자의 제1의 조건은 해당 분야에 대한 넓고 깊은 이해인 것이다. 또한 교양서에 소설이 이용당했다고 해서 소설이 훼손당했다고 생각할 필요는 없다. 그것도 소설의 중요한 기능 중의 하나이다. 다만, 그때 소설은 소설이라기보다 비유적 이야기이다. 용어가 어찌 됐든 그 이야기는 본래의 목표에 의해 엄격하게 통제될 때에만 기능을 발휘한다. 그 통제를 가할 수 있는 능력도 본래의 분야에 대한 정확한 앎을 요구한다.

▼ 1999. 11. 5, 출판저널, 교양서의 소설화, 문제는 없는가

일상인의 철학으로서의 고집스런 휴머니즘

—올리비에 토드의 『카뮈 : 부조리와 반항의 정신』

20세기 중반기를 풍미한 프랑스의 사상가·문학인들 중에 카뮈만큼 한국 독자의 폭넓은 사랑을 받은 사람도 드물 것이다. 생-텍쥐페리는 청소년을 위한 작가였고, 보브와르는 여성들의 작가였다. 말로는 명성보다 훨씬 적게 읽혔다. 사르트르는 한국의 지식인들에게 가장 큰 영향을 끼쳤으나 그 영향은 지식 사회의 울타리 안에 머물러 있었다. 카뮈만이 유일하게 계층과 직업과 성별이 편중되지 않은 애독자를 가진 작가이다.

왜 그러할까? 태양의 눈부심 때문에 살인을 저지른 뫼르소(『이방인』)의 돌출한 행동 때문에? 아니면 역병이 만연한 도시에서 순교자적 열정으로 사람들을 구한 의사 류(『페스트』)의 도덕적 위엄 때문에? 아닌 듯하다. 인간 존재의 근거 없음, 소위 부조리의 철학자는 카뮈 말고도 많았다. 그 삶의 부조리를 반항으로서 뚫고 나가려 한 행동인으로 우리는 류보다 『인간 조건』(말로)의 첸을 더 강렬히 떠올릴 수 있다.

카뮈를 카뮈답게 하는 것, 그것은 어쩌면 그가 유정한 작가였다는 점에 있을지도 모른다. 그가 태어난 고장에 대한 사려 깊은 사랑, 그와 연대했거나 그와 싸운 사람들에 대해 그가 보인 신중한 경의들 그리고 자신의 친구를 죽게 만든 나치의 협력자들마저도 구명하려 한 그의, "따뜻한 인간애"라고 말할 수밖에 없는, 관용의 정신, 이런 것들은 카뮈를 합리주의로 무장한 서양의 지식인이라기보다는 다정하고 의리 있는 이웃 아저씨로 느끼게 한다. 그런 연상이 그저 한국 독자만의 그것은 아닐 것이다. 쥘리앙 그린은 "아주 다정다감하면서도 인간적인 그의 얼굴"에 감동을 받았거니와, 동시대의 많은 사람들이 그의 "다정다감한 정직성"에 반하고 말았다. 사르트르가 지식인들의 얄미운 스승이라면 카뮈는 문학과 삶을 사랑하는 만인의 친구였던 것이다.

올리비에 토드가 쓰고 김진식이 옮긴 『카뮈 : 부조리와 반항의 정신』(책세상, 2000)은 이 유정한 작가의 한 평생을 꼼꼼히 복각하고 있는 책이다. 이 책은 카뮈에 대한 우리의 인상이 단지 "너무나 인간적인" 편견에 의해서가 아니라, 카뮈 자신의 삶의 궤적을 통해서 말 그대로 '실존적으로' 형성된 것임을 잘 보여준다. 그것을 보여주기 위해 그는 두 가지 방법론을 도입하는데, 하나는 환경의 의미이고, 다른 하나는 영향의 복합성이다. 환경이란 카뮈가 알제리의 가난한 프랑스 인이었다는 사실을 가리킨다. 그는 알제리 인들과 달랐지만 동시에 권력을 쥐고 있는 프랑스 인들과도 달랐다. 그는 피식민자와 식민자 사이에 끼인 이중적 존재로서, 이 둘에 대해 애정과 갈등을 공평하게 나누어 가지고 있었다. 이 공평한 위치가 인류에 대한 그의 보편적 사랑의 씨앗이 된다. 영향의 복합성이란 그가 타인들로부터 끊임없이 영향을 받았을 뿐만 아니라, 그 영향을 자신과의 내적 대화로 바꿀 수 있었다는 것을 가리킨다. 그의 부지런한 서신 교환은 그 영향의 바깥쪽 면을, 그의 '수첩'은 그것의 안쪽 면을 입증하는 물증들인데, 중요한 것은 그것들이 아니라, 바깥의 영향을 내면의 대화로 바꿈으로써 그가 세워나간 삶의 지침이다. 그 지침은 "두터운 우정은 생의 철학에 기초해 있지 않으면 지속될 수 없"(p.182)다는 그의 말에 암시되어 있듯이, 이웃에 대한 사랑을 생의 철학으로 수렴시키는 것, 그리하여, 끊임없이 생활에 '모랄'을 세우려는 노력을 뜻한다. 모랄은 엄격한 윤리 원칙이 아니다. 그것은 풍속으로부터 자연스럽게 형성된 풍속을 건강하게 이끌고 가는 생의 원리이다. 카뮈가 "정치를 몰아내고 그 자리에 […] 세우려 한"(p.633) 그 모랄, "순수하고 엄격하고 심지어는 관능적이기까지 한 그의 고집스런 휴머니즘"(p.1267)은 바로 잡스런 일상의 한복판에서 자연스럽게 태어난 철학, 카뮈가 세운 철학이라기보다 차라리 일상인들이 카뮈라는 인물로서 세운 철학이라고 할 수 있다. 오늘날 카뮈가 다시 중요하게 부각되는 이유는 여기에 있을 것이다.

☎ 2000. 6. 24, 동아일보

온건해서 논쟁적인

—에드먼드슨의 『문학과 철학의 논쟁』

이 책(윤호병 역, 문예출판사)은 온건하고도 논쟁적인 저서, 아니, 온건하기 때문에 논쟁적인 저서이다. 뒤에서부터 말하자. 왜 논쟁적인가? "서구에서 문학비평은 문학이 소멸되어야 한다는 소원과 함께 출발하였다"는 도발적인 첫 문장에 그 논쟁의 핵자가 숨어 있다. 문학을 소멸시킬 것을 주장한 그 문학 비평이 바로 플라톤의 『공화국』이라면, 그 주장과 함께 출발한 것은 또한 철학에 의한 문학의 지배의 역사이다. 플라톤은 시인을 추방하려고 했고, 칸트는 문학을 일상적 삶의 영역에서 떼어내어 "지옥의 변방으로 이동"시켰으며, 푸코·데리다 등의 현대철학자들은 문학을 전문가들만의 "복잡미묘한 놀이와 쾌락"의 대상으로 만들어 버렸다는 것이다. 이것이 저자가 단토(Danto)의 용어를 빌어 "철학적 권리박탈"이라고 부른 서양 문학비평사의 진상이다.

논쟁은 두 개의 층위에 놓여 있다. 하나는 문학을 철학의 난해한 지배에서 해방시키고자 하는 저자의 단호한 투쟁 정신의 층위이다. 다른 하나는 플라톤과 칸트와 푸코를 그렇게 '싸잡아서' 말하는, 철학자들을 당혹케 할 관점의 층위이다. 왜냐하면 어떤 철학자들은 철학의 역사를 '시인추방론'으로부터 문학을 구출해 진리와 자유의 전망대이자 싸움터로서 재정립하려고 고투해 온 역사로 볼 것이기 때문이다. 그러나 그 고투의 방향은 분명 에드먼드슨의 그것과 다르다. 철학자들이 문학을 사회를 비판하고 반성케 하는 부정의 정신으로 보았다면, 이 문예 옹호가가 보기에 문학은 상상과 언어가 삶의 구체적 면면들과 어울리는 긍정적 화합의 장소이다.

이 책의 온건성은 여기에서 드러난다. 이 책은 비판된 철학자들의 주장을 성실히 이해하고 있기 때문에 온건한 게 아니라, 문학을 일상적 삶의 차원으로 복귀시켜 그것의 시민권을 주장했기 때문에 온건하다. 요컨대 저자는 『죽은 시인의 사회』의 키팅 선생의 형제이다. 그러나 키팅 선생을 쫓아낸 것은 철학자가 아니라 완고한 형식주의로 중무장한 교육제도였다. 아무리 온건하려 해도 문학은 어느 시인의 말을 빌자면 "불온"할 수밖에 없다. 문학과 철학이 왜 자꾸만 '합작'하려 하는가?

번역은 성실하지만 둔하다. 눈을 부릅뜨고 읽어야 문맥을 제대로 쫓아갈 수 있다. 부정확한 용어들도 간간이 있다. 푸코의 『훈련과 처벌』은 『감시와 처벌』로 고쳐져야 하며, "예술의 철학적 권리 박탈"은 "철학에 의한 예술의 공민권 박탈"로 고치는 게 더 타당하다.

☖ 2001. 1. 13, 조선일보, 문학은 상상과 언어와 삶의 합주곡

지식의 길 혹은 덤불 속의 생

올리비에 불누아(Olivier Boulnois)의 『존재와 재현』(PUF, 1999)을 쉬엄쉬엄 읽는다. 13세기 말엽의 망각된 중세 신학자 던스 스코트(Duns Scot)의 저작에서 근대적 사유의 기원을 찾고 있는 책이다. 개요는 이렇다. 아랍을 우회하여 들어 온 아리스토텔레스는 종래 유럽의, 그 역시 아리스토텔레스에 근거했던, 신학의 기본 개념들을 결정적으로 대체한다. 첫째, 순전히 사실의 수용만을 담당했던 인식에 의도성과 상상이라는 새로운 기능들이 첨가된다. 그럼으로써 진술이 사실과 일치하는가가 아니라 재현 가능성이 진리의 표지가 된다. 둘째, 재현자로서의 존재는 일의적이라는 것. 이로써 신과 인간의 통로가 열린다. 셋째, 지능은 세계를 비추는 거울이 아니라 그 거울을 생산하는 원리이다, 라는 지성에 대한 새로운 규정. 이를 통해, 이데아는 모방해야 할 '전범'이 아니라 우리의 이해 작용의 '결과'가 된다.

책을 읽으며, 나는 하나를 확인하고 하나를 깨닫는다. 우선 확인한 것. 근대는 정치·사회학적으로만 포착될 것이 아니라 삶의 전 분야에 걸쳐 살펴져야 한다는 것이다. 그렇게 넓혀 보면, 근대는 18세기 이후에 생겨난 것이 아니다. 자크 르 고프가 장기지속의 중세를 말할 때 근거했던 똑같은 현상을 두고 '장기 생성'의 근대를 말할 수 있다. 또한, 이로부터 확인하는 또 하나의 사실은 시대들은 항상 겹쳐 있다는 것이다. 그것은 우리 사회가, 어느 시인의 표현을 빌어, 봉건, 근대, 탈근대라는 "삼겹살"의 시간대를 살고 있다는 것을 지나치게 과장할 필요가 없다는 것을 가르쳐준다. 우리가 그 삼겹살의 몸뚱이를 두고 "곤고함"을 느끼고 회매한 근대를 낭패하고 말았다고 한탄하는 것은 엄살에 지나지 않는다. 그리고 내가 깨달은 것 하나. 아랍을 우회한 아리스토텔레스가 직접 계승된 아리스토텔레스를 뒤집었다는 것. 다시 말해, 타자는 나를 키우는 따뜻한 햇빛이고 매운 바람이라는 것. 그러니까 모방은 죄가 아니다. 모방에만 급급한 것은 아둔함이고 모방을 재빨리 창조로 바꾸려고 하는 것은, 창조라고 우기거나 창조를 재촉하거나 매 한 가지로, 탐욕이다. 더 과감하게 말하면, 창조란 없다. 모방의 교류만이 있는 것이고, 그 교류가 정직하고 공평하다면 바람직할 것이다. 내가 너에 대해서든, 네가 나에 대해서든.

불행하게도 그것이 일반의 동의를 얻고 실천된 적은 없었다. 던스 스코트가 어떻게 길을 열었는가에 관계없이 그를 망각의 덤불 속에 처박고 지나간 동족들은 어느 날 문득 자신을 근대의 창설자로 선언하리라. 불누아가 그를 재발견했다 하더라도 덤불 속의 생의 곤고함은 변하지 않는다. 장기 생성의 시간은 긴 수난의 길이다.

▼ 2001. 1. 15. 교수신문

번역, 혹은 원문의 풍경을 재구성하기

―정명환 역, 사르트르의 『문학이란 무엇인가』가 품은 재번역의 의의

한국의 번역문학은 지지부진하지만 꾸준히 성장해왔다. 그것이 지지부진했던 것은 '재탕'을 폄박(貶薄)하는 한국인 특유의 순수주의와 번역에 대한 정책 부재가 가장 큰 원인이었다. 그런데도 그것이 꾸준히 성장할 수 있었던 것은 개화기 이래 전통적 사유틀의 붕괴로 인해 바깥 지식에 대한 욕구가 팽대(膨大)하였고, 또 그 욕구에 힘입어 바깥 나라의 외국어를 체득한 연구자들이 착실히 증가해왔기 때문이다. 이 지지부진과 꾸준함이 미묘하게 얽힌 상태로 한국의 번역문학이 도달한 수준은 외국 문헌의 '정확한 이해'라고 할 수 있다. 요 근래의 몇 차례의 번역 논쟁을 통해 여전히 오역과 역서선정기준이 입방아에 오르고 있기는 하지만, 이제 제 3국어(일어나 영어)를 통한 중역은 거의 사라졌거나 점차로 개선되고 있다고 할 수 있으며, 전문 연구자의 증가로 오역의 빈도도 신속하게 줄어들고 있고, 세계 네트워크의 단일화로 빠른 정보 교환이 가능해지면서 중요한 문헌들 거개가 속속 번역의 사정거리 안에 들어오고 있다.

그러나 '정확한 이해'는 번역의 기본 덕목이긴 하지만, 그가 도달

해야 할 정상은 아니다. 그 정상은 두말할 것도 없이 번역자(의 나라)
와 저자(의 나라)의 생산적 대화이다. 이 대화가 가능하기 위해서는 지
피(知彼)와 지기(知己)가 동시에 충족되어야 하며, 그 위에서 타자와 자
신의 차이를 분명하게 잴 줄을 알아야 한다. 그리고 그 측정을 통해
타자의 수용이 나의 변화를 유발하고 나의 변화가 타자의 객관화로
돌려져야 하며, 그럼으로써 마침내 번역이 원본에 대한 일종의 비평
적 발언이 될 수 있어야 한다. 『문학이란 무엇인가』의 재번역은 바로
이 새로운 등정을 위한 첫 시도 중의 하나이다.

　이 유명한 고전은 고(故) 김붕구 선생에 의해서 1972년 문고본으로
처음 국역되었다. 정명환 선생의 새 번역은 그로부터 26년만의 일인
셈이다. 무엇이 달라졌는가? 오역을 교정한 부분들도 물론 있으나, 그
것은 뒤에 작업하는 사람이 당연히 해야 할 일일 뿐이다. 진짜 의의
는 다른 데에 있다. 이 번역에 매달려 계실 즈음 나는 선생님과 '역주
가 원문만큼 중요한 번역서의 필요성'에 대해 수 차례 대화를 나눈
적이 있다. 선생님은 바로 그 '역주'의 뜻을 새 번역서에 완벽하게 쏟
아놓았다. 우선, 고유명사 및 당시의 특수한 사회적 정황들, 그리고
숨어 있는 암시와 비유들에 대해 일일이 주석을 달아서 책의 내용뿐
아니라 책의 풍경을 완벽히 재현하였다. 그럼으로써 이 책의 이론적
보편성뿐만 아니라 역사·사회적 필연성, 그리고 이 책이 다른 책들
과 맺고 있는 상관 관계를 독자들이 이해할 수 있도록 하였다. 72년
역에는 빠졌던 제 4장 「1947년 작가의 상황」이 이번에 채워진 것도
단순히 '완역'에 대한 요구를 충족시킨 것일 뿐 아니라, 이 책이 씌어
진 맥락을 독자들이 충분히 이해할 수 있게 하기 위해서이다. 다음,

역자는 각주를 통해 저자가 자신도 모른 채 범한 오문과 착오를 교정하는 시도를 보였다. 그 교정은, 저자가 만일 살았더라면 그도 수긍할 수 있을 만큼 치밀한 논리적 설명에 의해 뒷받침되고 있다. 마지막으로 역주는 해설을 담당하면서 더 나아가 원문의 주장들에 대한 비판적 질문을 수행하고 있다. 역서가 그 자체로서 비평서가 될 수는 없겠으나, 역자는 각주라는 비좁은 공간을 통해 반성적 글읽기를 지속적으로 환기시키면서, 기간(旣刊)된 사르트르 비평서들(중점적으로는 선생님의 저서, 『문학을 찾아서』)과 연결되는 통로들을 열어놓았다.

그러니, 이 책은 '번역(飜譯)'의 바른 뜻을 세운 책이기도 하다. 번역은 단순히 옮기기가 아니다. 번역은 내용을 정확히 옮기고, 풍경을 재현하며, 그 풍경을 살아 있는 인간들의 대화로 생동시킨다. 번역을 통해 책은 다른 시·공간에서 다시 태어난다. 그 책은 원저자의 '그때의 책'이 아니라, 저자와 역자가 합동으로 이룬 '오늘의 책'이다.

▼ 1999. 12. 7, 대학신문

괴이하고 정확한 거대한 통찰

—조르쥬 바타이유의 『저주의 몫』

나는 책을 읽으며 세 번이나 생각을 바꿔야 했다. 그만큼 바타이유의 『저주의 몫』(조한경 역, 문학동네)은 괴이한 책이다. 괴이하다는 것은 아름답고 맹랑하고 놀랍다는 뜻이다. 우선 아름다운 것은 이 책의 곳곳에 숨어 있는 번득이는 표현들 때문이다. 가령 "우리는 실수를 마약처럼 복용한다."(p.31)라든가, "사물은 외눈박이의 지배력을 행사할 뿐이며, 새로운 진실이 어둠을 타서 폭풍을 지배한다"(p.176), "자아 의식은 본질적으로 충분한 내밀성의 확보이다. 그러나 내밀성의 확보는 속임수이다."(p.232)와 같은 비유, 잠언, 반어는 신화와 역사 그리고 삶을 오래 반추해 본 사람의 깊은 사유의 심연에서 솟아난 통찰들이다. 이런 지혜를 얻는 것만으로도 이 책은 충분한 값어치가 있다.

그러나 이 책은 단순한 수상록이 아니다. 이것은 무엇보다도 이론, 인류의 물질적 조건에서 정신적 활동까지를, 그리고, 과거에서 미래까지를 하나의 원리로 풀어내려고 하는 야심만만한 학설임을 자처한다. 이 이론이 설득력이 있는가? '일반 경제'의 이론임을 내세우는 이 이론은 통상적인 경제 개념을 완전히 뒤집는다. 부의 축적과 확대 재생산이 경제 이론의 핵심이라면 이 책은 부의 소모와 탕진이야말로 참된 경제의 지표가 되어야 함을 역설적으로 역설한다. 이 맹랑함을 두고 어떻게 해석할 것인가? "그러나 우스꽝스러워지지 않고서는 아무도 깜짝 놀랄 일을 이룰 수 없다. 전복해야만 한다. 그것이 전부이다."(p.52)라고 표명된 저자의 철학적 입장이 인디언의 '포틀래취' 풍습에 홀린 나머지 극단적이고 무분별하게 흘러 넘쳐서 방언(放言)된 상상의 말거품들인가?

그러나 한 번도 가투에 참여해보지 않은 도서관 사서의 골방의 몽상에 불과하다고 일축하고 싶은 마음은 책을 읽어 갈수록 분명 정확했다고 인정하지 않을 수 없는 역사적 통찰들에 대한 놀라움으로 뒤바뀐다. 이 책의 독특성은 경제를 삶의 하부 구조에 묶어두지 않고 삶 그 자체의 문제틀에 의해 재구성하고 있다는 것, 즉 인류의 생 전체의 통일적 운동의 한 국면으로서 경제를 이해하여 철학적 태도와 정신적 행위와 물적 활동들 사이를 하나의 염주로 꿰으로써 그것들에 생체 에너지의 비등과 배분의 방법론을 부여한 후 자의식의 인수를 대고 풀어내고 있다는 것에 있다고 할 수 있는데, 이 기이한 통일장 이론의 역사적 해석들은 오늘의 시점에서 보면 볼수록 더욱 수긍될 만한 것이다. 다만, 이 괴이한 이론적 기획은 소모와 탕진이 역설적으로 부의 축적과 집중의 '기제'로서 광범위하게 운행되고 있는 오늘의 정보사회적 사태를 어떻게 해석할 것인가? 그것은 저 음침하고 도발적인 사서의 뒤를 이어 생의 도서관 안으로 잠입하고자 하는 많은 사람들의 숙제가 될 것이다.

마지막으로, 번역의 문제. 전반적인 뜻은 온당하게 전달되었다고 말할 수 있다. 그러나 세목으로 들어가면 사방에서 오역이 눈에 띈다. 문맥을 명확히 포착하지 못했다는 것을 가리킨다. 게다가 핵심 개념들의 번역 용어도 일관되지 못하다. 안타까운 것은 내가 잘 알고 있듯이, 역자가 일급의 베테랑 번역자라는 것이다. 그것은 이 문제가 역자의 그것이라기보다 한국의 번역학 전반의 한계라는 것을 뜻한다. 국가적 차원에서 체계적인 번역 제도가 구축되지 못하고 항상 민간 차원에서 구멍가게식으로, 주먹구구식으로, 일회용 깜짝쇼의 연속처럼 움직여 온 한국 번역 문화의 불가피한 한계이다. 그게 안타깝고 안쓰러운 것이다.

☎ 2001. 2. 15, 시사저널

지식인들의 무지

—정명환 외, 『프랑스 지식인들과 한국전쟁』

1950년의 한국전쟁이 왜 문제가 되었나? "세계적인 입장에서 볼 때 부차적이고 멀리 떨어진 지역"에서 '내란'이 일어났을 뿐인데, 서양의 지식인들이 왜 그리도 법석을 떨었을까? 무엇보다도 그 전쟁이 한국인들의 골육상쟁이기에 앞서서 2차 세계대전 이후 형성된 자본주의 대 공산주의라는 냉전 체제의 시험장이자 파열구였기 때문이다. 그 시각에서, 한국 전쟁은 지구를 두 쪽으로 쪼갠 거대 이념의 사활을 건 싸움의 무대이자 또한 앞으로의 세계의 향배에 대한 상징적 지표로 기능하게 되었던 것이다. 그것이 이념의 선택과 마주해 있던 서양 지식인들로 하여금 한국전쟁을 긴박한 눈길로 바라보게 하고 치열한 논쟁에 휘말리게 한 까닭이다.

정명환·시리넬리·변광배·유기환, 네 사람의 공동연구서(민음사, 2004)가 공들여 재구해놓은 바에 의하면 이에 대한 서양 지식인의 질문은 두 겹을 이룬다. 첫째, 그 전쟁의 정당성 여부이다. 만일 그 전쟁이 추악한 전쟁이라면 그 전쟁을 일으킨 쪽의 배후에 놓인 진영이 악이라는 것을 가리키는 것이다. 둘째, 그 전쟁에 의미를 부여하는 방식이다. 만일 그 전쟁이 불가피하게 일어날 수밖에 없는 것이었다면 그 전쟁에 어떤 방식으로 정당성을 부여할 것인가, 라는 것이다.

이 책은 그 질문에 대한 응답자로 네 사람의 프랑스 지식인을 선별하였다. 사르트르와 아롱, 메를로-퐁티, 카뮈는 모두 항독 투쟁의 명예로운 경력을 통해 2차 세계대전 이후 프랑스의 지식 마당을 주도해온 사람들이었다. 그 때문에 그들은 그러한 질문에 가장 적확한 대답을 할 수 있는 적임자이자, 동시에 그 질문을 야기한 상황에 다소간의 책임을 짊어진 사람들이었다. 그들의 대답은 곧바로 세계 구상에 대한 생각의 수준을 가리키는 것이 될 것이고 그들의 논쟁은 또한 지식인의 정치적 참여의 방식을 둘러싼 생각의 세계적 수준을 가리키는 것이 될 것이다.

그 대답의 과정을 추적하면서 책은 크게 세 개의 정보를 던진다.

첫째, 2차 세계대전 이후 대부분의 서양 지식인들은 공산주의에 매혹당하고 있었으며, 그것은 "미래에 올 사회의 이름으로 현재의 사회를 공격"해야 한다는 의지로부터 비롯되었다는 것이다. 둘째, "미래에 올 사회의 이름으로" 폭력을 정당화하는 논리가 개발되었다는 것이다. 메를로-퐁티가 '진보적 폭력'이라고 명명한 것이 그것이다.

셋째, 그러나 한국 전쟁이 발발했을 때, 서양의 지식인들은 폭력 자체의 근본적인 부당성이라는 문제에 직면했다는 것이다. 그 때문에 그들은 전쟁의 도발 주체를 찾는 일에 골몰해야 했고, 그 과정에서 메를로-퐁티는 자신이 본래 적극적으로 옹호했던 공산주의에 대해 환멸을 느끼고 내면으로 침잠했으며, 사르트르와 프랑스 공산당은 도발 주체를 거꾸로 뒤집는 한편 '진보적 폭력'의 논리를 강화하는 태도를 취했고, 이른바 '방관적 참여자'로서 냉정하게 상황을 관찰한 레이몽 아롱은 전쟁을 도발한 쪽의 책임을 묻는 결정을 촉구하면서 세상을 바꾸어야 한다는 선의(善意) 속에 도사린 광기를 파헤쳤다는 것이다.

독자는 이로부터 역시 세 가지 암시를 얻을 수 있을 것이다. 하나는 상황의 정당화는 또한 지식인의 자기 정당화라는 것이다. 그 둘은 그 정당화가 내포하고 있는 오류는 신념의 과잉과 더불어 지식인의 '무지'에서 비롯된다는 것이다. 그 셋은 그 오류를 피하기 위해서는 지식인의 본업과 정치적 참여 사이의 관계를 정밀하게 운산해야 한다는 것이다. 본업을 망각한 참여는 판단 착오의 지옥으로 떨어지는 첩경이라는 것.

또한 책이 침묵의 방식으로 암시하는 것이 적어도 두 개 있는 듯하다. 첫째, '한국 전쟁의 도발 주체가 누구인가'라는 질문보다 더 중요한 것은 '한국 전쟁의 주체가 누구인가'라는 질문이라는 것이다. 다시 말해, 그 전쟁을 실제로 자신의 삶으로 겪고 이해하고 그 전쟁을 야기한 상황을 바꾸어나가려고 한 사람들이 누구인가, 라는 질문이다. 만일 한국전쟁이 냉전 체제의 대리전에 불과했다면 한국인은 그저 꼭두각시일 뿐 진짜 주체는 서양인일 것이다. 그러나 피를 흘린 것은 바로 한국인이었다. 한국인에게는 절박한 그 문제가 서양 지식인의 뇌리에 스칠 수는 아마 없었으리라. 둘째, 당시의 그들은 '공산주의냐 아니냐'의 문제로 싸우고 있었지만, 실상 그것은 더 깊은 곳에서 진행되고 있는 근본적인 변화의 부대 현상일 뿐이었다는 것이다. 즉, 50년 후에 최종의 승리를 선언하게 될 '세계 자본주의'라는 통합적 질서가 이미 태어났다는 것이다.

여기까지 오면, 지식인이란 '무지'로 먹고사는 사람이 아닌가, 하는 엉뚱한 질문이 고개를 쳐든다. 지형을 그리고 팻말을 세우면서 세상의 흐름을 인도하겠다고 외치는 저 지식의 장엄한 모습은 무지의 총화가 아닌가? 하긴, 인간은 본래 "오류를 통해 성장"하는 법이니, 그 오류가 또한 진리에 도달하기 위한 불가피한 통로이리라.

▼ 2004. 4. 10, 조선일보, 한국전쟁을 보는 눈이 그들을 갈라놓았다

정과리(鄭明敎) 서울대학교 인문대 불문과를 졸업하고 동 대학원에서 박사학위를 받았다. 1979년 동아일보 신춘문예에 '조세희론'이 입선하여 평론활동을 시작했으며, 1988년부터 2004년까지 계간 『문학과사회』 편집 동인으로 활동하였다. 주요 저서로 『문학, 존재의 변증법』(문학과지성사, 1985), 『존재의 변증법 2』(청하, 1986), 『스밈과 짜임』(문학과지성사, 1988), 『문명의 배꼽』(문학과지성사, 1998), 『무덤 속의 마젤란』(문학과지성사, 1999), 『존재의 변증법 4, 문학이라는 것의 욕망』(도서출판 역락, 2005) 등이 있다. 현재 연세대학교 국문과 교수로 재직중이다.

문신공방(文身孔方) 하나
— 현대 한국 소설과 비평 그리고 문학판 읽기 1988~2005

초판 인쇄 2005년 12월 20일
초판 발행 2005년 12월 27일
지은이 정과리
펴낸이 이대현
편집 권분옥
펴낸곳 도서출판 역락
주소 서울 성동구 성수2가 3동 301-80
전화 3409-2058, 2060
팩스 3409-2059
등록 1999년 4월 19일 제303-2002-000014호
홈페이지 http://www.youkrack.com
e-mail youkrack@hanmail.net

값 12,000원
ISBN 89-5556-438-4-03800